anagramma

385

Della stessa autrice:

Colazione da Darcy
Innamorarsi a Notting Hill
Da New York a Notting Hill per innamorarsi ancora

Titolo originale: *From Notting Hill with Four Weddings... Actually*

Traduzione dall'inglese di Lucia Olivieri, Martina Rinaldi e Sandro Ristori
Prima edizione: luglio 2015

Roma, Casella postale 6214
ISBN 978-88-541-8383-4

www.newtoncompton.com

Realizzazione a cura di Il Paragrafo, Udine
Stampato nel luglio 2015 da Puntoweb s.r.l., Ariccia (Roma)
su carta prodotta con cellulose senza cloro gas provenienti
da foreste controllate, nel rispetto delle normative ambientali vigenti.

Ali McNamara

Colazione a Notting Hill

Newton Compton editori

Per Jim…
ed eccoci arrivati a venti!

Capitolo 1

«Scarlett!», mi sento chiamare da una voce che assomiglia a quella di Oscar, ma è lontana e soffocata, come se lui fosse sott'acqua e io a riva.

«Scarlett. Svegliati! È proprio imbarazzante».

Apro gli occhi e vedo Oscar, il mio più caro amico, che mi fissa con uno sguardo truce. Mi volto e dall'altra parte c'è Maddie, l'altra mia più cara amica, che mi guarda preoccupata.

«Oh...», faccio io, raddrizzandomi sulla sedia. «Mi sono appisolata giusto un attimo».

«Un attimo!», strilla Oscar. «A un certo punto russavi così forte che lo sposo e la sposa si sono fermati in fondo alla passerella e ti hanno indicato. È stato il momento clou della sfilata delle due pomeridiane!».

Mi guardo intorno e vedo che la sala è ormai deserta: fino a qualche minuto prima, una schiera di modelle e modelli scendevano lungo la passerella indossando abiti da sposa e tight di grande eleganza. Mi sono davvero addormentata nel bel mezzo della sfilata?

«Scusatemi, è il jet lag», mi giustifico. «Ieri sera era tardissimo quando sono arrivata a casa».

I miei viaggi continui tra Londra e New York filano quasi sempre lisci, ma ieri, all'arrivo, il volo ha subìto un pesante ritardo per colpa di una tempesta di neve sull'aeroporto di Heathrow. Fino all'atterraggio eravamo in orario, ma poi c'è stato un tale ingorgo che abbiamo dovuto aspettare oltre due ore prima di scendere dall'aereo.

«Be', per questa volta ti perdoniamo, tesoro», annuncia Oscar con un sorriso. «Non voglio nemmeno immaginare cosa significhi rimanere bloccati su un aereo per altre due interminabili ore dopo le sette del volo. Credo che sbatterei la testa contro il tetto della cabina, senza più fermarmi, come se fossi azionato da una macchina!».

Sorrido: so bene che Oscar non dà il meglio di sé quando è costretto a rimanere a lungo seduto. Solo "a piede libero" può dare sfogo al suo naturale entusiasmo.

«Le due ore di ritardo non sono andate poi così male», spiego. «Mi sono messa a chiacchierare con un tipo seduto di fianco a me, e alla fine il tempo è volato».

Come spesso succede quando si viaggia soli, durante il volo ho scambiato giusto due parole con il mio vicino di posto: un breve commento sul pasto e le solite frasi di cortesia quando lui, che era seduto accanto al finestrino, si è dovuto alzare per andare in bagno. Ma poi ci siamo ritrovati bloccati sulla pista proprio quando non desideravamo altro che scendere, recuperare i bagagli e arrivare finalmente a casa, e la disperazione ha stravolto tutto.

«Be', dobbiamo considerarci fortunati se siamo arrivati fin qui», commenta il mio vicino di posto dopo venti minuti di attesa sulla pista d'atterraggio. «Ieri, molti voli per Heathrow sono stati cancellati a causa del maltempo».

«Sì», concordo, sollevata di poter parlare con qualcuno. Poco prima dell'atterraggio avevano spento gli schermi, quindi niente film né musica, e siccome immaginavo che non mancasse ormai molto al nostro arrivo, avevo riposto nella cappelliera tutte le mie carte e il romanzo che stavo leggendo. «Stamattina quando ho visto le previsioni del tempo su internet, ho persino dubitato di poter rientrare a casa oggi».

«A casa, dove?», domanda lui, cortese.

«Londra. Notting Hill».

«Bello. Ho qualche amico a Notting Hill. Da quanto tempo vivi lì?»

«Circa due anni e mezzo. Abito con il mio fidanzato, Sean», rispondo con orgoglio.

Lui annuisce. «Sì, ho notato l'anello. Avete intenzione di sposarvi presto?». Poi arrossisce. «Se non è una domanda troppo personale».

«No, non c'è problema, anzi. Meglio fare due chiacchiere visto che dovremo restarcene qui ancora per un po'. Quest'anno, spero. Avrei già dovuto iniziare a organizzare il matrimonio».

«In che senso?», domanda inarcando le sopracciglia scure.

«No, ecco, diciamo che sono stata un po' troppo impegnata negli ultimi tempi... col lavoro».

È la verità. Non vedo l'ora di sposare Sean. E poi, organizzare un matrimonio da favola è sempre stato un mio grande desiderio. Negli ultimi tempi, però, il lavoro ha un po' fagocitato tutto il resto. Quanto mi piacerebbe poter avere giornate di trentasei ore per farci stare tutto dentro!

«Sì, ti capisco», concorda il mio vicino. «Capita anche a me. E quale lavoro fai che ti impegna così tanto?».

Sono sorpresa da questa raffica di domande: durante il volo ci siamo scambiati a malapena due parole. Se n'è sempre stato sulle sue: ha sfogliato qualche rivista di fitness o di moda maschile. E se non leggeva o non guardava un film, ascoltava la musica con un paio di cuffiette rosse.

«In realtà faccio due lavori», rispondo con una certa modestia, anche se vado immensamente fiera delle mie due attività. «A Londra ho un'azienda insieme a mio padre. Vendiamo distributori di pop-corn».

«Distributori di pop-corn!», esclama compiaciuto. «Forte. Ai cinema o al dettaglio?»

«Ai cinema, più che altro. Fino a poco tempo fa operavamo solo nel Regno Unito, ma di recente ci siamo ampliati anche all'estero».

«Favoloso. E l'altra attività, invece, cos'è? Hot dog?», domanda.

Sorrido con garbo. «No, qualcosa di completamente diverso. Si tratta di un'associazione benefica, a New York».

«Sul serio?», esclama lui incuriosito. «Anch'io sono impegnato in diverse attività benefiche. È possibile che abbia sentito parlare della tua associazione?».

Lo guardo meglio. È un bel ragazzo. Ha folti capelli neri con un taglio deciso, spigoloso, e anche il suo abbigliamento casual ha tutta l'aria di essere in realtà molto curato.

«Non saprei. Si chiama Fondazione Libellula. Cerchiamo persone scomparse, aiutiamo chiunque abbia bisogno di noi: il nostro scopo è quello di riunire le famiglie. Lo facciamo in parte per beneficenza, in parte a pagamento. I guadagni ottenuti dai clienti paganti contribuiscono a rendere possibile l'attività benefica».

«Favoloso. E perché proprio Libellula, se non sono indiscreto?», mi chiede guardandosi attorno. «Vedo che le hostess si sono alzate e stanno facendo su e giù, quindi non ci muoveremo di qui ancora per un po'».

«Oddio, è una storia lunga. Per farla breve, comunque, ero a New York e cercavo di scoprire la storia di un'antica spilla a forma di libellula quando ho ritrovato per caso il mio fratellastro. L'idea della fondazione è nata dal desiderio di aiutare gli altri a ritrovare familiari di cui avessero perso le tracce. Come è successo a me, insomma».

Nella speranza che il nostro ritardo non ci costringa a passare ancora chissà quanto tempo insieme, decido di non raccontargli che qualche anno fa, in un cinema di Notting Hill, ho ritrovato anche mia madre, dopo lunghe ricerche: un'altra storia, sin troppo lunga.

«Wow, è incredibile!», esclama. «Non solo l'associazione di beneficenza ma anche l'incontro inaspettato con il tuo fratellastro. E lui sapeva di avere una sorella?».

Scuoto la testa. «No. Esattamente come non lo sapevo io».

Come ho appena raccontato al mio nuovo amico, ho incontrato per la prima volta Jamie, il mio fratellastro, durante un viaggio a New York in compagnia di Oscar. Le nostre strade si sono incrociate per caso davanti a Tiffany senza che sapessimo nulla l'uno dell'altra. Confesso di avere sentito subito che c'era qualcosa che ci univa, ma ci sono volute molte coincidenze perché riuscissimo a scoprire cosa fosse.

«E adesso andate d'accordo?», domanda incuriosito.

«Oh, sì. All'inizio non è stato semplice, ma adesso io e Jamie siamo molto legati».

«Grande! La Fondazione Libellula opera solo negli Stati Uniti?»

«Sì, almeno per il momento. Io e Peter, che mi dà una mano nell'organizzazione, siamo d'accordo di espanderci presto anche in Inghilterra, però».

Peter non mi dà semplicemente una mano: senza di lui, la nostra Libellula non sarebbe mai riuscita a prendere il volo. È un uomo d'affari americano, molto affermato, e ho conosciuto anche lui durante il mio primo viaggio a New York. Da allora non è diventato soltanto mio socio, ma anche un vero amico. È lui che mi ha fatto conoscere Sunnyside, la casa famiglia di Brooklyn senza la quale la fondazione forse non sarebbe mai nata.

Sto per chiedere al mio compagno di viaggio che genere di lavoro faccia, quando una hostess ci porge un vassoio di bibite.

«Mi spiace, ma credo che il nostro ritardo si prolungherà ancora per qualche minuto», annuncia. «Prego, servitevi».

Prendo un succo d'arancia e allungo le gambe, felice di potermi permettere la Premium Economy nei viaggi intercontinentali.

«Allora, cosa ti riporta a Londra stasera?», domanda il mio compagno dopo un minuto, sorseggiando il suo succo d'arancia. «Il tuo fidanzato?»

«Sì, e i miei amici. Domani andiamo a una fiera per gli sposi a Earls Court per trovare qualche idea per il grande giorno. Oscar l'ha programmato da un secolo. Lui e Maddie mi faranno da testimoni».

Io e Maddie siamo amiche da quando andavamo a scuola insieme, mentre Oscar l'ho conosciuto quando mi sono trasferita a Notting Hill per badare a una casa per un mese. Ero così eccitata all'idea di vivere dove sono stati girati tutti i miei film preferiti, e non mi sarei mai aspettata che quel viaggio mi avrebbe letteralmente trasformato la vita e che avrei persino incontrato l'uomo di cui mi sono follemente innamorata, Sean.

«Mi rendo conto di sapere tutto dei tuoi amici, della tua famiglia e del tuo lavoro, ma non ti ho ancora chiesto come ti chiami!», esclama il mio compagno di viaggio. «Davvero poco cortese da parte mia».

Scoppio a ridere. «Non preoccuparti. Mi capita spesso di parlare a ruota libera se ne ho l'occasione. Mi chiamo Scarlett. E tu?»

«Louis», risponde porgendomi la mano. «Avremmo dovuto metterci a chiacchierare prima, Scarlett. Mi avrebbe fatto piacere ascoltare la storia della tua vita durante il volo. È davvero emozionante».

«Be', non esageriamo. Forse a tratti è emozionante, ma scommetto che la tua lo è molto di più: raccontami una cosa meravigliosa che ti è capitata».

Louis sorride. «Be', anche la mia ha le sue emozioni, devo ammettere. Ho vinto l'argento alle Olimpiadi di Londra nel 2012, ed è stato eccitante».

Mi ritrovo a bocca spalancata senza neanche accorgermene.

«Scarlett!», esclama Oscar sbalordito: lui e Maddie mi fissano sconcertati. «Mi stai dicendo che hai viaggiato da New York a Heathrow accanto al divino Louis Smith senza sapere chi fosse?!».

«Perché, tu lo conosci?», ribatto, stupita quanto lui. «Louis mi ha raccontato tutto della sua carriera atletica, ma non mi ero resa conto che fosse famoso».

Oscar scuote la testa incredulo.

«Ma certo», dice Maddie. «Com'è possibile che non lo conoscessi? Non le hai guardate, le Olimpiadi?»

«Sì, è chiaro, ogni volta che potevo. L'atletica, però, poco. Mi pareva di averlo visto da qualche parte».

«*Da qualche parte*!», strilla Oscar. «E quando è andato a *Ballando con le stelle* tu dov'eri? Cielo, sono quasi svenuto quando si è esibito a torso nudo. Credo che metà del Paese abbia rischiato di perdere i sensi!».

Lo guardo senza capire.

Oscar tira fuori il cellulare. «Guarda!», dice voltando lo schermo verso di me. «L'ho tenuto come sfondo per settimane!».

Lancio un'occhiata alla foto che mi sta mostrando. Un ragazzo a torso nudo solleva una ballerina sopra la testa, in una posa alla *Dirty Dancing*: esibisce un torace e un corpo perfettamente modellati.

«È lui!», esclamo. «È Louis».

«Lo sappiamo», replicano Oscar e Maddie all'unisono. «Ma tu come facevi a non conoscerlo?»

«Boh», rispondo spalancando le braccia. «Ho visto pochissime puntate di quella stagione di *Ballando con le stelle*. Ero quasi sempre a New York».

«Oddio!», commenta Oscar mettendo via il cellulare. «Se ci fossi stato io seduto vicino a Louis Smith, prima della fine del volo l'avrei convinto a farmi volteggiare in un bel tango lungo il corridoio. Anzi, no, una rumba!». Rotea i fianchi in maniera eloquente.

«Ed è per questo, amico mio, che di questi tempi preferisco viaggiare sola!». Scoppio a ridere. «Forza, tutti e due, credevo che dovessimo visitare una fiera per gli sposi, oggi! Cosa stiamo aspettando?»

«Te, Bella Addormentata!», esclama Oscar mentre scendiamo i gradini che ci conducono fuori per poi rientrare nell'edificio principale. «Mi sembra di ricordare che la causa del nostro ritardo siano stati i rumorini che uscivano dalle tue dolci labbra!».

«Non per prendere le parti di Scarlett, ma la sfilata è stata un pochino noiosa», dice Maddie. «Non è che gli abiti da sposa fossero poi così mozzafiato».

«Ecco! Vedete? Non sono stata l'unica a russare».

«Be', a me sono parsi semplicemente favolosi», replica Oscar battendo le mani con un'espressione estatica. Gestisce un negozio di abbigliamento vintage su King's Road, adora i vestiti e possiede uno stile e un gusto assolutamente unici. «Magari mi dovessi sposare io! Come mi divertirei a scegliere la torta, la location, l'abito da sposa...».

Io e Maddie ci guardiamo.

«E chi indosserà l'abito da sposa al tuo matrimonio?», domando sorridendo.

Oscar fa spallucce. «Avete capito, dài! Solo perché si tratta di un matrimonio gay non significa che la cerimonia debba essere sotto tono».

«Se ti sposerai, il tuo non sarà certo un matrimonio sotto tono, Oscar», dichiaro facendo l'occhiolino a Maddie. «Questo è poco, ma sicuro».

«Dici bene, cara», concorda lui. «Ti giuro che farò tutto quanto in mio potere per evitarlo. Allora, Bella Addormentata, sarà meglio darsi una mossa! Ci sono ancora un mucchio di cose da vedere e io, in qualità di prima damigella, non intendo rinunciarvi!».

«Oscar...», lo richiamo mentre lui si avvia di buon passo verso l'entrata. «Non ho ancora scelto le damigelle. Tu e Maddie sarete i miei testimoni».

Oscar si volta ruotando con eleganza sui tacchi dei suoi stivaletti di coccodrillo, posa le mani sui fianchi dei pantaloni verde smeraldo ed esclama: «Tesoro, mi conosci abbastanza bene da sapere che se stai cercando qualcuno da vestire con un frusciante abito di seta tutto scintillante, non puoi chiedere niente di meglio!».

Capitolo 2

«Ma adesso non possiamo andare a casa?», imploro mentre passiamo davanti all'ennesimo stand che espone una fila di abiti di seta color avorio identici a quelli di un numero imprecisato di espositori già visti. «Mi fanno male le gambe».

«Tra poco, tesoro, tra poco», risponde Oscar con voce suadente, prendendomi la mano per attirarmi in mezzo a una profusione di confetti, paillettes e torte nuziali.

A questa grande fiera per gli sposi di Earls Court si può trovare assolutamente tutto quanto si possa desiderare per allestire un matrimonio perfetto: dai soliti inviti, fiori e ricevimenti nuziali ai più stravaganti spettacoli di magia, macchine fotografiche per istantanee e fotografi che non si limitano semplicemente a filmare la giornata più bella della tua vita, ma propongono un video in cui gli invitati e gli sposi cantano insieme al loro gruppo musicale preferito.

«Oh, tesoro, devi assolutamente farlo anche tu!», dichiara Oscar entusiasta quando il tipo in questione ci infila la brochure sotto il naso mentre cerchiamo di oltrepassare il suo stand. «Pensa che bello! Tutti gli invitati che cantano insieme a te e Sean la vostra canzone preferita!».

«Impossibile, visto che io vado pazza per Robbie Williams e i Take That e Sean per Bon Jovi e i Coldplay», replico fissando la coppia felice che finge di cantare *Fairytale of New York* dei Pogues e Kirsty MacColl nel video promozionale che stanno mostrando all'interno dello stand.

«No, Oscar, non fa per me». Ringrazio e restituisco la brochure allontanandomi rapidamente per raggiungere Maddie che si è fermata a osservare con aria malinconica una serie di torte nuziali dalle intricate glassature artistiche.

«Ti ricordi quella mia e di Felix?», chiede quando mi vede.

«Certo, era davvero magnifica!».

Maddie e suo marito Felix si sono sposati quasi quattro anni fa, a Disneyland. Io ero testimone. Un matrimonio tutto Disney, naturalmente, ma per niente kitsch. È stata davvero una giornata speciale per tutti, e la torta nuziale era una spettacolare riproduzione del castello di Cenerentola.

«Peccato che le favole poi non durano», mormora Maddie dirigendosi verso un chiosco che offre sandwich e caffè.

«Cos'ha Mads?», domanda Oscar quando mi raggiunge e infila una manciata di brochure in una delle tante buste che gli penzolano stracolme dal braccio. «Non ha praticamente aperto bocca oggi. Non è da lei».

«Allora l'hai notato anche tu?», esclamo mentre osservo Maddie che si è fermata a guardare il menu. «Non ne ero sicura. Credevo che fosse colpa del jet lag se mi era parsa un po' strana».

«Già», risponde Oscar prendendomi sotto braccio. «Credo proprio che sia venuto il momento di tirarci su con un buon caffè! Sono certo che troveremo anche una bella fetta di torta al cioccolato che ci rimetterà al mondo». Poi guarda Maddie. «Credo che ce ne sia bisogno».

Ordiniamo tre tazze di caffè americano e Oscar ci convince anche a prendere un'enorme porzione di *fudge* al cioccolato dall'aspetto davvero allettante. Poi ci troviamo un tavolino tranquillo e ci sediamo per goderci il nostro caffè.

«Allora...», esordisce Oscar, quando comincia pian piano a diffondersi quella piacevole sensazione di relax che solo il cioccolato può trasmettere. «Cos'è che avete, voi due?».

Mi volto verso Maddie: lei si stringe nelle spalle e si porta un'altra forchettata di torta alla bocca.

«Scarlett, cominceremo da te», decide Oscar col piglio di un avvocato pronto a controinterrogare un teste. «Perché non stai volteggiando leggera come una piuma, come la famosa ballerina

Darcey Bussell, da uno stand all'altro? E non tirarmi di nuovo fuori la storia del jet lag. Ti devi sposare! Dovresti rotolarti come un maialino in tanta abbondanza nuziale».

«Un altro boccone di fudge al cioccolato e vi ritroverete davvero un maialino sull'altare!», replico ridendo.

Ma Oscar solleva delicatamente la forchetta, si porta alla bocca un piccolo pezzo di torta, socchiude le labbra e lo assapora con aria concentrata in attesa di una mia risposta.

«D'accordo, va bene», sospiro. «È che non ce la faccio a star dietro a tutto, ecco».

Oscar annuisce, e continua ad aspettare che io vuoti il sacco.

«Mi devo occupare dei distributori di pop-corn qui a Londra senza smettere di fare su e giù da New York. Intendiamoci», aggiungo non appena vedo le loro facce, «non mi sto lamentando. È così bello veder crescere la Fondazione Libellula! Quando vivevo con mio padre a Stratford non avrei neanche mai immaginato di poter vivere tra Londra e New York, un giorno».

Maddie sorride. È l'unica che mi conosceva quando conducevo un'esistenza tranquilla e posata insieme a mio padre, e la vita che faccio adesso non compariva nemmeno nei miei sogni più sfrenati. Io e Oscar non ci eravamo ancora incontrati, ma anche lui sa quante cose siano cambiate per me in questi ultimi anni.

«E mi diverto a occuparmi di entrambe le attività», continuo. «Ma farci entrare anche l'organizzazione del matrimonio è un po' difficile, lo confesso».

«È per questo che ti sei addormentata, prima?», domanda Maddie in tono gentile. «Sei esausta?»

«Proprio così. Sono super eccitata e felice all'idea del matrimonio. E non vedo l'ora di sposare Sean, lo sapete, ma sono troppo stanca per godermi tutto questo, accidenti!».

Maddie posa una mano sulla mia. «Oh, Scarlett».

Cerco di sorridere. Non voglio deluderli. So che attendono il mio grande giorno con il mio stesso entusiasmo. Soprattutto Oscar. Anche se lui e Sean non vanno sempre d'accordo, è il più emozionato di tutti all'idea del nostro matrimonio.

«Forza, non fate quella faccia», esclamo con tutta l'allegria che riesco a racimolare. «Me la caverò! Mi avete vista in una giornata "no", tutto qui. Qualche ora di sonno e vedrete che torno in perfetta forma! Però, hai ragione tu, Maddie, quella sfilata era davvero noiosa. Strano che sia stata l'unica a addormentarmi».

Maddie sorride. «Comunque non c'era niente che facesse al caso tuo, Scarlett. Devi trovare qualcosa di davvero speciale per il tuo matrimonio, un abito assolutamente meraviglioso. Non sei d'accordo, Oscar?»

«Senza il minimo dubbio, tesoro», replica lui, e aggiunge, gonfiando il petto: «Non permetterò che la mia Scarlett indossi un vestituccio qualsiasi il giorno delle sue nozze!».

«Ma è così difficile trovare qualcosa che mi piaccia», mormoro accigliata. «Mi sembrano tutti uguali, questi abiti. Color avorio e di raso, oppure di seta, sempre color avorio, con un po' di paillettes o perline, o un volant di pizzo per un tocco d'originalità. Ma io voglio qualcosa di diverso. Almeno quando ti sei sposata tu, Maddie, avevi un tema da seguire».

«Le nozze a tema non garantiscono un matrimonio felice e duraturo», commenta lei con aria malinconica. «Non te lo consiglio, Scarlett».

Oscar e io ci scambiamo un'occhiata preoccupata.

«Cosa c'è, Maddie?», domando. «Avete qualche problema tu e Felix?».

L'espressione di Maddie è più che eloquente. Spinge gli avanzi della torta in un angolo del piatto con la forchetta. «Preferirei non parlarne per il momento, se non vi dispiace. È la tua giornata, Scarlett, e non mi va di lamentarmi del mio matrimonio proprio quando stai per avviarti felicemente verso la tua vita insieme a Sean».

«Ma se hai bisogno di parlarne...», insisto.

Maddie mi interrompe. «No, non adesso. Ne parliamo un'altra volta. Promesso».

Annuisco. Ma sono preoccupata per la mia vecchia amica.

«D'accordo, allora!», esclama Oscar con brio, nel tentativo di ravvivare l'atmosfera. «Questo gruppetto nuziale ha bisogno di un po' di allegria. C'è un tipo laggiù che può sbiancare i denti. Cosa ne dite di tornare tutti a casa con un sorriso smagliante?»

«Oscar, se i tuoi denti diventano più bianchi di quello che sono, rischi che il primo aereo che passa, ci atterri sopra!», esclama Maddie.

«Se il pilota è un bel ragazzo in uniforme», ribatte Oscar, «per me può parcheggiare il suo velivolo dove più gli piace!».

Capitolo 3

«Allora, cosa ne dici dell'*haggis*, Scarlett?», mi domanda Sean mentre affonda la forchetta nel suo piatto di haggis, ovvero interiora di pecora, accompagnate da purè di patate e rape. Siamo in un bel ristorante di Londra, nella zona di Belgravia, a celebrare il grande poeta scozzese Robert Burns.

«È molto buono», rispondo, piacevolmente sorpresa da questo tradizionale piatto scozzese.

Siamo qui perché ci ha invitato Luke, il compagno di Oscar. Già, perché, al di là di tutte le sue battute sui piloti (e uomini in divisa in genere), Oscar in realtà è felicemente fidanzato.

Luke, che fa l'attore, è scozzese, anche se a sentirlo nessuno lo direbbe mai. Ha una dizione colta e impeccabile e una voce capace di suggestionare la platea a teatro o di tenerti incollato allo schermo della tivù a casa. Lui e Oscar si sono incontrati quando gli ho fatto conoscere una costumista che si era trasferita da poco a Notting Hill, proprio davanti a casa mia e di Sean. La tipa stava lavorando a uno sceneggiato in costume: nel cast c'era anche Luke, e Oscar aveva accettato di fornirle alcuni abiti vintage dal suo negozio. Quando un paio di brache rosse si sono rivelate della taglia sbagliata per Luke, Oscar è dovuto andare sul set a prendergli le misure, ed è così che si sono conosciuti. Il colore di quelle brache scarlatte prometteva bene, così ha sempre detto Oscar. E adesso, dopo un anno che lui e Luke stanno insieme, devo convenire che aveva ragione.

«Allora, ti piace l'haggis, Scarlett?», mi chiede Luke dall'altro capo del grande tavolo rotondo attorno a cui siamo seduti. Siamo un gruppo numeroso: io, Sean, Oscar, Luke accanto a Maddie (Felix oggi deve lavorare fino a tardi). Poi c'è Ursula, la sorella di Sean, che è una grande amica di Oscar, e altri amici di Luke e Oscar che non conosco tutti. Siamo una bella comitiva, allegra, a tratti persino un po' troppo chiassosa, e ci stiamo divertendo.

Quando Luke ci ha invitato a questa cena per festeggiare la Notte di Robert Burns, ero un po' scettica: mi immaginavo una profusione di tartan, kilt e cornamuse, in mezzo a una folla di scozzesi dalle folte barbe che bevevano fiumi di whiskey. Invece, al di là dell'haggis annunciato da un giovane e alquanto affascinante suonatore di cornamusa che esibiva un bel paio di gambe sotto il kilt, la serata procede come una qualsiasi cena elegante in un raffinato ristorante londinese.

«Sì, Luke!», rispondo mentre gli altri intorno continuano a chiacchierare. «È davvero gustoso. E non credevo che il purè di rape e patate si abbinasse così bene».

Sorride. «Già, e hanno riempito lo stomaco a un gran numero di scozzesi prima di un impegno importante!». Solleva il bicchiere. «Niente whiskey, però, vedo?».

Quando, insieme a Sean, ho cercato di bere il mio whiskey tutto d'un fiato, sono letteralmente rimasta senza respiro: i miei gesti disperati hanno fatto capire agli altri commensali che avevo urgente bisogno di un goccio d'acqua. Così adesso sto sorseggiando un più gradevole calice di chardonnay.

«No. Questo è più adatto al mio palato».

«D'accordo, Scarlett», sorride. «Almeno non bevi una mostruosità come questa che si è fatto portare il mio splendido compagno».

Tutti e due guardiamo Oscar che al momento è impegnato in una conversazione con Ursula e sta avvicinando una mano a un cocktail blu cobalto. «Che c'è?», domanda accorgendosi del nostro sguardo.

Sorridiamo.

«Niente», risponde Luke sfiorandogli il dorso della mano. «Continua così, Oscar: non cambiare mai!».

Si scambiano uno sguardo che mi riscalda il cuore. È così bello vedere Oscar felice, e da un anno a questa parte lo è grazie a Luke. Benché siano tanto diversi, sia d'aspetto sia di carattere, il piccolo Oscar coi suoi modi stravaganti e vistosi e Luke, alto, posato, premuroso, che affronta la vita con piglio metodico, sono una coppia stupenda. Come i due lati di una medaglia: assolutamente perfetti insieme.

Sean mi stringe la mano. «A cosa pensi?»

«A Oscar e Luke. Sono davvero una bella coppia, non credi?».

Sean annuisce. «Sì. Non capisco davvero cosa ci veda Luke in lui», esclama ridendo, «ma sono contento di vedere Oscar felice». Lancia un'occhiata a Maddie. «Ma c'è per caso qualcosa che non va? Maddie mi sembra un po' troppo silenziosa, stasera».

Guardo la mia amica: non ha quasi toccato cibo, mentre sembra più a suo agio con l'aspetto alcolico della serata.

«Non so», gli sussurro all'orecchio. «Credo che ci siano dei problemi tra lei e Felix».

«Oh, no, davvero?», esclama Sean preoccupato.

«Temo di sì. Ho cercato di farmi raccontare qualcosa, ma Maddie è molto evasiva. Dice che non vuole rattristarmi con i suoi guai matrimoniali proprio quando sto per sposarmi».

Vedo Sean accigliarsi. «È generoso da parte sua, ma capita a tutti di avere dei momenti di difficoltà: è così che funziona quando si vive in due. Devi dirle che può contare su di noi se ha bisogno di una mano».

Sean sa essere così carino a volte, che mi viene voglia di dargli un bacio. E glielo do.

«Perché questo bacio?»

«Perché ti amo», rispondo sorridendo. «E perché sei così come sei».

Sean mi guarda piacevolmente sorpreso.

«Comunque hai ragione. A proposito di Maddie. Devo riuscire a farmi raccontare qualcosa».

«Non avete certo problemi a parlare, voi due», replica Sean. «Piuttosto, di solito è difficile farvi smettere!».

«Carino!», replico in tono scherzoso.

Sean mi fa l'occhiolino. «Comunque, riguardo al nostro matrimonio, come stanno andando i preparativi?»

«Ecco... a proposito», esordisco con riluttanza. Sollevo il calice, ma constato tristemente che è vuoto. «C'è una cosa di cui ti devo parlare...».

«Signori e signore!», annuncia d'improvviso Luke alzandosi e facendo tintinnare il bicchiere con un cucchiaio. «Posso avere la vostra attenzione per qualche istante?».

Ci azzittiamo e lo guardiamo: ha un'aria un po' tesa e nervosa, cosa strana per lui.

«Sono davvero felice che abbiate accettato di venire a festeggiare la Notte di Robert Burns insieme a me. So che a giudicare dal mio accento non mi direste un compatriota del nostro grande poeta, ma vi garantisco che nelle mie vene scorre puro sangue scozzese! Se qualche mese fa mi aveste domandato dove sta il mio cuore, vi avrei risposto in Scozia, senza dubbio». Dal lato scozzese del tavolo si sente battere e strillare «Bene! Bravo!». «Ma poi quest'uomo meraviglioso è entrato nella mia vita», continua Luke, e rivolge uno sguardo pieno d'amore a Oscar: lo sta fissando con occhi che rivelano altrettanta, se non forse più profonda, passione, «e il mio cuore ha trovato una nuova casa».

Mi si stanno riempiendo gli occhi di lacrime. Allungo una mano verso il tovagliolo che ho sulle gambe.

«Oscar», esclama Luke prendendogli la mano, mentre lui lo fissa ammutolito, «so che ci sono molti modi di fare una dichiarazione d'amore. E c'è stato qualcuno che a confronto», Luke lancia una rapida occhiata in direzione di Sean, «rischia di far apparire noi comuni mortali ben poco fantasiosi. Ma questo non significa che il nostro amore sia meno vero e profondo. Perché questa, mio caro, scintillante, stupendo, Oscar, è la mia dichiarazione d'amore imperituro per te».

Oscar, che per una volta è rimasto senza parole, si porta una mano alle labbra, stupefatto.

«Oscar St James», prosegue Luke mettendosi in ginocchio. «Mi farai l'onore di diventare mio marito?».

Stiamo tutti trattenendo il fiato in attesa della risposta di Oscar. Sean mi stringe la mano con forza.
Dopo un tempo che sembra infinito, Oscar finalmente risponde:
«Ma certo che ti sposo, mio Braveheart scozzese. Non c'è nulla al mondo che possa rendermi più felice. Ma a una condizione».
«Sì?», domanda Luke mentre un'ombra di preoccupazione offusca per un istante la sua gioia.
«Che sarò io a indossare l'abito bianco!».

Capitolo 4

«Non riesco ancora a credere che Oscar si sposi!», esclamo mentre io e Sean ci prepariamo per andare a letto, qualche ora più tardi.

Sean sprimaccia i cuscini e si distende. «Già. Ti immagini cosa può essere un matrimonio alla Oscar? Ci saranno più paillettes e piume di struzzo che a un concerto di Kylie Minogue».

Rido mentre mi spalmo un po' di crema sulle mani. «Ma Luke non è come Oscar, no? Forse lo terrà un po' a bada».

«Un intero circo di domatori di leoni con la frusta in mano non è in grado di tenere a bada Oscar quando si scatena».

«Immagino che tu abbia ragione. Ma, ti prego, non parlargli di fruste... potrebbe venirgli qualche strana idea!».

Sean storce il naso. «Per fortuna hai escluso in partenza l'idea di un matrimonio a quattro. Posso riuscire a sopportare il tuo amico se proprio mi ci metto, ma non vorrei mai condividere il nostro giorno con lui e Luke».

Sean e Oscar hanno un rapporto molto strano: dichiarano di non potersi vedere e spesso si comportano di conseguenza, ma sotto sotto non è per niente vero. Sono uniti da un profondo rispetto reciproco, ed è bello vederlo affiorare, le rare volte in cui capita.

«No, no, sono affezionatissima a Oscar, ma non mi piace l'idea di un matrimonio a quattro. Voglio che il nostro giorno di nozze sia assolutamente perfetto, Sean».

«Anch'io», replica, mentre mi avvicino al nostro letto super king size e mi accoccolo accanto a lui. «Allora, come procedono i preparativi?»

«Ecco, era di questo che ti volevo parlare. In realtà… non stanno procedendo granché».

Sean china il capo per guardarmi. «In che senso?».

Sollevo la testa dal suo petto e mi siedo, in modo da guardarlo negli occhi. «Sono stata talmente occupata di recente che non ho avuto tempo».

«Per cosa?», domanda Sean, con la fronte aggrottata. «Per scegliere la location, l'abito, i fiori, cosa esattamente?».

Deglutisco a fatica. «Tutto».

Anche Sean si tira su. «Tutto? Ma abbiamo in programma di sposarci prima della fine dell'anno… Non me ne intendo di matrimoni, Scarlett, ma so che ci sono diverse cose da prenotare con largo anticipo».

«Be', non è che tu mi abbia dato una grossa mano, eh?», replico, sulla difensiva. «Cos'hai fatto tu?»

«Sono venuto insieme a te a visitare un paio di posti per il ricevimento: credevo che avresti scelto uno di quelli che avevamo visto insieme».

Scuoto la testa. «No, non ne ho ancora trovato nessuno che mi abbia davvero convinta, ed è una cosa che dobbiamo fare insieme».

Sean riflette un momento. «È vero, solo che è un po' difficile se tu non ci sei mai». Mi guarda con una faccia triste, e so che tra un attimo i suoi occhi celesti si trasformeranno in quelli di un cucciolo. «Sei quasi sempre a New York ultimamente».

«Non è vero. Sono via solo metà del tempo, e tu eri d'accordo con me. È stata tua l'idea di prendere un appartamento a Manhattan invece di dormire in albergo tutto il tempo».

«Lo so», ammette Sean prendendomi la mano. «Ma non mi rendevo conto di quanto tempo saresti stata lontana. Mi manchi quando non ci sei, Rossa».

Oh-oh, ecco che usa di nuovo quel nomignolo: Sean è l'unico a chiamarmi "Rossa". È cominciato come una battuta: quando ci siamo conosciuti, si divertiva a sottolineare quanto fossi irascibile. Ma adesso è un soprannome affettuoso.

«Anche tu mi manchi, lo sai. Mi piacerebbe poter stare sempre insieme. Ma la fondazione sta andando così bene, Sean, che non posso tirarmi indietro proprio adesso».

«E io non voglio certo che tu lo faccia. Stai facendo un ottimo lavoro e so quanto significhi per te».

Sean ha ragione: la nostra Libellula ha spalancato le ali e da un paio d'anni si sta levando in volo sempre più in alto. Tra la raccolta di fondi e i guadagni coi privati siamo stati in grado di riunire molti bambini ai genitori da cui erano stati separati e a far ritrovare numerosi familiari che credevano di non rivedersi mai più. Offriamo una speranza a chi non ha più fiducia di poter abbracciare una persona cara, e ce la stiamo cavando anche molto bene, così il gruppetto dei miei collaboratori si sta ampliando sempre di più. Negli Stati Uniti il nostro successo ha attirato l'interesse dei media e siamo stati intervistati da giornali, riviste e programmi tivù.

«È vero. E, sai, al momento stiamo lavorando per ottenere nuovi fondi, quindi potrebbero esserci grosse novità per il futuro. Abbiamo in programma una riunione importante proprio a questo proposito, quando rientro da Londra».

Sean torna ad appoggiare la schiena ai cuscini e sospira. «Ecco cosa succede ad avere due globe trotter in casa, eh?», sorride. «Chi l'avrebbe mai detto quel giorno in cui ti ho incontrata alla libreria di viaggio che saresti stata a capo di due attività di successo? E sui due lati dell'Atlantico, per di più. Al confronto, il mio piccolo impero è ben poca cosa».

«Lo sai che non è vero». Sean dirige una grossa società d'investimenti. Mi ha fatto pensare a Richard Gere in *Pretty Woman* quando l'ho conosciuto. «Allora i film erano la mia grande e unica passione», gli faccio notare. In fondo, è stato proprio l'amore per certi film a condurmi a Londra da Stratford-upon-Avon. «L'idea di vivere un mese a Notting Hill era la cosa più eccitante che potessi desiderare. Ricordi che fingevo sempre di essere in un film?». Mi capita di farlo ancora di quando in quando, ma Sean non lo sa. «Se solo avessi incontrato Julia Roberts o Hugh Grant, non avrei potuto desiderare di più!».

«E come potrei dimenticarlo?», esclama Sean divertito. «Ma da allora le cose sono molto cambiate. Intreccia le dita alle mie. «Per entrambi».

«Già», sorrido. «E adesso stiamo per sposarci».

Ritorno per un attimo alla meravigliosa proposta di matrimonio di Sean in cima al ponte di Brooklyn, circondati da amici e familiari.

«Credo che in parte sia proprio questo il problema. Allora credevamo di avere un sacco di tempo per programmare un matrimonio da sogno, ma d'improvviso è gennaio, entro l'anno ci dobbiamo sposare e non abbiamo ancora organizzato nulla. Siamo troppo impegnati tutti e due. Come vorrei che le giornate fossero più lunghe!».

Lo dico con leggerezza, ma Sean mi lascia andare la mano, incrocia le braccia sul torace nudo e si mette a fissare davanti a sé.

Vuol dire che sta pensando. Lo conosco abbastanza bene: da quella piccola ruga sulla fronte, tra le sopracciglia bionde, intuisco che tra qualche minuto se ne uscirà con un'ottima idea. Così mi rilasso e lo lascio riflettere.

Dopo un po' si volta verso di me.

«Me ne occuperò io!», esclama risoluto con un sorriso, gli occhi che sprizzano entusiasmo.

«Di cosa?»

«Di organizzare il matrimonio».

Per fortuna sono distesa a letto, altrimenti mi sarei ritrovata a gambe all'aria per terra, svenuta per lo shock.

«Organizzerai tu il matrimonio? Stiamo parlando delle *nostre* nozze?»

«Certo».

«Un ricevimento con quasi duecento invitati, considerando amici di entrambi, parenti e colleghi di lavoro?».

Sean inarca un sopracciglio. «Sì, ecco, siamo ancora in tempo a tagliare qualche nome da quella lista... Pensaci, Scarlett. Ti libereresti di un grosso peso. Negli ultimi tempi ti ho visto tesa, hai sempre un'aria così stanca».

«Grazie, anch'io ti amo, caro!».

«Non è questo che intendevo dire», replica circondandomi le spalle con un braccio. «Sto solo cercando di rendermi utile».

«Buffo», rispondo. «No, davvero, sei carino a esserti offerto, Sean, e apprezzo i tuoi sforzi di dare una mano, sul serio. Ma è un'idea sciocca. Non può funzionare».

«E perché? Spiegami perché, dammi qualche ragione».

Rifletto. Detesto quando Sean fa così. È il suo pragmatismo che prende il sopravvento. Io mi tuffo nelle cose con il cuore in mano senza pensare alle conseguenze, mentre lui deve analizzare un'idea e considerare vantaggi e svantaggi prima di poter raggiungere una soluzione sensata e ponderata.

«Ecco qui. Ne ho già una pronta. Se ti occuperai tu dell'organizzazione del matrimonio, penserai solo agli aspetti pratici. Sceglierai i fiori che durano più a lungo anche se non sono i più belli, un'automobile che consuma poco invece di una vettura da sogno che accompagni me e mio padre in chiesa, e probabilmente un posto per il ricevimento vicino all'aeroporto e a qualche superstrada in modo che sia facilmente raggiungibile dagli invitati».

«Buona idea», replica Sean, ripensando all'ultimo punto. Poi scrolla la testa. «Forse presterei più attenzione agli aspetti pratici della questione, ma non sarebbe mai l'unico criterio di scelta. In ultima analisi cercherei sempre una soluzione che accontenti entrambi».

«Mah...». Continuo a essere scettica.

«Ecco, lo so! E se venisse messa in vendita qualche azienda importante proprio nel momento clou dei preparativi, e tu fossi costretto a salire sul primo aereo per concludere l'affare? Chi si occuperebbe di tutto, eh? Marjorie?».

Marjorie è la segretaria personale di Sean. Svolge il suo lavoro con grande professionalità ed effettivamente non sarebbe male poter contare sul suo aiuto per l'organizzazione del nostro matrimonio. Ma non è questo il punto.

«Hai ragione», ammette Sean. «Marjorie mi informerebbe di

ogni cosa mentre sono via e mi terrebbe aggiornato sugli ultimi sviluppi».

Accidenti... ha sempre la risposta pronta.

«Non va bene che sia lo sposo a occuparsi del matrimonio, ecco!». Non trovo altro per controbattere.

«Ma non c'è persino una trasmissione televisiva che ne parla?», replica Sean. «Mi sembra anche di averti vista che la guardavi, una volta».

«Oddio, se il mio matrimonio finisce come uno di quei disastri, sarò la prima sposa che rimane zitella il giorno delle nozze!».

Quando io e Sean ci siamo fidanzati, ho iniziato a guardare tutte le trasmissioni sui matrimoni di Sky+ e a leggere tutte le riviste da sposa dalla prima all'ultima riga. Ho persino cominciato a fare un tabellone con tutti gli spunti più interessanti, finché tutti quegli scampoli di stoffa e articoli e foto ritagliate dalle riviste non mi hanno messo addosso un tremendo malumore, così un giorno ho lasciato perdere e ho scaraventato tutto per terra.

«No», insisto. «Non puoi farlo tu, e basta. Per di più, avevi già un compito e non sei stato capace di portarlo a termine, a quanto ne so».

«Vale a dire?», domanda Sean, perplesso.

«Dovevi trovare un testimone».

«Ah, quello ce l'ho».

«Sul serio? Da quando? E chi è?».

Sean sorride compiaciuto. «Vedi che sono in grado di rispondere alle richieste in modo efficiente? Non è vero che non sono all'altezza».

«Non mi hai ancora detto chi è il tuo uomo misterioso».

«Alex, un vecchio amico».

«Non mi hai mai parlato di questo Alex. Come mai non lo conosco?»

«Sono anni che vive all'estero, in giro per il mondo. Ci conosciamo dai tempi dell'università. Abbiamo vissuto insieme per qualche tempo, a Londra. Ci eravamo ripromessi che se avessimo mai avuto la fortuna di sposarci, lui sarebbe stato il mio testimone e viceversa».

«E questo quando?». Sono un po' sorpresa. Credevo di conoscere meglio il passato di Sean.

«Ecco...». Ci pensa su. «Un po' prima di conoscere Jen, direi».

Mi si attorcigliano le budella al nome di Jen. Non andiamo molto d'accordo: è la ex di Sean, ma è anche la sorella di Oscar, perciò ogni tanto sono costretta a vederla, purtroppo.

«Quindi Alex la conosce, Jen?»

«Sì, l'ha vista qualche volta. Perché? È un problema?»

«No, certo che no. E Alex conosce anche Oscar?»

«In realtà non ti so dire se si siano mai incontrati. Non è che allora conoscessi tanto bene Oscar. Era più che altro amico di Ursula. Le cose sono cambiate quando ho cominciato a frequentare Jen».

È in parte grazie a Ursula, la sorella di Sean, una ragazza deliziosa, se io e lui siamo insieme.

«Comunque, tutto questo ha qualche importanza?»

«No, immagino di no. Sto solo cercando di capire qualcosa di più su quest'uomo che avrà un ruolo tanto importante alle mie nozze e del quale non ho mai sentito parlare».

«Oh, se è per questo, potresti averne sentito parlare», replica Sean con aria misteriosa. «E potresti persino averlo visto».

«In che senso, scusa? Come posso averlo visto se non lo conosco?».

Sean mi guarda malizioso.

«Sean!», strillo, rotolando sul suo corpo nudo, bloccandolo con le gambe. «Smettila di provocarmi. Rispondi!».

«Mmm... non lo so», replica lui sorridendo. «Credo che mi piaccia provocarti se rimani in questa posizione».

«Rispondi!», ripeto bloccandogli le braccia sopra la testa.

«Così, lo desidero ancor meno», ride.

«Se non me lo dici subito, Sean, non c'è la minima possibilità che tu possa *godere* di questa posizione un istante di più, mi capisci, vero?»

«Non essere così curiosa, Rossa. Non sopporti proprio di non sapere qualcosa, eh? Okay, okay», fa marcia indietro quando comincio ad aumentare la pressione sui polsi. «Alex è un po' come tuo fratello».

«In che senso?», domando mollando un po' la presa. «Cosa vuol dire che assomiglia a mio fratello?»

«Nel senso che fa anche lui il cronista televisivo… o meglio, faceva il corrispondente dall'estero. Per anni l'hanno mandato in giro per il mondo. Era uno di quelli tosti, ha vinto diversi premi di giornalismo, eccetera eccetera».

«Ho mai visto qualche suo servizio?»

«Forse», risponde Sean liberandosi le mani e posandomele sui fianchi. «A New York. Lavorava per una tivù americana: adoravano il suo accento, a quanto pare, è per quello che l'hanno assunto. Ha cominciato come semplice cronista, poi è passato a fare servizi sempre più impegnativi. È stato mandato ovunque ci fosse qualche guerra. Non è uno che si fa intimorire facilmente. Una vita che non farebbe per me».

Penso ai programmi che seguo quando sono a New York. Più che altro guardo la NBC: vedo *Today Show* ogni mattina a colazione, una trasmissione molto popolare negli Stati Uniti. Ma a essere sincera mi interessa di più il programma che viene subito dopo, pieno di notizie sul mondo dello spettacolo e di consigli per un buon barbecue all'aperto con gli amici o per i prossimi regali di Natale, a seconda della stagione. «Magari l'ho anche visto», taglio corto cercando di nascondere il fatto che non guardo quasi mai i telegiornali. «Ma dal momento che non so che faccia abbia, come posso saperlo?»

«Be', lo saprai quando lo vedrai», risponde Sean facendomi scivolare con delicatezza le dita sulla schiena, su e giù: mi trasmette un lungo brivido.

«Sul serio? E come mai?»

«Lo capirai quando lo vedrai il giorno del matrimonio».

«Il nostro?»

«No, quello a cui siamo invitati tra un paio di settimane a Edimburgo. Callum, lo sposo, è anche amico di Alex, che al momento è in Scozia per passare un po' di tempo con la famiglia mentre cerca un nuovo lavoro».

«Alex è scozzese?»

«Già, proprio come Luke, solo che lui parla con un forte accento scozzese, be', almeno ce l'aveva prima di andare negli Stati Uniti».

«Allora non vedo l'ora di conoscere questo tuo amico misterioso: dev'essere un uomo interessante».

«Sì, Alex è un tipo in gamba».

«Lo spero, visto che è il tuo migliore amico. Anche se...», mi chino a baciarlo, incapace come sempre di resistere all'effetto travolgente delle sue mani sul mio corpo, «non credo che possa essere meglio dell'uomo che sto baciando in questo momento».

«Rossa, non hai mai pronunciato parole più vere», replica Sean, «e tra un istante ti dimostrerò quanto tu abbia ragione...».

Capitolo 5

«E quest'anno il premio va a...».

Com'è eccitante trovarsi in mezzo a tutte queste celebrità in abito da sera. Io, Sean, Oscar e Luke stiamo assistendo alle premiazioni per gli *Stardust TV Awards* all'Arena 02 di Londra, e siamo circondati da una marea di personaggi famosi della tivù di ieri e di oggi, venuti a scoprire se hanno ricevuto un premio oppure a porgere un'agognatissima stella d'argento a qualche collega, o anche soltanto a sorseggiare lo champagne offerto da un drappello di cameriere discinte che compaiono ogni volta che c'è una pausa per la pubblicità.

La serie tivù in costume che ha fatto incontrare Oscar e Luke è in lizza per un sacco di premi, e adesso siamo tutti qui con i biglietti omaggio che ha ricevuto Luke. Innamorati come siamo di tutto quanto riguardi le celebrità, io e Oscar abbiamo accettato l'invito di Luke senza la minima esitazione, mentre Sean è stato un po' più restio, ma alla fine ha acconsentito e ora è assolutamente stupendo in smoking, al mio fianco. Oscar indossa una delle sue solite eccentriche tenute: giacca di velluto viola sopra una camicia di seta rossa, mentre io sfoggio un abito turchese di Ted Baker appositamente acquistato per l'evento. Ho detto casualmente al commesso in quale occasione avevo intenzione di indossarlo e sono stata felice di scoprire che era entusiasta quanto me all'idea della serata che mi aspettava.

Era eccitatissimo quando gli ho detto che avremmo fatto il tifo per la serie di Luke, e che era stato lui a farci avere i biglietti. A quanto pare Luke, nella sua uniforme da lacchè, è stato molto apprezzato in certi ambienti e ha un folto pubblico di fan.

«Sì, è proprio lui!», esclama Oscar. «E quello è Max Branning insieme al resto del cast di *EastEnders*!». Io e Oscar siamo stati già un paio di volte sul punto di cadere dalla balaustra per cercare di individuare i nostri attori preferiti giù in platea.

«La volete smettere voi due?», ci rimprovera Sean sfogliando il programma della serata con il massimo aplomb. «Sono persone normalissime come noi».

«Lo so», rispondo sedendomi in maniera più composta e cercando di assumere un'aria distaccata. «È solo un gioco, il nostro, una specie di bingo delle celebrità».

Sean fa una smorfia divertita. «Il bingo delle celebrità? E cosa si vince? Ci si tuffa di sotto per ricevere il premio direttamente dalle braccia di Dermot?».

Si riferisce a Dermot O'Leary, che presenta la serata: io e Oscar ci siamo messi a squittire come due criceti impazziti quando l'abbiamo visto comparire sul palco. Vado pazza per lui dai tempi della serie *Big Brother's Little Brother* e Oscar... be', lui dice che gli sfilerebbe i pantaloni molto volentieri! «No», rispondo. «È solo per passare un po' il tempo mentre aspettiamo. Siamo qui per applaudire Luke e la sua serie, il resto non ci interessa granché, lo sai».

Sean scoppia in una risata sonora. «Sì, certo. Quanto è vero che prima della fine della serata mi vedrete sul palco a ricevere una di quelle stelle d'argento!».

Scoppio a ridere. «No, Sean, tu detesti trovarti al centro dell'attenzione. Questo non è possibile».

«Per l'appunto. Ma scommetto che a te piacerebbe, invece, non è vero? Magari hai persino pensato a cosa potresti dire al momento della premiazione...».

Sean ha una capacità straordinaria di intuire quello che mi passa per la testa. E naturalmente ha ragione: mi piacerebbe da matti trovarmi laggiù, sul palco, con i fari e gli occhi di tutti puntati addosso. Ho sempre sognato un momento del genere. Anni fa mi capitava di fantasticare a occhi aperti all'idea di vincere un Academy Award a Hollywood. Lo ricevevo dalle mani di Johnny Depp, o di Colin Firth. Adesso non mi capita più. Sono più grande, più matura.

Adesso mi piacerebbe che fosse uno come Will Smith, oppure Ryan Gosling, o il mio caro amico Bradley Cooper, a consegnarmelo!

«Può anche darsi che per un attimo mi abbia sfiorato il pensiero», ammetto. «Ma tanto non succederà mai, perciò che c'è di male se fantastico un po'?».

«Guardate!», esclama Oscar agitando verso la platea un braccio inguainato di velluto viola. «Fanno di nuovo quel giochino dei posti».

Questa strana cosa si è già ripetuta varie volte: quando una star si alza per andare in bagno o per allontanarsi a fumare una sigaretta o chissà cos'altro, compaiono delle signorine graziosamente vestite che si affrettano a occupare i loro posti (presumibilmente per evitare che gli spettatori a casa si accorgano dei buchi nel pubblico).

«Che buffo!», commento quando me ne accorgo per la prima volta. «Immaginate se mi chiedessero di andare a prendere il posto dei Monty Python».

«Se ti dovesse mai capitare una cosa del genere, credo sia meglio che tu ti metta seriamente a dieta, cara», replica Oscar senza staccare gli occhi dalla platea.

Mi sono voltata verso di lui preoccupata. «Perché dici così?»

«Be', saranno anche magri, ma da sola occupare *tutti* quei posti!».

«Ah!», esclamo tirando un sospiro di sollievo. «No, dico sul serio, non trovi che sia tristissimo? Hai notato che nessuno rivolge la parola a quelle povere ragazze? È come se non esistessero».

Loro si siedono e nessuno le degna di uno sguardo. Uno spettacolo deprimente.

«La tivù è finzione purtroppo, vero, Oscar?», gli sussurro in un orecchio. «Mi riferisco alle cose che succedono lontano dai riflettori, non soltanto ai programmi».

Fa cenno di sì con la testa. «È quello che mi ripete Luke ogni volta che gli dico quanto lo invidio. Sostiene che in tivù si guadagna bene, ma non c'è libertà. Per questo preferisce di gran lunga il teatro. Dice che è più vero. Più autentico».

«Sì, immagino che abbia ragione». Penso a mio fratello Jamie, e al suo mestiere di corrispondente televisivo, e al nostro amico Max, che fa il cameraman a New York. Anche loro dicono più o meno la stessa cosa. Non hanno mai capito perché io segua con tanta eccitazione quello che accade sul piccolo e grande schermo. Per loro non è niente di eccezionale e mi hanno ripetuto spesso che non è affatto emozionante come sembra.

«La sai una cosa, Oscar? Quando si vede una scena come questa, si può cominciare a credere che Luke, Jamie e Max abbiano ragione».

«Riguardo a cosa?», domanda Sean ritornando al suo posto. Mentre noi tenevamo d'occhio la platea, si è allontanato un momento per andare al bagno.

«Scarlett ha deciso che la tivù è tutta una farsa», esclama Oscar a voce abbastanza alta da far girare numerose teste.

«Ssst, Oscar!», sussurro con la faccia in fiamme. «Non ho detto questo. Però ho l'impressione che a volte sia un po' finta».

«Be', certo che è finta», replica Sean. «Difficile che possa essere altrimenti, del resto. Pensa solo ai reality show, che in realtà seguono un copione e una sceneggiatura ben precisi».

«No!», esclamo pensando al mio preferito, *Il grande fratello*. «Non è possibile che quelle cose non siano vere. Non essere sciocco».

Sean indica la platea con un cenno del capo. «Rossa, cosa fanno secondo te tutti quei bei tomi là sotto? Gli attori. Recitano: la tivù è finzione, è così evidente».

«Ehi, non scordare che il mio fidanzato è uno di quei bei tomi, come dici tu!», replica Oscar imbronciato. «E ti posso garantire che lui non ha niente di finto!».

Sean gli lancia un'occhiataccia.

«Ti sbagli, Sean», insisto io. «Jamie non finge. E neanche Max».

«Scarlett... anche Jamie sa come dare colore alle sue storie», sorride. «Ho visto come sgrana gli occhioni quando intervista una ragazza carina. È finzione, quella».

So che Sean sta scherzando, ma mi dispiace sentir parlare così di Jamie. È passato solo un anno e mezzo da quando ci siamo incontrati, ma sono molto protettiva nei suoi confronti.

«Devo recarmi un momento alla toilette», annuncio brusca alzandomi, «prima che Luke salga sul palco».

«Visto cos'hai combinato?», bisbiglia Oscar a Sean, che mi guarda sorpreso mentre io mi avvio sulla gradinata, diretta alla toilette.

«Aspetta, Scarlett, vengo con te!», esclama Oscar dopo un istante.

Ci ritroviamo di nuovo nel corridoio davanti ai bagni.

«Torniamo a sederci?», mormoro immalinconita.

«Non diceva sul serio, Sean, sai?», mi consola Oscar. «Riguardo a Jamie, intendo. Voleva solo sottolineare che, a volte, i giornalisti usano qualche innocuo trucchetto nel loro lavoro. Anche i migliori».

«Lo so. È solo che mi manca, Jamie, da quando fa questo nuovo lavoro. Quando era a New York, ci vedevamo sempre. Adesso viaggia talmente tanto spesso che non riusciamo nemmeno a sentirci al telefono, figurati se riusciamo a trovare il modo di incontrarci!».

«Immagino che anche Max senta un sacco la sua mancanza», commenta Oscar.

Quando l'ho incontrato, Jamie faceva il corrispondente da New York per una tivù inglese e Max era il suo cameraman. Ma da quando Jamie è stato assunto dalla NBC, Max è stato assegnato a un'altra giornalista. Una tipa simpatica, a giudicare da quello che ho visto, ma anche Max sente la mancanza di Jamie.

«Sì, purtroppo», sospiro. «Come me».

«Basta adesso!», esclama Oscar. «Ti ho sentita sospirare sin troppo spesso negli ultimi tempi e non voglio vederti così». Fa una faccia da clown triste e finge di asciugarsi una lacrima. «Questa non è la Scarlett che mi piace e che conosco. Dov'è finita la tua allegria? Il tuo entusiasmo, la tua travolgente passione per la vita?»

«Quello con la travolgente passione per la vita sei tu, Oscar», puntualizzo con un sorriso. «Non io».

Ride. «Già, già. Non mi sembra di avere sentito Luke lamentarsi, però!».

Alzo gli occhi al cielo.

«Ma non parliamo solo del favoloso giovane che hai davanti!», esclama lisciandosi i capelli scuri. «Stasera hai bisogno di divertirti un po', Scarlett! Voglio vedere ricomparire il sorriso sulle tue belle labbra e so come riuscirci, vedrai!».

Capitolo 6

«Dove mi stai portando?», domando con il fiato corto mentre Oscar mi trascina lungo un corridoio interminabile. «Non dovremmo essere qui, vero, Oscar?».

D'accordo, mi ha detto di non fare domande quando ha tirato fuori due cartellini appesi a un cordoncino di seta rossa dalla pochette, e me ne ha appeso uno al collo. Sean l'ha guardato piuttosto scioccato stasera vedendolo comparire con quella pochette di pelle viola, ma ormai è abituato a Oscar: i suoi modi stravaganti e le sue mise ancor più bizzarre non lo sorprendono più di tanto; e la pochette in fondo è in tinta con la giacca.

«Dov'è che li hai presi, questi pass?», insisto.

«Te l'ho detto, Scarlett: niente domande! Diciamo che li ho trovati *per caso* in un ufficio quando hanno consegnato a Luke il suo lasciapassare l'altro giorno. Mi sono detto che potevano tornarci utili».

«Oscar!».

«Be', ci stanno tornando utili, non ti pare?».

«Cos'hai in mente?»

«Te l'ho detto: voglio che tu ti diverta un po'!», risponde mostrando con nonchalance il suo tesserino a un addetto alla sicurezza che piantona una porta con su scritto SOLO PASS ROSSO.

Entriamo in una grande stanza piena di gente con fogli di appunti, iPad o walkie talkie in mano, la fronte aggrottata in un'espressione tesa. In mezzo si muove qualche personaggio in abito da sera per ricevere gli ultimi ritocchi al make-up o all'acconciatura. D'un tratto capisco dove siamo arrivati.

«Oscar!», esclamo parandomi davanti a lui perché mi guardi negli occhi. «Siamo dietro il palco!».

Oscar annuisce entusiasta. «Forza, tesoro», sussurra prendendomi per mano. «Diamo un'occhiata in giro prima che ci scoprano!».

Cerchiamo di guardarci intorno con naturalezza. In realtà, è tutto molto meno entusiasmante di quanto immaginassi. Anche quando riusciamo a scorgere qualche star, è solo per vederla scomparire sul palco oppure sfilare via con il premio in mano, verso i giornalisti in attesa.

«Ehi, voi due, laggiù!», sentiamo gridare. Ci giriamo e vediamo una donna con gli auricolari che brandisce una cartellina verso di noi. «Sì, voi due! Forza, ci sono altri posti da riempire. Sbrigatevi!».

«No, Oscar!», esclamo con risolutezza quando vedo che gli luccicano gli occhi. Scuoto la testa decisa. «Ci siamo già spinti sin troppo in là. Ci siamo divertiti, adesso basta, però».

Con una presa inaspettatamente salda Oscar mi trascina verso la porta che dà sull'arena, dove la donna sta gesticolando come una forsennata per smistare i tappabuchi verso i vari posti da riempire.

«Perfetti», esclama dopo averci squadrato. «Ci sono due poltrone da riempire nella zona dei talent show. Tu vai benissimo laggiù, guarda: i tuoi lunghi capelli scuri sono quello che ci vuole dove si è appena alzata Nicole Sherzinger. Infilati accanto a Gary Barlow, cara. E tu», dice a Oscar, tirandolo verso di sé. «Lo vedi quel posto vuoto in mezzo al cast di *Ballando con le stelle*?»

«*Bien sûr*!», esclama Oscar e si allontana piroettando.

La donna lo osserva. «Ma tu guarda! Proprio quello che ci voleva: è identico a Bruno Tonioli, che deve presentare la prossima premiazione». Poi si volta verso di me. «Ti senti bene, cara? Mi sembri un po' pallida».

«Devo sul serio andare a sedermi accanto a Gary Barlow?», squittisco. Gary è uno dei giudici di *X Factor* ma, soprattutto, è il leader dei Take That, il mio gruppo preferito in assoluto.

«Sì, e adesso sbrigati, però, che tra un istante termina la pubblicità», risponde spingendomi in platea senza tante cerimonie. Mi avvio barcollando sui tacchi verso la poltrona che mi ha indicato.

Che cosa posso dire a Gary Barlow, adesso?, penso. *Non posso certo fare come quelle ragazze che rimangono lì mute come delle belle statuine. Non fa per me*. Prendo un respiro profondo. *Calma e sangue freddo. Di cosa dovrei avere paura? In fondo ho conversato più di una volta con gente come Johnny Depp, Kate Winslet e Bradley Cooper. Perché non dovrei cavarmela con Gary Barlow?*

Passando, vedo che Oscar si è già messo a chiacchierare con Len Goodman, uno dei giudici della trasmissione. Gesticola come se volesse mostrargli dei passi di danza, e Len lo osserva divertito.

Bene: se lo fa Oscar, posso farlo anch'io.

M'infilo nel posto accanto a Gary. Non sembra neanche accorgersi di me e continua a chiacchierare con l'altra persona che ha accanto, qualcuno della troupe di *X Factor*, immagino, perché non mi sembra di conoscerlo.

Mi schiarisco la gola.

Non serve ad attirare l'attenzione di Gary, così provo a fare un po' di rumore per vedere se si volta.

Lui si gira un istante, mi rivolge un cenno con la testa e torna a voltarsi dall'altra parte.

No! E adesso?

Mi metto a canticchiare le prime note che mi vengono in mente, ma neanche questo produce alcun risultato, così comincio: «*...and through it all, she offers me affection...*».

Gary smette di chiacchierare per rivolgere la sua attenzione a quanto sta succedendo sul palco dove è ricomparso Dermot O'Leary. Mi rendo conto che siamo di nuovo in onda.

«Ti ho sentita canticchiare...», mormora Gary senza smettere di sorridere e di guardare davanti a sé. Sembra una specie di ventriloquo: parla senza quasi muovere le labbra per non smettere di sorridere.

«Sì. È una delle mie canzoni preferite», esclamo, felice di avere attirato la sua attenzione.

«Allora dovresti sapere che la canta Robbie», commenta seccato voltandosi a guardarmi per una frazione di secondo. Sa che uno stuolo di cameramen stanno girando per la platea e a ogni istante potrebbero zoomare su di lui. «E poi, non fa neanche così. È *protection*, non *affection*», aggiunge in tono di rimprovero.

Cerco di fare mente locale. Maledizione! Com'è possibile che quando mi sono messa a sussurrargli *Angels* all'orecchio sia riuscita non solo a sbagliare le parole, ma anche a scegliere un assolo di Robbie Williams? Divento paonazza.

«Oddio! Come mi dispiace! È che non mi aspettavo proprio di ritrovarmi qui», farfuglio. «Solo qualche minuto fa io e il mio amico eravamo seduti lassù». Mentre sollevo una mano per indicare i nostri posti sulle gradinate, vedo Sean che mi sta osservando stupefatto, e ritiro prontamente la mano. «Ma poi ci siamo persi, e una tipa ci ha acchiappati e sbattuti qui fuori e così... eccomi qui».

Gary lascia perdere un momento il palco e si volta a guardarmi per bene.

«Una bella avventura, non c'è che dire», commenta con la sua voce cantilenante. «Ti succedono spesso cose del genere?»

«Be', a dire il vero, sì», sono costretta ad ammettere. «Mi capitano spesso, in realtà. Ciao, io sono Scarlett, comunque».

Gary sorride e mi stringe la mano. «Complimenti, Scarlett. Continua così: non permettere alla noia di rovinare la tua vita avventurosa. Ehi, attenzione: stanno assegnando un altro premio. Sorridi!».

Mi volto verso il palco e vedo che era uno dei premi per cui era in lizza la serie di Luke, e hanno vinto loro!

Mentre tutto il cast e la troupe si affollano sul palco, intravedo Luke e mi metto ad applaudire entusiasta. Con la coda dell'occhio scorgo un certo trambusto nella zona di *Ballando con le stelle*: Oscar si è alzato in piedi e sta strepitando e battendo le mani infervorato. Len Goodman, al suo fianco, lo sta tirando per la giacca nel tentativo di convincerlo a tornare a sedersi, ma le telecamere ormai sono tutte puntate su di lui. Oscar appare su tutti gli schermi intorno al palco e immagino che sia finito anche nelle case dei telespettatori.

Sollevo la testa per guardare Sean. A giudicare dalla sua espressione non sembra particolarmente contento della nostra impresa.

Gary si volta verso di me scuotendo la testa. «Poco autocontrollo, quelli di *Ballando con le stelle*, l'ho sempre detto! Ecco perché non ho mai accettato di partecipare».

«Sul serio?», borbotto senza riuscire a staccare gli occhi dalla scena di Oscar allontanato a forza e scortato verso l'uscita da un paio di nerboruti addetti alla sicurezza. «E non perché sei un pessimo ballerino?».

Quando mi copro la bocca con una mano, è troppo tardi ormai. Gary sta sorridendo.

«Sei sul serio una fan dei Take That, allora», esclama.

La tipa che ci ha spediti in questi posti sta gesticolando per indicarmi di rientrare.

«Credo sia il momento di tornare dietro le quinte», sussurra Gary appena annunciano un nuovo break pubblicitario. «Sta per tornare Nicole, immagino».

Sospiro. «Mi ha fatto piacere conoscerti, Gary. Sul serio. Mi spiace per quello che ho detto. A volte certe cose mi scappano proprio di bocca. Scrivi delle canzoni stupende, però, se ti può consolare».

«E tu», replica con un sorriso mentre io mi alzo e mi liscio il vestito, «sei davvero...». Esita e mentre aspetto impacciata che finisca, mi rendo conto che abbiamo attirato l'attenzione di diverse persone.

Spero che stia per concludere la frase con «...stupenda in quell'abito», o anche soltanto «...una boccata d'aria fresca in mezzo a tutte queste megastar». Persino un semplice «...tutta matta», in fondo, dopo quello che gli ho appena detto, potrebbe andare.

«...chiaramente una fan di Robbie Williams», conclude infine. Poi mi fa l'occhiolino: «Non preoccuparti. Al nostro prossimo concerto, chiamami: ti faccio avere un pass per il dietro le quinte».

Sto per mettermi a saltare dalla gioia quando mi ricordo che ho i tacchi alti, e non è il caso.

«Grazie!», bisbiglio. «Grazie mille!».

«Adesso vai! Prima che quella là scoppi. Non vuoi averla sulla coscienza, no?».

Corro verso l'uscita dove la solita tipa sta ancora gesticolando come una forsennata. Appena la raggiungo, mi lancia un'occhiata feroce e con fare deciso mi accompagna dentro.

«Chi diavolo siete tu e il tuo amico?», sibila inviperita fissando Oscar: un addetto alla sicurezza con un giubbotto giallo fosforescente lo sta accompagnando verso di noi, a passo di marcia. «Non siete dell'agenzia, vero?»

«Ecco...», balbetto io, mentre arriva Oscar e si divincola dalla presa dell'uomo.

«Non è necessario essere tanto sgarbati», esclama lisciandosi la giacca. «Non sono abituato a lamentarmi se uno con i tuoi muscoli vuole mettermi le mani addosso», dice guardandogli i bicipiti, «ma questa è una giacca di Armani d'annata...».

«Di Armani?», esclama l'altro, sorpreso. «Mi sembrava un velluto molto morbido, in effetti. Io me ne intendo di stoffe: col lavoro che faccio, me ne sono passate talmente tante tra le mani! Avrei detto Versace, però, o McQueen. Non Armani».

Lo fissiamo tutti e tre. È un omaccione che non ha certo l'aria di essere un esperto di tessuti e di moda maschile, con quel giubbotto catarifrangente addosso.

«Perché?», esclama lui. «Solo perché sono costretto a vestirmi così quando lavoro, non vedo per quale motivo non dovrei essere in grado di riconoscere una bella giacca quando la vedo!».

«Comunque», interviene la donna riportando l'attenzione a noi due, «parliamo di questi pass!». Li agguanta con una mano strappandoceli quasi dal collo.

«Oscar! Sei qui!», sentiamo. È Luke, sta venendo verso di noi. «Ti ho visto, sai, prima. Perché ti sei messo a fare quella scena? Sul serio», dice rivolgendosi alla tipa che stringe i nostri pass tirandoci il collo, «non posso proprio portarlo da nessuna parte, questo qui, negli ultimi tempi».

La donna non ha bisogno di controllare il *suo* pass (legato al collo da un nastro azzurro) per sapere chi è Luke.

«Sono insieme a lei?», chiede stringendo i cordoni dei nostri pass come se fossero due guinzagli.

«Certo. Sono miei amici!». Luke le sfila i pass di mano e ci porta via prima che lei possa aggiungere altro. «Ci penso io, Mary, adesso. Grazie per esserti presa cura di loro!».

La tipa continua a fissarci sospettosa mentre ci allontaniamo insieme a Luke: lo seguiamo obbedienti come due cagnolini.

Appena siamo a distanza di sicurezza, Luke ci lascia andare e si volta verso Oscar accigliato.

«Non sperare in un solo momento di noia quando c'è Oscar di mezzo: dovresti saperlo ormai, Luke», si schermisce lui con aria innocente.

«Scarlett», esclama Luke voltandosi verso di me. «Mi sa che qui c'è il tuo zampino. Oscar mi ha raccontato dei tuoi trascorsi».

«No, questa volta io non c'entro, Luke», rispondo. «Ti posso assicurare che stavolta sono una complice involontaria. Spero di non averti rovinato la serata, però».

Luke sorride. «Ma no. Niente può rovinarmi una serata come questa! A parte il premio, ho appena ricevuto una telefonata».

«Davvero, e da chi?», domanda Oscar, contento di vedere che Luke non è arrabbiato.

«Dal regista con cui ho fatto l'audizione l'altro giorno».

«Per quella parte che eri convinto di non ottenere?», domanda Oscar e mi accorgo che, d'un tratto, non è più tanto entusiasta.

«Sì! Non ci speravo, e invece me l'hanno data! Le prove cominciano tra qualche settimana. Credo che ci vedremo abbastanza spesso quando sarai a New York, Scarlett: vado a Broadway!».

«Wow, che bella notizia, Luke!». Lo abbraccio. «Congratulazioni!».

«Eccoci di nuovo daccapo», borbotta Oscar. «Cos'ha quella città? Prima mi strappa mia sorella, poi la mia migliore amica, e adesso anche il mio fidanzato. Credo che mi farò stampare una maglietta con su scritto "Odio New York con tutto me stesso!"».

Capitolo 7

«Che cosa state facendo voi due là dietro?». Sean distoglie per un istante gli occhi dalla strada e lancia a me e Oscar un'occhiata dallo specchietto retrovisore.

«Stiamo guardando una puntata di *Dallas* sull'iPad di Oscar», rispondo togliendomi un attimo le cuffie.

«Insieme?»

«Sì, con le nuove cuffie di Oscar è possibile. Lui le inserisce nell'iPad e io mi collego alle sue».

Sean scuote la testa. «E tu invece, Maddie?», le chiede voltandosi verso di lei. Io e Maddie abbiamo fatto cambio di posto, e ora lei è seduta davanti accanto a Sean. «Non sei una patita di *Dallas* anche tu?»

«No, a dire il vero, non tanto». Non distoglie lo sguardo dal flusso di macchine che corre ininterrotto lungo la A1. «Di questi tempi non ho bisogno di cercare motivi di batticuore in tivù».

Sean e io ci scambiamo un'occhiata nello specchietto retrovisore. Non riesco a credere che Maddie sia diventata così. È sempre stata dotata di un grande ottimismo: anche se lavora per un'organizzazione umanitaria e si occupa ogni giorno di storie di povertà e disperazione, ha sempre guardato alla vita con grande positività. Deve avere dei problemi seri con Felix, se è tanto giù. Non ha ancora voluto parlarmene, però. È sempre vaga ed elusiva quando cerco di farmi raccontare qualcosa. È così strano, perché finora abbiamo sempre condiviso tutto, le cose belle e brutte della nostra vita.

Stiamo andando tutti insieme in Scozia per un matrimonio che si terrà domani nel castello di Edimburgo. Sean e Oscar sono amici di Callum, lo sposo, e di Louisa, la sposa. Si sono conosciuti grazie a Ursula, la sorella di Sean, circa dieci anni fa, a Londra, quando facevano le maschere in un teatro all'aperto di Regent's Park, da studenti. Abbiamo preferito andare in macchina piuttosto che prendere l'aereo o il treno perché Sean voleva fare un salto a Glasgow dopo il matrimonio per un paio di colloqui di lavoro e anche per vedere suo padre. Così io e Oscar abbiamo deciso di trasformare questo matrimonio in un piccolo viaggio a tappe e abbiamo convinto Sean (con un po' di fatica, ma alla fine l'abbiamo spuntata) che gli avremmo concesso i suoi colloqui di lavoro se ci prometteva che al ritorno saremmo passati da Gretna Green.

«Gretna Green!», protesta Sean. «E perché mai? Non lo sapete che è soltanto un posto per turisti ormai?»

«Perché Oscar non ha ancora deciso dove sposarsi. E poi non credi che sarà romantico vedere un posto che è stato meta di tante fughe d'amore?»

«Va bene, se ci tenete tanto», finisce per acconsentire Sean con una scrollata di spalle. «Ci passeremo al ritorno. Ma tu, Scarlett, non metterti in testa strane idee: non ho nessuna intenzione di giurarti fedeltà nella bottega di un fabbro...».

«E dài! Come se...», replico anche se in realtà un pensierino ce l'avevo fatto. Non solo sarebbe stato romantico, ma anche *semplice* decidere di sposarsi a Gretna Green, così, su due piedi, e basta.

Maddie si è unita a noi all'ultimo momento. Mi sembrava che avesse bisogno di distrarsi e un week-end in Scozia con i suoi amici poteva essere una buona occasione, anche se mi rendo conto che un matrimonio non sia in realtà il tipo di svago più adeguato per un momento come quello che sta attraversando lei.

Quando le ho proposto di venire con noi, ha insistito che non le andava di autoinvitarsi al matrimonio di Callum e Louisa e che preferiva farsi un giro per Edimburgo. Ma quando Sean ha anticipato a Louisa che ci sarebbe stata anche una nostra amica, lei è stata carinissima e ha detto che c'erano ancora un paio di tavoli con dei posti liberi e che comunque c'era una marea di invitati, così alla fine Maddie è stata costretta ad accettare. Più che altro perché io la smettessi di insistere, immagino, ma spesso non ci sono molti altri modi di tapparmi la bocca.

«Non riesco proprio a capire il fascino di una serie come *Dallas*», riprende Sean. «Cosa può esserci di tanto interessante in una banda di texani con il cappello da cowboy che non si può trovare in un buon western?»

«Oh, quanto sei noioso! Tu e la tua cinefilia!», rispondo scherzando. «Credi di saperne tanto di cinema e fino a poco tempo fa non sapevi neanche la differenza tra Gary Cooper e Bradley Cooper!».

«Be', forse stai esagerando un po'!», esclama Sean facendomi l'occhiolino nello specchietto. «Comunque posso dire di aver avuto una buona insegnante, oh mio Obi-Wan».

«Hai più avuto notizie di Bradley?», domanda Maddie. «Non riesco ancora a credere che quando sono venuta a New York stesse giocando insieme a voi alla caccia al tesoro per il vostro fidanzamento».

Sorrido al ricordo. Avevo incontrato Bradley a un'asta di beneficenza durante il mio primo viaggio a New York insieme a Oscar, e per una strana concatenazione di eventi eravamo diventati amici. «Sì, mi manda un SMS ogni tanto. Dipende dai suoi impegni sul set. È sempre super impegnato».

«A me sembra un incanto anche solo poter dire di essere in contatto con Bradley Cooper», commenta Maddie sognante, poi si volta e mi sorride. «Sei fortunata, Scarlett!».

«Lo so. Mi basta vedere il suo nome sullo schermo per sentirmi al settimo cielo». Lancio un'occhiata a Sean, ma la cosa non sembra preoccuparlo più di tanto. «Comunque», continuo cambiando argomento, «la maggior parte dei personaggi di *Dallas* non sono affatto dei cowboy, ma dei super petrolieri. E che male c'è a portare il cappello da cowboy? A me piace: lo trovo sexy. Potrebbe essere un'idea per il tuo matrimonio, Oscar, che ne dici?»

«Questa sì che è una bella trovata! Cowboy e...». Gli scintillano gli occhi.

«Scarlett, non mettergli strane idee in testa!», brontola Sean, ridacchiando. «Prima ancora che tu te ne renda conto, ti ritroverai in costume da squaw».

Oscar sbuffa. «Non significa che dobbiamo essere tutti tristi e noiosi solo perché tu sei peggio di un vecchio barbagianni, caro Sean!».

«No, sul serio, hai qualche idea, Oscar?», domanda Maddie. «Non mi riferisco a semplici voli di fantasia, ma qualche idea pratica», aggiunge con un gran sorriso. Sono felice di vederla già più contenta. Questo viaggio si sta rivelando utile: lo sapevo!

Oscar scrolla la testa. «Nooo, niente! È un incubo! Talmente tante cose cui pensare, da non credere. Spero solo che una volta trovato il posto, il resto diventerà più facile».

«Non te l'avevo detto che organizzare un matrimonio non è una passeggiata?», esclamo. «E comunque sono d'accordo con te che la location è la prima cosa».

«E voi due, invece, state facendo progressi?», domanda Maddie rivolgendosi a me e Sean. «Mi sa che dovrò dare una mano a tutti e tre, se non cominciate a darvi una mossa, anche se non credo sia una buona idea, considerato il mio umore negli ultimi tempi. Finisce che vi costringo a vestirvi a lutto e a portare un velo nero sul capo!». Ride, ma so che non è solo una battuta.

Oscar si mette letteralmente a saltare di gioia. «Ecco! Guarda, Scarlett, il nostro John Ross Ewing! Mmm, quest'uomo è talmente sexy che potrebbe fare di me quello che vuole!».

«Oscar!», esclama Sean guardandolo nello specchietto retrovisore.

«Che c'è?», ribatte Oscar sfilandosi le cuffie. «Perché, non è così, Scarlett?»

«Sì, è la verità. Da quando è morto il vecchio J.R., il vero cattivo di *Dallas* è lui. Anche se non è il solo, comunque. Ma John Ross è uno squilibrato, secondo me: non esistono persone sane di mente che ci prendano tanto gusto a complottare alle spalle degli altri per pura cattiveria».

«La mia meravigliosa Scarlett, così ingenua e innocente!». Vedo nello specchietto gli occhi celesti di Sean traboccare d'affetto. «Non immagini di cosa siano capaci certe persone a volte. Tu, tesoro mio, devi essere stata fortunata e aver vissuto un'esistenza felice se non hai ancora incontrato nessun John Ross».

«No, sul serio, Sean, questi personaggi a volte si comportano in modo davvero feroce. Se esistono realmente esseri umani tanto perfidi, spero di non incontrarli mai!».

Arriviamo a Edimburgo dopo un lungo viaggio e ci rechiamo all'albergo in cui dobbiamo passare la notte: il Balmoral, a due passi dal castello, dove domani si sposeranno Callum e Louisa. La cerimonia si terrà in una cappella all'interno delle mura del castello dove ci sarà spazio appena per i parenti stretti e gli amici più intimi, ma poi al Balmoral si terrà un grandioso ricevimento.

Dopo un riposino nella nostra stanza, scendiamo per recarci a cena da The Witchery by the Castle: è davvero uno strano nome per un ristorante, "La sala delle streghe del castello". È stato Alex, l'amico di Sean, a consigliarcelo e prenotare.

«Wow!», esclamo mentre entriamo da una porticina seminascosta sul Royal Mile, e mi fermo a contemplare la sala arredata con estremo gusto e la calda atmosfera delle candele accese su ogni tavolo. «Che posto delizioso! Il tuo amico ha molto gusto, Sean».

«Be'... grazie», sento dire alle mie spalle. L'accento è scozzese e, quando mi volto, scorgo un giovane alto, dai capelli scuri e di bell'aspetto che mi sorride. «Fa sempre piacere sentirselo dire da una bella signora».

«Basta così, Alex: è già impegnata!», interviene Sean allegramente, posandomi un braccio sulle spalle con fare protettivo. «Scarlett, ti presento il mio caro amico e futuro testimone, Alex. Alex, questa è Scarlett che, come tu hai prontamente intuito, è la mia stupenda promessa sposa».

Alex allunga la mano sorridendo e, quando faccio per stringergliela e gli porgo la mia, lui se la porta alle labbra per un garbato ed elegante baciamano. «È un onore fare la tua conoscenza, Scarlett. Ho sentito parlare talmente tanto di te da Sean. E questi sono i tuoi amici che verranno con noi al matrimonio domani?», chiede rivolgendo lo sguardo verso Oscar e Maddie.

«Io... sì, certo». Ho un attimo di esitazione, Alex mi ha stupito. Non è affatto come me l'aspettavo dalla descrizione di Sean: lineamenti perfetti e penetranti occhi azzurri fanno pensare più a un attore di Hollywood che a un cronista televisivo. Certo, è pur vero che neanche mio fratello Jamie corrisponde allo stereotipo dell'uomo scialbo e tedioso che tendo ad associare a certi giornalisti. «Questo è il mio caro amico Oscar», dico mentre Oscar gli porge languido la mano come se si aspettasse anche lui un baciamano. Alex, com'è ovvio, si limita a stringergliela cordialmente.

«Credo che noi due ci conosciamo già, vero? Ci dobbiamo essere incontrati anni fa».

«Sì, è possibile. Così dice anche Sean», risponde Oscar. «Anche se mi sembra molto strano aver dimenticato un viso, o un fisico», aggiunge squadrandolo con aria sorniona, «come il tuo».

Alex sorride divertito.

«Lei invece», m'intrometto, posando una mano sulle spalle di Maddie, «è la mia cara amica Maddie».

«Noi invece non ci siamo mai incontrati, di questo sono certo», esclama Alex con maggiore entusiasmo di quanto non abbia dimostrato nei confronti di Oscar. «Non dimentico mai un bel viso! Felice di conoscerti, Maddie». E sfiora anche a lei il dorso della mano con le labbra. «Come ti sembra il mio Paese natale? Ti piace?»

«Quel che ho visto mi sembra molto affascinante», risponde Maddie arrossendo.

«Mi fa piacere», replica Alex rivolgendole un sorriso luminoso. «Ho prenotato uno dei tavoli migliori di questo posto, permettetemi di accompagnarvi». Porge il braccio a Maddie, e ci conduce al nostro tavolo.

In realtà, malgrado la galanteria forse un po' eccessiva, Alex si dimostra un tipo divertente e capisco perché lui e Sean siano amici dagli anni dell'università. È un meraviglioso ospite, molto cordiale e piacevole, e anima la nostra serata con i racconti delle sue avventure in giro per il mondo.

«Allora Oscar, Sean mi ha detto che non sarà il solo a sposarsi entro l'anno», dice infine Alex mentre attendiamo il dessert dopo avere gustato una cena deliziosa.

«È vero, anch'io mi sposo!». Al solo pensiero delle sue prossime nozze Oscar sprizza gioia da tutti i pori. Io e Sean siamo ormai fidanzati da qualche anno, mentre lui e Luke si stanno tuffando a capofitto verso il grande passo. «Io e Luke abbiamo intenzione di sposarci in autunno».

«E dove si nasconde questo misterioso Luke, stasera?», domanda Alex. «Spero che non sia allergico ai matrimoni, non sarebbe di buon auspicio, no?», esclama ridendo e poi beve un sorso di vino rosso.

«No, niente affatto», risponde Oscar, e vedo un'ombra d'irritazione passargli sul viso, solo per un attimo. «È a New York per le prove di uno spettacolo che sta per debuttare a Broadway».

«Ah, New York! Stupendo. Dovrò andarlo a vedere quando sono lì, allora».

«Sei in partenza per New York, Alex?», domando, sempre felice di parlare della mia città preferita. «Per vacanza?»

«No, per lavoro. In realtà, mi hanno chiamato proprio oggi».

«New York?», esclama Sean. «Così presto. Credevo che avresti cambiato ritmo dopo il tuo *ritiro*, e che d'ora in poi avresti passato un po' più di tempo qui da noi».

«Il ritiro riguarda soltanto l'attualità. Devo lavorare, Sean, funziona così, lo sai, e questa è un'opportunità troppo allettante per poterla rifiutare».

«Allora ti vedrò in tivù a New York?»

«No, niente tivù. Questa è una cosa diversa».

Alex non aggiunge altro, e noi non facciamo ulteriori domande.

«Be', comunque è eccitante», esclama Maddie allungando una mano verso il proprio calice. «Tutta questa gente che vive a New York… credo che verrò a trovarvi».

«Oh, sì, Maddie!», sto per cinguettare felice, ma Alex è più veloce di me.

«Sì, devi assolutamente venire», replica accarezzandola con un lungo sguardo. «Sono certo che riceverai molte offerte per farti da guida per la città...».

Maddie giocherella con lo stelo del bicchiere. «Se è così, verrò *senz'altro* quest'estate, o magari, chissà, forse persino prima». Distoglie lentamente lo sguardo dagli occhi di Alex. «Cosa ne dici, Scarlett?»

«Ma certo! L'ultima volta, in occasione del nostro fidanzamento, ti sei trattenuta per così poco tempo. Sarebbe stupendo se potessi venire e stare un po' con me!».

«Allora è deciso», dichiara Maddie sorridendomi, anche se i suoi occhi corrono per un istante a quelli di Alex.

«Sarà bello avere un nuovo amico a Manhattan, Alex», azzardo con un cauto sorriso. «Spero proprio che riusciremo a incrociarci».

«Certo, Scarlett. Mi farà piacere approfondire la conoscenza della fidanzata di Sean», conclude facendo tintinnare il bicchiere contro il mio. «Sono certo che diventeremo grandi amici!».

Capitolo 8

Il matrimonio al castello, il giorno successivo, è davvero spettacolare. Purtroppo non riusciamo a entrare tutti nella minuscola St Margaret's Chapel, la chiesetta del XII secolo in cui si celebra la funzione, così mentre gli sposi si giurano amore eterno alla presenza dei parenti e degli amici più stretti, gli altri invitati aspettano fuori, nel cortile lastricato, sotto un graditissimo sole di febbraio. Al suo arrivo al castello Louisa sembrava una modella: è scesa da un'elegante carrozza trainata da due cavalli grigi dal manto lucido. Lo sposo, Callum, non era da meno: è comparso su una scintillante Bentley bordeaux in un elegante tight grigio fumo e gilet scozzese.

Ora ci viene servito qualche *ufficioso* goccetto di whiskey in aggiunta agli *ufficiali* caffè che ci devono riscaldare mentre aspettiamo che gli sposi facciano qualche fotografia incorniciati dalle antiche mura del castello.

«Credi che a Luke piacerebbe sposarsi qui?», domando a Oscar osservando i massicci bastioni in pietra che svettano alle nostre spalle e dominano il panorama. «È una location perfetta, non credi?»

«In effetti, prima di arrivare, mi ero chiesto se non fosse una possibilità da tenere in considerazione. Del resto, come puoi ben vedere, io faccio un figurone in tartan», risponde volteggiando nel kilt che ha voluto indossare: esibisce un paio di polpacci snelli, ma sorprendentemente atletici.

«Spero che tu non abbia indossato il kilt alla scozzese, se stai facendo una cosa del genere!», esclamo, fissandolo allarmata, mentre lui continua a volteggiare.

«Non vorrai che faccia a meno delle mie Calvin Klein, tesoro!», replica con orrore. «E in pieno febbraio, per di più! Rimarrei senza doni da offrire al mio sposo il prossimo autunno se mi dovessero cadere congelati!».

Sorseggia il suo caffè, mentre io scuoto la testa.

«Comunque, ci avevo pensato all'idea di condurre all'altare il mio affascinante promesso sposo scozzese qui al castello, ma ora, con questo freddo gelido, sto pensando che tutto sommato non è un'idea così favolosa».

«Ma non sarà così freddo in autunno, non credi?».

Oscar arriccia il naso. «No, hai ragione. Ma trovo questo posto un po'... come posso dire, non vorrei essere indelicato... noioso».

«Noioso, il castello?»

«Non il castello in sé, ma sposarsi in un luogo come questo. Voglio che le mie nozze siano eccitanti, fiammeggianti, traboccanti di vita. Non così statiche... pesanti».

«Pesanti? In che senso?».

Oscar fa una smorfia. Si toglie il berretto (sì, indossa persino il tradizionale berretto scozzese) con aria pensosa. «Non provi un po' di claustrofobia in questo posto, Scarlett? Tra queste mura così massicce, con i cannoni e le armature a ogni passo?».

Mi guardo intorno. «No, direi di no. Perché, tu sì?».

Oscar annuisce con decisione. «A dirla tutta, tesoro, io detesto questo posto! Non vedo l'ora di fuggire. Continuo a temere che mi arrivi qualcuno alle spalle e mi getti in una segreta per il resto dei miei giorni!».

Lo guardo incredula. «Davvero?»

«Sì, certo. Non mento mai. Dovresti saperlo ormai».

Lo osservo meglio e mi rendo conto che ha un'aria spaventata. «Tieni», gli dico porgendogli il mio caffè. «Bevi. Credo che Sean ci abbia versato un goccio di whiskey».

Oscar lo beve in un sorso e gli torna un po' di colore sulle guance. «Grazie, dolcezza. Va tutto bene. È solo che luoghi come questo non fanno per me!».

Sta arrivando Sean, di ritorno da un giro del castello organizzato mentre gli sposi fanno le fotografie. «Non è una meraviglia?», esclama entusiasta, respirando a pieni polmoni l'aria frizzante. «Io dico che potremmo persino considerare questo posto per i nostri programmi, Scarlett!», aggiunge, con mio orrore, e raccapriccio da parte di Oscar. «Non ci si deve sposare per forza nella cappella, ci sono anche sale più grandi per gruppi più numerosi. È solo che Louisa sognava di sposarsi in quell'antica chiesetta sin da quando era bambina».

Guardo Oscar, che è di nuovo impallidito.

«No», rispondo cercando di pensare a un modo rapido per bloccare Sean. «Non credo che andrebbe bene per noi».

Mi guarda deluso. «Perché?»

«Be'... nessuno dei due ha natali scozzesi, ecco perché». Alzo una mano prima che possa aprire bocca, sapendo già cosa intende dire. «Lo so che tuo padre vive a Glasgow, ma non è scozzese neanche lui, o sbaglio?».

Sean è costretto ad ammettere che ho ragione.

«Sì, e poi è troppo lontano da Londra. Sarebbe complicato far venire tutti fin qui».

«Be', dire che sia complicato raggiungere Edimburgo mi sembra un po' eccessivo, non credi?», replica Sean accigliato. «Basta mettersi sulla A1. Non equivale certo a costringere i nostri invitati a salire su una barchetta a remi per attraversare un piccolo *loch* scozzese».

«Hai capito benissimo a cosa mi riferisco».

«Stai dicendo che dobbiamo per forza sposarci a Londra?». Sean comincia ad avere un tono irritato.

«No, però credevo che fosse quanto avevamo deciso».

Oscar si schiarisce la gola. «Detesto interrompere un imminente litigio scatenato da progetti nuziali che per una volta non riguardano me, ma credo che la coppia felice appena unitasi in matrimonio sia in procinto di raggiungere il luogo del ricevimento».

Louisa e Callum, alle nostre spalle, stanno salendo su un calesse per scendere alla volta dell'albergo.

«Mi dispiace, Rossa», esclama Sean sfiorandomi una guancia con un bacio. «Non discutiamone più oggi, d'accordo?»

«Non discutiamone *mai* più», sussurro io. «Voglio che il nostro matrimonio sia perfetto come quello di Louisa e Callum, Sean».

Il ricevimento al Balmoral è davvero sfarzoso. Siamo accolti da un maestro di cerimonie che ci guida su un tappeto rosso attraverso una profusione di addobbi avorio e oro. Dalla sala dei banchetti si scorge il castello che domina la città ed è un po' come trovarsi ancora là, dove gli sposi si sono giurati amore eterno.

«Grandioso, vero?», commenta Sean, mentre io contemplo la romantica eleganza dell'atmosfera. Alti gigli bianchi in allungati vasi di vetro decorano i tavoli, simbolo di tutto quanto è assolutamente perfetto, oggi.

Annuisco.

«Tutto bene, Rossa?», mi chiede Sean. «Sei un po' silenziosa, oggi».

«Ci avranno messo secoli per organizzare tutto questo, Sean», rispondo continuando a guardarmi intorno. «Non è stato trascurato nemmeno il più piccolo dettaglio. Ogni eventualità presa in considerazione in modo da evitare qualsiasi tipo di problema. Pensa alla disposizione degli invitati». Indico il foglio che abbiamo ricevuto entrando. «Invece di assegnare semplicemente un posto a ciascuno, hanno studiato le affinità tra gli ospiti in modo da suggerirci una serie di persone con cui possiamo scegliere di trascorrere la serata. Abbiamo persino un gruppetto con cui fare amicizia prima di andare a sederci!».

Sean fa una smorfia. «Non ti sembra un po' eccessivo? Dovevano avere un'enorme quantità di tempo a disposizione per riuscire a organizzare tutto in questo modo».

«Non importa. Si sono preoccupati di farlo, questo è quel che conta».

Mi passo una mano tra i capelli. Sento che mi sta di nuovo assalendo lo stress. «Ci tengo a questo genere di cose. Ci tengo che anche il nostro ricevimento sia organizzato in maniera squisita.

Ma se non riesco nemmeno a trovare il tempo per pensare alle cose più importanti, come potrò mai riuscire a occuparmi di simili particolari?»

«Allora lascia che me ne occupi io», si offre Sean. «Sul serio».

«No».

«Perché?»

«Perché no», insisto, incapace di trovare una risposta migliore.

«*Perché no* non è una ragione valida, Rossa».

«Una ragione valida per cosa?», domanda Oscar che compare con un calice di champagne in mano. «Non è semplicemente divino?», esclama. «Niente a che vedere con quel castello gelido e ventoso!».

«È proprio di questo che stavamo discutendo», rispondo. Poso il calice vuoto sul vassoio di un cameriere che sta passando tra gli invitati e ne prendo uno pieno. «Sean vuole organizzare da solo il *nostro* matrimonio».

Sono costretta a dare a Oscar un paio di colpetti sulla schiena perché gli è andato di traverso lo champagne.

«Oh, mi dispiace!», esclama tirando fuori un fazzoletto dal taschino con cui si asciuga delicatamente le labbra. «Non so cosa mi sia successo. Per un attimo ho creduto che stessi dicendo che Sean vuole occuparsi dell'organizzazione del vostro matrimonio».

«Già, proprio così», risponde Sean fissandolo con aria decisa.

Oscar sgrana gli occhi e spalanca letteralmente la bocca. «*Tu*! Organizzare il matrimonio! Finirebbe per essere tutto così... pratico e funzionale!».

«È esattamente quello che ho risposto io quando me l'ha proposto». Sapevo di poter contare su Oscar. Lo prendo sotto braccio, e lui posa una mano sulla mia con un sorriso rassicurante.

Sean incrocia le braccia e ci guarda. «Mi limito a dire due cose. London Eye e ponte di Brooklyn».

«Be'...». Oscar inclina la testa da una parte. «Effettivamente, questo dobbiamo concederglielo, tesoro. È anche capace di essere abbastanza romantico».

«*Abbastanza*?», protesta Sean. «Sono state due dichiarazioni d'amore incantevoli: se avessi fatto un video, sapete quanta gente le avrebbe guardate su YouTube? Altro che il discorso di matrimonio del cantante dei McFly, Tom Fletcher».

«Oh, cielo, ma l'avete visto anche voi quel video?», si lascia subito trasportare Oscar. «Favoloso! Ho continuato a singhiozzare dall'inizio alla fine, quando l'ho visto la prima volta. Fazzolettini ovunque e...».

«Comunque, tornando al punto», lo interrompe Sean. «Questo dimostra che sono perfettamente in grado di organizzare il nostro matrimonio e che potrei uguagliare in perfezione, se non superare, il ricevimento di stasera!».

«Certo che potresti, Sean», dichiaro lasciando il braccio di Oscar per prendere Sean per la mano. «Ma voglio anch'io contribuire ai preparativi per il nostro giorno più bello. Dobbiamo farlo insieme. E sarà stupendo come questo, se ci impegniamo tutti e due affinché sia davvero perfetto».

Sean scuote la testa. «No, non sarà come questo, ma molto più bello. D'accordo, Scarlett, hai ragione tu, ti capisco. Ma l'offerta rimane valida... Devi solo dire una parola».

Gli stampo un bacio su una guancia. «Lo so. Ti amo», gli sussurro all'orecchio.

«Ehi... voi due!», esclama Oscar fingendo di asciugarsi gli occhi con un fazzolettino. «Basta con queste scene d'amore, *ve ne prego*! Se non volete essere travolti da un fiume di lacrime!».

Capitolo 9

«Dove si è andata a sedere Maddie, alla fine?», domando più tardi, sul finire della cena, dopo cinque portate prelibate. «È un po' che non la vedo».

La sala dei banchetti è talmente ampia e c'è un tal numero di invitati che è facile perdersi di vista. Il primo a separarsi da me e Sean è stato Oscar: ha incontrato un paio di amiche di Louisa che stanno recitando in un musical nel West End, *Chicago*. Così si è subito messo a parlare di Luke e adesso sta tenendo banco al loro tavolo, alle nostre spalle, raccontando tutte le storie che gli capitano nel suo negozio di King's Road dove si vestono i ricchi e le celebrità, senza mancare naturalmente di abbellirle con ogni sorta di svolazzi alla Oscar.

«Eccola laggiù», risponde Sean indicando un tavolo in fondo alla sala dove scorgo Maddie non appena si scostano i due camerieri che stanno servendo i dessert. I suoi lunghi capelli biondi ricadono morbidi sulle spalle dell'abito blu notte e sono felice di vedere che è allegra e sorridente.

«Perché è finita così lontano? Credevo che sarebbe venuta a sedersi qui. Non conosce nessun altro oltre a noi e Oscar».

A dire il vero Maddie sembra molto soddisfatta della compagnia ed è bello vederla contenta.

«Credo sia insieme ad Alex», risponde Sean mentre una cameriera ci si avvicina con un vassoio di squisiti dessert. «Accidenti, non saprei...», esclama Sean cercando di decidere. «Hanno tutti un'aria talmente allettante!».

«Alex? E perché mai si è andata a sedere con lui?».

«Signora? Desidera un dessert?»

«Io... sì, va bene il sorbetto, grazie», rispondo guardando a stento il vassoio che mi viene mostrato.

«Perché hai preso il sorbetto?», domanda Sean mentre io allungo il collo per cercare di vedere Alex. Dov'è? Di fianco a Maddie? «A te non piace».

«Boh, non importa».

Una donna con un enorme cappello rosa si alza dal suo posto ed ecco che riesco a vedere Alex seduto accanto a Maddie. Lei sorride e lui... le sta porgendo una cucchiaiata di dolce.

«Sì che ha importanza, invece», insiste Sean. «Il cibo era ottimo, però le porzioni erano minuscole, e se tu non avevi intenzione di mangiare il dolce, potevi darlo a me».

«Oh, non fare tante storie! Guarda laggiù, invece», esclamo indicando Maddie e Alex che nel frattempo, però, si sono messi a chiacchierare con gli altri invitati.

«Cosa dovrei guardare?»

«Un minuto fa, quei due... stavano flirtando!».

«Chi?», domanda Sean mentre si porta alla bocca la sua *roulade* ai lamponi.

«Alex e Maddie».

Sean continua imperterrito a mangiare. «Non essere sciocca, Scarlett. Perché mai dovrebbero flirtare?»

«Non lo so, ma è quello che stavano facendo. Lei sorrideva e lui le faceva assaggiare il suo dessert». Mi rendo conto che a raccontarlo non sembra poi così grave. Ma io so cosa ho visto.

«E allora? È un crimine assaggiare un dolce? Piuttosto è un crimine prendere un sorbetto che non si ha intenzione di mangiare!».

«Smettila con questa storia. Sto dicendo sul serio».

Sean appoggia il cucchiaino. «Che c'è, Scarlett?».

Scuoto la testa. «Non lo so. Ma ho una brutta sensazione».

«A che proposito?».

Guardo Maddie e Alex, ma adesso entrambi stanno conversando con gli altri invitati.

«Loro due?». Sean scrolla la testa. «Ma no! Prima di tutto sono tutti e due sposati, e poi...».

«Aspetta! Alex è sposato? Non ha detto niente ieri sera».

«Sul serio?». Sean ci pensa. «No, adesso che me lo dici… credo che non se ne sia parlato. Sì. Gli ho fatto da testimone. E adesso lui lo farà al *mio* matrimonio».

«Non ti sembra strano? Esce a cena con gli amici e non parla della moglie una sola volta?».

Sean si stringe nelle spalle. «In realtà no. Hanno sempre avuto un rapporto particolare, con i suoi viaggi, e tutto il resto. Anche Charlotte è una donna di successo, a quel che ne so. Ma non posso dire di conoscerla, l'ho vista soltanto al matrimonio».

Rivolgo a Sean un'occhiata eloquente. «Anche tu viaggi spesso per lavoro. Questo significa che non parli mai di me ai tuoi amici?»

«Lo sai che non è così. Ma per noi è diverso».

«Perché?»

«Lo sai perché. Senti, Scarlett, non hai davvero nulla di cui preoccuparti. Alex è un bravo ragazzo. E puoi fidarti di Maddie. Non credi di essere un po' ingiusta nei suoi confronti?».

La guardo. È bello vederla di nuovo contenta. «Non è mancanza di fiducia. So soltanto che non è la solita Maddie. Non vorrei che fosse troppo vulnerabile».

«Maddie vulnerabile? Non mi sarebbe mai passato per la testa di definirla così!».

«So che ha l'aria di essere sicura di sé, ma non è così. E adesso ci si mettono anche i problemi con Felix».

«Te ne ha parlato, allora? Te l'ha detto lei che hanno dei problemi?»

«No, però…».

«Scarlett», dice Sean posando una mano sulla mia. «Mi pare che tu stia correndo un po' troppo. E non farti prendere dalla fantasia, d'accordo? Lo sai altrimenti cosa succede».

Sean ha ragione. Sono incline a lasciarmi trascinare troppo dall'immaginazione, a volte. E questa potrebbe essere una di quelle volte.

Annuisco. «D'accordo, forse hai ragione». Lancio un'ultima occhiata a Maddie e Alex. Stanno chiacchierando, adesso. Niente di male, mi dico, e mentre sto per distogliere lo sguardo, vedo Alex allungare una mano verso di lei e scostarle con gentilezza una ciocca di capelli dal viso per fermarla dietro un orecchio.

Maddie arrossisce e lo guarda timidamente.

Mi volto per vedere se anche Sean ha assistito alla scena, ma è già tornato al suo dessert.

Chiudo gli occhi. *Scarlett, non puoi esserne certa*, mi dico. *Per il momento, almeno.*

Il matrimonio di Louisa e Callum non si rivela perfetto come ci avevano fatto credere le poltrone dorate degli sposi.

Il testimone di Callum, Josh, che si doveva essere scolato un po' troppi calici di champagne, durante il suo discorso si lascia scappare un'allusione a una "storia" tra lui e Louisa di cui Callum apparentemente non sapeva nulla. O almeno così viene da pensare, visto che Callum rifila a Josh un cazzotto alla Mike Tyson facendolo volare a terra. Mi chiedo, mentre due camerieri accompagnano fuori Josh, se il costo della lavanderia per eliminare le macchie di sangue dalle tovaglie bianche sia incluso nel ricevimento. Immagino che non siano abituati a doverlo fare troppo spesso.

Incrocio lo sguardo di Oscar. So a cosa sta pensando: alle scene più disastrose di *Il mio grosso grasso matrimonio gipsy* che io e lui abbiamo visto con un piacere perverso. Ma sono certa che questo elegante e sfarzoso matrimonio scozzese non precipiterà negli stessi abissi.

Invece mi sbaglio.

Dopo l'intervento del padre di Louisa a cancellare lo scivolone del discorso di Josh, stiamo facendo un brindisi alla coppia felice (che non ha più l'aria di essere tanto felice, a dire il vero) quando fa irruzione in sala una nuvola di chiffon rosa shocking, tutta pizzi, paillettes e perline.

«Spero che vi stiate divertendo!», esclama la ragazza sepolta nella nuvola rosa. Il suo abito mi ricorda l'albero di Natale di Oscar l'anno scorso. Troppo vistoso e sgargiante, forse, ma perfettamente in sintonia col suo proprietario. Mentre lei comincia a marciare in mezzo ai tavoli, non sappiamo se ridere o guardarla ammutoliti chiedendoci se non si tratti di una trovata dell'albergo.

«Ma che bello!», esclama lei fingendo d'ammirare i gigli e i candelabri dorati su ogni tavolo. «Tutto molto raffinato. Non il genere di posto in cui portare una come me, vero? Già, perché mai avreste dovuto invitarmi? Avrei soltanto finito per rovinare l'atmosfera, soprattutto in un abito come questo». Fa un paio di piroette in mezzo alla sala. «E creare imbarazzo tra tanti ospiti eleganti. Non è vero, Callum?». Si volta sulle scarpette rosa con il tacco a spillo tempestate di lustrini e punta un dito contro di lui con fare accusatorio. «In fondo sono solo la tua sorellina, no? Perché mai dovresti invitarmi al tuo matrimonio?».

Si sentono gli invitati trattenere il respiro, sconcertati.

«Sophie», esclama Callum, avvampando e alzandosi. «Io... credevo che non ce l'avresti fatta a venire». Si volta verso Louisa, che evita il suo sguardo. «Avevi detto che Sophie non sarebbe tornata in tempo da Ibiza. Che le avevi spedito un invito e lei aveva risposto che non sarebbe venuta».

«Avrei dovuto saperlo che era colpa *sua*!». Sophie si volta verso Louisa. «Non sono mai piaciuta alla nostra signorina Mutandine-di-pizzo, Puzza-sotto-il-naso e Volo-più-in-alto-di-tutti!».

«Signorina, credo sia meglio che lasci la sala», interviene il maître cercando di condurla fuori.

«Non mi toccate!», strilla Sophie liberandosi. «Me ne vado, se ci tenete! Ma prima devo dire ancora una cosa. Ho visto il tuo povero testimone fuori, Callum, e ho sentito cos'è successo». Scuote la testa. «Oh, mio povero fratellino, quante cose non sai».

Louisa si alza e trafigge Sophie con un'occhiata feroce. Non so se sia peggio di *Il mio grosso grasso matrimonio gipsy*, ma so che sta risultando più avvincente di un episodio di *EastEnders* e di *Dallas* messi insieme! Guardo ancora Oscar e vedo nei suoi occhi spalancati un misto di orrore e di gioia.

«Cal», dice Sophie con dolcezza avvicinandosi al fratello, «detesto dovertelo dire io, ma la verità è che lei e Josh non sono stati insieme prima che tu e lei cominciaste a frequentarvi, ma che hanno continuato fino adesso! Li ho beccati a letto prima di partire per la Spagna, quando facevo la cameriera in quel motel sulla strada per Glasgow».

Sembra di seguire una tragedia. Tra gli invitati continuano a sollevarsi cori di "Ahhh" e "Ohhh".

«Ecco perché non voleva che venissi, oggi. Era preoccupata che il suo squallido segretuccio venisse scoperto. E invece, Louisa, dovresti saperlo che i segreti hanno il brutto vizio di fare capolino quando meno te l'aspetti!».

Mentre Callum crolla con la testa tra le mani, il padre della sposa è letteralmente costretto a impedire a Louisa di arrampicarsi sul tavolo per scaraventarsi su Sophie, che a questo punto decide di ritenersi soddisfatta. «Mi dispiace, Cal», mormora posandogli una mano sulla spalla. «Ma qualcuno doveva dirtelo. Mamma, papà», conclude, rivolgendosi ai genitori raccapricciati. «Avete messo su un gran bel matrimonio voi e i genitori di Louisa, congratulazioni. Nonno, in forma come sempre», esclama dando il cinque al nonno mentre si avvia alla porta. «Ci si vede presto, noi due».

Il nonno sorride e le fa l'occhiolino.

E poi, in un lampo, com'è comparsa, esce, lasciando dietro di sé soltanto l'ombra rosata della carneficina.

Nel silenzio in cui è sprofondata la sala, sento qualche singhiozzo soffocato, e non solo femminile, giungere dal tavolo degli sposi.

«Non proprio perfetto, come matrimonio, alla fine, eh?», sussurra Sean, incredulo. «Credi che sia successo davvero?».

Annuisco sconcertata. «Temo di sì. A dimostrazione del fatto che mai niente è perfetto. Nemmeno un matrimonio».

Capitolo 10

Il giorno successivo partiamo per Glasgow.

Mentre Sean incontra un cliente e Maddie decide di fare un po' di shopping, io e Oscar prendiamo l'auto di Sean per andare a Bellahouston Park, dove c'è la cosiddetta House for an Art Lover. Mentre guido, Oscar mi spiega che è stata progettata nel 1901 da Charles Rennie Mackintosh, architetto del movimento Arts and Crafts dell'inizio del XX secolo. Non mi entusiasma troppo l'idea, a esser sincera, ma Oscar desidera davvero andarci, così lo accontento. E poi mi ha promesso un favoloso tè delle cinque in una delle famose sale disegnate da Mackintosh in città. Se ci sarà ancora un po' di posto per il tè, visto che prima abbiamo in programma di pranzare con il padre di Sean e la sua nuova moglie. Per fortuna, a colazione ho mangiato solo una fetta di pane tostato!

Parcheggiamo davanti a un edificio bianco. Niente di speciale, penso, mentre ci avviamo dentro. Ma poi, noto un pannello in legno intagliato che attira la mia attenzione: mi pare che abbia qualcosa di familiare anche se non saprei dire cosa. Facciamo il biglietto ed entriamo, e mi è subito chiaro perché mi sembrava familiare.

Le stanze sono arredate con tinte semplici, neutre: bianco, nero, avorio, e decori dalle forme sinuose e allungate ispirate a fiori, foglie e figure femminili. Il pannello di prima e questi motivi ornamentali li ho già visti su tanti gioielli e mobili d'epoca, sia sulle riviste sia nei negozi.

«Ma io conosco questi decori!», esclamo ammirando la sala da pranzo in cui siamo appena entrati. «Li ho già visti un sacco di volte!».

«Non è uno spettacolo, questo luogo?», risponde Oscar attirato da alcuni oggetti in vetro colorato. «Adoro Mackintosh. Mi chiedo se a Luke non piacerebbe sposarsi qui».

«Organizzano ricevimenti?»

«Sì, certo. Dopo aver fatto un giro, voglio andare a sentire se posso parlare con qualcuno».

Esploriamo la casa. Ogni stanza è arredata in modo delizioso. Dalle sedie di legno intagliato alle finestre istoriate, ai meravigliosi lampadari, è tutto raffinatissimo. Senza fronzoli, eccessi, confusione, solo linee semplici e pulite.

Mentre Oscar si allontana per trovare qualcuno a cui chiedere informazioni, io mi do ancora un'occhiata intorno e la mia attenzione viene attratta da una serie di piastrelle di ceramica incastonate in una boiserie di legno scuro: ritraggono aggraziate figure astratte dai lunghi capelli fluenti e adorni di fiori che indossano abiti lunghi sino ai piedi o morbidi mantelli.

«Stupende, vero?», esclama Oscar che al suo ritorno mi trova ancora lì davanti, incantata. «Così semplici e chic».

«Se solo potessi essere altrettanto elegante e aggraziata nel mio abito da sposa!».

Oscar sorride. «Avresti dovuto nascere nel periodo dell'Art Nouveau, mia cara. I preraffaelliti avrebbero adorato il tuo corpo snello e sinuoso, e i tuoi lunghi e sontuosi riccioli».

«Eh, sì». Accarezzo con un dito il legno. «Purtroppo, però, conduco una vita molto diversa da queste dolci fanciulle. Un po' più frenetica, diciamo».

«Quando torni a New York?», domanda Oscar mentre ci avviamo verso l'uscita.

«La prossima settimana, appena rientriamo dalla Scozia. Ho in programma una riunione importante della fondazione per discutere della raccolta di fondi».

«Ottimo. Mi mancano quei diavoletti di Sunnyside, sai», dice con affetto mentre saliamo in auto. «Voglio venire a salutarli quando verrò per la prima di Luke».

«Oh, sì, Oscar! I bambini adorano il loro zietto!».

Sunnyside, la casa famiglia di Brooklyn, è uno degli istituti finanziati dalla Fondazione Libellula. Sia Oscar sia Sean sono venuti più volte al Sunnyside insieme a me da quella prima volta in cui ci sono stata, in occasione del mio primo viaggio a New York.

«Allora», gli chiedo mentre accendo il navigatore satellitare, ingrano la marcia e mi dirigo verso un pub fuori città dove dobbiamo incontrare Sean per pranzo. «Cosa ti hanno detto riguardo al matrimonio?».

Oscar fa una smorfia. «La signora con cui ho parlato è stata molto gentile».

«Ma?»

«È un bel posto e sono certo che organizzerebbero uno splendido ricevimento. Sarebbe un matrimonio elegante, raffinato, di classe, ma...».

«Ma senti che non è il posto giusto, vero?»

«Proprio così! Come hai fatto a capirlo?»

«Perché succede sempre anche a me. Ogni volta che ho visto qualche posto per il ricevimento oppure un abito da sposa o degli addobbi floreali, anche se erano molto belli, non ho mai trovato niente che mi sembrasse giusto per me».

«Oh, tesoro, credi che siamo due spose impossibili?», esclama Oscar assumendo una melodrammatica posa da diva.

«È probabile. Ma sono certa di una cosa».

«Cosa?», domanda Oscar infilandosi un paio di occhiali firmati mentre imbocchiamo la superstrada.

«Alla fine i nostri abiti da sposa saranno una favola, vedrai!».

Capitolo 11

«Tutto qui, Gretna Green?», esclama perplesso Sean mentre parcheggiamo davanti al centro informazioni della più famosa meta di fughe d'amore della Gran Bretagna.

«A quanto pare». Mi guardo intorno perplessa non vedendo altro che un banalissimo posto per turisti.

«E io che mi aspettavo un paesino pittoresco e romantico!», esclama Oscar deluso, dal sedile posteriore, dov'è seduto accanto a Maddie.

«Sei peggio di Scarlett, Oscar», commenta Maddie. «La vita non è sempre perfetta come una fiaba, dovresti saperlo ormai».

Sospiro. Vedendola sorridere di nuovo, avevo sperato che sarebbe tornata la ragazza contenta e spumeggiante che conoscevo, invece man mano che ci avviciniamo all'Inghilterra, sembra abbandonarsi il sorriso alle spalle.

«Com'è che ti sei svegliata male, stamattina?», scherzo. «Eri così raggiante ieri, quando sei tornata dalla tua giornata di shopping. E adesso eccoti qui a brontolare come un vecchio orso col mal di testa».

Dopo la visita alla residenza di Rennie Mackintosh, siamo stati a pranzo in un pub dallo strano nome, The Swan with the Two Necks, "Il cigno dal doppio collo", insieme al padre di Sean, Alfie, e Diana, la sua nuova moglie.

Pamela, la proprietaria del pub, una vecchia amica di Alfie, ci ha fatto fare un ottimo pasto e abbiamo trascorso ore così piacevoli che ci siamo alzati da tavola soltanto a pomeriggio inoltrato, quando ormai non c'era più tempo per il nostro tè, anche se a dire il vero, credo che a quel punto il mio stomaco si sarebbe rifiutato di incamerare altro cibo!

Al nostro ritorno in albergo abbiamo trovato Maddie, che era tornata dalla sua giornata di shopping senza acquisti, cosa che non è mai, dico mai, successa quando siamo andate in giro per negozi insieme, eppure mi è sembrata decisamente allegra.

«Ragazze, ragazze!», interviene Sean. «Non ho nessuna voglia di sentirvi litigare per tutto il viaggio. Perciò, procediamo con ordine: chi è che vuole visitare questo villaggio?»

«Io», rispondiamo io e Oscar all'unisono.

«Maddie?», domanda Sean.

Lei scuote la testa e si volta verso il finestrino.

«D'accordo, ne faccio volentieri a meno anch'io».

Sto per protestare, ma Sean continua, rivolgendomi un'occhiata d'intesa: «Io e Maddie andremo a berci un caffè in un posticino tranquillo mentre vi aspettiamo».

«Okay», dichiaro. «Ottima idea».

Gretna Green è un piccolo agglomerato turistico di negozietti di souvenir e ristoranti, ma c'è anche una mostra permanente sulla storia del villaggio e la bottega del fabbro in cui per centinaia d'anni si sono celebrati, e ancor oggi si celebrano, matrimoni. È affascinante, leggo incuriosita la storia di tante giovani coppie che dall'Inghilterra sono fuggite in questo paesino scozzese per sposarsi malgrado l'opposizione delle famiglie che spesso inseguivano gli innamorati nella speranza di impedire la loro unione.

«Le hai viste queste?», domando a Oscar indicando alcune lettere. «C'è anche chi usava Gretna Green come una specie di agenzia matrimoniale *ante litteram*».

«Straordinario», commenta Oscar. «È un posto proprio interessante, vero? Certo che io non mi ci vedo a sposarmi qui. E tu?»

«No». Scuoto la testa. «Non fa per me. È stato interessante, però, vedere l'incudine davanti a cui si sono celebrate tante nozze».

Oscar annuisce. «Mi chiedo che genere di persone venga a sposarsi qui di questi tempi».

«Persone come noi, forse?». C'è una coppia di anziani alle nostre spalle: la signora indossa un abito viola a fiori con scarpe e giacca in tinta, e stringe un piccolo bouquet di violette in mano. Lui ha giacca e pantaloni grigi: si abbinano perfettamente alla tenuta della sua compagna.

«Accipicchia, siete qui sul serio per sposarvi?», esclamo.

«Ma non avete le vostre famiglie alle calcagna, vero?», aggiunge Oscar ridendo.

Per fortuna sono dotati di senso dell'umorismo. «Furfante!», esclama lui facendo l'occhiolino a Oscar. «No, giovanotto. In realtà desideriamo confermare la nostra promessa d'amore e fedeltà reciproca. Sono trascorsi cinquant'anni precisi dal giorno in cui ci siamo sposati».

«Oh, che meraviglia!».

«È un miracolo», prosegue l'uomo, «che sia durato tanto».

«Hector!», lo rimprovera lei levando scherzosamente gli occhi al cielo. «Non so… non posso più portarlo da nessuna parte, quest'uomo!». Ci osserva con interesse. «E voi due state pensando di sposarvi?».

Mi volto verso Oscar e scoppio a ridere.

«Ah, ecco, mi pareva», aggiunge la vecchia signora prima che io possa rispondere. «Non offenderti, caro», aggiunge posando una mano sul braccio di Oscar. «Ma non mi sembri il tipo giusto».

«Mi sposo entro l'anno», annuncia con orgoglio Oscar. «Con il mio fidanzato. Tutt'e due, in realtà», aggiunge sorridendomi.

«Non con lo stesso fidanzato, però», spiego vedendo i due piuttosto confusi. «Due uomini e due matrimoni diversi».

Hector annuisce. «Ah, ecco. Mi fa piacere, per tutti e due». Si rivolge a Oscar. «Vedete, ai nostri tempi questo genere di cose accadevano sotto banco. Si facevano, sia ben chiaro, ma venivano tenute nascoste come se fossero cose brutte. Ma non si può evitare di innamorarsi, non è vero, Evie?»

«Sì, Hector». Si scambiano uno sguardo d'adorazione. «La verità è, miei cari, che cinquant'anni fa siamo davvero fuggiti per sposarci. Mio padre non voleva che sposassi Hector. Me l'ha proibito. Credeva che lui inseguisse i miei soldi, o meglio i soldi della mia famiglia».

«Ma non era così, vero, Hector?». Oscar ammicca. «Vecchio manigoldo!».

Hector sorride. «Poco importa, in fondo. Quando ci siamo sposati, Evie è stata ripudiata e da allora non ha mai più avuto contatti con la sua famiglia».

Evie d'improvviso ha un'aria triste. Poi s'illumina di nuovo. «Non importa: ne è valsa la pena. Ho trascorso la mia vita accanto all'uomo dei miei sogni».

«E il lunedì, il mercoledì e il venerdì vedeva me!», scherza Hector. Ma mi accorgo che stringe con vigore la mano di Evie.

«È meraviglioso che vi siate incontrati e siate stati insieme per tanti anni», dico rivolgendomi a Evie. «Ma è triste che sia dovuta andare così con la sua famiglia».

«No, piccola, non temere. Abbiamo una stupenda famiglia, con tanti figli e nipoti. E la prossima settimana faremo una bella festa per tutti. Be', quasi tutti...». Le si spegne la voce.

Hector le rivolge uno sguardo protettivo.

«Ma volevamo questa giornata tutta per noi», continua. «Come la prima volta».

«Che bello».

«Volete farci da testimoni?», esclama d'un tratto guardando me e Oscar. «Non sono necessari per rinnovare il giuramento di fedeltà, ma io sostengo che c'è sempre un motivo in ogni cosa che accade. E ho la sensazione che valga anche per il fatto di avere incontrato voi due oggi».

Sono senza fiato. «Anch'io lo dico sempre!», esclamo eccitata.

«Allora ho proprio ragione!», risponde Evie prendendomi la mano. «Per favore, venite. Mi fareste contenta. Anzi, fareste contenti tutti e due, vero, Hector?»

«Fare sempre come dice la signora», replica Hector. «È la ricetta migliore per un matrimonio lungo e felice. Anche se a questo punto, non so bene cosa questo significhi per te, giovanotto!», esclama facendo l'occhiolino a Oscar.

«Hector», replica Oscar, «signora o non signora, riesco sempre a fare come dico io. Andiamo, allora, ragazzi!».

La cerimonia è suggestiva, a tratti persino commovente. Immaginarli in questa stessa piccola bottega di fabbro in fuga dalla famiglia di Evie così tanti anni fa è un pensiero toccante mentre loro dichiarano il proprio imperituro amore l'uno per l'altra.

Quando usciamo e li ringraziamo per averci dato l'occasione di partecipare a una giornata tanto speciale, ci rivolgono qualche consiglio per le nostre prossime nozze.

«Non preoccupatevi troppo del giorno del matrimonio», mi rassicura Hector. «È quel che viene dopo che è importante!».

Evie annuisce. «Sì, vi auguro che sia una giornata bellissima, che potrete ricordare per il resto della vostra vita, ma poi ricordate di amarvi, di essere pazienti e soprattutto di non scoraggiarvi quando passerete dei momenti difficili. Se noi ci fossimo lasciati demoralizzare in occasione del nostro primo vero litigio, non avremmo celebrato neanche il primo anniversario di matrimonio, figurarsi il cinquantesimo!».

«Grazie», mormoro a Evie abbracciandola. «Me ne rammenterò, prometto. Posso dirle una cosa, però?»

«Ma certo, cara».

È un po' che mi chiedo se dirglielo o no, ma alla fine prendo il coraggio a due mani: «In America dirigo un'associazione che si occupa di ritrovare persone care disperse. Se lei, per qualsiasi ragione, volesse ritrovare i suoi familiari, me lo faccia sapere».

Evie osserva il biglietto che le ho dato. «Grazie, cara. Sei molto gentile», dice cercando di restituirmelo. «Ma è successo tanto tempo fa. Da allora la vita è andata avanti, e tante cose sono state dimenticate. Certi sentimenti è meglio non disseppellirli».

«Certo, capisco». Però, non riprendo il biglietto da visita. «Questo lo tenga. Non si sa mai».

Lei annuisce e lo mette in borsetta. «Tieni il mio numero, cara. Non è un biglietto elegante come il tuo: me l'ha fatto mio figlio al computer perché continuavo a dimenticare il numero del cellulare».

Prendo il foglietto che mi porge Evie.

«Adesso dobbiamo andare. Siamo in partenza per la nostra seconda luna di miele, vero, Hector?»

«Certo. Cercheremo di rivivere il nostro giorno di nozze, anche se non credo che sarà possibile emulare proprio *tutto*!».

Evie ride scuotendo la testa. «Grazie ancora, cari. È stato bello conoscervi. Buona fortuna per le vostre nozze!».

«Grazie!», esclamiamo agitando la mano mentre loro si avviano verso una Daimler con l'autista che li attende.

Mi volto verso Oscar. «Sarebbe bello se io e Sean fossimo così felici tra cinquant'anni».

Oscar ha un gran sorriso. «Sarebbe bellissimo, anzi una vera *meraviglia*, se io e Luke andassimo ancora in luna di miele tra cinquant'anni, tesoro!».

Capitolo 12

«Gradisce un panno caldo, signora?», chiede lo steward mentre osservo dal finestrino la campagna inglese farsi sempre più lontana.

«Sì, grazie». Prendo l'asciugamano bianco e caldo, e me lo passo sul collo e sulle mani.

Volare a New York è ormai diverso dalla mia prima volta, quasi due anni fa, insieme a Oscar. Due anni. Non riesco a crederci. Eravamo così eccitati. Così ansiosi di vedere tutti i posti più belli, e di esplorare la Grande Mela insieme. E adesso sono così fortunata da trascorrere una metà della mia vita in questa stupenda città.

Purtroppo i miei voli non mi conducono più verso vacanze favolose come quella trascorsa in compagnia di Oscar. Sono viaggi di lavoro. Non posso ancora permettermi la prima classe, dove potrei imbattermi in qualche VIP in volo attraverso l'Atlantico, ma almeno lo spazio tra i sedili e per le gambe che offre la Premium Economy mi permette di lavorare e dormire durante il viaggio.

Mentre osservo le nuvole sotto di noi, penso a Maddie. Una volta a casa, di ritorno da Glasgow, Sean mi ha spiegato che avevano fatto una lunga chiacchierata, mentre io e Oscar visitavamo Gretna Green. A quanto pare, Maddie si è trovata più a suo agio con lui a confidargli i suoi problemi di coppia, e non con me: be', non che non lo conosca affatto, ma io sono sua amica da sempre.

«Ma sono sposati da neanche quattro anni!», ho esclamato rattristata, quando Sean mi ha riferito che Maddie e Felix stanno attraversando un gran brutto momento a giudicare da quel che gli ha detto lei.

«Non è necessario essere sposati da vent'anni, Scarlett, perché le cose comincino a non andare più tanto bene», mi ha risposto Sean. «Può capitare in qualsiasi momento».

«Cosa c'è di preciso che non va? Te l'ha detto? C'è di mezzo qualcuno?».

Maddie è la mia migliore amica e anche se sospettavo che ci fosse qualcosa di storto, sapere che lei e Felix sono in crisi dopo così poco tempo dal loro matrimonio mi sembra terribile.

«Non me l'ha detto. Non credo ci sia nessuno. Sembra che si stiano allontanando perché Felix non è mai a casa».

Felix e Maddie lavorano per la stessa organizzazione umanitaria, però, mentre lei svolge per lo più mansioni da ufficio, lui deve viaggiare spesso in Africa e negli altri Paesi collegati alle attività finanziate dall'organizzazione.

«Non succederà anche a noi, vero?», ho chiesto a Sean d'improvviso, angosciata. «Lavoro anch'io per un'associazione benefica all'estero».

«Rossa», ha detto Sean stringendomi tra le braccia. «Non c'entra il tipo di lavoro, ma il fatto che non si vedono quasi mai. E quando stanno insieme, sembra che non sia più così piacevole per nessuno dei due». Carezzandomi i capelli, ha aggiunto: «Noi stiamo benissimo ogni volta che siamo insieme, non credi? Certo, piacerebbe anche a me averti sempre accanto. Mi manchi immensamente quando non ci sei». Mi ha baciato i capelli. «Ma credo che le nostre brevi separazioni servano a fortificare il nostro rapporto e a rendere il tempo che trascorriamo insieme ancora più speciale. Non sei d'accordo?»

«Certo», ho risposto nascondendo il viso nel suo petto. «Noi non siamo come Maddie e Felix, lo so. Siamo *molto* diversi. Anche tu mi manchi tantissimo, lo sai, Sean», ho sussurrato tirandolo a me.

Ma adesso, quassù, sopra l'Atlantico, in volo verso l'appartamento di Manhattan che amo così tanto, ho il cuore insolitamente pesante. Malgrado le rassicurazioni di Sean, non sono soltanto preoccupata per Maddie, ma anche per la nostra amicizia. Non ho avuto molto tempo a disposizione prima di partire, ma ho cercato di chiamarla per sentire se mi raccontava qualcosa di più, come ha fatto con Sean, ma quando alla fine sono riuscita a parlarle, è stata evasiva come al solito, e mi chiedo perché.

Ma ha detto che verrà presto a trovarmi. E allora forse sarà possibile parlare di Felix e cercare di darle una mano. Non so ancora come, ma Maddie è mia amica e voglio aiutarla.

Il taxi giallo che mi porta a casa dall'aeroporto JFK accosta davanti al mio palazzo nell'Upper West Side, a Manhattan.

All'inizio, quando viaggiavo tra Londra e New York, vivevo in albergo, ma poi, quando i soggiorni negli Stati Uniti hanno cominciato a farsi più frequenti, ho iniziato a pensare di affittare un piccolo appartamento.

Sean ha chiesto un po' in giro e abbiamo avuto la fortuna, attraverso l'amico di un collega di lavoro, di trovare delle persone che volevano subaffittare un posto. Quando mi hanno spiegato che era un appartamentino a Manhattan, nell'Upper West Side, mi è parso di scoppiare di gioia. È dove sono ambientate tutte le storie di Nora Ephron, la regista delle mie commedie preferite, da *Harry ti presento Sally* a *Insonnia d'amore* e *C'è posta per te*. Sarebbe stato ancora una volta come vivere in un film.

Ma questo, naturalmente, mi sono ben guardata dal dirlo a Sean.

Se ero approdata a Notting Hill nella speranza di seguire le orme dei personaggi dei miei film del cuore, abitare nell'Upper West Side è stato come ritrovarmi letteralmente dentro un film. Compro il caffè dallo Starbucks dove va sempre Meg Ryan in *C'è posta per te*, faccio la spesa da Zabar's, lo stesso posto che frequentano lei e Tom Hanks nel film, passeggio lungo Riverside Park e passo davanti al punto esatto in cui loro due s'incontrano nel finale.

E così, anche se mi manca tantissimo Sean quando sono qui, adoro la mia vita newyorkese e trovo il mio piccolo appartamento assolutamente delizioso.

Si trova in uno di quei bei palazzi di pietra rossa che si vedono nei film e nei serial ambientati a New York, con tre o quattro gradini di pietra davanti al portone e un piccolo citofono con i nomi degli inquilini.

Io sto al terzo piano. L'appartamento non è grande: c'è un piccolo soggiorno con un cucinotto in un angolo che dà su un balconcino dove posso sedere fuori quando c'è bel tempo; poi un'ampia camera da letto e un piccolo ripostiglio e un bagno. Niente di straordinario, ma per me è perfetto.

In realtà faccio fatica a confessare quanto mi piaccia vivere a New York. Certo, amo vivere a Notting Hill con Sean, Oscar, mia madre e i nostri amici inglesi, ma qui ho un'altra famiglia e altri amici, un'altra vita. Mio padre vive qui con la sua compagna Eleanor, e ci sono Max e Peter, per fare solo due nomi.

È come avere due vite. E malgrado io sia strafelice quando Sean e Oscar vengono a trovarmi, queste due esistenze sinora hanno proceduto separate. Ho la sensazione, però, che quest'anno si fonderanno, e mi auguro che la fusione sarà dolce.

L'indomani prendo la metro per andare al lavoro, sulla Sesta Avenue, nel TVS Building, un ufficio di proprietà di Peter.

Ho conosciuto Peter in occasione del mio primo viaggio a New York. Mi ha salvato da un boccone andato di traverso in un ristorante italiano, poi l'ho incontrato di nuovo nella cattedrale di St Patrick. Ci ha fatti incontrare il caso, ma era destino che diventassimo amici. Lo abbiamo capito tutti e due dal primo momento in cui ci siamo visti. È lui che mi ha fatto conoscere i bambini del Sunnyside, ed è lui che mi ha aiutato a fondare Libellula a partire dal desiderio di aiutare quei bambini a ritrovare le loro famiglie.

Ma soprattutto, Peter è un grande amico. Un maestro, un partner d'affari e una sorta di secondo padre.

Stamattina è stato fissato un incontro del consiglio d'amministrazione. Già, la nostra Libellula ha persino un consiglio d'amministrazione ormai! All'inizio è stata un'idea che mi ha fatto sentire importante e molto figa, come una grande manager di successo. Ma poi mi sono resa conto che adesso ogni decisione importante deve ottenere il consenso del consiglio. E così, se da un lato ora è più semplice raccogliere fondi, dall'altro la gestione è più complicata di quanto non fosse ai tempi di quando c'ero solo io a decidere.

Sia Peter sia Sean, però, mi hanno assicurato che era la cosa migliore da fare e io ho chinato il capo davanti alla loro maggiore esperienza.

Tuttavia, ogni volta che mi siedo intorno al grande tavolo ovale della sala riunioni che Peter ci presta cortesemente per gli appuntamenti ufficiali, mi sembra di essere in una scena di *Hitch – Lui sì che capisce le donne*, uno dei miei film preferiti, in cui Albert, incitato dal personaggio impersonato da Will Smith, tiene testa a un intero consiglio d'amministrazione per attirare l'attenzione di una ragazza carina.

Insomma, non ho ancora smesso di pensare alle cose che mi succedono ogni giorno come se fossero scene di un film! E chissà se smetterò mai. Dopo essere stata ragguagliata su quanto è accaduto in ufficio mentre ero a Londra, per quel che riguarda lavoro e pettegolezzi correlati, da parte di Jessica, la mia segretaria personale (che strano effetto mi fa pensare di avere una segretaria personale!) salgo all'ultimo piano, nello studio di Peter, per discutere dell'incontro di oggi.

«Buongiorno, Scarlett». Sul viso di Bella, la segretaria di Peter, seduta alla sua scrivania, compare un gran sorriso. «Sei tornata! Come procedono i preparativi del matrimonio?»

«Bene, grazie, Bella», esclamo in tono soddisfatto, nella speranza che possa essere la strategia migliore per tagliare corto.

«Splendido! Ti sposi a Londra o a New York?».

Sto per rispondere «Londra», ma poi ho un attimo di esitazione. Non ci avevo pensato: potremmo anche sposarci a New York, in realtà. Un sacco di nostri amici e parenti vivono qui... be', i miei, almeno. Quelli di Sean sono sparsi per il mondo, a giudicare dall'attuale lista degli invitati.

Perché non a New York?

«Sarebbe fantastico sposarsi qui!», esclamo. «Però dovrei prima spianare la strada...».

«Che favola! Ti auguro buona fortuna, Scarlett. Pare che organizzare un matrimonio a Manhattan sia una faticaccia, ma poi sarai così contenta!».

Oh, no, questo non me lo doveva dire!

«Peter è in ufficio?», domando per chiudere la conversazione.

«Sì, ti sta aspettando, Scarlett, entra pure!».

Busso ed entro. Vedo la sua testa argentata spuntare dall'ampia poltrona di pelle: è girata verso la grande vetrata alle spalle della scrivania che dà su Manhattan.

«Scarlett», esclama voltandosi, «che bello rivederti!». Balza in piedi e mi raggiunge per abbracciarmi. «Come va?», domanda posando entrambe le mani sulle mie spalle per osservarmi. «Hai l'aria stanca».

«Grazie, Peter», replico scherzosamente.

Ma lui continua a scrutare il mio viso, preoccupato.

«La verità è che sono un po' stressata negli ultimi tempi».

«Mi spiace. Qual è la ragione? Siediti. Abbiamo qualche minuto prima della riunione».

C'è qualcosa di speciale che mi lega a Peter e mi permette di raccontargli qualsiasi cosa. Mi rasserena parlare con lui, e il novanta per cento delle volte riesce anche a trovare una risposta ai miei problemi, sia d'affari sia personali. E il restante dieci per cento, mi aiuta a cercarla.

Gli racconto che sto facendo una gran fatica a organizzare il matrimonio: in realtà è un momento molto bello ma anche stressante e, malgrado tutti i miei sforzi, continuo a non trovare niente che mi convinca. Anche se, qualche istante prima, Bella mi ha fatto pensare alla possibilità di sposarmi a New York e mi sembra un'idea stupenda.

«Sì, è fantastica», concorda Peter. «Adori New York, è la tua seconda casa, ormai».

«Hai ragione, è proprio così. Mi piace così tanto questa città. Ma il punto è: cosa dirà Sean?»

«Sean sarà felice di sposarsi dove vuoi tu, Scarlett. È innamorato di te».

Le parole di Peter mi fanno battere forte il cuore. «Lo so. Ma sono convinta che preferirebbe sposarsi a Londra».

Peter mi guarda. «Perché non provi a chiederglielo? Conosco

Sean abbastanza bene da ritenere che se tu vuoi davvero sposarti qui, lui acconsentirà».

«Ma secondo te è fattibile?», insisto mentre mi si affollano in mente un mare di pensieri e di progetti. «Organizzare il nostro matrimonio qui, intendo?»

«Sì, credo di sì. Devi solo procurarti i documenti necessari».

Non riesco a contenere la gioia al pensiero di sposarmi a New York. «Mi piace davvero l'idea, lo sai, Peter?»

«Lo vedo. Ecco finalmente un sorriso degno di te, non quello che avevi quando sei entrata. E dove ti piacerebbe organizzare il ricevimento?»

«Oddio, non saprei», mi stringo nelle spalle. «Sta succedendo tutto troppo in fretta. Ci devono essere milioni di posti in questa città».

«In realtà, no». Peter si appoggia alla poltrona e sorride. «Ce n'è uno solo».

Lo guardo perplessa.

«Il Plaza», dichiara. «A detta di tutti, è la location migliore per un matrimonio, a New York».

«Oh no, non fa per noi!».

«Perché?»

«Innanzi tutto è troppo costoso. Siamo abbastanza fortunati da poter contare su un buon budget, ma un ricevimento al Plaza non è alla nostra portata. E poi ci vogliamo sposare entro l'anno. Scommetto che è necessario prenotare con enorme anticipo».

Peter si stringe nelle spalle. «C'è sempre il modo di ottenere ciò che si vuole se lo si desidera davvero. Ormai dovresti saperlo, Scarlett».

«Peter… cosa stai dicendo? Conosci qualcuno, forse?»

«Non sto dicendo nulla. Ti sto solo chiedendo se lo desideri davvero».

Ci penso. Sposarsi a New York sarebbe davvero un sogno. È la mia città preferita al mondo. E più penso a quanto sarebbe bello, più ho la sensazione di sentirmi già meno stressata.

«Oh, sì, Peter. Lo desidero davvero!».

Capitolo 13

La riunione, come mi aspettavo, è piuttosto noiosa.

Come da copione, leggiamo le minute dell'ultimo consiglio, quindi affrontiamo i vari punti all'ordine del giorno: ascoltiamo un rapporto finanziario e consideriamo alcune richieste di denaro prima di arrivare alle "varie ed eventuali".

«Bene», comincia Peter. «Si tratta di una cosa che non rientra con precisione nelle varie ed eventuali, ma il cliente ha chiesto espressamente che la questione venisse affrontata al termine della riunione».

Lo fisso sorpresa. Strano. Non mi ha accennato niente prima. Del resto, immagino di non avergliene dato il tempo.

Peter preme il pulsante dell'interfono. «Bella, faresti entrare la signorina Romero, per favore?».

Ci voltiamo verso la porta in un mormorio generale. Entra per prima Bella, poi di colpo cala il silenzio.

La signorina Romero è niente di meno che la pop star nonché neoattrice Gabriella Romero, figlia dell'imprenditore multimiliardario Vincenzo Romero, beniamina delle riviste di spettacolo dei due lati dell'Atlantico.

È seguita da un giovane in giacca e cravatta che dev'essere la sua guardia del corpo. Lei, da perfetta superstar, indossa un tubino in pelle nera che mette in mostra le sue gambe, le curve perfette e un paio di scarpe nere con un tacco a spillo alto almeno quindici centimetri. I bei capelli lunghi, di colore castano, le ricadono morbidi sulle spalle ondeggiando in modo seducente a ogni suo movimento. Restiamo tutti, ma proprio *tutti*, letteralmente a bocca aperta.

«Signorina Romero, la prego, si accomodi», esclama Peter alzandosi e porgendole una sedia.
«Grazie, Peter», risponde lei con garbo e mostra un bellissimo sorriso: denti bianchi e scintillanti, un'aggiunta al corpo perfetto.
«Spiegherò brevemente la sua presenza qui», annuncia Peter, «prima di passarle la parola, d'accordo?», domanda guardandola.
«Certo», annuisce Gabriella Romero.
Sono incantata, proprio come i miei colleghi maschi.
Gabriella Romero è la perfezione assoluta. Non mi era mai capitato di incontrare una donna così perfetta, senza un solo difetto. Più d'una volta, davanti alla foto di qualche personaggio famoso mi sono consolata pensando come quel risultato fosse stato reso possibile soltanto da una serie di ritocchi e una buona dose di interventi con Photoshop. Ma non è il caso di Gabriella. È davvero splendida.
«La signorina Romero si è gentilmente offerta di elargire una donazione generosa alla nostra fondazione», spiega Peter sorridendo. «Ecco, se volete dare un'occhiata a questi prospetti, vedrete con precisione cosa questo significhi».
Alla vista della cifra, per un attimo trasaliamo tutti.
«Tuttavia», prosegue Peter, «la signorina Romero vuole subordinare la sua proposta ad alcune condizioni. Dico bene, Gabriella?».
Lei sorride. «Salve a tutti. Perdonatemi se non mi alzo in piedi, ma stamattina la mia *stylist* mi ha costretto a uscire con queste scarpe impossibili e non vorrei finire lunga distesa sotto il tavolo».
Tutti scoppiano a ridere anche se immagino che l'idea di vedersela distesa davanti non dispiaccia troppo ai miei colleghi.
«Intanto, vi ringrazio per avermi permesso di venire alla riunione. Come è chiaro dalla proposta che vi è stata presentata, sarei felice di fare una donazione alla vostra associazione, alla quale rivolgo tutta la mia stima». Mi guarda. «Signorina O'Brien, ricordo d'averla vista in tivù quando la Fondazione Libellula muoveva ancora i suoi primi passi. Venendo da una grande famiglia molto unita mi aveva sinceramente commossa la storia di

come lei fosse riuscita a incontrare suo fratello dopo una lunga separazione».

«Grazie», rispondo con un sorriso. So tutto della sua famiglia e di lei. I Romero possiedono un'enorme fortuna: il padre di Gabriella, Vincenzo Romero, è riuscito a costruire un grande impero cominciando come umile fattorino per una piccola ferramenta di Little Italy sino a creare una delle più grosse e importanti imprese internazionali di trasporti di tutto il mondo. Gabriella è famosa per la sua carriera di cantante e attrice, ma prima ancora la sua famiglia era nota al grande pubblico grazie a un documentario che molti anni fa, prima ancora che qualcuno avesse sentito parlare dei Kardashian, ne tracciava la storia.

«Da allora non ho mai perso di vista l'associazione e così ho potuto seguire i vostri costanti progressi», continua Gabriella, «e il meraviglioso aiuto che porgete a tante famiglie. Per questo, vorrei poter contribuire, per quanto mi è possibile».

«È molto gentile da parte sua, grazie». In realtà, mi sto chiedendo quali siano le condizioni. Temo che ci sia qualcosa sotto: le cifre sul prospetto che ci ha passato Peter sono davvero astronomiche.

«La prima donazione, come è scritto sul foglio che vedete, è incondizionata», spiega Gabriella Romero. «È un semplice regalo da parte mia alla fondazione. Ma ci saranno altre, più ingenti donazioni se saranno rispettate certe condizioni».

Attendiamo in silenzio che prosegua.

«Signorina O'Brien, posso chiederle di parlarle in privato?», domanda Gabriella Romero con mia sorpresa.

«Ma sì… certo».

Guardo Peter.

Annuisce. «Potete usare il mio ufficio, Scarlett. È qui».

Io e Gabriella Romero ci alziamo, e la conduco nell'ufficio adiacente alla sala riunioni.

«La prego, si accomodi», dico indicando il divano di pelle.

«Grazie», risponde lei sedendosi con eleganza e piegando le ginocchia da un lato.

«Prima di tutto, mi piacerebbe che mi chiamassi Gabi, come fanno tutti i miei amici. E spero che finiremo davvero per fare amicizia se deciderai di accogliere la mia richiesta».

«Certo», rispondo. «Io sono Scarlett».

Sorride. «Bene, Scarlett, avrai immaginato che voglio chiederti di cercare una persona».

Ah… ecco.

«Ma a causa della mia celebrità e della notorietà della mia famiglia è essenziale che quello che ci diciamo non trapeli affatto, e non diventi in alcun modo dominio dei mass media. Mi capisci, vero?»

«Ma certo».

Mi guarda, come per valutare se comprendo l'importanza di quanto mi chiede.

«È chiaro. Puoi stare tranquilla: la nostra associazione garantisce l'anonimato assoluto».

«È proprio per questo che ho voluto parlarti in privato, Scarlett. Desidero che tu sia l'unica persona coinvolta nelle ricerche. Voglio che sia tu a occupartene. Solo se sarai l'unica a sapere di cosa si tratta, posso sperare che non trapelerà nulla».

Quando abbiamo fondato Libellula, ero io a occuparmi di tutto, da sola. E mi ha dato grande gioia e soddisfazione riunire tante famiglie che la vita aveva separato. Ma da quando l'associazione si è ampliata e riceviamo continue e nuove richieste di intervento, c'è un gruppo fantastico che si occupa delle ricerche con un tasso di successo altissimo.

«Chi stai cercando con precisione?». Sento accelerare il battito del mio cuore.

La vedo esitare.

«Gabi, sul serio, puoi fidarti di me. Dico sinceramente».

Annuisce. «Lo so. L'ho capito sin da quando ti ho vista in tivù. Si vede. Però una persona come me deve essere prudente».

«Certo, capisco».

«Si tratta della sorella minore di mia nonna», dice alla fine. «La nonna non la vede da quando era una bambina, o meglio un'adolescente. È fuggita ed è stata ostracizzata dalla famiglia. Alla fine non ha più saputo nulla di lei, nessuna traccia. Non so altro. Ma detto tra noi, ho la sensazione che ci fosse di mezzo un bambino... Sai come andavano le cose a quel tempo».

«E perché adesso desidera cercarla?»

«Non lei, io».

«Per quale ragione? Scusa se ti faccio tutte queste domande, ma ogni informazione, anche la più piccola, può essere d'aiuto».

Gabi annuisce, ma il suo pensiero va alla nonna, e il suo viso si trasforma: d'un tratto ha un'aria tesa, pallida, malgrado il trucco. «La nonna ha un tumore, Scarlett. Sta morendo».

«Oh, quanto mi dispiace. Davvero».

Gabi tira un respiro profondo. «Ormai è chiaro che non ce la farà. Ed è per questo che voglio ritrovare sua sorella. La famiglia è davvero importante per noi, Scarlett. La nonna non parla volentieri di sua sorella, ma le poche volte che l'ha fatto ho intuito che vorrebbe rivederla per chiederle perdono per quanto è accaduto».

Annuisco. Povera Gabi. Una persona come lei ha tutto: denaro, bellezza, celebrità; così ce la immaginiamo. E invece, sotto questa facciata scintillante, nasconde un profondo dolore per la malattia della nonna.

«Ma non lo deve sapere nessuno! Devi assolutamente comprendere quanto sia importante. Tutti credono che la fortuna della nostra famiglia sia opera di mio padre, il classico *self-made man* e tutto il resto, invece il nostro denaro proviene dalla mamma. È lei che ha offerto a mio padre i mezzi per avviare l'attività. Ma poi, nel corso degli anni, per il solito, sciocco orgoglio maschile mio padre ha voluto nascondere la verità e ha propinato ai mass media, ogni qual volta se ne è presentata l'occasione, la storia dell'immenso successo di un semplice fattorino che diventa un magnate internazionale. Puoi immaginare che polverone si solleverebbe se venisse fuori la verità. E se tu scopri qualcosa a proposito della mia prozia, i mass media gongolerebbero... Sai che scandalo, la sua fuga da adolescente, e tutto il resto?».

«Capisco perfettamente, Gabi. Davvero. Il tuo segreto è al sicuro».

«Allora accetti?», domanda, quasi sorpresa.

«Ma certo», sorrido. «Con grande piacere».

«Ti avviso, Scarlett, però. Non sarà facile. I mass media non mi mollano un minuto. Se fiutassero qualcosa, e intuissero che c'è una storia in cui affondare i denti, qualche segreto succulento riguardante me o la mia famiglia, si avventerebbero come squali anche su di te».

«Me la caverò», la rassicuro. «Andrà tutto bene. Questo sarà il nostro piccolo segreto, Gabi. Non ne sarà a conoscenza nessun altro, non ce n'è bisogno».

Gabi mi prende la mano e la stringe tra i palmi morbidi. «È quello che speravo mi dicessi, Scarlett». Mi guarda con affetto e aggiunge: «Amica mia».

Capitolo 14

Dopo la riunione riprendo la metropolitana e scendo qualche fermata prima per poter camminare un po' fino a casa. Anche se l'aria è ancora freddina, è una giornata di marzo luminosa e assolata, e una passeggiata mi darà modo di schiarirmi le idee.

Io e Gabi abbiamo discusso ancora qualche minuto nell'ufficio di Peter prima di tornare nella sala riunioni con la bella notizia che la prima donazione sarebbe stata subito versata.

Era evidente che gli altri, Peter compreso, avrebbero dato chissà cosa per sapere l'argomento della nostra conversazione, ma io mi sono limitata a metterli al corrente del fatto che avevo accettato le condizioni di Gabriella Romero e che avrei fatto del mio meglio per assicurare alla fondazione anche le altre donazioni promesse.

Adesso, sull'elegante viale alberato che attraversa Central Park in direzione della Bethesda Fountain, penso a due cose: la richiesta di Gabi, e il suggerimento che mi ha dato Peter prima della riunione.

Un matrimonio al Plaza! Non credo che io e Sean ce lo possiamo permettere. Ma sarebbe meraviglioso. Non soltanto è uno degli alberghi più eleganti di New York, ma è stato ritratto in un milione di film: da *Il grande Gatsby* a *Mr Crocodile Dundee*, e naturalmente *Mamma ho riperso l'aereo: mi sono smarrito a New York*. È anche l'unico albergo della città ad avere l'onore di essere stato designato "National Historic Landmark", insomma è una specie di monumento nazionale. È un luogo unico e raffinatissimo. Sarebbe incantevole se io e Sean potessimo sposarci lì. Decido di cominciare a raccogliere un po' di informazioni: prenderò appuntamento al Plaza, e poi vedremo.

Sento che il mio passo d'un tratto si fa più elastico e sollevo la testa per sorridere all'Angelo delle Acque che dall'alto della fontana vigila su Central Park. Forse ho finalmente trovato un posto dove mi piacerebbe davvero sposarmi. Spero solo che Sean sia d'accordo.

«Scarlett!».

Guardo l'angelo. No, non è lui. La voce proviene dal basso.

«Scarlett!», sento di nuovo. «Sei proprio tu!».

Mi giro e vedo Alex che si sta avvicinando. Indossa un cappotto nero, una sciarpa verde intorno al collo, e un paio di occhiali scuri.

«Ciao, Alex», lo saluto non appena mi raggiunge. «Non sapevo che anche tu fossi già a New York».

«Sì, sono arrivato un paio di giorni fa. Sto cercando di ambientarmi. E tu?»

«Sono qui da ieri. Ma mi ci vuole poco per sentirmi a casa. Ci sono abituata ormai».

«Sì, Sean me l'ha detto che ormai sei una globe trotter».

«Forse». Sollevo il bavero della giacca. D'improvviso sento più freddo di qualche minuto fa, quand'ero sola.

«In realtà, mi hai risparmiato una fatica. Stavo venendo proprio da te».

«Sul serio? E perché?»

«Pensavo che sarebbe stato carino vederci», risponde sfilandosi gli occhiali. «Mi piacerebbe conoscere un po' meglio la sposa di Sean prima di fare da testimone alle nozze».

«Sì, sì, certo», mi affretto a rispondere. In realtà, sono perplessa: non avevo pensato alla possibilità di incontrare Alex a New York. Ma non voglio sembrare scortese. «Quando vuoi».

«Cosa ne dici di domani sera? Conosco un ristorante fantastico al Village, se non ti dispiace arrivare fin lì».

«No, certo che no, non mi dispiace affatto. Mi diverte provare posti nuovi».

«Bene, perfetto. Ti mando un messaggio con l'indirizzo e l'ora non appena ho prenotato. A domani, allora!».

«Certo. Ciao. Aspetta: non hai il mio numero».

Alex tira fuori il telefono dal taschino e lo sventola. «Già fatto!», sorride.

«Ah», mormoro. Immagino che glielo abbia dato Sean insieme al mio indirizzo. «Allora ci vediamo domani sera».

«Non vedo l'ora, Scarlett!», esclama Alex, e noto con un certo sollievo che si sta avviando nella direzione opposta alla mia.

«Purtroppo non vale lo stesso per me», mormoro perplessa mentre mi incammino verso Strawberry Fields, il monumento in memoria di John Lennon, e casa mia. Di solito mi piace uscire con persone nuove. E in teoria anche l'idea di andare a cena con Alex dovrebbe allettarmi: è un uomo che conduce una vita interessante, un amico di Sean, e passeremo una serata divertente.

Ma c'è qualcosa in lui che non mi piace.

Non mi sembra un tipo affidabile.

Torno a casa, mi preparo un caffè e tiro fuori portatile e telefono.

Prima di tutto mi occupo della richiesta di Gabi inviando un paio di e-mail e annotandomi alcune cose da chiederle al nostro prossimo incontro. Prendo un po' di appunti su come procedere e faccio qualche telefonata.

Adesso posso finalmente occuparmi del Plaza!

Prima cerco su Google "ricevimenti di matrimonio all'Hotel Plaza", e in un istante mi ritrovo in un mondo sfarzoso e sfavillante: sale da ballo illuminate da lampadari di cristallo, archi decorati con stucchi dorati e cene a lume di candela.

Rimango incantata.

Trascrivo il numero di telefono e chiamo.

«Salve. Vorrei ricevere qualche informazione riguardo a un ricevimento di matrimonio», domando col cuore che mi batte a mille mentre sul mio MacBook continuano a scorrere le immagini del Plaza. «Sì, rimango in linea».

Attendo che mi mettano in comunicazione con la persona giusta.

«Appena possibile», rispondo quando il mio interlocutore mi chiede quando sarei disponibile a recarmi in albergo per discutere di un preventivo.

«Una disdetta! Perfetto. Cioè, non per chi ha dovuto rinunciare, o per voi, sia chiaro. Sì, certo, domani alle tre del pomeriggio. Fantastico! A domani, allora. Grazie mille».

Chiudo e continuo a guardare le foto della splendida sala da ballo del Plaza. Una principessa non potrebbe desiderare di più. Mi vedo volteggiare come una fanciulla delle fiabe con Sean che mi stringe tra le braccia. Ho un bellissimo abito bianco e oro con un immenso strascico di tulle che ondeggia a ogni mio movimento, mentre il mio principe azzurro indossa una marsina celeste e oro, brache in tinta, lunghi calzettoni bianchi e scarpe con le fibbie dorate.

Scuoto la testa. Be', sto proprio esagerando, non è mica Disneyland!

Eppure non è male sognare un matrimonio al Plaza. Devo solo andarci piano con queste fantasie di principi e principesse d'altri tempi.

L'indomani ho una giornata piena di impegni.

Dopo una chiacchierata mattutina su Skype con Sean (in Inghilterra è ora di pranzo) durante la quale decido di non rivelargli ancora nulla del Plaza finché non sarà qualcosa di più di una semplice fantasia, incontro mio padre per colazione in modo da discutere dell'andamento dell'azienda in Gran Bretagna (ambito mio) e negli Stati Uniti (ambito suo). È sempre un piacere rivederlo quando vengo a New York e sentire cos'ha da raccontarmi. E come vanno le cose con Eleanor.

Eleanor è la madre di Jamie. Lei e papà sono tornati insieme dopo l'incontro tra me e Jamie. Papà non sapeva di avere un figlio, proprio come me che non immaginavo minimamente di avere un fratello, e benché per lui sia stato uno shock rivedere Eleanor dopo tanti anni, con mia grande gioia si sono tenuti in contatto, e pian piano tra loro è riaffiorato il vecchio amore. Eleanor, che fa l'attrice ed è sempre in giro per il mondo, ha preso in affitto un appartamento a New York in modo da poter stare vicino a papà ogni qualvolta rientra dai suoi continui viaggi di lavoro.

Rivederlo felice dopo tanti anni di solitudine è stata per me una grande soddisfazione, e grazie a Eleanor ha ritrovato grinta e voglia di vivere.

L'inevitabile domanda – «Come vanno i preparativi per le nozze?» – non tarda molto ad arrivare, ma io la eludo prontamente replicando: «E le cose tra te ed Eleanor?». Papà a questo punto mi sembra in difficoltà. Detesta parlare della sua vita privata con me. Così passiamo a più tranquilli argomenti di lavoro, un ambito che non ci turba per niente.

«Ho una grossa novità, Scarlett!», annuncia papà, dopo aver chiacchierato un po', una volta terminata la nostra colazione. «Parto per l'Australia».

«L'Australia!». Mi è quasi andato di traverso il caffè. «Perché?»

«Eleanor ha un ingaggio per uno di quei serial australiani, sai», spiega. «Non è molto nelle sue corde, ma l'offerta era troppo allettante per rifiutare».

«Ma... ma perché ci vai anche tu?». Io e papà non ci vediamo più tanto come una volta, adesso che io faccio la pendolare tra Londra e New York, e perciò mi sgomenta l'idea che lui adesso scompaia in Australia.

«Be', per stare con lei», risponde. E aggiunge: «E poi avevo una mezza idea di espandere l'azienda anche lì, e questa potrebbe essere la volta buona. È una splendida opportunità. Cosa ne dici, Scarlett? Potrebbe essere una bella avventura, non credi?»

«Ecco...». Non so cosa dire. Certo, sono felice per i nuovi progetti lavorativi, ma non voglio rischiare di non vedere più mio padre.

«Ci penserai tu alle cose qui, vero? Dovrai solo supervisionare l'attività, come stai già facendo a Londra. Lo sai che ho una squadra di gente molto in gamba: si occuperanno loro di tutto».

«Certo», rispondo dopo qualche istante, cercando di infondere alle mie parole tutto l'entusiasmo che riesco a racimolare all'idea della sua partenza e delle conseguenze che avrà su di me da un punto di vista pratico: in aggiunta a tutto quello che già faccio, dovrò anche occuparmi dell'azienda in America.

«Con piacere, papà».

Più tardi, un po' avvilita, chiamo un taxi per recarmi a Brooklyn, dove so già che la mia giornata si ravviverà non appena rimetterò piede in uno dei posti che ormai amo di più al mondo: Sunnyside.

Sono innamorata dell'atmosfera carica di ottimismo e positività che vi si respira sin dalla prima volta che ci sono venuta.

La Fondazione Libellula è nata proprio dal proposito di aiutare questi bambini, e altri bambini o adulti che come loro sono costretti a vivere separati dalle proprie famiglie. Esattamente come è successo a me: ho ritrovato mia madre solo da pochi anni.

«Scarlett!», sento strillare non appena varco la porta. «Sei tornata!», esclama uno stuolo di bambini.

«Sì. E ho qualcosa per voi!», dico mostrando un sacchetto di caramelle. «Dov'è Kim? È qui intorno?»

«Sono qui, tesoro!», risponde lei comparendo in mezzo alla schiera di bambini. Kim fa parte del meraviglioso staff che gestisce la casa famiglia.

Sorrido e l'abbraccio.

«Posso dare ai bambini un po' di roba dolce?», chiedo. «Dolcetti, caramelle, cioccolatini».

Kim guarda l'orologio. «Mah, non dovrebbero. È quasi ora di pranzo».

«Oh, per favore, Kimberly!», implorano i bambini all'unisono.

«Ma visto che sei tu, Scarlett, d'accordo».

«Evviva!», gridano i bimbi tutti insieme.

Mi siedo sulla scala di legno in corridoio e distribuisco barrette di cioccolata, tubetti di Smarties, pacchetti di gelatine di frutta e altre caramelle che in genere è difficile trovare negli Stati Uniti.

«E in quell'altro sacchetto cosa c'è, Scarlett?», mi chiede Bethany, una ragazzina che conosco bene dalle mie precedenti visite.

«Qui, invece, ci sono dei libri che vi ho portato dall'Inghilterra. Vi piaceranno. Li metteremo nella stanza dei giochi così li potrete leggere tutti insieme oppure prenderli in prestito per un po', se volete».

«Ohhh», esclamano contenti. «Fa' vedere!».

Tiro fuori i libri. «Alcuni forse li conoscete già». C'è qualche volume di Harry Potter. «Altri forse no». Bethany prende in mano *La banda dei cinque*. «Quella era una delle mie storie preferite quando ero piccola», le spiego. «E questi, invece», mostro ai più piccoli alcuni libriccini illustrati, «sono per voi».

Un ragazzino, Jack, mi si avvicina e mi butta le braccia al collo. «È così bello quando torni da noi, Scarlett», mi sussurra all'orecchio. «Non stare via troppo la prossima volta, okay?».

Lo stringo forte. «Anch'io sono felice di vedervi, Jack. Ma detto tra noi, sto cercando di passare più tempo a New York in modo da venire al Sunnyside molto più spesso, in futuro. È come se fossi a casa qui!».

Trascorro un paio d'ore molto piacevoli al Sunnyside e finisco per rimanere molto più a lungo di quanto non avessi in programma, come accade ogni volta che vengo qui. Sto per andarmene, perché devo passare da casa a cambiarmi prima di recarmi al Plaza per il mio appuntamento, quando inaspettatamente arriva Peter.

«Ehi, Peter, non sapevo che saresti venuto anche tu oggi! Io però devo proprio scappare».

«Oh, Scarlett, lo sai che mi capita spesso di fare un'improvvisata».

I bambini accorrono festosi non appena vedono Peter, proprio come hanno fatto al mio arrivo. Peter è molto popolare qui al Sunnyside. Ci sa fare coi bambini, e loro lo adorano. Ha due figli grandi, suoi, ma per il resto nessun altro. Amici, tanti. Peter ha più amici di quanti film abbia visto io al cinema. Ma non ha una vera famiglia. O almeno, non lo sento mai parlare di nessuno. E purtroppo vede di rado i suoi due figli e la ex moglie che vivono in Texas.

«Sì, lo so. E ti vogliono così tanto bene!». Rido vedendo i bambini che lo tirano per la giacca chiedendo tutta la sua attenzione. «Almeno sarà più facile andarmene, adesso», dico facendogli l'occhiolino mentre agguanto la mia borsa e la giacca, e corro a salutare Kim.

«Ciao a tutti!», grido mentre mi avvio alla porta. «Divertitevi con Peter!».

«Ciao, Scarlett», risponde qualcuno, ma gli altri sono troppo presi a festeggiare l'arrivo del nuovo visitatore.

Non mi dispiace, però. Anzi, è sempre una gioia vederli contenti, e voglio che siano felici come tutti i bambini dovrebbero essere.

Sorrido soddisfatta mentre mi chiudo la porta alle spalle e mi accingo a chiamare un taxi. Chi avrebbe mai pensato che la prima visita in questo posto insieme a Peter avrebbe trasformato così drasticamente la mia vita, e che il Sunnyside sarebbe diventato uno dei miei posti preferiti a New York?

Capitolo 15

Alla fine, quando è ora di uscire a cena con Alex, non ne ho nessuna voglia. E per tante ragioni.

Innanzitutto la mia visita al Plaza non è stata un successo.

È cominciata in modo estremamente positivo. Un certo Geraldo, un signore molto gentile, che indossava un'impeccabile camicia bianca sotto una giacca e dei pantaloni neri, mi ha accolto alle quindici in punto, come fissato, e mi ha mostrato tutto quanto il Plaza aveva da offrire per un ricevimento nuziale. Mi è bastato vedere la magnifica opulenza della sala da ballo per rimanere incantata: ho immaginato tutta la scena, io che incedevo tra due file di piante e alberi lungo l'ingresso (Geraldo ha detto che sarebbe stato possibile) e i nostri ospiti seduti su poltroncine color oro, decorate da splendidi addobbi floreali. E un ricevimento sontuoso, servito da camerieri inappuntabili.

E poi la musica, e io e Sean a volteggiare come nella mia fantasia del principe azzurro e della fanciulla delle fiabe.

Ha cominciato ad affacciarsi un po' di timore quando ci siamo trasferiti nell'ufficio di Geraldo per discutere di costi. Io e Sean non abbiamo mai parlato con precisione di quanto intendiamo spendere per il nostro matrimonio. Siamo fortunati, lui con la sua società di investimenti e io con due attività di successo (anzi tre, dopo l'annuncio di papà di stamattina!), a non dover risparmiare il denaro necessario per il nostro giorno più bello. Ma di certo le cifre che mi ha esposto Geraldo superano di gran lunga quelle che abbiamo sentito sinora.

Ma è stato quando Geraldo ha tirato fuori un grosso libro nero e mi ha chiesto quale data avessi in mente, che il mio ritrovato entusiasmo è crollato miseramente ai vecchi livelli di stress prematrimoniale.

«Avete una data precisa in mente, signorina O'Brien?», mi ha domandato con sguardo attento e penna stilografica d'argento in pugno, per annotare le mie richieste.

«Ci piacerebbe sposarci in inverno», rispondo. «Avremmo pensato a Natale».

Geraldo ha sfogliato il librone. «Sì, credo che potrebbe essere possibile trovare una data intorno a Natale, se è questo che desiderate».

«Davvero?». Non riuscivo a crederci. Era stupendo. Sapevo che prima o poi avrei trovato una location ideale! Adesso mi restava soltanto da convincere Sean. Ma mi avrebbe accontentata. Saremmo venuti a vedere il Plaza insieme la prima volta che lui fosse venuto a New York. E non appena avesse messo piede nella sala da ballo, anche lui se ne sarebbe perdutamente innamorato.

«Sì, ecco, Natale 2016. Ci sono ancora diversi spazi liberi. Cosa preferite, la vigilia o il week-end? Quale data ritenete possa essere migliore per i vostri ospiti?»

«Un attimo. Natale *2016*, ha detto?»

«Sì, signora».

«Ma io intendevo Natale di quest'anno, Natale 2014».

Geraldo mi ha guardata come se fossi un po' svitata.

«No, signora. Vede, qui al Plaza le prenotazioni vengono prese con molti mesi d'anticipo, a volte anni, per i matrimoni».

«E quest'anno vi è rimasta qualche data libera?», domando guardando speranzosa il librone.

«Per quest'anno c'è una lista d'attesa, signora». Geraldo estrae un foglio dal libro nero con un elenco di nomi. «Mi scuso se non ho chiarito questo punto in anticipo».

«No, non si preoccupi, non è affatto colpa sua. Avrei dovuto immaginare che non sarebbe stato semplice. Le cose semplici non sembrano far parte della mia vita».

«Desidera prenotare per Natale 2016, allora?», domanda Geraldo.

Scuoto la testa. «No, grazie. Anche se rischiamo davvero di sposarci nel 2016 se non trovo qualcosa in fretta, a questo punto!».

Geraldo mi rivolge un sorriso comprensivo e mi accompagna alla porta.

«Arrivederci, signorina O'Brien. Le auguro di riuscire a organizzare il matrimonio dei suoi sogni. E mi dispiace che non sarà al Plaza».

«La ringrazio, Geraldo. Non sa quanto dispiaccia a me. Sul serio».

Così, stasera, dopo questa deludente conclusione di giornata, vorrei soltanto ordinare una pizza, stendermi sul divano e guardare uno dei miei film preferiti in tivù. L'ultima cosa che desidero è andare al Greenwich Village per cenare con Alex. Non trovo affatto allegro il pensiero di dover conversare con lui tutta la sera.

Sospiro. Forse sono ingiusta nei confronti di Alex che, se è stato il migliore amico di Sean, non può essere così male, no? Magari sono io a essere partita con il piede sbagliato nei suoi confronti. Sì, forse è proprio così, visto che lui sembra trovarsi perfettamente a proprio agio con me.

Mi trascino verso la doccia e mi preparo. Devo proprio fare uno sforzo stasera, se non altro per Sean.

Il ristorante è delizioso, sono piacevolmente colpita dalla scelta di Alex. Il menu offre piatti della tradizione mediterranea e l'ambiente ben si adatta alle scelte della cucina: vivaci piatti di ceramica colorata adornano le pareti, la sala è arredata con una serie di tavolini di legno grezzo. Le cameriere indossano tenute semplici e variopinte, l'atmosfera è allegra e divertente, molto diversa da quel che mi aspettavo.

«Com'è andata la tua giornata, Scarlett?», mi domanda Alex non appena abbiamo ordinato.

Sono anche sorpresa dal suo abbigliamento, stasera: pantaloni marroncini, camicia bianca e maglione blu oltremare. L'avevo sempre visto vestito in modo molto più formale: in bianco, nero o grigio.

Sembra più rilassato e tranquillo delle altre volte che ci siamo incontrati, e mi chiedo quale sia il motivo.

«Mah, alti e bassi, se devo essere sincera», rispondo sorseggiando il mio vino bianco.

«Perché mai?»

«È cominciata bene con una colazione insieme a mio padre, in parte per lavoro e in parte per piacere». Ometto di citare le novità relative all'Australia: non ho nessuna voglia di parlarne stasera. «Poi sono andata al Sunnyside, la casa famiglia di Brooklyn che finanziamo attraverso la fondazione».

«Ah, sì, ne ho sentito parlare. Dev'essere molto gratificante».

C'è qualcosa che Sean non ti ha detto?, mi chiedo, ma sorrido educatamente e rispondo: «Sì, molto».

«Anch'io ho partecipato a diverse attività di beneficenza. Raccolta di fondi, cose del genere, non mi sono mai spinto a fondare un'associazione mia. Ma non è detto che non accada in futuro. Dovrò farti un po' di domande una volta o l'altra, Scarlett. Vedere se puoi darmi qualche dritta».

«Sono certa di poterti aiutare, ma non sono un'esperta. È Peter, il mio braccio destro, che si occupa degli aspetti finanziari».

«Peter?»

«Peter Butler. Forse ne hai sentito parlare, è un uomo d'affari piuttosto noto, qui a New York».

«Certo che ho sentito parlare di Peter Butler! Come potrei non conoscerlo? Non sapevo che fosse tuo amico, però». Ho l'impressione che Alex mi guardi con un'aria diversa, con più rispetto, ora.

«L'ho conosciuto in occasione del mio primo viaggio a New York. E siamo diventati amici».

Alex beve un sorso di vino rosso.

«Caspita, Scarlett. Quali altri assi nella manica nascondi?»

«In che senso, Alex? Peter non è un asso nella manica. Te l'ho detto, siamo amici».

Sollevo il vino, ne bevo un sorso e cullo il bicchiere tra le mani guardandomi intorno mentre tra noi scende un silenzio impacciato.

«Mi spiace», dice Alex alla fine. «Non intendevo offenderti. Semplicemente, non mi aspettavo che conoscessi Peter. Ha molti contatti in città, è un uomo di grande successo».

Lo guardo accigliata.

Alex fa una smorfia. «Sto solo peggiorando la situazione, vero?».

Annuisco. «Già».

«Va bene, allora cancelliamo tutto e ripartiamo da zero». Riflette. «Hai parlato di alti e bassi. Sinora mi hai parlato degli alti. E i bassi?»

«Ah, niente», rispondo preferendo non rivelare l'errore commesso al Plaza e la mia delusione.

«Forza. Non è ancora arrivata la cena e non possiamo rimanercene qui seduti in silenzio, no?», esclama facendo una faccia sconsolata.

Sono costretta a sorridere.

«D'accordo, sono andata all'Hotel Plaza oggi a discutere della possibilità di organizzare lì il nostro matrimonio».

«Il Plaza, wow! Sapevo che hai qualche difficoltà a decidere dove organizzare le nozze, ma non pensavo che aveste in mente di sposarvi a New York».

«Be', comunque sia, non accadrà. Non è possibile. Il Plaza è prenotato fino alla fine del 2016».

«Sul serio? Ma è folle».

«Lo so. È stato un bel sogno finché è durato».

«Ci tenete davvero a sposarvi al Plaza, tu e Sean?».

Lo guardo, non sapendo se sia il caso di approfondire ulteriormente un argomento di cui in realtà non ho ancora parlato a Sean. Ma che importa? Tanto non si farà, quindi. «Sì, mi sarebbe proprio piaciuto. Sarebbe stato perfetto. In realtà a Sean non ne ho ancora parlato, è un'idea che mi è venuta un paio di giorni fa».

«Impulsiva, eh? Un po' come me, nei momenti migliori».

«In un certo senso».

Ci portano i piatti.

«Che bell'aspetto», dico affondando la forchetta nel mio piatto di verdure speziate e riso integrale.

«Mi stavi dicendo...», riprende Alex, mentre taglia la carne che ha ordinato. «Del Plaza... Credi che a Sean farebbe piacere, se riusciste a organizzarlo lì?»

«Probabilmente. Credo che sarebbe sollevato di sapere che alla fine ho trovato un posto che mi piace».

«E il costo?»

«Non è a buon mercato, certo, ma ci si sposa una volta sola nella vita».

«Questo è certo». Alex riflette. «Sai, potrei fare un paio di telefonate se vuoi».

«In che senso?»

«Conosco una persona che ha una certa influenza al Plaza. Forse potrebbe riuscire a fare qualcosa...».

Mi cade la forchetta nel piatto, la raccolgo in fretta cercando di mostrarmi calma e compassata.

«Ma Geraldo ha detto che non c'erano più giorni liberi».

«È quello che dicono alla gente come te e me», mi risponde Alex con un sorriso. «Succederebbe la stessa cosa se tu ti presentassi stasera in uno dei ristoranti più chic di New York chiedendo un tavolo. Mi sono visto ridere in faccia dicendomi di tornare dopo tre settimane. Ma puoi scommettere che se fosse comparsa Jennifer Lopez, o Brad Pitt, un tavolo per loro ci sarebbe stato».

«È probabile».

«Già. Scommetto che le cose non vanno in maniera diversa al Plaza. Sono sicuro che si tengono qualche data libera per eventualità di questo genere. Quand'è che vorreste sposarvi tu e Sean?»

«Dicembre. Il più vicino possibile a Natale».

«D'accordo. Vedo cosa posso fare. Lasciami provare».

Sono stupefatta. Forse mi sono davvero sbagliata riguardo ad Alex.

«Davvero? Lo faresti?»

«Ma certo. Sean è uno dei miei più cari amici di vecchia data, e vorrei poter dire che anche tu, Scarlett, sei mia amica».

Capitolo 16

Mi sto avviando verso Central Park, anche oggi.

È una mattina limpida, anche se un po' fredda, ma ho indossato il mio cappotto di lana rosso e un paio di stivali di pelle nera.

Mi sono vestita con cura, perché sto andando a un appuntamento con Gabi. So bene che mi sentirò comunque scialba e ordinaria accanto a lei, ma almeno ci ho provato.

Alla fine, la serata con Alex, ieri, non è andata poi così male. Abbiamo chiacchierato di Sean, delle mie attività e di quello che faccio quando sono qui a New York. E della sua carriera, di tutti i posti interessanti in cui è stato grazie al suo lavoro di giornalista. Gli ho anche raccontato di Jamie e di Max, cosa fanno e come ci siamo incontrati. Alex mi ha stupito dimostrandosi una compagnia piacevole, e ancor più perché non ha parlato una sola volta di Maddie, né fatto una sola domanda su di lei.

Sono contenta, e anche un po' sollevata.

Forse mi ero davvero fatta un'idea sbagliata di lui, tutto sommato.

Inspiro quest'aria fresca a pieni polmoni. Adoro attraversare Central Park. In ogni stagione c'è qualcosa da vedere: gli alberi in boccio a primavera, le spettacolari tinte dorate all'arrivo dell'autunno, la gente che pattina sul ghiaccio a Natale, oppure che gioca a pallone e fa picnic sull'erba in estate.

Non mi sono sentita a lungo una turista, a New York. Mi è bastato che qualcuno per strada mi chiedesse le indicazioni, oppure cominciare a essere irritata dai turisti che gironzolano distratti mentre si sta cercando di prendere un taxi di corsa, oppure trovarsi alle prese con i soliti tassisti imbronciati, o ancora scoprire dove si può bere un buon caffè, o gustare un'ottima pizza, o qual è il ristorante cinese migliore vicino a casa. Insomma, quando alla fine mi sono ritrovata a camminare per strada con gli auricolari alle orecchie, ho capito che New York era la mia città.

Ho appuntamento da Gabi, nell'East Side, su Central Park. So quanto costa una casa in un posto del genere, ho fatto qualche ricerca su Google in passato quando l'idea di vivere a New York era solo un sogno, e Gabi mi ha dato l'indirizzo di uno dei condomini più esclusivi della città, perciò non vedo l'ora di vedere la sua casa.

Il portiere, con tanto di tuba e marsina verde, mi accoglie con un vero sorriso. «Buongiorno, signorina», esclama aprendomi la porta. «Posso esserle d'aiuto?»

«Ho appuntamento con la signorina Romero», rispondo compiaciuta.

«Mi spiace, signorina», risponde lui facendosi serio. «Non c'è nessun inquilino in questo palazzo che risponde a questo nome».

Lo fisso per un istante sconcertata.

«Ma io… Ah, no, un momento!». Rammento cosa mi aveva detto di dire Gabi. «Mi scusi, intendevo dire *Sinatra*».

«Ah, certo, signorina! All'ultimo piano, allora. L'accompagnerà Cedric». Mi indica un elegante ascensore in fondo alla hall, e un giovanotto fa un passo avanti.

«La ringrazio. E mi scusi per la confusione, sono nuova a questo genere di cose».

«È comprensibile, signorina», sorride. «Ci farà l'abitudine in fretta, se comincerà a frequentare la signorina *Sinatra*».

Attraverso la hall ed entro in ascensore. Cedric accenna un sorriso mentre le porte si chiudono e saliamo all'ultimo piano.

«In fondo al corridoio, signorina». Cedric indica l'unica porta che si affaccia su un lungo e sfarzoso corridoio. Difficile sbagliare. Mi avvio sulla morbidissima moquette, suono alla porta e faccio un passo indietro. Non so bene cosa dovrei aspettarmi. Un maggiordomo, una cameriera? Invece è Gabi che mi viene ad aprire.

«Ciao, Scarlett. Mi hai trovato facilmente allora?», domanda mentre mi fa entrare.

«Direi di sì, anche se ho commesso un errore col portiere chiedendo di te con il tuo vero nome. Mi ero dimenticata che mi avevi detto di dire "Sinatra"».

Gabi alza le spalle. «Oh, non preoccuparti. Ci sono abituati. Non è per loro la storia del nome: sono tutte persone in gamba quelle che lavorano qui. È solo per i giornalisti, che cercano di infilare il naso ovunque per scoprire qualche squallida storiella».

«Come in *Notting Hill*?».

Gabi mi guarda senza capire.

«Quando Julia Roberts arriva in albergo, nel film, dà sempre qualche buffo nome di personaggi dei cartoni animati per proteggere la sua privacy, tipo Bambi o Pocahontas».

«Non credo di averlo visto».

«Non hai mai visto *Notting Hill*!», esclamo sconcertata. «È uno dei miei film preferiti!».

Gabi sorride. «Allora cercherò di vederlo. Scarlett, desideri qualcosa prima che ci mettiamo al lavoro?».

La seguo e rimango letteralmente a bocca aperta quando entriamo in un'ampia stanza con una fila di enormi finestre: è tutta inondata di luce.

«Scarlett? Tutto bene?».

«Quant'è bella questa casa!», esclamo senza fiato guardandomi intorno. È un soggiorno arredato con mobili bianchi e in legno chiaro. «Oh, che panorama!». Corro alla finestra. «Mio Dio, se vivessi in questo posto non mi muoverei mai da qui!».

Gabi scoppia a ridere. «Bello, vero?»

«Spettacolare». Dalla finestra si gode una splendida vista su Central Park. È come una di quelle foto panoramiche fatte con il grandangolo che permettono di vedere praticamente tutto.

«Dovresti vederlo di notte, con le luci. È magico».

«Come mi piacerebbe! Oh, scusa», dico allontanandomi dalla finestra. «Non intendevo...».

«Non ti preoccupare, Scarlett. Devi venire la prossima volta che organizzo una festa. Staremo in terrazzo se non è troppo freddo. Vieni».

Gabi mi conduce verso una porta finestra scorrevole che dà su un terrazzo in legno con piscina e una grande vasca idromassaggio.

«D'estate si sta benissimo quassù. Quando faccio una festa, ci godiamo il tramonto e poi le stelle che brillano nel cielo buio».

Osservo i grattacieli e i palazzi intorno al parco e me li immagino di notte, illuminati. «Dev'essere una vista mozzafiato».

«Sì. Sono fortunata a vivere qui quando sono a New York».

«Intendi dire che non stai sempre qui?»

«Oh, no. Ho una casa a Los Angeles e abbiamo qualche casetta in giro per il mondo, per i momenti di vacanza. Comunque la mia famiglia vive per lo più qui nelle vicinanze, a Long Island».

Mi chiedo cosa intenda con "casetta".

«Sì, sei davvero molto fortunata».

«Vieni, rientriamo. Ti offro qualcosa. Un tè? Voi inglesi lo preferite, vero?»

«Preferirei un caffè se lo bevi anche tu, altrimenti va bene anche un tè».

«Oh, ecco, il fatto è che ho dato al barista mezza giornata di permesso, come al resto dei domestici, perché potessimo rimanere io e te. Per questo mi trovi qui da sola».

«Hai un barista!».

«Certo», risponde Gabi come se fosse normalissimo. «Guido fa il miglior caffè di Napoli».

«Wow. Quindi hai una vera macchina per il caffè, immagino. Pensi che potremmo provare a usarla?»

«Mah… immagino di sì. Vieni, la cucina è da questa parte».

Gabi mi guida verso un'immacolata cucina in acciaio e noce con tutti i più moderni e tecnologici elettrodomestici, inclusa un'elegante macchina per il caffè che ha tutta l'aria di essere molto complicata.

«Sai come funziona?», le chiedo.

«No», risponde Gabi come se ne avesse appena scoperto la presenza nella propria cucina. «E tu?»

«Ecco, a dire il vero… no. È un po' più grande di quella che ho io. E se andassimo a prenderlo fuori, un caffè?».

Gabi mi guarda come se le avessi suggerito di calarci giù dal terrazzo in cordata. «Fuori? Per un caffè? E se qualcuno mi riconosce?»

«Non puoi metterti un paio di occhialoni scuri, o qualcosa del genere? Di solito, non è così che fanno le celebrità?», domando sorridendo.

«Ma non sono vestita per uscire», obietta mostrandomi il proprio abbigliamento. A me sembra perfettamente adeguato: jeans, camicetta bianca e un paio di UGG.

«Stai benissimo. E poi se ti vesti troppo elegante ti noteranno all'istante, no?»

«Non sono sicura che sia una buona idea, Scarlett», risponde esitante. «Di solito esco con una guardia del corpo».

«Mi stai dicendo che non esci mai senza tacchi alti e un grosso gorilla al fianco? Ci credo che ti ritrovi sempre qualche paparazzo e chissà quanta altra gente addosso! Vieni così come sei, prenditi soltanto un bel giaccone pesante e un paio di occhiali scuri, e ti prometto che nessuno si accorgerà di niente, vedrai».

Gabi mi guarda e per un secondo penso che stia per rifiutare. Poi mi rivolge un gran sorriso. «Andiamo, allora!», esclama correndo in camera. «Proviamo! Scarlett, mi fido di te: spero solo che tu abbia ragione».

Tiro un respiro profondo mentre aspetto che lei sia pronta, in piedi su un soffice tappeto a pelo lungo.

Com'è che finisco sempre per infilarmi in qualche pasticcio?

Capitolo 17

Usciamo dal palazzo insieme, io col mio cappotto rosso e gli stivali neri e Gabi in jeans, UGG e giubbotto di montone. Ha anche un paio di occhialoni giganteschi, e si è legata i capelli. Ha considerato l'idea di mettersi un berretto da baseball dei NY Yankees in testa, ma poi abbiamo deciso che sarebbe stato eccessivo nonché di pessimo gusto, e magari avrebbe rischiato di produrre l'effetto contrario a quello desiderato.

«Forza», la incoraggio vedendo che rimane un po' indietro. «Andrà tutto bene».

Ci avviamo verso lo Starbucks più vicino e ci mettiamo in fila.

«Cosa sta succedendo?», mi chiede.

«Stiamo aspettando il nostro turno», rispondo.

«Perché?»

«Perché è la cosa migliore da fare se non vuoi essere brutalmente assalita dai newyorkesi cui impedisci di agguantare la propria dose quotidiana di caffeina».

Gabi si guarda intorno stupita, e mi viene da chiedermi se abbia mai fatto la fila in vita sua.

«Sì, signora?», domanda allegra la cassiera.

«Per me un caffè e latte scremato alla vaniglia, grande. Tu, Gabi?».

Mi rifila una gomitata nelle costole. «Ah… già, scusa. E tu, Anna?», improvviso pensando al personaggio di Julia Roberts in *Notting Hill.*

Mi guarda smarrita. La cassiera osserva la scena perplessa. «Crede che la sua amica potrebbe sbrigarsi a decidere?», esclama alla fine. «C'è la fila».

Mi volto. «Un istante soltanto!», rispondo sorridendo.

Gabi sta scorrendo la lista esposta dietro la cassa.
«Ci sono così tante cose», bisbiglia. «Guido mi fa sempre il solito».
Oddio. «Sai cos'è?».
Scuote la testa.
«È dolce?»
«No, non molto».
«Latte?»
«No».
«Schiuma?»
Fa una smorfia.
Sento sbuffare e sospirare dietro di noi.
Mi concentro.
«Tazza grande o piccola?»
«Minuscola».
«Nero?»
«Sempre. Alle calorie non ci pensi?».
Scuoto la testa. Gabi ha un barista e le fa sempre e soltanto l'espresso. Che peccato.
«Ve la date una mossa?», strilla qualcuno in fondo alla fila. «Ho un appuntamento dal dentista fra tre settimane!».
Qualche risata.
Gabi si gira. «È questo il modo di comportarsi? Un po' di cortesia, per favore! La mia amica sta cercando di capire che tipo di caffè bevo di solito. Comunque», esclama tornando a girarsi verso di me, «a questo punto credo che preferisco cambiare. Lo stesso che ha ordinato la mia amica», dice alla cassiera sorridendo e indicandomi col capo.
«Finalmente!», borbotta il tipo di prima.
Gabi abbassa gli occhiali e gli lancia un'occhiataccia. Lui la guarda a bocca spalancata.
Gabi si rinfila gli occhiali in fretta e furia e china la testa.
«Due caffè e latte scremati alla vaniglia, allora? Basta così?», domanda la cassiera lanciandomi uno sguardo supplichevole perché non si ripeta la stessa storia per i muffin.

«Sì», rispondo porgendole venti dollari e prendendo il resto. «Grazie mille per la pazienza».

Ci spostiamo lungo il banco in attesa dei caffè.

«Quel tipo mi sta fissando, Scarlett», sussurra Gabi accostandosi. «Mi ha riconosciuta».

«Gli sarà venuto qualche dubbio quando hai abbassato gli occhiali, ma si è trattato di una frazione di secondo. Starà cercando di capire dove ti ha vista. Oppure», sorrido, «semplicemente ti sta facendo il filo».

Gabi si volta a guardarmi e lascia perdere per un attimo il tipo in giacca e cravatta che la sta fissando. «Il filo?»

«Sì… ti sta corteggiando».

«Ah…». Annuisce. «Be', certo».

Sorrido tra me e me, mentre il barista ci porge i nostri caffè, e usciamo.

«Cosa c'è di tanto divertente?», domanda Gabi bevendo un sorso del suo caffè e latte. «Mmm… che buono!».

«Mi fa piacere che sia di tuo gradimento». La guardo e mi domando come prenderà la mia risposta. «Tu sei divertente».

Gabi si gira di scatto. «Io? Cos'ho fatto?».

Scrollo la testa. «Lascia stare».

«No, invece», si ferma bellicosamente in mezzo al marciapiede con una mano su un fianco. «Se mi trovi tanto buffa, mi devi dire perché».

Accipicchia, non è così che si avvia un buon rapporto di lavoro.

Prendo un respiro profondo e cerco di trovare le parole giuste. «Non è che ti trovo buffa. Mi piaci molto come persona, in realtà».

«E allora?», insiste stizzita, senza muovere un passo.

«È il tuo modo di comportarti che mi fa sorridere».

«Tipo?»

«Tipo il fatto che hai un barista personale, ma ti fai preparare tutti i giorni solo un semplice espresso. Come dev'essere noioso il lavoro di quel pover'uomo!».

Ci riflette.

«E mi pare di aver capito che prima di stamattina non sapessi nemmeno cosa significasse fare la fila».

Gabi aggrotta la fronte, quel tanto che le permette il botox.

«Aspettare, intendo, ti era mai capitato?»

«Sto aspettando la nuova borsa di Prada. Fredo mi ha promesso che sarò la prima a Upper Manhattan ad averla».

«Non è come fare la fila per un caffè, non credi? E quel tipo che ti guardava da Starbucks? Hai accettato l'idea che fosse attratto da te come se fosse la cosa più ovvia. Diciamo che in genere non succede così, ecco».

Gabi lascia cadere la mano e beve con aria pensosa un altro sorso di caffè.

«Allora adesso non ti va più di essere amiche e di aiutarmi?», domanda sollevando un momento gli occhiali e guardandomi con occhi dolenti. «Mi trovi davvero molto irritante?»

«Ma certo che no! Sei soltanto diversa. Non ho mai conosciuto nessuno come te. È per questo che sorridevo. Non significa che tu sia irritante. Anzi, tutt'altro. Mi stai simpatica, te l'ho detto».

Sorride. «Bene. Perché anche tu mi sei simpatica, Scarlett O'Brien. Non mi capita spesso che qualcuno mi parli con tanta sincerità. Ed è una cosa che mi piace. Mi piace molto!».

Mi prende sotto braccio e ci mettiamo a camminare come due vecchie amiche. Sono certa che mentre sorseggiamo il nostro ottimo caffè e latte di Starbucks, nessuno immagina la realtà: una ragazza che vive con la testa per aria, come se la vita fosse un film, che passeggia a braccetto con una pop star internazionale.

Capitolo 18

Non mi va di andare in giro troppo a lungo con Gabi "non protetta". Facciamo solo una passeggiatina a Central Park per dimostrarle che non rischia a ogni istante un assalto di fan in cerca di autografi e fotografie. Anzi, come avevo immaginato, in questa città in cui tutti vanno di fretta inseguendo i propri pensieri, nessuno la degna di uno sguardo.

«Vedi», le faccio notare dopo una mezz'ora. «Nessuno si accorge di nulla».

«Ti confesso che sono piuttosto sorpresa», risponde lei un po' delusa. «Non è quello a cui sono abituata».

Sorrido. «Probabilmente è colpa della gente che ti circonda».

«In che senso?». Siamo davanti alla statua di Alice nel Paese delle Meraviglie, una gigantesca scultura in bronzo su cui si arrampicano e giocano sempre i bambini.

So di dover rispondere con cautela.

«Be', immagino che tu abbia uno staff che ti segue, un manager, un PR, e saranno a tua disposizione ventiquattr'ore su ventiquattro, giusto?»

«Sì, Madrid e Marcus stanno con me quasi tutto il giorno. Ma non vedo...».

«Aspetta», la interrompo. «Madrid?»

«Sì, è la mia PR, e Marcus, il mio manager».

«Ah... okay». In che razza di strano mondo sono finita, dove c'è gente che si chiama Madrid? «E di solito dicono di sì a tutto quello che chiedi, giusto?».

Riflette un momento. «Più o meno. Li pago per questo».

Annuisco e sorrido.

«Insomma!», esclama Gabi. «Smettila con questi sorrisetti, e dimmi cosa pensi!».

Prendo un respiro profondo. «Credo che ti farebbe bene passare un po' di tempo senza di loro. Sono costretti a dire di sì a tutte le richieste. È nel loro interesse. Fa parte del loro lavoro. Alla fine, però, così sei *tu* che finisci per fare quello che vogliono loro».

«In che senso?». Gabi si porta una mano sugli occhi per proteggersi dal sole ormai alto.

«La ragione per cui tutti ti riconoscono ovunque tu vada è che il novanta per cento delle volte sono stati informati del tuo arrivo: qualcuno ha fatto sapere ai giornalisti che sarai in un certo posto a una certa ora. Ecco perché trovi i fotografi ovunque. Perché sanno dove trovarti».

Gabi mi guarda come se non riuscisse a credere alle proprie orecchie.

«È la verità. Non sto dicendo che Madrid e Marcus sono due poco di buono. Tutt'altro. Sono convinta che hanno a cuore il tuo bene, ma è nel *loro* interesse far sì che tu ottenga la massima attenzione da parte dei media: una foto di Gabriella Romero che esce da una spa o da Bergdorf Goodman sulla Quinta Avenue frutta un bel po' di denaro a un fotografo e alla rivista per cui lavora».

Se non lo so io, che quelle riviste le ho comprate per anni!

Gabi non risponde. Mi guarda con aria pensosa, poi si sfila in silenzio gli occhiali, si scherma gli occhi con una mano e si volta di nuovo a guardare Alice e gli altri personaggi del Paese delle Meraviglie.

«La nonna mi leggeva sempre *Alice nel Paese delle Meraviglie* quando ero piccola», dice a bassa voce. «È ancora uno dei miei libri preferiti».

Ripenso al giorno in cui ho incontrato mia madre davanti alla statua di Peter Pan ai Kensington Gardens. Le storie che ci hanno letto quando eravamo bambini continuano ad avere un posto speciale nel nostro cuore.

«Il mio è *Peter Pan*», le rivelo.

Lei si volta, mi guarda senza rimettersi gli occhiali. I suoi occhi a mandorla si sono rattristati. «So che questa vita da celebrità può apparirti fasulla. Ma io non ho conosciuto altro, o quasi. Mio padre ha sempre corteggiato la fama e la ricchezza, e noi persino da bambini abbiamo sempre avuto i riflettori addosso. Siamo stati fortunati a godere di tanti privilegi e di uno stile di vita lussuoso, e so bene che c'è mio padre anche dietro il mio successo, soprattutto agli esordi. Purtroppo, però...». Si interrompe un momento per guardare la statua, quell'intreccio di figure felici. «Tutto questo ha un prezzo. E questo prezzo è la mia vita privata».

«Lo so, lo capisco, Gabi, davvero. Ma non deve per forza essere così». Le poso con dolcezza una mano su un braccio. «Puoi decidere della tua vita. Sei la sola che possa farlo. So bene che hai delle responsabilità, degli impegni, si tratta del tuo lavoro, ma sono anche certa che potresti vivere un'esistenza più normale se lo volessi».

Gabi mi guarda perplessa.

«Pensa alla giornata di oggi, per esempio», proseguo. «Quante persone ti si sono avvicinate da quando siamo uscite?»

«C'è stato quel tipo da Starbucks», risponde infilando di nuovo gli occhiali.

«Non puoi essere certa che ti abbia riconosciuto, e se anche fosse, ti ha importunato?»

«No, ma...».

«Niente ma. Si può fare. *Puoi* vivere in modo diverso, se vuoi. Ne sono certa. Abbiamo una vita sola, lo sai».

«No, se credi alla reincarnazione: potrebbero esserci molte vite che ci aspettano. Ho un guru con cui faccio meditazione che è la mia guida spirituale, e lui dice...».

La interrompo. «Devi prendere in mano la tua vita, Gabi».

Solleva gli occhiali sulla testa e guarda di nuovo la statua. «Sì, hai ragione. La vita è troppo breve per sprecarla. Ci proverò. Lo voglio fare per me, e per la nonna».

«Brava!», esclamo battendo le mani.

«Ma ho bisogno del tuo aiuto, Scarlett. Devi diventare la mia nuova guida, il mio *life coach*. Il mio guru».

Smetto immediatamente di battere le mani e resto con le braccia spalancate come se dovessi afferrare un pallone al volo.

«Lo farai, vero, Scarlett? Mi insegnerai a vivere pienamente?».

Capitolo 19

«Come, cosa intendi fare?», esclama Sean quando, il giorno successivo, gli racconto del mio incontro con Gabriella Romero. «Ripeti, Scarlett. Hai detto che hai accettato di farle da guida, da life coach? Credo che ci siano dei disturbi sulla linea».

«Sì, hai sentito bene: ho detto proprio così». Sospiro. Non so ancora cosa mi sia preso, ma Gabi era talmente entusiasta e mi ha offerto una gran bella cifra. Da principio ho rifiutato, ma poi quando ho capito con precisione cosa aveva in mente e cosa significava, ho accettato, per il bene della fondazione.

«Ma come… perché, santo cielo?», domanda Sean sconcertato.

«Pare che sia convinta che io sia la persona migliore per insegnarle a vivere una vita vera, piena», rispondo sapendo quanto possa suonare strana quest'affermazione alle orecchie di qualcuno che mi conosce come Sean. Oppure dovrei forse dire qualcuno che conosce la vecchia Scarlett, quella tranquilla, che fino a pochi anni fa non aveva quasi messo piede fuori da Stratford-upon-Avon. Gli avevo accennato dell'intenzione di Gabi di fare una serie di donazioni alla Fondazione Libellula, ma nient'altro di quello che mi ha chiesto.

Silenzio.

«Sean… ci sei?»

«Sì, sì, Rossa», risponde e dalla sua voce capisco che sta sorridendo. «Ma com'è che fai, Scarlett? Com'è che finisci in una situazione più folle, più stravagante, più scombinata dell'altra?»

«Sono fortunata, immagino».

«Non credo. Penso piuttosto che siano le persone che ti incontrano e ti accolgono nella propria vita a essere fortunate».

«Sean…». Sa essere così dolce a volte.

«È vero, Scarlett». Riflette. «Senti, se questa Gabriella pensa che tu le possa insegnare qualcosa della vita, fallo. Quel che è certo, è che avrai occasione di scoprire come vive l'altra metà del mondo».

«Non è detto. È questa l'idea. Devo mostrarle come vive una persona normale e come superare gli ostacoli che le crea la celebrità, e tutto il resto…».

«Ah, capisco. Be', la invidio, comunque, se avrà occasione di passare le sue giornate con te. Mi manchi già, Scarlett, e sei partita soltanto da pochi giorni».

«Lo so, Sean. Anche tu mi manchi. Ma verrai presto, per la prima del musical di Luke a Broadway, no? Non vedo l'ora di vedere come se la cava. Oscar dice che adora New York, e che il cast l'ha accolto a braccia aperte. Magari riuscirai a incontrare Gabi quando vieni. Cercherò di organizzare qualcosa se è in città».

«Ci sarà una sola donna che sarò interessato a vedere quando vengo a New York. E sei tu!».

«Come sei carino…». Seduta sul divano tiro le ginocchia al petto e le stringo con un braccio. «E vorrei che questa telefonata non finisse mai, ma devo andare. Vado a pranzo con Alex, oggi».

«Allora vi siete incrociati alla fine?»

«Sì, siamo stati a cena insieme l'altra sera». Buffo, da come Alex ne parlava, avevo avuto la sensazione che Sean fosse al corrente del nostro incontro.

«Bene, bene. È in gamba, Alex, vero?», domanda, sperando di sentire che la mia diffidenza nei confronti del suo amico sia ormai acqua passata.

«È stato molto carino e gradevole. Si è persino offerto di darmi una mano per una cosa. È per questo che ci dobbiamo vedere oggi». Mannaggia, me lo sono fatta scappare, non volevo ancora parlarne con Sean!

«Cosa?».

Esito. «Mah… Non volevo dirtelo finché non avessi avuto la certezza che si può fare, ma sono stata al Plaza l'altro giorno».

«L'Hotel Plaza?»

«Sì».

«Perché?»

«Per il nostro matrimonio». Aspetto la reazione di Sean. Sono sicura che sarà esplosiva e allontano prontamente il telefono dall'orecchio.

«Fantastico!», risponde con mia grande sorpresa. «Non immaginavo che ti piacesse l'idea di sposarti a New York».

«Neanch'io, a dire il vero, finché non mi ci ha fatto pensare Peter, l'altro giorno», rispondo con un gran respiro di sollievo. «Ma più ci penso, più mi sembra un'idea stupenda. Adoro questa città, e metà della mia famiglia e dei miei amici vive qui, e a parte il fatto che tu non ci sei, sono sempre così felice quando sono qui. È la mia seconda casa».

«Me n'ero accorto. Le noto le cose, Scarlett. Lo so che sei più contenta quando sei lì, e che tu e Manhattan siete fatte l'una per l'altra».

Come vorrei che non fosse così lontano. Perché in questo momento la cosa che desidero di più è stringermi a lui, abbracciarlo e sentirlo vicino. Non lo dimostra sempre, forse, ma è la persona che mi conosce meglio al mondo.

«Ti amo, Sean Bond. Più di quanto immagini».

«Anch'io ti amo, e se la futura signora Bond vuole sposarsi a New York, vuol dire che ci sposeremo a New York!».

Oh, la *signora Bond*… non ci avevo ancora pensato. Mi piace O'Brien, a dire il vero. Ma non c'è tempo di riflettere perché Sean continua: «E quanto costerebbe un matrimonio al Plaza?»

«Mah, guarda, non ricordo la cifra *con precisione*», provo a dire, nella speranza di evitare per il momento questo lato spinoso. Non voglio rovinare tutto proprio adesso che Sean ha accettato con tanta facilità l'idea di sposarsi a New York. «Forse è meglio aspettare di sentire se Alex riesce ad aiutarci. Perché è proprio questo il problema: per quest'anno il Plaza è già tutto prenotato. Ma Alex ha detto che conosce una persona e che avrebbe provato a fare qualcosa».

«Una cifra indicativa, Scarlett», insiste Sean. «Forza».

Rovisto sul tavolo in cerca del preventivo di massima che ha stilato Geraldo l'altro giorno. E quando gli leggo l'opzione più bassa, ecco che arriva, ineluttabile, il ruggito che mi aspettavo prima.

«*Quanto*???».

«Buone notizie, Scarlett», annuncia Alex al tavolino del caffè in cui ci siamo dati appuntamento. «Cosa ne dici di giovedì prima di Natale come giorno delle tue nozze?»

«Sul serio?». Sono stupefatta. «È possibile?»

«Ti ho detto che avrebbero avuto delle date libere. Non il venerdì, né il sabato, quello è proprio impossibile. Ma del giovedì cosa dici?»

«Oh, Alex, avrei voglia di baciarti!», esclamo estasiata. «È perfetto».

«Non so se il tuo promesso sposo condividerebbe tanto entusiasmo da parte tua», sorride. «Ma sono contento che tu sia soddisfatta».

«Davvero... non riesco a crederci!». Mi sembra di sognare. «Alla fine, dopo tutto questo tempo, ho trovato un posto splendido, perfetto per me, e poi, soprattutto, a New York!».

«Dovere di testimone. Siamo d'accordo allora. Geraldo si metterà al più presto in contatto con te per i dettagli».

«Questa è la notizia più bella della giornata! Anzi, della settimana. No, forse dell'anno! Se c'è qualcosa che posso fare per ricambiare, Alex, dimmelo, okay?»

«Certo, senz'altro, Scarlett».

Finiamo il caffè chiacchierando cordialmente, anche se io non faccio che pensare al mio matrimonio. Hotel Plaza. New York.

Stiamo pagando il conto, quando squilla il cellulare.

«Scusa», dico ad Alex. «Un attimo solo. Ciao, Peter, dimmi».

Alex tira fuori un paio di banconote dal portafoglio e le posa sul tavolino. Poi dà un'occhiata al telefono, per vedere se ci sono messaggi.

«Benissimo, grazie», rispondo a Peter. Vuole sapere come vanno le cose con Gabi: non posso dirgli granché davanti ad Alex, e comunque ho promesso di non parlare con nessuno di quanto mi ha chiesto di fare, quindi mi mantengo sul vago. «Farò un salto in ufficio così ne parliamo, okay?».

Alex alza la testa.

«Certo, a dopo, allora», concludo.

«Problemi?», domanda Alex infilando il telefono nel taschino.

«No, tutto a posto». Sorrido preparandomi ad alzarmi.

Alex annuisce. «Era con Peter Butler, per caso, che stavi parlando?».

Lo guardo con un'espressione interrogativa mentre mi infilo il cappotto.

«Mi hai detto che lo conosci».

«Sì, in effetti. Devo fare un salto in ufficio da lui per parlare di alcune cose. Di lavoro», aggiungo, benché non sia affatto necessario.

«Capisco». Alex annuisce mentre s'infila il suo Burberry. «Mi piacerebbe incontrare Peter Butler un giorno di questi. Sono sempre stato un suo ammiratore».

«Ma certo! È il minimo che posso fare per ricambiare. Non ti preoccupare, ci penso io. Preferisci cena o aperitivo?»

«Una cena sarebbe perfetta». Alex sorride mentre mi apre la porta. «Grazie, Scarlett. Sei meravigliosa».

Capitolo 20

Marzo diventa aprile, e la mia passeggiata giornaliera attraverso Central Park per raggiungere Gabi non è più fresca e frizzante con il vento tra i capelli, ma più mite, malgrado la minaccia della solita pioggerella primaverile: se non altro perché questa è New York, e a New York non piace mai fare le cose a metà, e quindi una pioggerella può trasformarsi in un diluvio torrenziale che dura tutta la giornata.

Le ultime settimane sono state un po' frenetiche con l'accelerazione che hanno subìto i preparativi per il matrimonio. Dopo lo shock iniziale, Sean ha acconsentito. È sempre stato convinto che, quando si fa una cosa, bisogna farla alla grande. E se il Plaza è la location migliore che offre New York, allora è il posto che fa per noi.

Sono tornata un paio di volte a parlare con Geraldo per discutere del menu e di altri dettagli tipo i fiori e i centrotavola. Ho tenuto informato Sean per e-mail. E anche se ci sono ancora tantissime cose da fare, mi sento molto più rilassata adesso che so che almeno un paio di punti fondamentali sono stati risolti. Abbiamo la data. E abbiamo il posto.

Il prossimo problema, se lo posso definire così, è l'abito. Ma il mio Gok Wan, il mio *fashion consultant* personale, incarnato da Oscar, in questo preciso momento è in volo sopra l'Atlantico per raggiungere il suo promesso sposo, Luke, in occasione della prima del suo spettacolo a Broadway, domani sera. E mi ha promesso che uno di questi giorni andremo insieme a fare shopping. «Se non ti troverò un abito da sposa stupendo nella capitale mondiale dello shopping, posso anche ritirarmi dal mondo della moda e dedicarmi alla tassidermia, piuttosto», ha proclamato.

Oh, quanto mi manca Oscar! Quasi quanto mi manca Sean, anche se in maniera differente. In questo momento, Sean si sta godendo la compagnia del nostro comune amico, visto che sono in viaggio insieme alla volta della Grande Mela.

Sorrido. Sean rischia di dover ricorrere a una dose di tranquillanti dopo aver avuto a che fare così a lungo con Oscar nello spazio ristretto di un volo intercontinentale.

Gli alberi sono carichi di gemme. Tra qualche giorno vedrò spuntare le prime foglie qui a Central Park, penso, mentre mi dirigo verso l'East Side. Sento davvero di conoscere questa città. Sean e Peter hanno ragione, è la mia seconda casa. Ed è un pensiero che mi rende felice.

Alla porta oggi trovo Sylvester, che saluto allegramente mentre lui mi lascia entrare senza più bisogno di parole d'ordine. Attraverso la hall e salgo in ascensore fino all'attico.

«Buongiorno!», esclamo felice entrando in casa. «Come va, Gabi, oggi?»

«Non scoppiettante come te», risponde incuriosita. «Cos'è questo sprint? Sei già passata da Starbucks, per caso? Ci andiamo sempre insieme».

Dopo il nostro primo approccio a Starbucks, Gabi non sa più rinunciare alle tante meraviglie della celebre catena di caffetterie. Il suo preferito è un cappuccino doppio con latte intero e panna montata, ma di solito opta per un meno calorico caffè e latte scremato alla vaniglia.

«Ma scherzi! E poi proprio oggi? Ti sei dimenticata cosa abbiamo in programma?».

Gabi fa una smorfia. «Devo proprio?»

«Sì», rispondo decisa.

Qualche minuto più tardi, quando arriviamo allo stesso Starbucks in cui qualche settimana fa Gabi aveva dovuto fare uno sforzo solo per entrare, mi fermo e le dico incrociando le braccia. «Forza, Gabi. Ce la puoi fare».

Sospira. «D'accordo, ma voglio che tu sappia che lo sto facendo contro la mia volontà, solo perché costretta con la forza».

«Ed è una cosa che non succede spesso, vero?», chiedo sorridendo.

Gabi afferra la maniglia.

«Ehi!», la rimprovero. «E gli occhiali?», esclamo allungando la mano.

Gabi se li sfila lentamente e me li porge. «Se in questo momento mi vedesse Marcus...», commenta levando gli occhi al cielo.

«Meglio che non sia con noi, allora! Su, forza! Non possiamo perdere tutta la giornata».

Gabi scuote la testa e borbotta qualcosa in italiano, un'imprecazione, immagino. Entra.

Cerco di non osservarla mentre si mette in fila. Mi sembra di essere una madre che segue il proprio bambino con gli occhi, mentre fa qualcosa da solo per la prima volta. Non voglio essere iperprotettiva, ma non mi allontano per essere a portata d'orecchi in caso avesse bisogno di me.

Gabi ha fatto passi da gigante da quando abbiamo cominciato la nostra "terapia", come la chiamo io.

Non si fa più problemi a uscire di casa "non protetta", né ad allontanarsi dagli ampi spazi di Central Park per passeggiare anche in zone più affollate come Bloomingdale's o la Quinta Avenue.

Se sono con lei, però. Non è ancora uscita da sola. Oggi la sua prova da Starbucks è il primo passo verso l'indipendenza.

Non è stato facile, all'inizio. Non tanto perché fosse restia ad accettare le mie proposte, anzi, ha accolto con gioia l'idea di aprirsi al mondo reale. È stato il suo staff a crearci problemi.

Marcus, il suo manager, un uomo dalla carnagione scura e dai capelli corvini, con una netta predilezione per eleganti abiti firmati, ha cercato in tutti i modi di venire con noi la prima volta che ci ha viste uscire insieme. Gabi ha dovuto letteralmente prenderlo per mano, condurlo verso il suo divano bianco come la neve e consegnargli un elenco di telefonate e di altre faccende da sbrigare prima che noi due potessimo svignarcela. E anche a quel punto ho continuato a guardarmi le spalle convinta che prima o poi avrei scorto una grossa guardia del corpo che ci seguiva di soppiatto.

Avevo già visto Lewis, la guardia del corpo di Gabi, quando l'aveva accompagnata alla fondazione, ma quella volta non avevo prestato molta attenzione a che tipo di persona fosse. Non ha affatto l'aspetto del solito gorilla, massiccio e muscoloso, con più bicipiti che cellule cerebrali. No, Lewis parla sottovoce, ha un corpo perfetto (si intravedono gli addominali scolpiti, sotto la maglietta), ed è estremamente professionale. Invece di mettermi i bastoni tra le ruote, mi ha dato un paio di consigli su cosa fare nel caso avessimo incontrato dei problemi. E soprattutto, mi ha lasciato il suo numero di cellulare.

Dell'entourage di Gabi è il più posato e tranquillo. Mi ha fatto pensare a Kevin Costner in *Guardia del corpo*, un altro film che ho amato molto. Il cinema e la mia vita: non smetterò mai di intrecciarli!

Non ho ancora incontrato la famigerata Madrid, ma attendo con timore il momento in cui accadrà, dato che Gabi mi ha detto che dirige una delle più agguerrite agenzie stampa di New York.

Poi c'è Portia, la sua segretaria. Nella mia ingenuità credevo che le segretarie fossero persone disponibili, cortesi. È chiaro che Portia invece non è una segretaria di tal genere. Sembra aver deciso sin dal primo istante in cui mi ha visto di rendermi la vita difficile e di far saltare ogni mio singolo appuntamento con Gabi. Blocca le mie telefonate e non le trasmette i miei messaggi. Ma adesso, dopo i rimproveri di Gabi, accompagnati da qualche seria minaccia, credo, Portia sembra aver cambiato registro e accetta che le porti via la sua beneamata datrice di lavoro per un paio d'ore, ogni tanto.

«*Voilà*!», annuncia Gabi comparendo con due tazzone di caffè fumante. «Missione compiuta!».

«Congratulazioni!», le dico prendendo il mio caffè. «Com'è andata, allora?»

«Bene! Non credo che mi abbia riconosciuto nessuno e comunque, anche se così fosse, nessuno ha detto niente», esclama soddisfatta come una bambina, e fa un bel respiro. Deve aver trattenuto il fiato da quando è entrata! «Non riesco ancora a crederci».

«A New York la gente si fa i fatti suoi», commento un po' presuntuosa mentre bevo un primo sorso di caffè bollente. «È la città migliore per fare questi tuoi esperimenti».

«E adesso, qual è il prossimo passo?», domanda Gabi eccitata. «Mi sento talmente piena di energie che potrei affrontare il mondo intero!».

«Prima di tutto tieni questi», dico passandole gli occhiali. «Un passo alla volta. Finché non conoscerai la differenza tra un caffè e latte scremato alla vaniglia e un cappuccino con latte intero e panna montata, non credo che tu sia ancora in grado di affrontare il mondo».

Le porgo il suo caffè. Gabi mi guarda. «Oh, scusa! È che sono così eccitata! Mi stai aprendo così tante nuove possibilità, Scarlett. Non sai quanto mi faccia sentire indipendente fare queste cose da sola, senza una guardia del corpo o la mia segretaria dietro. Che sensazione di libertà!».

«Allora, visto che stamattina te la sei cavata così bene e hai acquistato sicurezza, propongo di fare un altro passo avanti...».

Capitolo 21

«Cos'hai in mente per oggi, allora?», domanda Gabi mentre stiamo attraversando Central Park in direzione della Quinta Avenue. «Andiamo di nuovo a fare shopping?»

«No, oggi facciamo le turiste. Vediamo come te la cavi con gli stranieri, invece dei soliti newyorkesi distratti…».

«Oh…», esclama Gabi eccitata. «E dove?»

«Lo vedrai», rispondo misteriosa.

«Ecco, sei la solita!», ride. «Sai, ieri sera ho guardato un film della lista che mi hai dato».

«Ah, sì? Quale?». Dopo aver sentito che non aveva mai visto *Notting Hill*, le avevo consigliato un lungo e dettagliato elenco dei miei film preferiti, tra cui le commedie romantiche *C'è posta per te*, *Harry ti presento Sally*, *Hitch – Lui sì che capisce le donne*, *Quattro matrimoni e un funerale*, *Love Actually – L'amore davvero*, per citarne soltanto qualcuno.

«Il primo in cima alla lista: *Notting Hill*. Mi è piaciuto tantissimo. È assurdo che non l'avessi visto!».

«È un classico. Se non fosse stato per quel film, probabilmente non avrei mai incontrato Sean».

«Davvero? Vi siete conosciuti al cinema?»

«No, alla libreria di viaggio, quella del film!».

Gabi si ferma. «Mi stai prendendo in giro, vero? So che vi siete incontrati a Londra, ma sul serio vi siete conosciuti lì?»

«Sì, lo so che sembra impossibile. È una storia piuttosto incredibile, in realtà». Penso a Sean, e a come è cambiata la mia vita da quando ci siamo incontrati in quel negozietto. Se non fosse successo, se non fossi mai andata a Notting Hill, immagino che in questo momento non sarei nemmeno a passeggio per Central Park con Gabi. Anzi, ne sono certa.

«Racconta!», esclama Gabi. «Voglio sapere tutto».

A metà della Quinta Avenue Gabi sa tutto quello che c'è da sapere di me e Sean. Entriamo nel Rockefeller Center, dove ogni anno viene allestito uno dei più famosi alberi di Natale di New York.

Gabi scuote la testa. «Non so, Scarlett, ma ho l'impressione che la tua storia possa rivaleggiare con *Notting Hill*».

Scoppio a ridere. «Può darsi».

«Quando vi rivedrete, tu e Sean?»

«È in volo per New York in questo preciso momento. Insieme a Oscar».

«Il tipo che hai conosciuto a Notting Hill? Quello che ha organizzato la festa per te?»

«Proprio lui».

«Oh, come mi piacerebbe conoscere tutti e due! Dobbiamo organizzare una cena, o un brunch, o qualcosa del genere, uno di questi giorni».

«Ottima idea!». So che a Sean farà piacere conoscere Gabi, ma Oscar sarà al settimo cielo. È un suo grandissimo fan.

«Allora, perché mi hai portata qui?», domanda Gabi. «Non devo apparire al *Today Show* o in qualche altra trasmissione della NBC, no?».

Ci sono gli studi della NBC alla nostra sinistra, ma non è per questo che siamo qui oggi.

«Sei mai stata lassù?», domando alzando la testa verso il grattacielo che svetta davanti a noi.

Gabi segue il mio sguardo. «In cima al Top of the Rock? Certo, una volta ho fatto un servizio per una rivista lassù».

«No, intendo da turista, non come star».

Gabi mi guarda come a dire "E dov'è la differenza?". Poi domanda, arricciando un po' il naso: «Ma non è necessario fare la fila?»

«No, ho già i biglietti, dovrebbe volerci poco».

Gabi si stringe nelle spalle. «Va bene. Se pensi che sia una buona idea, Scarlett, andiamo! Lo sai che mi fido di te».

Entriamo e ci dirigiamo verso la terrazza panoramica del Top of the Rock.

Mostriamo i biglietti, superiamo i controlli di sicurezza e seguiamo la fila verso gli ascensori che ci porteranno all'osservatorio.

«Una bella fotografia, signore?». Un tipo con una macchina fotografica ci indica una panca davanti a un panorama aereo di New York che intende ricreare la famosa immagine in bianco e nero degli operai che mangiano seduti su un ponteggio di legno sospeso a un'altezza vertiginosa.

Sto per rispondere "No, grazie", quando Gabi esclama: «Certo!», si avvicina alla panca e in un attimo è già in posa.

Il fotografo la guarda incredulo. «Meravigliosa! E la sua amica, cosa fa, viene anche lei?».

«Forza, Scarlett», mi incita Gabi. «Non essere timida».

Mi siedo accanto a lei, esitante, mentre il fotografo ci suggerisce di fare una faccia buffa.

«Si tolga gli occhiali, signorina, la foto verrà meglio».

Prima che io possa fiatare, Gabi si sfila gli occhiali da sole. Il fotografo scosta bruscamente lo sguardo dall'obiettivo per guardarla meglio. «Ehi, ma lei non è...», balbetta.

«Sì, la ringrazio», rispondo strappandogli di mano il biglietto col nostro numero. «Guarderemo la foto di sopra».

Afferro Gabi per mano e la trascino verso gli ascensori.

«Rimettiti gli occhiali», sussurro mentre ci mettiamo in fila. «Prima che ti riconoscano tutti».

«Scusa. Mi sono fatta prendere la mano. Ho fatto saltare la nostra copertura? Ehi, parliamo come due poliziotti infiltrati!».

«Se quello non si mette a raccontarlo ai quattro venti, forse riusciamo a cavarcela», rispondo mentre mi giro per vedere se qualcun altro si è accorto di qualcosa. «Non siamo in uno Starbucks dell'Upper West Side, qui. Devi fare un po' più d'attenzione, Gabi».

Riusciamo a salire sull'ascensore insieme a una famigliola francese che non la degna di uno sguardo. O meglio, il figlio adolescente le fissa i seni prosperosi sotto il giubbotto che lei si slaccia accaldata, ma non solleva lo sguardo da lì, quindi siamo al sicuro: non la riconoscerà. In un attimo siamo al sessantanovesimo piano e l'ascensore si apre.

«Volete vedere le vostre fotografie, signore?», ci sentiamo dire.

Preferirei salire al settantesimo, dove c'è la seconda terrazza panoramica: so come funziona perché ci sono venuta con Sean una sera d'estate ad ammirare il panorama della città illuminata.

Ma Gabi mi ha preceduta e sta già uscendo. Non mi resta che seguirla mentre s'infila in un gruppetto di persone intorno al banco del fotografo. Mi accorgo subito che stanno fissando tutti qualcosa a bocca aperta.

«Il vostro numero, signora?», domanda il ragazzo mentre vedo cos'è che stanno guardando.

«No, no, non fa nulla...», aggiunge subito il ragazzo, intimidito. «Non... non c'è bisogno. Mi permetta di dirle che è stato un grande onore per noi poterle fare questa fotografia: lei è assolutamente splendida».

Gabi sorride come se la trovasse la cosa più naturale della Terra. «Scarlett, cosa dici?».

La raggiungo e lancio un'occhiata alla foto. Gabi è perfetta: non un solo capello fuori posto, come se avesse avuto una truccatrice al seguito che le ha dato gli ultimi ritocchi al make-up un istante prima dello scatto, e ha un'espressione rilassata e felice. Io, tutt'altro. Sembro sul punto di perdere l'equilibrio e volare giù: sono tutta rossa, e i capelli, benché legati in una coda di cavallo, volano da tutte le parti come se un ragno traditore mi avesse passeggiato su e giù per la testa per un'ora. E ho un'aria tutt'altro che rilassata, come se invece di essere lì seduta su quella panca per mangiare un panino, mi avessero appena detto che è giunto il mio momento di dire addio alla vita e tuffarmi nel vuoto.

«Splendida. La compriamo?», domando mentre la folla di curiosi si sta ingrossando.

«No, no. È vostra. Con i nostri omaggi», esclama il ragazzo.

«È lei!», sento esclamare. «È Gabriella Romero!».

A questo punto abbiamo gli occhi di *tutti* puntati addosso.

«Oh, mi permette di fare una foto con lei?», sento mentre qualcuno mi spinge da parte.

«Un autografo?», chiede un altro infilandomi una penna e un bloc-notes sotto il naso.

Nel giro di pochi secondi finisco per terra mentre i fan prendono Gabi d'assedio. Guardo impotente la folla che le si accalca intorno con richieste sempre più veementi. Non ricordo più nulla, non riesco a farmi venire in mente cosa mi ha detto di fare Lewis se ci fossimo trovate in una situazione del genere.

«Faccia qualcosa!», imploro il ragazzo delle fotografie, che sta fissando la scena in preda al panico. «Faccia qualcosa, per favore!».

«Chiamo la sicurezza», risponde sollevando il telefono.

Ma Gabi rischia di finire schiacciata se qualcuno non interviene subito.

«Scarlett! Cosa diavolo stai combinando?», sento proprio in quel momento. Mi volto e vedo il volto familiare del mio vecchio amico Max. Ha una grossa borsa a tracolla, quella in cui di solito tiene la sua attrezzatura fotografica, e si sta avvicinando.

«Max, mi devi aiutare!», esclamo, mentre lui mi raggiunge e mi aiuta a rialzarmi. «Dobbiamo portare via di qui la mia amica!».

Riflette un istante.

«Tieni questa», mi dice e mi passa la borsa che senza dubbio contiene il suo materiale. Pesa un quintale.

«Sicurezza!», grida. «Fate largo, per favore. Spazio, lasciate respirare la signora».

Max non ha la stazza della guardia del corpo, ma ha la determinazione e la fermezza necessarie a trascinare via Gabi dalla folla che la sta soffocando.

Gabi ha un'espressione sconvolta quando la vedo riaffiorare dalla calca. Non so se sia più intimorita dalla folla o dalla comparsa di un perfetto sconosciuto che ha preso in mano la situazione e la sta conducendo chissà dove.

«Da questa parte», esclama Max, indicandoci una porta con su scritto “Privato”. Vedo che intanto stanno arrivando gli addetti alla sicurezza. «Qui saremo al sicuro».

Inserisce alcune cifre su una tastiera e la porta si apre.

«Grazie, Max!», dico sollevata e tiriamo tutti un respiro di sollievo quando finalmente la porta si chiude alle nostre spalle. «Ma com'è che conosci il codice?»

«Sto facendo delle riprese. Questo posto viene usato di solito come camerino quando qualche star viene a fare un servizio fotografico quassù. Mi hanno permesso di lasciare qui la mia attrezzatura».

Mi guardo intorno. È una stanzetta con un paio di divani e un tavolino, uno specchio a parete e un angolo con una tenda a mo' di spogliatoio.

«Allora...», mi domanda Max guardando con interesse Gabi. «Chi è la tua amica?»

«Scusa, Max! Lasciate che vi presenti. Gabi, il mio amico Max. Ti ricordi che ti ho parlato di lui quando ti ho raccontato di Jamie?».

Gabi annuisce e gli porge la mano.

«E questa, Max, è Gabi, come ti dicevo... una... mia amica».

Max le stringe la mano. «Naturalmente ho mentito. So bene chi è».

Gabi sorride. «Mi dispiace, Max, se sono stata poco cortese poco fa, ma sono sotto shock. Grazie per quello che hai fatto. Di solito posso contare sulla mia guardia del corpo, Lewis, ma...». Mi guarda non sapendo bene come concludere.

«Oggi volevamo concederci una piccola avventura senza troppa gente intorno», mi affretto a spiegare. «Purtroppo non è andata come speravamo».

«Vedo», commenta Max. «Tutt'altro, direi. A meno che non aveste in mente di farvi saltare addosso da cinquanta turisti con la macchina fotografica in pugno che strillavano in una ventina di lingue diverse. E per di più quassù, dove è impossibile svignarsela e darsela a gambe».

Gabi sorride. «Anche tu sei inglese come Scarlett?»

«Sì, sono nato e cresciuto in Inghilterra, anche se è già qualche anno che vivo qui, ormai. Però, è vero, non ho ancora perso l'accento britannico, né intendo farlo, a dire il vero».

«Oh, no, mi raccomando!», esclama Gabi. «È così sexy».

L'unica volta in cui ho visto Max così rosso è stato la sera che ho propinato a lui e Jamie un piatto di curry un po' "speciale". Diciamo che avevo fatto un po' di confusione con le dosi del peperoncino e anche Max, dopo aver insistito che per lui il curry non è mai troppo piccante, era stato costretto a capitolare.

«Dipende», esclama cercando di nascondere l'imbarazzo. «Non se l'accento è del Galles, per esempio».

«Max!», esclamo. «Non farci caso, Gabi. Max è così, sta scherzando».

Ma lei sorride. «Mi piace chi sa scherzare, Max. La vita è sin troppo seria».

Max sorride. «Scarlett ha ragione: scherzavo. Alcuni dei miei migliori amici sono gallesi».

«Davvero?», domanda Gabi.

«No...». Scuote la testa sorridendo. «Ma fa lo stesso».

In quel momento entra un agente e la targhetta appuntata sul petto ci informa che è il responsabile della sicurezza del Top of the Rock.

«Signorina Romero...», esclama, e per un attimo credo che sia sul punto di mettersi in ginocchio ai suoi piedi e baciarle la mano come a Sua Altezza Reale. «Non so come scusarmi per quanto è successo. Se l'avessimo saputo, le avremmo offerto una scorta».

«È tutto a posto, Robert», risponde Gabi, leggendo il nome sulla targhetta. Mi piace sempre molto la familiarità con cui si rivolge alle persone che la circondano. «Non volevo essere scortata, è proprio questo il punto. Anche se non avrei dovuto essere tanto ingenua da credere che non sarei stata riconosciuta».

«Temo di doverle dare ragione».

«Ma per mia fortuna, c'era qui Max, che mi ha salvato», prosegue lei indicandolo.

«Bene», commenta l'agente guardandolo in cagnesco. «Posso chiederle come ha avuto accesso a questa stanza, signore?»

«Sono qui per fare delle riprese», risponde Max cercando il suo pass sotto il giubbotto. «Mi hanno dato il permesso di lasciare la mia attrezzatura qui dentro».

L'agente annuisce dopo aver guardato il pass. «Capisco. Signorina Romero», dice voltandosi di nuovo verso di lei. «Desideriamo rimediare a quanto è appena accaduto, e la terrazza sarà chiusa al pubblico per mezz'ora in modo da permetterle di godere del panorama in tutta libertà. Mi dia solo qualche istante per...».

Oddio, uno dei soliti leccapiedi.

Ma Gabi per fortuna lo interrompe. «No. Non sarebbe corretto nei confronti di chi ha pagato il biglietto. Non desidero nessun trattamento speciale».

Sono fiera di lei.

«È pazza?», sussurra Max. «Sarebbe perfetto».

«Le sto insegnando a vivere come una persona normale», spiego. «E se la sta cavando anche molto bene».

«E perché mai dovrebbe *volere* una vita normale, visto che fa schifo?».

«Ma, signorina Romero», prova a replicare l'agente. «La riconosceranno».

Gabi riflette. «Scarlett? Hai qualche idea?».

Scuoto la testa.

«Ce l'ho io, un'idea», interviene Max. «È un po' rischiosa, ma potrebbe funzionare».

Gabi gli sorride con dolcezza. «Amo il rischio». Le brillano gli occhi. «Proviamo!».

Mi sento una cretina, in posa dietro un enorme cannocchiale argenteo mentre Max finge di farmi un servizio fotografico. O meglio, conoscendolo, so che alla fine avrà una memory card piena di foto mentre faccio la scema quassù.

Mentre lui scatta e io continuo a fare l'oca, Gabi si atteggia ad assistente di Max. Con gli occhiali da sole e, in più, un'ampia felpa e un berretto da baseball Top of the Rock in cui ha nascosto la sua folta chioma scura, nessuno la riconosce.

È incredibile, ma è così. Sono tutti troppo presi a chiedersi perché mai Max mi stia scattando tutte queste foto. Riusciamo a fare un intero giro della terrazza senza che nessuno ci importuni.

Ci chiedono, però, un autografo proprio mentre stiamo per scendere, e Max e Gabi sono costretti a trattenere le risate quando il ragazzino si rivolge a me con carta e penna in mano.

«In fondo», esclamo ridendo una volta che siamo sull'ascensore privato che ci porta giù, «non c'è neanche tanto da ridere».

«Chissà chi avrà pensato che fossi, Scarlett!», esclama Gabi. «Ma tu cosa hai scritto?»

«Soltanto "Con affetto", e uno scarabocchio illeggibile», rispondo sorridendo. «Farà lui!».

«Grazie, Max. Mi sono davvero divertita oggi», dice Gabi a quel punto.

«Sul serio?», replica lui. «Credevo che una vita come la tua offrisse momenti molto più eccitanti che non scattare qualche foto al fianco di uno scialbo cameraman newyorkese».

«Può darsi, ma raramente mi sono divertita come questo pomeriggio con voi due». Si sfila il berretto e scioglie i riccioli sulle spalle.

Vedo Max deglutire.

«Cosa ne dite di andare a mangiare qualcosa insieme?», domando mentre comincia a frullarmi una certa idea per la testa. «Sei libero, Max?».

Guarda l'orologio. «Purtroppo no. Ho appuntamento con Julie, la giornalista con cui lavoro», spiega a Gabi. «Tra mezz'ora. Dobbiamo fare delle riprese all'altro capo della città. Questo era un incarico privato. Adesso devo tornare al mio vero lavoro».

«Be', è stato bello conoscerti, Max», conclude Gabi stampandogli un bacio su una guancia. «E grazie ancora per avermi fatto da paladino, oggi!».

«È stato un piacere», risponde con il viso in fiamme, neanche avesse inghiottito una nuova dose di curry. «La mia armatura rischia di essere un po' arrugginita, ma sarò felice di brandire di nuovo la spada per proteggerti, quando vuoi».

«Bene», sorride lei. «Spero che ci sarà modo d'incontrarsi ancora, Max. Anzi, se ne hai voglia, potresti venire alla cena che intendo organizzare per gli amici di Scarlett che sono in arrivo dall'Inghilterra».

Max mi guarda, e io annuisco.

«Con piacere, signorina Romero, grazie».

«Max!», lo rimprovera. «Te l'ho già detto: Gabi. Gli amici mi chiamano Gabi».

Max sorride. «Meglio che non ti dica come mi chiamano i *miei* amici! Sì, Gabi, verrò con piacere!».

Può anche darsi che abbia perso un po' l'abitudine a queste cose, visto che sto per sposarmi, ma a giudicare da come si sorridono, ho la netta impressione che tra Gabi e Max stia sbocciando qualcosa.

Capitolo 22

S'è fatta sera e continuo ad affacciarmi alla finestra per vedere se arriva il taxi di Sean dall'aeroporto.

Quando alla fine lo vedo, corro di sotto ed esco, mentre lui tira fuori la borsa dal bagagliaio.

«Tesoro!», esclama Oscar scendendo ad abbracciarmi prima di proseguire in taxi verso casa di Luke. «Come va?»

«Io benissimo. E voi?»

«Una favola, adesso che siamo usciti da quell'orrendo aeroporto e siamo finalmente arrivati in questa città meravigliosa».

«Cos'è successo? Avete avuto qualche problema?», domando temendo che Sean e Oscar possano avere litigato durante il volo.

«Non sarebbe successo nulla», borbotta Sean avvicinandosi con una grossa sacca a tracolla, «se non ci fosse stato *qualcuno* che doveva aspettare due enormi valigie. È passata una vita prima che sul nastro spuntasse il suo baule rosa confetto».

Oscar sbuffa. «Non è rosa confetto, che sciocchezze! È rosa antico».

«Fa lo stesso», replica Sean, poi paga il tassista e gli dà l'indirizzo di Luke. «Comunque è un pugno nell'occhio».

Sorrido, abituata ai loro battibecchi. «Allora avete fatto buon viaggio? Siete riusciti a…?». Guardo Sean, che ha un'aria sfinita.

«A stento».

«Ma lo sai che il nostro Sean è stato di ottima compagnia durante il volo?», esclama Oscar. «Chi l'avrebbe mai detto che si potesse russare in tanti modi diversi! Io e il personale di volo ci siamo divertiti molto a contarli».

«Divertente», sbuffa Sean. «Non vorrei dover restare qui fuori tutta la serata a sentir raccontare le meravigliose sette ore passate insieme. Non c'è qualcuno che ti aspetta, Oscar?»

«Sì!», batte le mani felice. «E se conosco Luke, mi attende una notte molto *lunga*», aggiunge ammiccando, ma Sean non raccoglie la provocazione. «E quindi *adios*, tesori, ci vediamo domani per altri momenti di trascinante allegria!». Oscar salta sul taxi e finge di frustare il conducente come se fosse in calesse. Il tassista, che dev'essere abituato a ben peggio, non batte ciglio e riparte rituffandosi nel traffico di Manhattan.

«Dài, andiamo!». Prendo Sean per mano e lo conduco su per i gradini. «Immaginavo che saresti stato un po' stanco dopo il viaggio con Oscar, così ti ho fatto trovare qualcosa che ti ridarà energia».

Sean si ferma un momento a guardarmi. «I biscotti?», s'illumina, felice.

L'ultima volta che è stato a New York, Sean ha sviluppato una leggera dipendenza da certi biscotti appena sfornati che acquistavo ogni giorno a pochi isolati da casa, alla Levain Bakery. Fanno dei biscotti da favola, sul serio, sono i più buoni che io abbia mai assaggiato. Ma dal momento che non vorrei arrivare all'altare rotolando, fino a oggi ho resistito alla tentazione.

«Bravo!», sorrido. «Vieni che li riscaldo, così il cioccolato si scioglie come piace a te».

«Oh, ti amo, Scarlett O'Brien!», esclama e mi bacia.

«Lo spero bene, caro. E non solo perché ti ho comprato i biscotti!».

La mattina dopo, sulla Quinta Avenue, sospiro davanti alla vetrina di Bergdorf Goodman. È il quarto negozio in cui entriamo a cercare un abito per il mio matrimonio. E la lista di Oscar è ancora lunga.

Negli altri tre, tra cui Kleinfeld sulla Ventesima Ovest, che a detta di Oscar possiede la più ampia collezione di abiti da sposa di tutta New York, non abbiamo avuto fortuna. Melanie, la commessa che ci ha servito, ha cercato in ogni modo e con la massima cortesia di trovare qualcosa che mi piacesse, ripetendo più d'una volta che avevo a disposizione più di mille abiti tra cui scegliere, perciò era impossibile che non trovassi il mio vestito ideale. Eppure, sia lì come negli altri negozi, non solo non ho visto nulla che mi convincesse, ma mi sono anche sentita tremendamente in colpa perché non mi mettevo a strillare di gioia come le ragazze nel camerino accanto al mio.

Oscar è al telefono con Luke.

«D'accordo, amore mio, ci vediamo dopo. Sì, a prestissimo!», esclama riponendo il telefono in una cartella di pelle blu elettrico. Mi guarda con gli occhi che brillano come gli capita sempre quando c'è di mezzo Luke.

«Mi stava dicendo di stasera».

«È emozionato? Immagino che sia teso».

«Molto, ma ti assicuro che io ho fatto del mio meglio per calmarlo, ieri sera!».

«Non gli dispiace che passi la giornata con me, oggi, considerato che non vi vedete da tutto questo tempo? Come al solito Sean ha un incontro di lavoro, perciò non ci sono problemi, ma credevo che tu e Luke voleste trascorrere la giornata insieme».

Oscar scuote la testa. «No, visto che stasera c'è la prima, è meglio che Luke stia da solo. Senza altro per la testa. O forse dovrei dire per...», sorride malizioso.

«No, Oscar! So già cosa stai per dire». Gli intimo silenzio sollevando una mano con aria truce mentre apro la porta di Bergdorf Goodman. «No... no... e poi no! Almeno cerca di limitare i tuoi doppi sensi a un livello di decenza mentre siamo in giro per cercare il mio abito da sposa!».

Oscar scoppia a ridere e mi segue al settimo piano, dove c'è un immenso e lussuoso salone Art déco, dedicato esclusivamente all'abbigliamento da sposa. Ci accoglie la solita commessa impeccabile che ci dice di chiamarsi Bridget, o meglio *Briggit*, come lo pronuncia lei.

«Accomodatevi. Ti stavamo aspettando, Scarlett».

Oscar si rilassa su una chaise longue mentre io scelgo una comoda poltrona di broccato color pesca.

«Allora», esordisce Bridget sedendosi su uno sgabello tra me e Oscar. «Cominciamo. Abbiamo un'idea del genere di abito che riteniamo più adeguato per affrontare le nozze?».

Ho l'impressione che stia quasi parlando di un intervento chirurgico, più che di un matrimonio.

Alle spalle di Bridget, Oscar sorride divertito.

«Ecco... in realtà, non direi. Ho già provato diversi abiti da sposa, ma non ho ancora visto nulla che mi piaccia».

Bridget mi fissa sconcertata: non capisce perché io abbia compiuto l'assurda follia di non avere scelto Bergdorf Goodman come prima tappa delle mie ricerche. Dopo qualche istante, tuttavia, sulle sue labbra (della stessa tinta pesca del broccato della mia poltrona) ricompare un efficiente sorriso. «Ed è esattamente per questo motivo che avresti fatto meglio a venire prima da noi. Qui troverai quello che desideri. Senza il minimo dubbio».

Intuisco una nota minacciosa nella sua voce.

«Comunque», riprende con tono più allegro. «Da dove vogliamo cominciare?».

Interessante questo uso del *pluralis maiestatis* da parte di Bridget.

Mi stringo nelle spalle.

«D'accordo...». Bridget segna qualcosa su una cartellina: mi chiedo se sia un punteggio da 1 a 10 per la perfetta futura sposa (nel qual caso dovrà fare ricorso anche allo zero, temo). «Vediamo... preferiamo un abito stile impero, oppure un abito con un'ampia gonna da ballo, oppure una gonna più morbida e svasata, forse?»

«Mah... non saprei», rispondo esitante. Non ho ancora le idee abbastanza chiare.

«Come vediamo un abito a tromba, o a sirena?»

«Cos'è un abito a tromba?», domando immaginandomi qualcosa con le spalline dorate di un suonatore della banda.

«Un abito stretto e avvolgente», spiega Bridget, felice di dimostrare le sue conoscenze in merito, «che comincia ad allargarsi solo a partire dai fianchi per scendere sino ai piedi. Naturalmente prende il nome dalla sagoma dello strumento musicale».

Alle sue spalle Oscar, senza essere visto, si trasforma in Louis Armstrong.

«Da non confondere con l'abito a sirena», prosegue Bridget imperterrita, «che invece si allarga soltanto dal ginocchio in giù».

«Grazie, Bridget», esclama Oscar, che ha appena fatto ondeggiare le gambe sulla chaise longue con un movimento languido e sinuoso.

Bridget si gira di scatto e gli lancia un'occhiataccia.

«Adesso finalmente, Scarlett, puoi dire di avere tutti gli elementi necessari per scegliere», continua Oscar, immobile, con le mani giunte in grembo.

«Ma tu lo sapevi?»

«Certo», scuote la testa Oscar, mentre Bridget si volta verso di me. «È naturale!».

«Forse posso dare un'occhiata alla tua silhouette, Scarlett, e suggerirti quale potrebbe essere la foggia più adatta per la tua figura», suggerisce Bridget squadrandomi.

«Ma certo, tanto… peggio di così!». Sto scherzando, ma Bridget non coglie l'ironia.

Mi guarda accigliata. «Quindi passeremo a considerare la questione delle maniche, dello scollo e del girovita», prosegue. «Abbiamo pensato a una banda, per esempio?»

«Per la musica?», esclamo perplessa. «Mah, a dire il vero…».

Devo ammettere che a questo punto Bridget si dimostra più compiacente e replica con un sorriso: «No, qualcosa come una cintura in vita o sui fianchi…».

Avvampo. «Ah, certo. Che sciocca! No, a essere sincera, no».

«Benissimo! Allora abbiamo moltissime possibilità aperte. Sarà un'esperienza appassionante, vedrai», esclama e poi si alza in piedi. «Voi rilassatevi, mentre io vado a prendere qualche abito. Vi farò portare due calici di champagne dalla nostra Marcy, d'accordo?»

«Favoloso, Bridget», risponde Oscar con un sorriso smagliante. «Aspettiamo con impazienza, non è vero, Scarlett?».

Annuisco rassegnata. «Già, proprio così».

Per due ore Bridget mi fa provare una serie praticamente infinita di abiti. Ogni volta che mi illudo di avere provato l'intera gamma a disposizione, lei scompare per ripresentarsi di nuovo con le braccia cariche.

Da quando siamo qui Oscar ha già bevuto quattro calici e si è mangiato tutti i cioccolatini che Marcy ha portato con lo champagne. Li ha posati sul tavolino accanto a lui. Adesso Oscar sta sonnecchiando.

«Oscar!», sussurro mettendo la testa fuori dal camerino. Approfitto del fatto che Bridget si sia allontanata un momento. «Non c'è niente da fare. Non troverò mai nulla in questo posto. Sono tutti uguali, questi abiti. Tutti insopportabili».

«Tesoro», mi fa Oscar, e si alza per stiracchiarsi. «Hai provato di tutto, da Vera Wang a Jenny Packham, com'è possibile che tu non abbia trovato nulla che ti piaccia?»

«Non è che non mi piacciono. Anzi, alcuni sono molto belli. Ma non fanno per me. Non c'è nulla che mi ispiri. Non so… Capisci cosa intendo, Oscar? E poi sono davvero esausta. Trovo Bridget piuttosto spossante».

Oscar salta in piedi, corre verso di me e mi stampa un bacio sulla punta del naso. «Ma certo, cara. Se non sei felice, niente. Dobbiamo trovare qualcosa di assolutamente adorabile!».

«Grazie, Oscar», sospiro, sollevata. «Non volevo deluderti. So quanto ti stai impegnando».

«Non dire sciocchezze. Certo che non sono deluso, voglio solo che tu sia felice. Forza», esclama lanciandosi un'occhiata alle spalle con aria cospiratoria. «Togliamo le tende, e andiamo a mangiare qualcosa: sto morendo di fame».

«Non possiamo andarcene così! Cosa penserà Bridget?»

«Scarlett, vuoi provare ogni singolo abito di questo posto?», mi chiede Oscar. «Perché ho la sensazione che la nostra Bridget sia una che non molla l'osso tanto facilmente: rischi di uscire a notte fonda di qui, cara».

«No!», esclamo con gli occhi sbarrati. «Non posso. Tu almeno hai mangiato una ciotola intera di cioccolatini, io ho bevuto solo un calice di champagne. Mi vesto e ce ne andiamo. Sento un profumino di pizza...».

Oscar annuisce. «Brava! Forza, cosa aspetti? Infilati quei jeans che ce la diamo a gambe!».

Non facciamo in tempo a sparire che ricompare Bridget carica di candide sete.

«Signorina O'Brien», esclama mentre cerchiamo di svignarcela, «non può andarsene così. Non abbiamo ancora finito!».

«Arrivederci, *Brigggit*!», strilliamo io e Oscar correndo verso le scale mobili. «Grazie per tutti i deliziosi abiti che ci ha fatto vedere: le sapremo dire!».

«Aspetta e spera!», ridacchia Oscar mentre scendiamo.

«Già. Credo che sia più probabile che indossi tu uno di quegli abiti, e non io!».

Capitolo 23

Io e Oscar stiamo addentando la nostra pizza, accompagnata da una birra.

John's Pizza sulla Quarantaquattresima Ovest è uno dei miei posti preferiti: fanno una pizza squisita, e l'ambiente è davvero speciale. È all'interno di una vecchia cappella evangelica con un bellissimo rosone istoriato. Una parete è coperta da un vasto affresco monocromo che fa da sfondo ai tavoli disposti su tre diversi livelli. L'arredamento è tutto giocato su tinte smorzate molto chic, in contrasto con le pizze, tanto buone quanto variopinte.

«Allora», domanda Oscar dopo aver assaporato con gusto il primo boccone, «cosa si fa a questo punto? Non vorrai metterti un vecchio abito, spero? E poi», aggiunge, «io e Maddie non possiamo decidere come vestirci finché non sappiamo cosa metterai tu!».

«Ecco! Lo sapevo che sotto sotto il problema era il *tuo* abbigliamento. E io che credevo che a questo punto tu fossi distratto dai preparativi per le *tue* nozze, e per il tuo abito!».

«Oh, ma quello è già deciso!», replica Oscar. «Da un po', ormai».

«Sul serio? Perché non mi hai detto niente e non mi hai consultato?»

«Tesoro, sai bene che ti avrei coinvolta in tutte le mie scelte se tu non fossi stata dall'altra parte del mondo di recente. E se io e Luke non avessimo voluto decidere in fretta».

«Ma anche Luke era qui», protesto, dispiaciuta. Credevo che Oscar mi avrebbe fatto partecipare alle sue decisioni, come sinora ho fatto io con lui.

«Lo so. Ed è per questo che ha lasciato che mi occupassi io di tutto. Cielo! Adesso sì che posso dire di capire come ti sentivi, tesoro. È un incubo dover pensare a una simile quantità di cose!».

«Quali cose hai organizzato? Hai già fissato il posto? La data?».

Oscar annuisce eccitato. «Abbiamo deciso soltanto l'altra sera. Non ti sto tenendo nascosto nulla, piccola», aggiunge, quando si accorge che ci sono rimasta male.

«E dài, allora racconta! Muoio dalla voglia di sapere tutto! L'ultima idea di cui mi avevi parlato era lo zoo di Londra».

«No, quello è acqua passata. E poi ci pensi a sposarsi davvero in uno zoo? Ti immagini che odore?»

«Be', non credo che il ricevimento sarebbe stato organizzato in un recinto...».

«Forse, comunque abbiamo scartato l'idea. È venuto fuori che Luke è allergico alle piume d'uccello, tra l'altro. E chi lo sapeva?», esclama allargando le braccia.

Oscar mi ha tenuta aggiornata sulle varie idee per le sue nozze per e-mail. Nello sforzo di trovare qualcosa di originale, ha passato in rassegna il "Cetriolo", un panoramico grattacielo nella City, il London Bridge e persino la ruota panoramica, il London Eye, finché non gli ho fatto notare che soffre di vertigini. Nell'eccitazione, se n'era dimenticato.

«Allora? Mi pare di vederti entusiasta! Cosa avete scelto, alla fine?»

«Il Globe», annuncia con un gesto teatrale.

«Il Globe? Il teatro shakespeariano?», domando. «Ma se a Edimburgo avevi detto che un posto troppo legato all'antichità ti faceva venire i brividi!».

«Be', diciamo che il Globe è un po' diverso da un vecchio castello pieno di spifferi! Non ci sposiamo mica sul palco come se stessimo recitando in una commedia, scherzi?». Oscar scoppia a ridere. «Non voglia il cielo!».

«Ah, dicevo. E allora dove?». La sua felicità ed eccitazione mi stanno contagiando.

«C'è un immenso spazio ai piedi del palco usato per ricevimenti, balletti, conferenze, ogni genere di eventi. È favoloso! Tesoro, devi vederlo! È un posto magnifico e sarà addobbato come desideriamo».

«Vale a dire?». Sono davvero sorpresa. Non mi aspettavo che scegliesse un posto del genere, ma senza dubbio è abbastanza stravagante da essere quello giusto.

«*Sogno di una notte di mezza estate*», esclama estasiato, con gli occhi che brillano. «Sarà stupendo! Ricreeranno una grotta delle fate con un milione di luci e candele e lanterne ovunque».

«E Luke è contento dell'idea?». Mi chiedo se Luke sappia cos'ha in mente Oscar.

«Ma certo! È un attore: non potevamo trovare un posto migliore, in questo senso!».

«Ovvio, ne sono convinta, ma cosa dice delle lucine, della grotta e tutto il resto?»

«Oh, Scarlett, non fare la guastafeste! Non crederai mica che gli faccia indossare una testa d'asino? Anzi», aggiunge sorridendo, «pensavo che forse la parte di Bottom, il personaggio che si trasforma in un asino, potremmo affidarla a Sean».

Scuoto la testa. «Oscar, smettila. Dici sul serio? Ci dovremo vestire in costume?»

«Voi, sì. Incoraggerò tutti gli invitati anche solo a indossare un farsetto e una calzamaglia, o un paio di ali... Dài, sto scherzando, tesoro!». Ride quando vede la mia espressione sconcertata. «Chiunque lo desideri, è libero di vestirsi in costume. Altrimenti... peccato per lui, o lei!».

«Be', immagino che sarà quanto meno originale».

Oscar mi guarda deluso.

«No, sono certa che sarà una cerimonia splendida, Oscar, se la organizzerai tu!».

Batte le mani contento. «Sarà un matrimonio favoloso, vedrai, e tu, in quanto damigella d'onore, sarai una stupenda Titania, regina delle fate!».

«Io?», esclamo coprendomi la bocca con le mani. Sono piuttosto sconvolta, quando invece dovrei essere grata e piacevolmente sorpresa da questa rivelazione. «Ma certo, cara! E chi altri, se non tu? Anche Ursula farà parte del corteo delle fate, e la nipotina di Luke».

«Meraviglioso!», esclamo cercando di raccogliere un po' di entusiasmo all'idea di indossare il costume della regina delle fate. «E quando avrà luogo la cerimonia? Hai detto che avete già fissato la data?»

«Sì! Il 20 settembre», annuncia Oscar con slancio.

«Dell'anno prossimo?», chiedo sollevando la birra. Devo appuntarmi la data, non appena torno a casa.

«No, di *quest'*anno».

«E come hai fatto? Non era già tutto prenotato?»

«Una disdetta», risponde Oscar rabbuiandosi. «A quanto pare i due futuri sposi sono giunti alla fine della loro vita insieme...».

«Intendi dire che si sono lasciati?»

«No, quando dico la fine, intendo la fine. Pare siano morti entrambi per un misterioso incidente: avvelenamento».

Lo guardo sconcertata. «Avvelenamento? Sul serio?»

«Sì, a quanto pare le famiglie si detestavano, e i due giovani hanno bevuto una pozione avvelenata e sono morti uno tra le braccia dell'altra. Una storia triste, ma molto romantica, devo ammettere».

«È terribile...», mormoro quando mi rendo conto che Oscar mi ha preso in giro. «Oscar, questa è la storia di *Romeo e Giulietta*!».

«C'eri quasi cascata! Be', stiamo parlando del Globe, no? In realtà, lo sposo è stato licenziato dalla banca per cui lavorava e il Globe è diventato troppo caro per loro. Ma non si sono separati: Caprice me l'ha assicurato!». Si appoggia alla sedia con un'aria soddisfatta. «La mia storia era più bella, però, ammettilo!».

Scrollo la testa. «Sei incorreggibile!».

«Lo so», sorride. «Ma tu mi vuoi bene lo stesso. E così ti ho raccontato tutto del mio matrimonio. E tu? Non hai accennato che mi dovevi dire qualcosa?».

Riferisco a Oscar le novità e lo sento fischiare quando apprende che intendiamo sposarci al Plaza. «Accidenti! Non me l'aspettavo dal nostro Seany: lo facevo più tirchio, il giovanotto».

«Partecipo anch'io alle spese, Oscar. Non siamo più negli anni Trenta!».

«È chiaro, tesoro. Ma i tuoi poteri di persuasione devono essere migliorati. Il Plaza vi costerà una fortuna, ne sono certo».

«Non è economico, lo confesso. Ma, Oscar, dovresti vederlo! È una meraviglia. Sono così felice. Sarà il più bel giorno della nostra vita!».

«E allora sono felice anch'io per te», mi sussurra Oscar posando una mano sulla mia. «Anzi per tutti e due: per te e per me! Le nostre nozze saranno come le abbiamo sempre sognate!».

«Più belle ancora, Oscar, vedrai!», sorrido piena di gioia. «Me lo sento. Saranno favolose!».

Capitolo 24

«Allora, prova a spiegarmelo di nuovo, come mai conosci Gabriella Romero?», domanda Oscar mentre ci dirigiamo in taxi verso casa di Gabi per il brunch.

Sono seduta tra Oscar e Sean sul sedile posteriore, e c'è anche Luke, davanti.

«Te l'ho raccontato: è venuta a una riunione perché ha intenzione di donare del denaro alla fondazione». Non ho ancora detto a nessuno la vera ragione per cui Gabi si è rivolta a noi, nemmeno a Sean. Lei mi ha chiesto di non parlarne e io, se faccio una promessa, la mantengo. Perciò la storia ufficiale è che alla fine abbiamo fatto amicizia, e io adesso la sto aiutando a "allargare i suoi orizzonti" portandola un po' in giro per la città. Le ricerche della prozia ribelle continuano, ovvio, ma, a essere sinceri, scoprire notizie di Evita si sta rivelando particolarmente arduo e finora ho continuato a esplorare solo vicoli ciechi. Ma non voglio deludere Gabi, e non intendo affatto rinunciare.

«E sei diventata amica di una superstar, così?», chiede Oscar perplesso. «Lascia che te lo dica, mi sembra un po' improbabile. Ci sarà pure qualcos'altro, no?»

«Lo sai come sono fatta, Oscar», sorrido. «Cosa vuoi che ci sia?»

«Mah… gatta ci cova. Ti conosco, Scarlett».

«Oscar», interviene Luke. «Mi pare che tu stia dimenticando la passione di Scarlett per i personaggi famosi. Hai forse scordato la storia con il bellissimo Cooper?»

«Luke, tesoro, come potrei dimenticarlo?», replica Oscar in tono sognante. «Ho visto delle cose di lui che non puoi neanche immaginare!».

Luke si gira e lo guarda accigliato. «Per fortuna conosco la storia, altrimenti non potrei dire di trovare gradevoli certi discorsi!».

La sera in cui ho conosciuto Bradley Cooper a un'asta di beneficenza tenuta da Peter, pare che Oscar l'abbia incontrato in bagno. Un episodio che lui non evita mai di raccontare, con gran gusto.

«Mai sorprendersi di Scarlett», osserva Sean senza scomporsi. «Io ho smesso da tempo e mi limito ad accettare quello che viene».

Gli stringo la mano più forte, e Sean sorride.

«Proprio così», esclama Oscar sorridendo. «Immagino che dovrei pensare solo a quanto sono felice di incontrare Gabriella Romero. Non sto nella pelle! Ma ci saranno anche altre star?»

«Ne dubito. Credo che ci saremo soltanto noi: Gabi ha detto che voleva incontrarvi, e allora ci ha invitati per il brunch».

A dire il vero, Gabi aveva proposto una cena, ma quando le ho detto che Luke recita in un musical a Broadway, abbiamo optato per un brunch. Le fa piacere conoscere i miei amici, e io sono felice di presentarglieli.

Non appena arriviamo, Henry, il portiere, ci apre il portone.

«Scarlett!», esclama, gioviale. «Che piacere! Non ti ho mai vista arrivare in taxi, però».

«No, infatti. Di solito preferisco attraversare il parco, ma oggi ci sono anche i miei amici, Henry».

Annuisce, mentre loro scendono dal taxi. «La signorina Romero vi sta aspettando».

«Bene», sorrido. «Possiamo salire, allora?»

«Certo», esclama Henry. «Buon divertimento!».

Saliamo all'ultimo piano e quando le porte dell'ascensore si aprono, Luke fa un fischio sommesso. «Wow, che lusso. E buon gusto, per giunta».

Ci avviamo lungo il corridoio e suoniamo alla porta.

«Scarlett!», grida Gabi quando ci apre. «Sono così contenta che tu sia venuta con i tuoi amici. Mi hai tanto parlato di loro!».

Saluta ognuno calorosamente con un bacio, man mano che glieli presento. Persino Sean, che di solito non si emoziona più di tanto, arrossisce quando lei gli stampa un bacio su una guancia. Oscar è una girandola d'eccitazione.

«Venite». Ci fa cenno di seguirla nell'ampio soggiorno. La prima volta che sono entrata là dentro, sono rimasta a bocca aperta quando ho visto il panorama, perciò sono curiosa di vedere le loro reazioni.

Come immaginavo, Sean si avvicina alle enormi vetrate per ammirare la vista, mentre Luke e Oscar osservano l'arredamento squisito.

«Benvenuti nella mia casa di Manhattan. Sono davvero contenta che siate qui oggi».

«Grazie per averci invitato!», esclama Oscar. «Sono un suo grande fan, signorina Romero».

«Chiamatemi Gabi, per favore», risponde lei con un sorriso. «Sono sempre Gabi per gli amici, e gli amici di Scarlett sono amici miei. Prego, bevete qualcosa!».

È comparso un cameriere con un vassoio di succhi di frutta e cocktail in eleganti calici di cristallo. «Servitevi. È stato tutto preparato per voi. Spero che vogliate gradire».

Il cameriere passa in mezzo a noi affinché ci serviamo.

«Il brunch è quasi pronto. Ho chiesto allo chef qualcosa dal sapore internazionale per la nostra piccola riunione, oggi, e spero che quello che ha preparato sia di vostro gusto».

Ho la sensazione di vederla un po' nervosa.

«Sono certa che sarà tutto delizioso, Gabi», la rassicuro.

Mi rivolge un sorriso di gratitudine.

«Hai davvero una casa splendida, complimenti», le dice Sean scostandosi dalla finestra. «Un panorama spettacolare».

«Grazie, Sean. Sono felice che ti piaccia. È bello davvero. Com'è andato il vostro volo ieri?»

«Interessante, diciamo», risponde Sean in modo molto diplomatico.

«Davvero? In che senso?»

«Sean intende dire che è stato interessante scoprire per quanto tempo saremmo riusciti a sopportarci a vicenda in uno spazio tanto ristretto», spiega Oscar ridendo. «Io e Seany non sempre andiamo molto d'accordo. Non è vero, caro?»

«Temo proprio che sia così. Come puoi ben vedere, Gabi, io e Oscar siamo un po' diversi».

«Basta osservare come siamo vestiti! La mia giacca, oggi, è firmata da un nuovo stilista *mooolto* stimolante, che lavora a due passi da King's Road». Fa una piroetta per mostrarci una stravagante giacca patchwork che abbina verde, oro e viola. «Un capo assolutamente unico».

«Ecco, per l'appunto», replica Sean con un cenno del capo, e sorride a Gabi.

«Non vorrai mica farci vestire tutti come te, Sean», esclama Oscar. «Non possiamo tutti perdere ore e ore a scegliere camicie di cinquanta diverse sfumature d'azzurro ogni mattina».

«Adesso basta, voi due», intervengo io. «Non preoccuparti», aggiungo a beneficio di Gabi che comincia a essere un po' turbata. «Questi due si vogliono molto bene, ma adorano fare un po' di scena».

«Sarà...», borbotta Sean, voltandosi di nuovo verso la finestra.

Oscar solleva il suo calice di Buck's Fizz alla volta di Sean e sorride.

«Credo che fareste meglio a lasciar perdere le vostre differenze per amore della nostra Scarlett», esclama Gabi sollevata, poi sorride a entrambi.

Suonano alla porta.

«Oh, ecco gli altri! Spero che non vi dispiaccia se ho invitato un paio di amici inglesi».

Va ad aprire e un istante dopo, con mia sorpresa, vediamo comparire Max che esclama: «Salve, ragazzi!».

«Maxy!», strilla Oscar, correndogli incontro. «È una vita che non ci vediamo!».

«Sì, Oscar, tranquillo, però», risponde mentre Oscar gli butta le braccia al collo. Ma sta sorridendo.

Per quanto possa sembrare improbabile, quando ci siamo conosciuti un paio di anni fa, Max e Oscar hanno subito stretto amicizia e adesso, ogni volta che Oscar viene a New York, si vedono. Max insiste a farsi accompagnare a una partita di calcio oppure a bere qualcosa in un bar dove si possa seguire lo sport, rifiutandosi di frequentare i cocktail bar o i ristoranti eleganti preferiti da Oscar, che dal canto suo, inaspettatamente, accetta di buon grado le condizioni di Max.

«Max, come stai?», domanda Luke avvicinandosi per stringergli la mano. «Accetta le mie scuse per il nostro esuberante comune amico».

«Ci sono abituato ormai. Oscar non cambia mai. Ho saputo che devo farvi le congratulazioni».

«Sì!», esclama Oscar beato. «Ci sposiamo a settembre!».

«A voi due, allora», Max solleva il succo d'arancia che gli è stato appena offerto. «Meriti una medaglia, Luke, a sopportare questo qui!».

«Sei un mostro, Max!», esclama Oscar dandogli un buffetto sul braccio. «Ma sono un po' confuso... come mai anche tu conosci Gabi?».

Max sta per rispondere quando suonano di nuovo alla porta.

«Ah, ecco l'ultimo ospite!», annuncia Gabi e va ad aprire.

«Un altro amico tuo, Scarlett?», domanda Oscar.

Mi stringo nelle spalle. «Non saprei».

Ci giriamo tutti a vedere chi sta per arrivare. Non so chi mi aspettassi, ma quando vedo apparire Alex con un gran sorriso, mi rendo conto che era l'ultima persona al mondo che avrei pensato di incontrare qui.

«Ehilà, salve a tutti», saluta agitando una mano senza sembrare affatto sorpreso.

«Alex, che ci fai qui?», esclama Sean.

«Ah, vi conoscete? Che bello!», commenta Gabi entusiasta.

«Alex mi farà da testimone», risponde Sean che ancora non crede ai propri occhi. «Perciò direi che ci conosciamo eccome. Ma voi, invece, perché siete amici?», domanda a lei.

«Alex è nel consiglio d'amministrazione di una delle mie attività benefiche. Ci conosciamo da un sacco di tempo». Gabi sorride ad Alex e si guarda intorno eccitata. «Non riesco a credere che vi conosciate tutti. Ho invitato Alex soltanto perché è l'unico inglese che conosco a New York, oltre a te, Scarlett, e adesso anche Max».

Max solleva il bicchiere.

«È piccolo il mondo», commenta Alex. «Scarlett», dice salutandomi con un cenno del capo. «Che bello rivederti. L'organizzazione del matrimonio procede?»

«Sì, grazie». Sono sorpresa quanto Sean che Alex sia qui. Alex conosce Gabi? Che strano.

«Oscar», esclama Alex voltandosi verso lui e Luke che stanno sorseggiando un cocktail a base di succo d'arancia e champagne. «Che piacere rivederti! E questo dev'essere il famoso Luke di cui mi hai parlato».

«Esatto», risponde Oscar. «Luke, ti presento Alex».

«Ehilà». Luke stringe la mano ad Alex. «Piacere di conoscerti».

Alex si guarda intorno e vede che c'è anche Max.

«Non credo che ci abbiano presentati. Alex Woolfe, piacere».

«Sì. In realtà ci conosciamo già», replica Max. E gli stringe la mano senza troppo calore. «Abbiamo lavorato insieme».

«Sul serio?», esclama Alex inclinando il capo. Scruta il viso di Max per rovistare nella memoria in cerca di qualche appiglio. «Mi dispiace, sai, lavoro con così tanta gente. Quando?»

«Ti ho fatto da cameraman in occasione dell'Undici settembre», puntualizza Max senza grande entusiasmo. «Non preoccuparti, non mi sorprende che tu non te ne ricordi».

E a quel punto si allontana, avviandosi verso la finestra.

«Mah, è un po' imbarazzante», esclama Alex volgendo lo sguardo verso di noi.

«Alex, lascia che ti offra un drink!», interviene Gabi con tono vivace, lanciando un'occhiata preoccupata alla volta di Max. «E tu, Max… ti va qualcos'altro?»

«C'è il tuo barista oggi, Gabi?», chiede Alex prima che Max possa rispondere. «Non so cosa darei per un buon cappuccino».

«Ma certo!», risponde Gabi con slancio. «Pensavo che l'avremmo chiamato in causa dopo il brunch, ma perché non subito?».

«Ha un barista personale?», mi sussurra Oscar in un orecchio. «Che lusso sfacciatamente sfrenato...».

«Non è che potrei avere una birra, per caso?», domanda Max voltandosi. «So che è ancora presto, ma mi andrebbe proprio».

«Spero di sì. Credo che Lewis ne tenga sempre qualcuna di riserva per i momenti liberi. Vado a vedere».

Gabi corre in cucina lasciandoci in un silenzio imbarazzato.

«Chi è Lewis?», domanda Oscar.

«La sua guardia del corpo».

«Oooh, e assomiglia a Kevin Costner?», chiede Oscar incuriosito. «Ti piacerebbe, vero, Scarlett?»

«In realtà, no. Però è un po' un tipo alla Kevin Costner. È molto pacato e tranquillo, e non deve essere piacevole quando si arrabbia».

«Sono sorpreso che Gabi non abbia uno staff più numeroso», osserva Sean. «Oltre al cuoco e a questo barista, non c'è altro personale in giro».

«Preferisce non avere troppa gente intorno», spiego. «Sta cercando di diventare un po' più indipendente. Immagino che abbia dato mezza giornata libera a tutti».

«Di certo non a Marcus, Madrid e Portia!», esclama Alex ridendo. «Se li conoscessi, sapresti che lavorano full-time alla sua immagine pubblica».

«Non riesco ancora a credere di averti incontrato qui, Alex», esclama Sean dandogli una pacca sulle spalle. «A casa di Gabriella Romero! Avevo capito che bolliva qualcosa in pentola quando mi hai detto che avevi abbandonato il giornalismo, ma non immaginavo che si trattasse di questo!».

«A volte è meglio non parlare troppo di certe cose», si schermisce Alex e mi lancia un'occhiata. «Si lavora meglio».

«Il caffè sta arrivando!», esclama Gabi. Solleva una bottiglia di birra: «E guarda cos'ho trovato per te, Max!».

«Grazie. Ma non è che avresti anche un apribottiglie, per caso?», domanda esitante.

«Oh, non sono granché come padrona di casa, vero?».

«Vengo a cercarlo con te», si offre Max. «Probabilmente, non sai nemmeno com'è fatto un apribottiglie...».

«Come mai Max conosce Gabi?», domanda Alex mentre loro si allontanano. «Tramite te, Scarlett? Si direbbe che sei il cardine del gruppo, oggi».

«Più o meno». Spiego come Max ci abbia salvate dalla folla l'altro giorno.

«Come un vero eroe», commenta Alex.

«Be', ci ha tirato fuori da una situazione piuttosto sgradevole, te lo posso assicurare, Alex».

«E tu, Scarlett, perché conosci Max, invece? È davvero buffo quant'è piccolo il mondo».

«Ha lavorato con mio fratello come cameraman per un po'».

«Tuo fratello fa il reporter? Chi è, lo conosco?», domanda Alex incuriosito.

«Ne dubito». Gabi e Max intanto rientrano dalla cucina: stanno ridendo.

«Il brunch è servito!», annuncia Gabi entusiasta. «Se vi va di seguirmi...».

Usciamo tutti sulla terrazza, la stessa dove qualche settimana prima Gabi mi ha mostrato il panorama. C'è un lungo tavolo apparecchiato con una tovaglia bianca, e il più vasto assortimento di piatti per la prima colazione che si possa immaginare: bagel al salmone affumicato, pancake e sciroppo d'acero, e uova, un'intera distesa di uova in tutte le salse: strapazzate, sode, in camicia, alla coque.

E poi, su un altro tavolo, un'altra tovaglia bianca, posateria d'argento e piatti in porcellana. Lungo tutta la terrazza ci sono calde stufe da esterno per proteggerci dall'aria fresca di questa mattina d'aprile.

«Gabi!», esclamo. «Che splendore!».

«Grazie», replica lei soddisfatta. «Spero che ci sia qualcosa per i gusti di tutti».

Ci avviciniamo e cominciamo a servirci.

Io scelgo i pancake con lo sciroppo d'acero: hanno l'aria di essere squisiti, e lo sono!

«Allora, come vanno i preparativi per il matrimonio?», mi chiede qualche minuto dopo Alex bevendo un sorso di cappuccino.

«Bene, grazie. Adesso che abbiamo trovato la location, anche le altre decisioni stanno pian piano prendendo forma. Mancano ancora un sacco di cose, ma ci arriveremo!».

«Mi ha detto Scarlett che dobbiamo ringraziare te se possiamo sposarci al Plaza», interviene Sean sollevando il caffè come per brindare.

«Be', a volte aiuta avere qualche conoscenza», sorride Alex. «E mi ha fatto molto piacere potervi aiutare».

«Vi sposate al Plaza?», domanda Max. «Un po' caro».

«È vero, Max. Ma spero che affronteremo una spesa simile solo una volta nella vita!».

«Puoi starne certo!», esclamo io facendogli l'occhiolino.

«A me sembra una scelta molto romantica», ci fa notare Gabi. «Sono stata a un paio di matrimoni al Plaza, ed è un luogo assolutamente stupendo».

«C'è da dire, però, che è molto costoso, e tutto questo per un giorno solo. A me pare che la gente perda un po' la testa quando si tratta di sposarsi».

«Non sei un romanticone, eh, Max?», commenta Alex.

«Già», risponde lui senza sorridere. «Mai stato».

«Non hai ancora incontrato la donna giusta, allora», replica Alex scherzosamente. «Quando accadrà, vorrai ricoprirla di fiori e di doni, e offrirle un matrimonio da sogno».

Max lo guarda poco convinto. «Può darsi. È così che fai tu? Ricopri le tue signore di doni? Dev'essere un giochino alquanto costoso…».

Il sorriso di Alex s'irrigidisce. «Sono sposato, Max. C'è una sola signora che ricopro di doni, ed è Charlotte».

Max lo fissa un momento, poi annuisce mentre porta una mano alla sua birra.

«Sono certa che Max sarà uno splendido marito», s'intromette vivacemente Gabi cercando di sciogliere l'imbarazzo che sta di nuovo calando tra noi.

Max la guarda. «Sei gentile, ma non so. Credo di essere troppo abituato a fare le cose a modo mio, ormai».

«Be', a me pare che possa essere un modo molto affascinante. Mi piacciono le persone che dicono quello che pensano», continua lei, lanciandogli una timida occhiata. «Detesto la gente che racconta frottole».

Max arrossisce. «Grazie», farfuglia, poi scosta la sedia e si alza. «Vorrei prendere qualcos'altro, *pardon*».

Sto seriamente cominciando a pensare che Gabi abbia un debole per Max. E mentre osservo il mio amico allontanarsi con le guance in fiamme, mi pare di capire che si tratti di un sentimento reciproco. La prossima volta che sono sola con Gabi devo scoprire se le cose stanno davvero così, e in tal caso aiutare un pochino i due piccioncini.

«Anch'io li odio, quelli che sparano solo balle», s'intromette Oscar. «Gente piena di sé e pomposa, oltre che bugiarda».

«Anch'io», concordo. «L'insincerità è una delle cose che mi piace di meno».

«Ah, in questo campo Scarlett non transige», dichiara Sean. «Odia le menzogne. C'è un'unica eccezione: quando mi chiede se un certo vestito le fascia troppo i fianchi, allora una piccola bugia bisogna dirla, altrimenti...», conclude tra le risate generali.

«È vero», commento sorridendo.

«A proposito di vestiti avvolgenti», interviene Luke, «hai trovato l'abito da sposa, Scarlett?»

«No», scuoto la testa. «Si sta rivelando una scelta... un po' difficile».

Oscar leva gli occhi al cielo. «Un po' difficile è dir poco. Direi piuttosto impossibile!».

«Non è colpa mia se non trovo niente che mi piaccia!», sbuffo. «Mi sembrano tutti uguali. E io voglio qualcosa di diverso».

«Posso darti una mano, se vuoi», interviene Gabi. «Conosco un sacco di gente e sono certa che riusciremo a trovare qualcosa che fa per te».

Sto per ringraziarla, quando sento Oscar tossicchiare.

«Sei davvero molto generosa, Gabi, ma Oscar mi ha detto che mi aiuterà a trovare il mio abito ideale e sono certa che manterrà la sua promessa... prima o poi».

Oscar sorride soddisfatto.

«Va bene, ma se hai bisogno d'aiuto, Oscar, io sono qui».

«Grazie, Gabi», risponde lui garbatamente. «Lo terrò a mente. Sei davvero molto gentile».

Finiamo il brunch e Guido ci porta un ultimo caffè che beviamo in soggiorno.

Max sta raccontando a Gabi dei tanti posti che ha visitato lavorando. Alex intanto chiacchiera con Luke del suo spettacolo, mentre Oscar è andato un momento nella "stanza dei maschietti" come la chiama lui. E io e Sean, davanti alla finestra, siamo rapiti dalla vista.

«Stupenda, vero?», sospiro. «Gabi è davvero fortunata a godere di un simile panorama tutte le mattine».

«Sì», concorda Sean. «Ma non vorrei lo stesso essere nei suoi panni, non credi?».

Annuisco. «Hai ragione, c'è sempre qualcuno che la tiene d'occhio».

«Hai visto che non ha quasi toccato cibo? Neanche una briciola, praticamente».

«È a dieta stretta. Aveva messo su qualche chilo negli ultimi tempi».

Non gli dico che quei chili di troppo sono probabilmente dovuti alle nostre costanti visite da Starbucks e alla sua passione per i caffè con panna, zucchero e cascate di sciroppo, nonché qualche muffin ai mirtilli di quando in quando.

Sono già stata istruita da Marcus sulla necessità di ridurre l'apporto calorico di quello che mangia quando usciamo insieme. L'ho ascoltato con attenzione e poi ho prontamente ignorato tutti i suoi consigli portandola da Serendipity 3 per una cioccolata calda ghiacciata, la specialità della casa.

Le è piaciuta moltissimo, anzi tutto perché la cioccolata calda ghiacciata è una bomba, e un po' perché aveva appena visto

Serendipity – Quando l'amore è magia. Un altro dei miei suggerimenti.

«Dev'essere un incubo trovarsi sempre sotto i riflettori», continua Sean. «Io diventerei matto».

«Lo so», dico, e gli do un bacio su una guancia. Mi manca così tanto quando siamo lontani che sono al settimo cielo ogni volta che possiamo stare finalmente un po' insieme. Guardo gli altri. «Che strano che Gabi conosca Alex, però. Sono stupita, lo confesso».

Sean si stringe nelle spalle. «Mah, non direi. Alex conosce un mucchio di gente. E non solo persone carine come Gabi».

Chissà cosa intende.

«Un po' come scoprire che aveva conoscenze al Plaza. Se non fosse stato per lui, saremmo ancora in cerca di un posto per il ricevimento. Per fortuna gli hai parlato delle nostre difficoltà...».

«Io non gli ho detto nulla, credevo fossi stata tu», risponde Sean.

Ci penso su: ne abbiamo parlato quella sera a cena. Ma mi pareva che Alex sapesse già tutto, ancora prima che io gli accennassi del Plaza.

Scuoto la testa. «Boh, forse sono stata io», rispondo, rimuginando. «Ho talmente tante cose per la testa di questi tempi. Ma sei stato tu a dare il mio indirizzo ad Alex in modo che sapesse dove trovarmi quando veniva a New York? L'ho incontrato a Central Park mentre stava venendo a casa mia, il giorno che ci siamo visti».

«No, Scarlett», risponde Sean perplesso.

«E il mio numero di telefono? Sicuro di non averglielo dato tu?».

Sean scuote la testa. «Gli ho parlato oggi per la prima volta, dalla Scozia».

Ci voltiamo entrambi a guardare Alex. «Be', se non sei stato tu, allora chi è stato?».

Capitolo 25

Il resto della mattinata è molto piacevole.

Non riesco a parlare con Alex faccia a faccia, e di conseguenza non ho modo di scoprire come facesse a sapere così tanto su di me e sui miei spostamenti a New York, perché subito dopo pranzo deve correre via per una riunione. «Proprio con il tuo amico Peter, incredibile», mi dice mentre prende la giacca e si avvia verso la porta. «Un'altra cosa che mi unisce a te, Scarlett! A quanto pare abbiamo molte cose in comune».

Non gli rispondo nemmeno, mentre Gabi accompagna Alex alla porta.

«Chi lo ha presentato a Peter?», chiede Max. «Non tu, Scarlett, vero?».

Annuisco.

Max sta per fare una smorfia, poi si ricorda che c'è Sean ed evita. Poi dice: «A quanto pare sei davvero tu il perno di tutta la faccenda, no? Chissà quali altri modi troverà Alex per intromettersi nella tua vita».

Decido che io e Max dobbiamo parlare in privato di Alex. È palese che a Max non piace, e voglio saperne i motivi.

«Ah, Alex è sempre così», lo giustifica Sean. «È uno di quelli che conoscono tutti!».

«Forse...», mormora Max. «Guarda, anch'io devo andare. È stato bello, Gabi, grazie. Be', puoi ringraziare il tuo staff da parte mia?». Le fa l'occhiolino e Gabi fa di nuovo la timida.

«Certo, Max, e grazie per essere venuto. Si può rifare un'altra volta, no?»

«Naturalmente», risponde Max, avvampando. «Hai il mio numero, quindi se ti va di fare qualcosa, per me va benissimo. Altrimenti, nessun problema».

«Oh, mi farò sentire, Max», lo rassicura Gabi, sbattendo le lunghe ciglia. «Non dubitarne».

Max borbotta una specie di saluto verso di noi e poi corre via.

Noialtri decidiamo che è ora di andarcene, così salutiamo e ringraziamo.

«È stato fantastico conoscervi», dice Gabi mentre siamo sulla porta. «Scarlett è proprio fortunata ad avere degli amici come voi. Vorrei avere anche solo metà della sua fortuna».

«Non preoccuparti, Gabi», replica Oscar, abbracciandola. «Adesso possiamo essere anche tuoi amici».

Gabi risponde all'abbraccio. «Grazie, Oscar. Significa molto per me».

«E...», Oscar fa una pausa a effetto, «potrai anche aiutarci a trovare il vestito da sposa per Scarlett, se lo desideri ancora».

Gabi sembra sull'orlo delle lacrime. «Oh, Oscar, mi piacerebbe. Mi piacerebbe davvero tanto».

E anch'io mi sento un nodo alla gola quando saluto Gabi. È stato bello vederla così a suo agio con tante persone a me care. E poi, Oscar che offre di condividere la responsabilità per il mio vestito è stata la ciliegina sulla torta: so quanto sia importante per lui.

Così, mentre lasciamo l'appartamento e scendiamo con l'ascensore, vengo travolta dalla sensazione che la vita sia proprio meravigliosa. E poi penso ad Alex, e per qualche ragione la sensazione di tutta questa bellezza viene sostituita da qualcosa di molto inquietante.

Passano le settimane, a Central Park cadono i fiori dagli alberi, la temperatura sale mentre aprile diventa maggio, e poi maggio diventa giugno. Riesco a fare un viaggetto a Londra, ma io e Sean passiamo quasi tutto il tempo a sbrigare faccende per il matrimonio, tipo occuparci dei dettagli degli inviti e discutere di quale musica vorremmo ci accompagnasse su e giù per la navata. Alla fine ci accordiamo su *Trumpet Voluntary* per quando camminerò per il viale alberato del Plaza, e sulla "Primavera" da *Le quattro stagioni* di Vivaldi per quando lo ripercorreremo insieme da sposati.

Credo che Sean sia colpito dalla mia conoscenza di questi pezzi di musica classica, e non gli rivelo che in realtà ho cercato su Google "musica perfetta per il matrimonio", e quelle due erano le mie preferite quando le ho ascoltate su YouTube.

Da Londra riesco a fare il punto della situazione con Oscar, che mi racconta come sta andando la ricerca del mio vestito da sposa. Con sorpresa scopro che ha parlato un sacco con Gabi su Skype: al momento stanno lavorando a qualcosa di "top secret". È un bene che mi fidi di Oscar. So che non tirerà fuori niente di sgargiante e non mi farà sembrare una meringa. Penso a *Quattro matrimoni e un funerale*: è lì che ho sentito per la prima volta quel termine per un vestito da sposa troppo gonfio. Non mi era mai venuto in mente, quando da bambina guardavo furtivamente quel film, che un giorno avrei organizzato il *mio* matrimonio, e a New York, per giunta. Dovevo portare quel film di nascosto in casa e guardarlo quando mio padre non c'era. Me lo aveva prestato il mio vicino di casa perché io non ero abbastanza grande per comprare un film vietato ai minori di quindici anni. Se ci penso mi viene da ridere, erano i tempi delle grosse e ingombranti videocassette che mi guardavo sul vecchio registratore Hitachi. La mia ossessione per i film è iniziata presto.

Anche i progetti di Oscar per il matrimonio procedono a meraviglia. Mi mostra degli schizzi preliminari per i vestiti ispirati a Shakespeare che indosseranno lui e Luke, e devo ammettere che sono molto belli. Prende le misure per il mio vestito da Titania, e anche se non sono del tutto convinta di fare la parte della "regina delle fate", mi fido di Oscar: di sicuro, non mi farà sembrare una scema.

Mentre sono a Londra cerco di aggiornarmi con Maddie, ma stranamente è via per lavoro. Volevo sapere come andavano le cose tra lei e Felix. Non ne parla mai troppo nelle sue e-mail, e in questi tempi sembra impossibile riuscire a vederla su Skype. Ma almeno verrà a trovarmi a New York poco dopo il mio ritorno, quindi sono sicura che avremo modo di discuterne.

Dal brunch a casa di Gabi non riesco più a vedere nemmeno Alex. Un giorno mi manda un breve SMS dicendomi che sta tornando in Inghilterra per un po', ma a breve sarà di nuovo a New York e si augura che tutto vada bene. Non ho ancora scoperto come facesse a sapere così tante cose di me quando ci siamo incontrati la prima volta, a New York. Cerco di parlare con Max di Alex, ma è sfuggente e non sembra intenzionato a dire molto. Penso si comporti così perché Alex è amico di Sean. Max sta cercando di essere diplomatico: per me è fastidioso ma, devo ammettere, ammirevole.

Quindi, anche se c'è qualcosa che non mi convince di Alex, mi sforzo di credere che tutto fili liscio, almeno per ora.

È estate, e sono di nuovo a New York. Non è poi così caldo, non mi posso lamentare, ma so per esperienza quanto possa essere rovente l'estate a Manhattan. L'anno scorso la temperatura aveva superato i trenta gradi, un giorno aveva quasi sfiorato i trentotto. Adoro New York, ma l'afa in quel periodo stava seriamente mettendo alla prova la mia fedeltà per la grande città. Per fortuna l'aria condizionata è quasi dappertutto, e ho capito subito che il trucco per sopportare le altissime temperature è spostarsi velocemente da un edificio all'altro, lasciando scendere la temperatura corporea prima di avventurarsi di nuovo nella calura.

E oggi aspetto Maddie, che dovrebbe arrivare nel pomeriggio; la temperatura è sui ventisei gradi. Piacevole, ma nel mio appartamento è molto più fresco, ventidue gradi.

In questo momento sto cercando degli indizi sulla prozia di Gabi. Sembra impossibile trovarla. Per prima cosa ho esaminato tutti gli annunci e i registri mortuari. Sembra un po' macabro, ma è la procedura quando si cerca un adulto scomparso. Adesso so che probabilmente è ancora in vita, ma dove?

Se ha cambiato nome molto tempo fa, non ho grandi speranze di trovarla, ma continuo ad augurarmi che non sia arrivata a tanto quando la sua famiglia le ha voltato le spalle: magari è semplicemente una di quelle persone che non hanno lasciato alcuna traccia della loro vita.

Le persone più semplici da trovare sono quelle che usano spesso internet. Uno dei primi posti dove cerchiamo qualcuno è Facebook. Quasi tutti hanno Facebook. Anche gli anziani hanno un account di questi tempi: li aiuta a tenersi in contatto con gli amici e la famiglia. Ma non è il caso di Evita, a quanto pare è una delle poche persone che cercano di rimanere lontane da tutti. Buon per lei, penso, per quanto renda il mio lavoro molto più difficile!

Evita è un nome così particolare. Sono molto grata ai bisnonni di Gabi per averlo scelto, in quanto mi ha reso molto più semplice eliminare le piste sbagliate. In questo caso però, non aiuta a trovare quella giusta. Al momento sto seguendo dei nuovi indizi attraverso le altre fonti che abbiamo a disposizione, come i registri pubblici e i servizi genealogici, nella speranza che spunti fuori qualcosa.

Gabi è a Los Angeles, per registrare il nuovo album. La sto tenendo aggiornata su ogni sviluppo, ma non ce ne sono molti. Sono determinata a risolvere questo mistero. Negli ultimi mesi Gabi è diventata una buona amica, oltre che una cliente, e voglio riuscire a trovare la sua prozia per lei e per la sua famiglia.

Guardo l'orologio. Tra poco arriva Maddie, il volo è atterrato in orario: ho verificato, quindi considerando il controllo passaporti e il viaggio in taxi dall'aeroporto, può arrivare qui da un momento all'altro.

Mi alzo e guardo fuori dalla finestra per controllare se arriva un taxi giallo. Vedo il mio dirimpettaio. È seduto alla scrivania vicino alla finestra, al computer. Come se avesse percepito in qualche modo la mia presenza, mi guarda e saluta con la mano. Sorrido e ricambio il saluto. È piuttosto strano: la maggior parte di quelli che abitano nel palazzo di fronte fa finta che non esista nessun altro. È come se pensassero: *Se non ti faccio capire che ti ho visto, tu non puoi vedermi*. Appena mi ero trasferita in questo appartamento ero affascinata dall'andirivieni degli abitanti del palazzo di fronte. Si può capire molto delle persone dai frammenti della loro vita che si scorgono dalle finestre. Ero una grande fan della serie televisiva *Friends*, e per quanto non avessi "l'uomo nudo" che mi viveva di fronte, è stato piuttosto sorprendente scoprire cosa possono fare degli sconosciuti, in piena vista e con le luci accese! Ma ben presto ho capito che a New York nessuno interagisce con gli inquilini del palazzo di fronte, così mi sono adattata. Così fan tutti tranne "Bob", come mi piace chiamarlo. Bob è amichevole e saluta sempre quando ci incrociamo alla finestra. Non so niente di lui, tranne che sta un sacco di tempo a casa davanti al computer, quindi immagino sia una specie di scrittore. Non ci vediamo mai fuori, non ci incrociamo mai per strada. Bob è semplicemente il mio amico alla finestra, e va benissimo così.

Vedo un taxi giallo che accosta qui sotto: scende Maddie con una sacca e una borsetta in mano. Non ha molti bagagli, noto guardando le sue borse, ma dopotutto lei e Felix hanno girato il mondo con lo zaino, quindi è abituata a viaggiare leggera.

Poi però l'autista esce e va verso il portabagagli. Tira fuori una valigiona nera e la appoggia sul marciapiede.

Che succede?, penso. *Quanto ha intenzione di restare?* Non è un comportamento tipico di Maddie. Viaggia sempre leggera, e spesso, quando siamo andate in vacanza insieme, mi ha preso in giro per come faccio le valigie: il mio motto è "non si sa mai".

Corro giù per le scale per accogliere Maddie mentre suona il campanello.

«Maddie!», grido. «Sei arrivata, finalmente!».

Maddie mi abbraccia con forza. «Non è eccitante? Era da tantissimo che volevo venire».

Portiamo le valigie di Maddie nel mio appartamento, le metto nella stanzetta dove di solito tengo la roba che non uso, ma che ho sistemato per la sua visita. Ho addirittura comprato un divano letto. Non ricevo molte visite, e non penso che Sean sarebbe contento se lo spedissi nella stanza per gli ospiti! Oscar è rimasto da me qualche volta, ma abbiamo sempre dormito insieme nel grosso letto matrimoniale spettegolando fino a notte fonda. Quindi ho ritenuto che fosse arrivato il momento di avere un letto in più per gli ospiti. Comunque, mentre compravo il divano letto ho pensato che adesso avrei avuto qualcosa con cui minacciare Sean, se avesse iniziato a russare più spesso e più rumorosamente di quanto non faccia già.

«Allora, vuoi disfare i bagagli?», le chiedo, guardando la gigantesca valigia nera con aria sospetta. «Hai portato un sacco di roba».

Maddie fissa la valigia. «Sì, forse sono venuta un po' più preparata del solito. Ma non è piena, ho lasciato un sacco di spazio per lo shopping!».

Ah, ecco. Infatti non mi sembrava che fosse così pesante mentre la tiravo su per le scale.

«No, ci pensiamo dopo», conclude, con gli occhi che brillano di eccitazione. «Fammi dare una sistemata e poi possiamo uscire. Manhattan, arriviamo!».

Io e Maddie prendiamo la metropolitana fino al cuore della città, e adesso stiamo cenando in un piccolo ristorante messicano che conosco, non lontano da Times Square. È piuttosto turistico, ma è il primo vero viaggio di Maddie qui, perciò ha diritto a fare la turista. Quando è venuta per il mio fidanzamento con Sean è rimasta qui solo un giorno, poi è dovuta ripartire.

Considerato quanto tempo passo a New York è piuttosto sorprendente che sia la prima volta che viene a trovarmi. Ma finora è stata impegnatissima con il suo lavoro, o era sempre in viaggio con Felix, e non siamo mai riuscite a sincronizzare le nostre agende.

«Allora, raccontami un po'», le chiedo dopo che abbiamo ordinato. Abbiamo chiesto entrambe delle *fajitas*: al pollo per me e vegetariane per Maddie.

Alza le spalle. «Ma, niente di che».

Sono già in allerta. Maddie non dice mai «Niente di che». Ha sempre un sacco di cose da raccontare sulla sua vita e il suo lavoro. A volte faccio fatica a interromperla per dire qualcosa anch'io.

«Niente di che?», ripeto con delicatezza. «Non è da te. Avrai qualcosa da raccontarmi».

Maddie sospira, e poi in effetti me la racconta una storia, ma noiosa: una donazione benefica che hanno ricevuto nel posto in cui lavora, e lei deve decidere come usare quei soldi nel modo migliore.

«Okay...», dico quando ha finito. «Ora raccontami quello che sta succedendo, davvero. Per esempio, come sta Felix?».

Arrivano i nostri piatti, e così Maddie ha un momento di sollievo. Poi il cameriere se ne va e noi riempiamo di guacamole e panna acida le nostre tortilla, poi le farciamo di pollo e verdure al centro: a quel punto glielo chiedo di nuovo.

«Quindi, stavi dicendo di Felix...».

Maddie mi guarda da sopra la sua fajita. Prima di parlare mastica lentamente. «Felix sta bene».

«Solo bene?», insisto. Non se la caverà certo così.

Maddie appoggia la fajita e si pulisce con impegno le dita sul tovagliolo.

«Sì, stava *solo bene* l'ultima volta che l'ho visto».

«L'ultima volta che l'hai visto?»

«Scarlett, smettila di ripetere ogni cosa che dico. Felix non abita più da me, per il momento. È andato a stare con suo fratello a Battersea».

«Cosa? Perché non me l'hai detto?»

«Non c'era niente da dire. È successo e basta. Mi ci sto abituando».

Guardo Maddie a bocca aperta, mentre lei torna con calma sulla sua fajita. C'è qualcosa che non quadra.

«Che c'è?», chiede guardandomi. «Tu non avresti potuto fare nulla, se è quello a cui stai pensando. Felix è Felix. Non cambierà mai».

«Cosa vuoi dire?».

Maddie sospira e appoggia di nuovo il cibo nel piatto. «Scarlett, ascoltami, non mi aspetto che tu possa capire quello che sto per dirti, so che tu non hai avuto molte relazioni sentimentali in passato, e conosci Sean da relativamente poco». Fa un lungo respiro. «Le cose cambiano quando due persone si conoscono da così tanto tempo, come me e Felix. Cambi in quanto persona, e speri che il tuo partner cambi e cresca con te».

Provo a digerire questa informazione, insieme alla mia cena piccante.

«Cosa vuoi dire di preciso?».

Maddie sospira. «È vero che siamo *sposati* solo da pochi anni, però ci conosciamo da molto più tempo. Io avevo vent'anni, e Felix ventitré. Si cambia molto in oltre dieci anni».

«Però...». Sono un po' agitata. Sapevo che Maddie e Felix avevano dei problemi, ma adesso che Maddie è qui seduta a raccontarmi apertamente la cosa, non so che dire.

«Succede, Scarlett. Le coppie che sembrano perfette appena si incontrano, a volte si allontanano dopo che sono state insieme per un po'. Non vogliono che accada, e le provano tutte per rimettere a posto le cose, così com'erano all'inizio. E credimi, ci abbiamo provato! Ma non funzionava niente. Siamo andati addirittura da un consulente di coppia».

«Ma perché non provate a farvi una vacanza, o qualcosa del genere?», suggerisco, anche se mi rendo conto che è ridicolo. «Voi due adoravate viaggiare, in passato».

«Esatto, in passato. Siamo andati quasi ovunque in giro per il mondo con lo zaino. Non abbiamo altri posti dove andare». Fa una pausa, e il suo volto si vela di tristezza. «Purtroppo non andiamo più da nessuna parte, né in vacanza, né come coppia, a quanto pare».

«Oh, Maddie...», le prendo la mano sul tavolo, «mi dispiace tantissimo. Sapevo che avevate dei problemi, ma non avevo capito che fossero così seri».

Maddie annuisce, e le si riempiono gli occhi di lacrime. «Non avrei mai pensato che saremmo arrivati a questo, Scarlett. Pensavo che io e Felix potessimo durare per sempre».

«E forse è così». Cerco di sembrare positiva. «Forse si tratta solo di un piccolo intoppo. Ci sono in tutte le relazioni sentimentali. E questa separazione temporanea può farvi capire quanto vi amate davvero».

Maddie scuote la testa. «L'ho pensato anch'io per un po', ma adesso non riesco più a vedere una via di uscita».

«Oh, Mad». Non so davvero cosa dire. Mi sento in colpa. Sono stata così impegnata con tutti i preparativi del mio matrimonio da non rendermi conto che, nel frattempo, quello della mia migliore amica si stava sfasciando.

«Comunque...». Maddie scaccia le lacrime e prova a fingere un sorriso. «...adesso sono qui, e voglio folleggiare con la mia migliore amica».

«Sì», partecipo al suo ottimismo. «Dimentichiamoci degli uomini e passiamo un po' di tempo solo tra ragazze. Niente maschi».

«Sì», risponde Maddie, anche se non sembra completamente convinta. «Proviamoci».

Capitolo 26

Il giorno dopo io e Maddie andiamo in giro per tutta la città, visitando il maggior numero possibile di luoghi tipici di New York, ma senza stancarci troppo.

Stiamo bevendo un caffè al volo e ci stiamo riposando dopo essere salite fino in cima all'Empire State Building – Maddie ha scattato tutte le foto d'obbligo sulla terrazza dell'ottantaseiesimo piano – quando mi squilla il telefono. È Peter.

«Meglio che risponda», dico a Maddie. «È Peter. Sa che sei qui quindi se mi chiama vuol dire che è urgente».

Maddie annuisce, e a quel punto squilla anche il suo telefono. Un messaggio. Lo tira fuori dalla borsa per controllare.

«Ciao, Peter, che dici?... Cosa?», chiedo scioccata. «Come è possibile? ...No, non ho idea di come sia potuto succedere... Sì, certo. Non sono troppo lontana dall'ufficio. Vengo subito».

Riattacco.

«Mi dispiace un sacco, Maddie, ma devo lasciarti da sola per un po'. Qualcuno ha dato alla stampa una brutta notizia sulla Fondazione Libellula, ma non la pubblicheranno prima di aver sentito le nostre spiegazioni. Devo andare in ufficio a parlare con Peter».

«Okay, nessun problema», replica Maddie, per niente preoccupata. «Me la caverò».

Inizio a prendere le mie cose dal tavolo. «E tu cosa farai mentre sono via? Non appena capisco quanto tempo ci vorrà, ti mando un messaggio».

Maddie alza le spalle. «Non saprei. Un po' di shopping, forse. Secondo te è il caso che tu mi dia le chiavi? Così se ci metti troppo, posso tornare a casa».

«Ehm, non credo ci vorrà così tanto. La storia è completamente inventata. Appena lo dimostriamo me ne vado subito».

«Okay», dice di nuovo Maddie. «Come preferisci».

«Sai cosa, ho una chiave in più a casa. Te la do quando torniamo».

Maddie annuisce. «Prima che tu vada, Scarlett, stavo pensando di fare scorta di biancheria intima già che sono qui. C'è un negozio di Victoria's Secret da queste parti?»

«Sì, vicino a Macy's, a Herald Square. Scendi per la Trentaquattresima e ci arrivi».

«Ottimo», dice Maddie sorridendo. «Scarlett, non c'è fretta, davvero, non ti preoccupare. Mi divertirò mentre sei via, ne sono sicura».

«Bene». Vado verso la porta. «A tra poco. Ti scrivo appena ho finito!».

Maddie fa un gesto con la mano. Le lancio un'ultima occhiata mentre lei sta finendo il suo caffè.

La storia dei giornalisti è veramente ridicola. Qualcuno ha detto al «New York Times», che la Fondazione in realtà sarebbe solo una copertura per nascondere un giro di scommesse da un milione di sterline. Dicono che facciamo i soldi sui risultati di partite di calcio e altri eventi sportivi: ma in realtà sono i nostri clienti che scommettono su di noi, perché sanno che possiamo trovare i loro familiari.

Per fortuna quelli del «New York Times», visto che la storia sembrava un po' inverosimile, hanno telefonato a Peter, che è un uomo d'affari molto rispettato in città, per avvertirlo e controllare la plausibilità di tutta la faccenda.

Io e Peter passiamo il resto del pomeriggio a mostrare a un giornalista del «Times», i nostri registri, i libri contabili e le fotografie di persone vere che, grazie al nostro aiuto, hanno potuto riabbracciare membri scomparsi della propria famiglia.

Mentre noi ci spieghiamo, il giornalista sembra abbastanza imbarazzato, questo devo riconoscerglielo. Dice che è venuto solo perché il suo capo l'ha obbligato. Conosce persone che abbiamo aiutato, e quindi non nutre dubbi sulla nostra onestà.

Quando finalmente il giornalista se ne va, e possiamo essere sicuri che la nostra reputazione sia immacolata, Peter si accascia sulla mia sedia di pelle e sospira.

«Questa volta abbiamo rischiato grosso», mormora. «Siamo stati molto fortunati oggi, Scarlett. Se avessero fatto la soffiata a un altro giornale, non ce la saremmo cavata così facilmente. Avrebbero comunque pubblicato la notizia, noi li avremmo querelati e loro sarebbero stati obbligati a scusarsi pubblicamente. Ma il danno sarebbe comunque stato fatto, la reputazione della Fondazione Libellula sarebbe stata comunque distrutta».

«Chi può aver mai inventato una cosa del genere?», chiedo. «Non abbiamo nemici, vero? Perché mai dovremmo averli? Siamo un'organizzazione benefica, per l'amor del cielo!».

Peter ruota sulla sedia, riflettendo.

«Non ha senso, questo è sicuro. Credo che dovremmo solo essere contenti che non sia andata molto peggio. Ma tu non preoccuparti, Scarlett, andrò in fondo alla cosa».

«Lo spero. Non voglio che succeda ancora. Mi sono sentita sotto processo».

Peter annuisce, poi guarda l'orologio sul muro. «Non è meglio che torni dalla tua amica, Maddie? Si chiederà dove sei finita».

«Sì». Guardo l'orologio anch'io. «Comunque, l'ho lasciata a fare shopping, sicuramente starà bene».

Mentre scendo in ascensore le mando un messaggio.

Tutto sistemato, grazie al cielo! Dove sei?

Aspetto che mi risponda. Ma niente. *Mmm*, penso mentre esco nell'aria tiepida e umida del pomeriggio. *Dove vado ad aspettarla finché non mi risponde?*

Decido per Bryant Park. Mi berrò qualcosa e mi sistemerò all'ombra di un albero; Maddie non sarà certo troppo lontana.

Prendo una bibita ghiacciata da un venditore ambulante e trovo un tavolo e una sedia liberi. Adoro Bryant Park: è piccolo rispetto agli standard di New York, in mezzo alle strade principali dello shopping. È accanto alla New York Public Library: in estate mettono uno schermo gigantesco per il festival del cinema. Fanno vedere vari film durante l'estate, e più di una volta sono andata a vedere dei classici come *Vacanze romane*, *Butch Cassidy*, *Il mago di Oz*, *E.T. l'extra-terrestre*.

Guardo di nuovo il telefono. Maddie non mi ha ancora scritto, così le mando un altro messaggio, nel caso il primo non le fosse arrivato.

Dopo qualche minuto sto per telefonarle quando sento vibrare.

Sono sulla Quinta, vicino a Central Park. Dove sei?

Vicino a Central Park? Ne ha visti di negozi, se è arrivata fino a lì.

"Non preoccuparti", le rispondo. "Faccio due passi e ti raggiungo. Attraversiamo insieme il parco per tornare a casa".

Questa volta la sua risposta arriva immediatamente: "Okay. Mi trovo nel posto dove ci sono i cavalli e le carrozze. Ti aspetto qui".

Salgo per la Quinta, con i pensieri ancora rivolti alle false informazioni del giornale. Chi può mai voler distruggere un'organizzazione benefica? Dio, ce ne sono di persone strane al mondo! Grazie al cielo il «New York Times» è uno dei giornali più affidabili. Non riesco nemmeno a pensare a quello che sarebbe successo se si fosse trattato di un giornale meno severo.

Vedo Maddie all'entrata del parco, su una delle panchine. Mi sorride e mi siedo accanto a lei.

«La vedi quella coppia laggiù», dice, indicando con la testa in direzione di una coppia anziana seduta di fronte a noi. «Ho appena scoperto che sono seduti sulla loro panchina. La *loro*!».

Quasi tutte le panchine di Central Park sono "dedicate" a qualcuno, che sia una coppia o una persona cara passata a miglior vita. Hanno delle targhette sul retro, tutte adorabili, e spesso commoventi. Mi ricordano la panchina di uno dei giardini chiusi di Notting Hill, sia quella del film sia quella su cui ci siamo seduti io e Sean per la prima volta.

«Davvero? Incredibile. Non mi era mai capitato di vedere una cosa del genere, con tutte le volte che mi sono seduta a Central Park».

«Chissà com'è essere sposati da così tanto tempo», si chiede Maddie, guardando la coppia. «Te lo immagini? Tu e Sean?».

Guardo la coppia, seduta pacificamente sulla panchina. Di tanto in tanto uno di loro si piega per dire qualcosa all'altro, ma per la maggior parte del tempo stanno lì in silenzio: guardano la gente che passa, si godono il calore del sole estivo che fa capolino fendendo la volta degli alberi.

«Sì, certo che me lo immagino», replico, e ci credo sul serio. «Vorrei essere così felice e contenta quando raggiungerò la vecchiaia, non chiedo niente di meglio. E mi piace pensare che sarà Sean l'uomo seduto accanto a me, l'uomo che mi farà stare bene».

«È molto bello», commenta Maddie con un cenno del capo. «Davvero. Sono molto contenta per te. Per te e per Sean».

Guardo Maddie, i suoi occhi sono coperti di lacrime.

«Oh, Maddie, non è per forza la fine tra te e Felix. Potete ancora provarci».

Maddie fa un lungo respiro, per calmarsi. «Davvero, Scarlett. Vedi, non è più così semplice», si gira verso di me. «C'è qualcun altro».

«Qualcun altro?», ripeto, dopo qualche secondo. «Vuoi dire che Felix ha una relazione?».

Maddie scuote la testa. «No. Ce l'ho io».

La sua confessione mi sconcerta.

«Ch... chi? Quando? Voglio dire, com'è possibile?».

Ora Maddie sorride. «Oh, Scarlett, a volte sei così innocente. A volte si incontra qualcuno, qualcuno che ti fa battere il cuore e ti illumina l'anima come faceva una volta il tuo vecchio partner. Non mi sono messa a cercare una relazione, è successo e basta».

Non so se sentirmi arrabbiata o delusa da Maddie. Da quando è arrivata sono stata malissimo per lei, ho temuto di averla ignorata quando aveva bisogno di me, e per tutto il tempo lei ha avuto un altro.

«Ma non doveva succedere per forza, o sbaglio?», dico alla fine. «Avresti potuto dire di no».

«Hai ragione, è così. Ma è successo, e adesso non posso tornare indietro».

«E chi è, allora?». Faccio fatica a guardare Maddie in faccia. Vedo la splendida coppia di anziani che se ne va, e un barbone che adesso fruga nel cassonetto vicino alla panchina.

«Preferirei non dirtelo, se non ti dispiace».

«Perché? Lo conosco?».

Maddie non parla.

«Quindi sì! Chi è? Quel tipo che era al tuo compleanno l'anno scorso? L'amico di Felix che non ti lasciava mai in pace? Come si chiamava? Iniziava con la A… Alan! Ecco! È lui?»

«No, non è Alan. Ma come puoi anche solo pensarlo? Dài, non sono messa così male».

Frugo nella memoria. «Allora chi? Non mi viene in mente nessun altro. Qualcuno che conosco… Ma chi?».

Maddie guarda dritta davanti a sé. Arriccia il naso mentre il barbone tira fuori una scatola di McDonald's dal cestino. Lo apre e inizia a divorare con voracità i resti mangiucchiati di un Big Mac.

«Perché non me lo dici?», chiedo. «Pensavo fossimo amiche».

«*Siamo* amiche», dichiara Maddie, guardandomi. «Davvero. È solo che è una situazione *delicata*».

«Cosa vuol dire delicata?». Come mai ha scelto proprio quella parola? «Vuoi dire che è sposato?».

Maddie annuisce.

«Maddie! Ancora peggio! Si è già separato, come te?».

Maddie scuote la testa. «Ma il loro matrimonio è senza amore», si difende prima che io continui. «Me ne ha parlato a lungo!».

«Ne sono sicura», sussurro. «Non è quello che dicono tutti gli uomini quando ci provano con le altre?».

«Scarlett…», ora è Maddie che si sta arrabbiando, «…tu non ne sai niente, d'accordo? Quindi non giudicare».

«Non sto giudicando. Be', forse un pochino. Ma come ti aspetti che reagisca? In poche ore mi hai detto che il tuo matrimonio è finito, che Felix è andato via di casa, e adesso che hai una relazione con un uomo che conosco».

«Questo io non l'ho detto. Sei tu che hai ipotizzato di conoscerlo».

«Allora, lo conosco o no?».

Maddie sospira. «Non mi lascerai in pace finché non te lo dirò, vero?».

Scuoto la testa.

Guarda in alto.

Sta invocando l'aiuto divino?, mi chiedo. *Vuole che all'improvviso un fulmine colpisca un albero accanto a noi dandole una scusa per non parlarne per un po'?* Ma purtroppo per Maddie non succede niente.

Mi guarda di nuovo negli occhi. «Promettimi che non ti arrabbierai. Promettimi che mi farai spiegare tutto prima di incavolarti e iniziare a straparlare».

Annuisco. Non faccio altro che chiedermi cosa starà mai per dirmi. La mia mente sta ancora cercando dei possibili nomi, ma nessuno mi sembra plausibile.

Poi di colpo, mentre Maddie apre la bocca per parlare, sputo fuori: «È Alex!».

Capitolo 27

Maddie si limita ad annuire.

«Alex!», esclamo così forte che un tizio appena uscito da Abercrombie & Fitch – se ha comprato così tanta roba di sicuro è un turista – si gira a guardarci quando ci passa accanto.

«Abbassa la voce, Scarlett», mi rimprovera Maddie.

«Scusa», sussurro. «Alex... Dài, su. *Perché*?»

«Perché no?», replica Maddie. Ora sorride con quell'aria sognante che hanno le persone innamorate da poco. «È stupendo».

«Se ti piace il tipo». *Buon Dio, Maddie si sta vedendo con Alex? Sapevo di non potermi fidare di lui.*

«Sì, mi piace. Molto, se devo essere sincera».

«Ma da quando va avanti?», domando.

«Senti, non parliamone più, non qui. Torniamo a casa tua e ne discutiamo in privato, che ne dici?».

Annuisco. «Sì, è meglio».

Attraversiamo il parco per tornare a casa mia. La conversazione è forzata, difficile. C'è solo un argomento di cui vorrei parlare con Maddie in questo momento, e non sono certo i ragazzi con i rollerblade, né i turisti che si fanno la foto accanto alla fontana dell'Angelo delle Acque, e neppure lo Strawberry Fields Memorial.

«Hai fame?», le chiedo mentre passeggiamo per la Settantasettesima e oltrepassiamo il Museo di storia naturale sulla Central Park Ovest. Non mi lascio attrarre troppo spesso da questo locale, ma data la situazione mi pare che ci sia bisogno di un hamburger terapeutico.

«Sì, molta. Perché?»

«Allora so già dove andare».

Ci fermiamo al Shake Shack, una catena iconica di hamburger newyorkese. Gli hamburger, le patatine e i milkshake sono tra i migliori di Manhattan. La quantità di calorie è stellare, ma lo è anche il sapore.

«Vendono biscottini per cani da portare via!», esclama Maddie contenta mentre ci mettiamo in fila per ordinare. «Che meraviglia».

«Già», dico guardando il menu in alto. «Amano davvero tanto i loro cani, qui all'Upper West Side».

Prendiamo le nostre ordinazioni e poi, con i sacchetti di carta in mano, corriamo verso casa prima che si raffreddi.

«Okay», dico, una volta in salotto, con il cibo che aspetta solo di essere divorato. «Diamoci dentro».

Maddie mastica pensosa il suo hamburger. «Mmm, è fantastico, Scarlett».

«Lo so, non ci vado spesso, ma è perfetto in caso di emergenza».

«E per te questa è un'emergenza?», chiede Maddie. «Ti ho scioccata?».

Poso l'hamburger e bevo un sorso di milkshake.

«Sì», rispondo con calma, «un po' sì».

«Perché? Perché ho una tresca, o per Alex?»

«Tutte e due le cose», rispondo con onestà.

Maddie non dice niente, guarda in basso e osserva l'hamburger tra le sue mani.

«Non è una cosa da te, Maddie. Cos'è successo?».

Maddie appoggia l'hamburger sulla carta.

«La risposta più onesta alla tua domanda, Scarlett, è che non lo so. Se un anno fa mi avessi chiesto se avrei mai avuto una relazione con un uomo sposato, ti avrei riso in faccia. Ma le cose cambiano. Le relazioni cambiano. Persone nuove entrano nella tua vita, inizi a domandarti se potrebbe andare meglio con qualcun altro».

«Come Alex?», chiedo, cercando di rimanere calma.

Maddie annuisce.

«Ma è sposato!».

«Anch'io!», esclama Maddie, sventolandomi l'anello sotto il naso. «Ma questo non vuol dire che non ci si possa innamorare di un'altra persona. Soprattutto se non si è più innamorati del proprio partner».

«Oh, Maddie. So che non è così, so che ami ancora Felix».

Maddie annuisce. «Sì, certo, gli voglio ancora bene, ma non sono più innamorata di lui, Scarlett».

Sospiro. E anche se non mi va più, mangio qualche altra patatina e do un morso all'hamburger, per pensarci su.

«E *Alex*...», faccio fatica anche soltanto a pronunciare il suo nome, «cosa prova per te?».

Maddie sorride, di nuovo con quell'aria sognante.

Cavolo, è proprio presa.

«Le stesse cose che provo io per lui».

«Ne sei sicura?».

Annuisce.

Rifletto a fondo.

«Ma come vi organizzate? Scusa se affronto il vostro idillio d'amore da un punto di vista pratico, ma Alex è stato qui a New York per la maggior parte dell'anno, come me. E voi due vi siete incontrati a Edimburgo la prima volta, no?»

«Sì, ma ha fatto avanti e indietro dall'Inghilterra un paio di volte, come te, Scarlett. E parliamo sempre su Skype».

«Skype! Hai una relazione con un uomo sposato su Skype?».

Maddie sospira. «No, ma è così che comunichiamo la maggior parte del tempo. Quando siamo distanti è l'unico modo per poterci vedere».

Scuoto la testa. Non riesco a comprendere fino in fondo la situazione. Maddie è una delle mie migliori amiche. Non posso credere che stia succedendo tutto questo. E con Alex, poi, uno dei migliori amici di Sean. Dovrebbe essere la situazione ideale, ma non lo è. È solo tremenda.

«Ma adesso non è lontano, no?», chiedo. «È per questo che finalmente sei venuta a trovarmi? Così potete continuare a vedervi mentre sei qui?».

Maddie mi guarda circospetta. «Non voglio mentirti, Scarlett.

È uno dei motivi, sì. Ma *non* il principale», sottolinea guardando la mia smorfia. «Volevo rivedere di nuovo la mia migliore amica, e divertirmi con *te*». Cerca di prendermi la mano, ma io la tiro indietro.

«Ma hai intenzione di vederlo mentre sei qui?». Non vorrei fare la figura della puritana intransigente, ma non riesco a dominarmi. C'è qualcosa che non mi quadra, e non è solo la relazione.

Maddie arrossisce un po'.

«Oh, mio Dio! Vi siete già visti!», urlo. «Oggi, quando sono dovuta andare in ufficio. Sei stata con lui invece di fare shopping? Ecco perché non hai comprato nulla».

Un campanello d'allarme. *Questa cosa è già successa.*

«Hai iniziato a frequentare Alex quando eravamo a Glasgow?», chiedo prima che Maddie possa rispondere alla mia domanda iniziale.

«Avevi detto che eri andata a fare shopping, il giorno in cui io e Oscar eravamo alla Rennie Mackintosh House. Anche quella volta sei tornata a mani vuote».

Maddie annuisce, con aria un po' colpevole.

«È iniziato tutto a febbraio! E, tra una pausa e l'altra, va avanti da allora?»

«Non la metterei su questo piano», si difende Maddie. «Non abbiamo avuto molte occasioni per vederci, dato che viviamo in due nazioni diverse. Come ho detto prima, parliamo molto su internet».

Un altro campanello nella mia testa, e adesso tutti i pezzi si incastrano alla perfezione.

«Eri tu!», esclamo. «Ecco perché Alex sapeva così tante cose di me quando è venuto qui. Tu gli hai detto tutto». Scuoto la testa. «Come faceva a sapere dove vivevo, e i problemi che avevamo io e Sean con il matrimonio? Adesso capisco. Oh, mio Dio, sei stata tu a raccontargli tutto!».

«Smettila», urla Maddie, saltando in piedi. «Smettila di accusarmi come se fossimo in tribunale e io avessi commesso chissà quale crimine!».

Apro la bocca per rispondere, ma Maddie continua.

«A te va tutto bene, con il tuo fidanzato perfetto, i tuoi progetti di matrimonio e la tua vita glamour. Devi ricordarti che alcuni di noi non ce l'hanno, una vita così! Noi abbiamo una vita imperfetta e vogliamo solo migliorarla un po'!». Poi si gira di scatto e va alla finestra. Fa finta di osservare la strada.

«Mi dispiace, Maddie», mormoro, poi mi alzo e mi avvicino a lei. Le metto un braccio intorno alle spalle. «Scusa se ti sono sembrata troppo critica. È solo che la cosa mi ha un po' scioccato. Avevi sempre tutto sotto controllo, gestivi la tua vita in modo impeccabile. Ero sempre io quella che faceva i casini e aveva bisogno del tuo aiuto».

Maddie si gira verso di me, con il volto afflitto.

«Be', adesso invece è il mio turno, Scarlett. Questa volta sono io che ho bisogno del tuo aiuto. Non mi aspetto la tua approvazione, ma non è una storiella di una notte con un tipo incontrato in un bar. Mi importa molto di Alex, e voglio che tu sia felice per me».

«Lo so», la rassicuro, abbracciandola. «E lo sono. Se le cose con Felix sono davvero messe male come dici, allora *forse* la storia con Alex potrebbe farti bene». Ma la mia voce si incrina mentre pronuncio questa frase.

Maddie ricambia l'abbraccio. «La storia con Alex mi sta facendo davvero bene, non ero così felice da un sacco di tempo».

Mi libero dall'abbraccio, e ancora con le mani sulle sue spalle, la guardo negli occhi. «Promettimi solo che non farai niente di stupido, okay?», la avverto. «O qualcuno finirà per soffrire».

Scuote la testa. «Non lo farò. E nessuno soffrirà, Scarlett. Te lo prometto».

Mentre torniamo sul divano, con gli avanzi degli hamburger ormai freddi, scopro che non riesco a credere del tutto alla promessa di Maddie.

I giorni con Maddie a New York volano. Quando siamo insieme è stupendo, ci godiamo tutto quello che New York ha da offrire, in termini di ristoranti e di intrattenimento. È come ai vecchi tempi. Maddie è molto più contenta adesso dell'ultima volta che siamo state insieme, quindi devo ammettere che Alex, in fondo, ha qualche merito. Ma il tempo che abbiamo a disposizione vola via così in fretta, anche perché lei, in realtà, passa molte ore con Alex.

Si incontrano sempre in qualche posto lontanissimo dal mio appartamento. Maddie non dice nulla a riguardo, quindi presumo che si vedano in qualche albergo, considerato che so che Alex non ha un domicilio fisso qui. Maddie non parla molto di lui quando sta con me, un accordo implicito che va bene a entrambe. E quindi non mi capita mai di vederlo, cosa di cui sono molto sollevata. Non saprei cosa dirgli. So solo che quando capiterà di rincontrarci, sarà molto, molto imbarazzante.

«Alex sa che io so tutto?», chiedo a Maddie, tirandolo in mezzo in una delle nostre conversazioni, cosa più unica che rara.

Maddie annuisce. «Gliel'ho detto ieri».

«E lui?».

Maddie alza le spalle. «Niente. Mi ha chiesto come l'avevi presa».

«E tu che gli hai detto?»

«Cosa avrei potuto dire? Gli ho detto che non eri proprio entusiasta, ma che sei felice finché lo sono anch'io. Perché, non è così?»

«Sì, sì, certo. Hai ragione, non ne sono entusiasta, ma sono felice per te. Sei una persona diversa rispetto all'ultima volta che ci siamo viste».

Maddie sorride. Gioca con delicatezza con il calice di vino che ha in mano. «Sono gli effetti dell'amore».

«Lo *ami*?», le chiedo sorpresa. Per qualche motivo non avevo considerato questa possibilità. «E lui ama te?».

Maddie mi guarda. «Penso di sì», sussurra con entusiasmo.

«Ma che farete? Con Felix, e la moglie di Alex... Come si chiama?»

«Charlotte», risponde Maddie, e l'aria sognante svanisce subito. «Lo diremo a entrambi, prima o poi, immagino».

«Immagini? Non ne avete parlato?».

Maddie appoggia con forza il bicchiere di vino sul tavolo. «Scarlett, ascolta, non so esattamente come andranno le cose. Non conosco tutti gli sviluppi futuri. So solo che sono innamorata di Alex, e che lui è innamorato di me».

«Però lui non te l'ha ancora detto».

Maddie, con aria irritata, sistema la tovaglia davanti a sé. Liscia con la mano gli angoli e raddrizza le posate.

«Scarlett, devi smetterla di dubitare di noi in continuazione. Sta diventando veramente fastidioso, lo sai?»

«Sto solo cercando di aiutarti. Non voglio vederti soffrire».

«Non succederà». Maddie mi guarda combattiva. «So quello che sto facendo. Sono una donna adulta, non una bambina. E adesso, per favore, parliamo d'altro».

«Certo, se preferisci».

«Preferisco. Quindi, altro vino?». Maddie solleva la bottiglia e mi riempie il bicchiere.

Sospiro. Sono costretta a lasciar perdere. Non c'è niente che possa fare. La mia amica deve trovare la sua strada, e questo è tutto. Per il suo bene, spero soltanto che anche Alex vada nella sua stessa direzione.

Capitolo 28

Luglio lascia il passo ad agosto, le lunghe giornate sono calde e appiccicose. È una delle poche cose che non mi piacciono di New York. Ma riesco a fuggire andando una settimana in Inghilterra. Così, oltre a passare un po' di tempo – e accidenti quanto ne ho bisogno – con Sean, riesco a parlare con mia madre. Per due ore chiacchieriamo tutte eccitate del matrimonio. Poi, già che ci sono, mi faccio prendere le misure per il vestito da sposa. Oscar e Gabi ce l'hanno quasi fatta, a quanto pare.

Dovrei essere un po' preoccupata, in teoria. Dopotutto, ho visto abbastanza programmi televisivi sui matrimoni da sapere che quando la sposa non può scegliere il suo vestito, di solito non finisce bene. Ma se devo essere onesta, la ricerca della prozia di Gabi mi porta via così tanto tempo, e poi sto con Gabi quasi ogni giorno, senza contare che devo badare a tre imprese fiorenti e finire di organizzare il matrimonio: quindi, che siano Oscar e Gabi a scegliere il vestito – entrambi hanno un ottimo gusto – è quasi un sollievo.

«Oddio, è così caldooo», si lamenta Oscar una sera mentre attraversiamo Central Park. Si scosta più volte la camicia lilla di seta dal petto per far entrare l'aria. «Una volta arrivati, sembrerò una spugna strizzata. L'avevo detto di prendere un taxi!».

«Ci avremmo messo di più. Per arrivare da Gabi è meglio attraversare il parco», cerco di giustificarmi. «Non avrebbe avuto senso».

«Quello che non ha senso è prepararsi per ore per un compleanno elegante, e poi arrivare alla festa fradici come se avessimo appena corso la maratona di New York».

Io e Oscar stiamo andando al compleanno di Gabi: compie ventisette anni. Una festa pomposa nel suo appartamento. Siamo stati invitati insieme ad altri amici e parenti. Da quello che mi ha detto, sospetto che ci saranno delle celebrità festaiole, ma ho deciso di non rivelarlo a Oscar. Non voglio che si agiti troppo.

Gabi ha invitato anche Sean e Luke. Purtroppo Sean non è riuscito a venire: aveva delle riunioni importanti o roba simile. «Non posso salire su un aereo e farmi migliaia di chilometri per un compleanno. Non è proprio fattibile», ha detto. A essere onesti, ha ragione. Per fortuna, almeno Oscar è riuscito a venire: è soprattutto una scusa per vedere di nuovo Luke, che ci raggiungerà più tardi al compleanno, dopo la performance di stasera. Sono veramente contenta che Oscar sia qui con me. Per quanto ormai sia abituata alla vita da star di Gabi, andare da sola al suo compleanno mi avrebbe fatto paura. Stasera ci sarà la sua famiglia e la sua "gente". Non so niente della famiglia di Gabi, ma sicuramente il suo staff non va pazzo di me e la serata potrebbe essere difficile.

Finalmente arriviamo davanti al palazzo in cui abita Gabi e chiedo a Sylvester, alla porta, se c'è un posto dove possiamo darci una sistemata prima di salire.

Ci indica un bagno lussuoso al piano terra, e lì riusciamo a trasformarci di nuovo negli Oscar e Scarlett profumati e impeccabili che avevano lasciato casa mia poco tempo fa, invece delle due cozze che sono appena arrivate qui.

Saliamo sull'ascensore, e Oscar non fa altro che fissare Lucien, l'operatore di oggi.

«Oscar!», lo rimprovero mentre usciamo e andiamo verso la porta di casa di Gabi. «Ti stai per sposare. Non puoi continuare a flirtare così».

«Mia cara», dice Oscar con un gesto teatrale, «non stavo flirtando, era semplice ammirazione. Amo Luke, lo sai bene. Non è importante. Gabi, tesoro!», urla Oscar con gioia appena si apre la porta. «Buon compleanno!».

Dietro la porta però non c'è Gabi, ma Henry, uno dei portieri del piano terra, e stasera sembra particolarmente in forma.

«Salve, Henry», lo saluto sorridendo. «Ti ha fatto salire fin quassù, eh?»

«Per qualche soldino in più, signorina», replica Henry, facendomi l'occhiolino. «E così potrò anche assistere a tutte le cose innominabili che succederanno...».

«E mi aspetto ce ne siano molte», dico, facendogli l'occhiolino a mia volta. «Divertiti».

«Passate una buona serata, signorina, signore», ci augura, facendo un cenno a Oscar mentre attraversiamo il salone principale.

«Wow», sussurro a Oscar, rimanendo a bocca aperta. «Gabi aveva detto che avrebbe fatto una cosa speciale, ma non mi aspettavo tutto questo».

L'appartamento dove qualche mese fa eravamo seduti per il brunch, rilassati in un'atmosfera accogliente, è stato trasformato in un Paese delle Meraviglie: luminoso e scintillante. Ci sono lucine bianche appese ovunque, grappoli di palloncini argentati a forma di cuore in tutta la stanza, sui tavoli, sopra le tovaglie bianche, varie statue di ghiaccio di sirene, fatine e angeli, e in mezzo una sontuosa torta rosa e bianca a cinque piani.

«Ragazzi! Eccovi qui!», ci saluta Gabi. «Sei bellissima, Scarlett», esclama, ammirando il mio lungo abito di un azzurro pallido. «Mi piace un sacco il tuo vestito. Alta sartoria?»

«Buon compleanno», replico io, baciandola sulla guancia. «L'ho preso da Bloomingdale's, a metà prezzo».

«Allora dobbiamo *assolutamente* andare a fare shopping insieme più spesso!», mi sorride. «Fantastico! E anche tu sei stupendo, Oscar». Si gira verso di lui. «Il lilla ti dona!».

«Grazie», risponde Oscar, ammirando la sua stessa camicia. «Lo penso anch'io. E tu, tesoro? Questo vestito è semplicemente perfetto per la festeggiata!».

«Dici?», risponde Gabi, volteggiando leggiadra.

«Sì!», ribadisce Oscar. «Che ne pensi, Scarlett?».

Gabi ha un abito da sera di seta, semplice, rosa pallido. Senza maniche, molto aderente, con un taglio che accentua il suo seno abbondante. Un'intricata decorazione di perline scende lungo il corpo fino a formare una elegante "v" sopra la gonna.

«È molto carino», osservo, «ti sta bene».

«Ti piace lo stile?», chiede Oscar con naturalezza.

«Sì, certo».

«E che dici della decorazione?», mi chiede Gabi. «Troppo o troppo poco?».

Ah, ho capito cosa stanno facendo: vogliono testarmi un po', per vedere se questo stile può andare bene per il mio vestito da sposa.

«Mi piace il tessuto», rispondo, stando al gioco. «E il taglio. Non sono una grande fan delle perline, preferisco un ricamo più delicato e...».

«Va bene, non ti mettere a fare la *fashion consultant*, non ci serve un'analisi di otto pagine!», mi interrompe Oscar, alzando gli occhi al cielo. «Era solo una domanda!».

«Ma hai detto che...», sto per difendermi quando vediamo Max che viene verso di noi.

«Ehi, ciao, iniziavo a pensare che non sareste venuti».

Vedo gli occhi di Gabi illuminarsi, quando Max la raggiunge.

Sono l'unica a sapere che lui e Gabi da qualche mese si frequentano, di nascosto. Si piacciono molto. A quanto pare Gabi adora lo stile modesto e il senso dell'umorismo pungente di Max. E lui, be', lui adora Gabi.

Un po' mi spiace per lei, deve sempre tenere tutto segreto. Dalla mia ricerca sulla sua prozia scomparsa alla relazione che sta nascendo con Max, deve nascondere ogni cosa ai giornalisti.

In realtà ho delle buone notizie sulla prozia di Gabi. Dopo mesi di ricerche a vuoto, attraverso l'amico di un'amica ho scoperto che forse Evita è scappata in Scozia quando era molto giovane.

Ho trovato quest'informazione solo perché l'amico del mio contatto, Bruce, lavora all'anagrafe scozzese. E Bruce doveva un favore a Millie, la mia amica, un *grosso* favore: lei ha scoperto che Bruce aveva una tresca con la sua capa, e Millie non l'ha detto a nessuno, soprattutto alla moglie di Bruce, Helen, che per caso è l'insegnante di salsa di Millie.

Tutto un po' intricato, ma sono cose che succedono spesso alla Fondazione Libellula: si parte da un chiacchiericcio o un evento casuale e si arriva a volte a risolvere un caso. Un mistero impossibile può trasformarsi in un lieto fine. Stavolta, l'infedeltà, che al momento per me è una grossa preoccupazione, ha avuto dei risvolti positivi: Millie ha chiesto "gentilmente" a Bruce se poteva cercare tra i suoi registri il nome di Evita.

Con grande sorpresa, Bruce ha trovato quarantotto nomi, ma solo uno corrispondeva alla fascia di età che ci interessava. Sono quasi caduta dalla sedia quando mi ha detto che Evita non solo viveva in Scozia, ma cinquant'anni fa si era sposata a Gretna Green.

Non riuscivo a crederci. Non solo l'ennesimo filo che mi lega alla Scozia, ma di nuovo Gretna! Ho pensato all'ultima volta in cui io e Oscar ci siamo andati, e l'adorabile coppia che era lì per rinnovare le promesse di matrimonio. E si erano sposati proprio cinquant'anni prima, come Evita.

Poi la cosa mi ha colpito come un fulmine a ciel sereno.

Quei due si chiamavano *Evie* e Hector.

Evie... Non potrebbe essere il diminutivo di Evita? No, sicuramente no. Sarebbe troppo strano. Una coincidenza *troppo* assurda.

Ma dico sempre che tutto accade per una ragione. È il mio motto, e negli ultimi anni si è dimostrato vero. Perché la mia Evie non dovrebbe essere l'Evita che sto cercando? Forse è proprio per questa ragione che quel giorno ci siamo incontrate. Del resto, sono successe cose ben più strane.

Così ho deciso di incontrare Evie e Hector il prima possibile, al mio ritorno nel Regno Unito per il matrimonio di Oscar, tra qualche settimana. Be', è il mio programma, ma non sono ancora riuscita a contattarli e organizzare un incontro. È anche vero però che questa informazione vitale per la ricerca della prozia di Gabi mi è giunta solo il giorno prima che Oscar arrivasse a New York, quindi non ho avuto molto tempo per approfondire la faccenda.

Adesso, comunque, non è il momento di raccontare a Gabi delle mie ultime scoperte, non ora che la festa sta entrando nel vivo.

«E Max? Non è stupendo?», chiede Gabi, guardandolo con orgoglio. «Credo stia benissimo con un completo elegante».

È vero, Max è diverso stasera. Di solito indossa magliette con pantaloncini a mezza gamba, o dei jeans: il *casual comodo* è il suo stile tipico. Ma stasera ha un completo nero e una camicia bianca, aperta al collo, e devo ammettere che sì, sta piuttosto bene.

«Ah, grazie», fa Max, sorridendole. «Neanche tu stai troppo male con quel vecchio abito che hai trovato in fondo all'armadio».

Gabi gli sorride, e per un momento è come se noi non esistessimo.

«Ehm», Oscar si schiarisce la voce. «Mi sono perso qualche passaggio? Sta succedendo qualcosa di cui non so niente? Odio i segreti, soprattutto quando non li so!».

Gabi e Max si allontanano subito, un po' troppo in fretta.

«Sì, c'è qualcosa», replica Max, «qualcosa che ti piacerà parecchio, Oscar».

«Lo sapevo!». Oscar batte le mani eccitato. «Dimmi tutto e subito!».

Max si avvicina a Oscar e gli mette un braccio intorno alle spalle. «Oscar, voglio che tu rimanga molto calmo appena te lo dirò», si raccomanda con serietà.

«Sì, sì!», esclama Oscar, quasi saltellando. «A me non sfugge niente, lo sapete, vero?».

Gabi sembra un po' preoccupata, ma Max le fa l'occhiolino.

«C'è una persona, qui, che credo proprio vorresti conoscere».

Oscar guarda Max con sospetto. «Chi?», chiede. «Pensavo mi stessi per dire che…».

Max lo interrompe con destrezza: «La signorina Kylie Minogue».

Se gli avesse detto che in questa stanza c'è la regina vestita da punk, Oscar sarebbe rimasto meno colpito. Fissa Max con la bocca aperta. Poi la chiude. Poi la riapre.

Da quando conosco Oscar non credo di averlo mai visto incapace di parlare.

«K-K-Kylie. È. Qui?», balbetta, guardandoci. «In questo edificio?»

«Ancora meglio... è in questa stanza», gli sussurra Max all'orecchio.

Oscar ruota sulle punte dei piedi, con una piroetta che renderebbe orgogliosa una ballerina professionista. «Dove?», sussulta: a quanto pare, ancora non riesce a parlare come si deve.

«Ti va di conoscerla, Oscar?», chiede Gabi, avvicinandosi piano.

«Io? Conoscere Kylie?», balbetta Oscar. «S-sì, per favore».

Gabi lo prende per la mano come fosse un bambino. «Credo sia laggiù a parlare con altri miei amici».

«Kylie Minogue è una tua *amica*?», domanda Oscar, gli occhi ancora spalancati. «Scarlett, tu lo sapevi?», si rivolge a me, incredulo.

Sorridendo scuoto la testa.

«Okay, allora, andiamo», lo incita Gabi tirandolo per un braccio con delicatezza. «Te la presento».

Oscar annuisce. «Aspetta!», esclama di colpo, come se si risvegliasse da un incantesimo. Lascia andare la mano di Gabi e si controlla velocemente in uno specchio sul muro. «Okay, sto bene», annuncia, sicuro, lisciandosi la camicia. «Andiamo!».

Scuoto la testa, mentre Gabi fa strada a Oscar.

«Ben fatto», dico a Max. «La tua tecnica di distrazione. Per poco non indovinava, sai?».

Max sorride. «Sì, quando mi ci metto so pensare in fretta».

«Allora, come va tra te e Gabi? Sento sempre il suo punto di vista. E il tuo, invece?»

«È una brava ragazza», risponde Max facendo roteare la birra nel suo bicchiere. «Mi piace».

«Una brava ragazza? È un po' più di questo, no?»

«Hai ragione». Max mi guarda come se stesse riflettendo a fondo su chissà cosa. «La verità, Scarlett, è che mi piace. Mi piace *un sacco*».

«Lo sapevo!». Cerco di non battere le mani dalla gioia. «È così eccitante!».

«Quello che devo ancora capire è cosa ci trovi in me».

«Ah, quello devo capirlo anch'io», e gli do un colpetto con il gomito. «Ma so per certo che è molto presa».

Max sembra segretamente compiaciuto. Gira lo sguardo in direzione di Gabi, che sta presentando Oscar a Kylie Minogue. Per Oscar è come se fosse Natale, e per un momento penso che stia per inchinarsi quando prende la mano di Kylie: invece si lancia in uno dei suoi sproloqui colmi di ammirazione, e le ripete che è fantastica e impareggiabile. E Kylie, che è ancora più minuta di quanto mi aspettassi, accetta i complimenti con grazia mentre prova a ritirare la mano dalla morsa di Oscar.

«Non mi sono mai sentito così per una donna», ammette Max con timidezza. «Però cerco di non farmi coinvolgere troppo».

«Perché? A Gabi piaci un sacco».

«Guardala, Scarlett», mi fa notare, indicando Gabi con il bicchiere di birra. «Guarda in che mondo vive. Mi sento come se fossi qualcosa d'insolito per lei, una cosa temporanea. Un po' di ruvidezza nel suo mondo coperto di diamanti».

«Ti sbagli, Max», insisto. «Gabi non è così».

«Vedremo», sospira Max. «Spero tu abbia ragione. Ma cose del genere di solito non mi succedono, e se succedono non durano a lungo».

«Ha ragione, niente dura per sempre», sentiamo un accento scozzese dietro di noi e ci giriamo entrambi. «Come state?», chiede Alex, con un sorriso a trentadue denti. «Ne è passato di tempo».

Max gli fa un sorriso tirato e solleva il bicchiere. «Vado a prenderne un'altra. Posso portarti qualcosa, Scarlett?»

«Sì, grazie», rispondo, «qualcosa di forte».

Max annuisce e va verso il bar, dove un bel ragazzo in camicia bianca sta shakerando un cocktail.

Mi giro verso Alex. «Ciao, Alex, come stai?», chiedo, con la massima gentilezza possibile.

«Mai stato meglio, e tu?»

«Anch'io, grazie».

C'è una pausa di imbarazzo.

«Allora, cosa hai fatto di recente?», chiedo senza pensare, e subito me ne pento.

Alex sorride mesto e beve un lungo sorso dal suo drink. «Credo che conosciamo entrambi la risposta, Scarlett, o sbaglio?».

Mi guardo intorno, e spero che Max si sbrighi a portarmi da bere.

«Eh, sì, immagino di sì».

«E ovviamente tu non approvi, vero?».

Guardo Alex. Non mentirò su quello che penso. Perché dovrei? «No, non approvo. Ma a quanto pare stai rendendo felice la mia amica, al momento. Quindi, finché le cose continuano a stare così, non posso proprio dire niente».

«È una minaccia?», mi chiede Alex, alzando le sopracciglia.

«No, non minaccio nessuno. Ma Maddie è una mia amica, e non voglio vederla soffrire».

«E tu pensi che sarò io a farla soffrire, no?».

Annuisco.

Alex sospira e beve un altro sorso. Poi si china verso di me. «Facciamo così: io non farò soffrire la tua amica, se tu tieni la tua boccuccia chiusa, va bene?».

Lo fisso negli occhi. «Che significa?»

«Scarlett, lo so che non ti piaccio, ma le nostre strade si incrociano già in troppi punti. Sono uno dei più cari amici di Sean. Farò il testimone al tuo matrimonio. Sono coinvolto nell'organizzazione benefica di Gabi. E sono felice di poter dire che, grazie a te, a breve farò affari con Peter. Non posso rischiare che tu te ne vada in giro a spifferare cattiverie su di me alle orecchie sbagliate, no? Potrebbe essere molto dannoso per *entrambi*. E se non l'hai ancora capito, *questa* è una minaccia».

Apro la bocca per rispondere, ma Max ritorna con i nostri drink. Mi porge il mio e lo butto giù in un colpo solo.

«Santo cielo, Scarlett, ti vuoi ubriacare stasera?», mi chiede un po' sorpreso, un po' spaventato.

«No», sussulto, «ma ne avevo bisogno».

«Ci vediamo dopo», ci saluta Alex tutto tranquillo, come se non ci fossimo mai detti nulla. «Divertitevi. I gamberetti sono fantastici». E torna verso il salone affollato.

«Ti ha detto qualcosa?», mi chiede Max, notando la mia espressione mentre seguo Alex con lo sguardo.

Scuoto la testa. «No, va tutto bene».

Max borbotta: «Che viscido cretino».

«Non ti piace, eh?», chiedo. «Non lo hai ammesso per telefono, ma si vede».

«Porta solo rogne, quello».

«Perché?».

Max mi guarda. «Vuoi davvero che parli male del tuo testimone di nozze?»

«Sì», annuisco. «Lo voglio».

Max sembra sorpreso. «Okay», acconsente, abbassando la voce. «Me l'hai chiesto tu. Nel mondo del giornalismo non piace a nessuno».

«Davvero? Ma non è una specie di superstar tra i reporter, con tutti i premi che ha vinto?»

«Be', i premi li ha vinti, ma per farlo ha fregato un sacco di gente».

«No! Dici sul serio?»

«Sì, potrei raccontarti delle storie che ti farebbero drizzare i capelli. Se ti ritrovassi a terra boccheggiante Alex Woolfe non si fermerebbe mai ad aiutarti, se non fosse assolutamente sicuro di ricevere qualcosa in cambio. O se non ci fosse una telecamera nelle vicinanze».

«Oddio, è così tremendo?».

Max annuisce. «Non è certo l'uomo più popolare del nostro ambiente. È per questo che ha rinunciato alla tivù, nessuno voleva più lavorare con lui. Finché trattava male quelli come me, i tecnici, nessuno batteva ciglio. Ma quando ha iniziato a fottere quelli in alto, quelli che prendono le decisioni, allora lì è finita male».

«Credevo si fosse ritirato presto per dedicarsi ad altro. È quello che ha raccontato a me e a Sean».

«Ah, non credo proprio. Certo, a meno che tu non definisca "ritiro anticipato" un licenziamento in tronco perché ti beccano a letto con la figlia del tuo capo».

Il mio cuore salta un battito. «Hanno avuto una tresca?»

«Già». La voce di Max si abbassa ancora. «Lo hanno tenuto segreto perché il vecchio non voleva che la figlia si facesse una brutta fama. Al tempo era una presentatrice abbastanza conosciuta. E anche sposata».

Spalanco gli occhi.

«No, no», Max scuote la testa, «non chiedermelo, non posso fare nomi. Ma è andata così. Nel giro tutti sanno che l'hanno beccato con i pantaloni abbassati mentre si faceva la figlia del capo, e la cosa peggiore è che il capo era un suo caro amico. Lo invitava alle cene di famiglia, e gli aveva anche prestato dei soldi, dicono, ma di questo so poco».

«Mio Dio!». Mi copro la bocca con la mano.

«Cosa?»

«Ho bisogno di un altro drink», annuncio, alzando il bicchiere.

«Te ne porto due», mi rassicura Max. «Si direbbe che ne hai proprio bisogno».

Capitolo 29

Faccio fatica a credere a quello che è appena successo.

Lo sapevo che c'era qualcosa di strano in Alex, me lo *sentivo*. Ma finora non sapevo cosa.

In pochi minuti non solo mi ha minacciata, dicendomi di stare zitta sulla sua relazione con Maddie ma, grazie ai racconti di Max, ho scoperto che non è la prima volta che finisce in un guaio simile.

Oddio, penso, *e se fosse una specie di traditore seriale? Se ci fosse un'intera lista di donne con cui è andato a letto per passare alla conquista successiva?*

Basta, Scarlett, mi dico. *Non sai come stanno le cose. Non far galoppare l'immaginazione. Basati sui fatti, per una volta.*

Ma i fatti non sono molto piacevoli.

Alex ha una tresca con la mia migliore amica, e lei è innamorata di lui. Devo capire se lui ha intenzioni serie. Non posso starmene qui ad aspettare con le mani in mano che faccia soffrire Maddie. E lei in questo momento è su di giri, non sa bene quello che sta facendo. La sua storia con Felix sta naufragando: non so dove Maddie abbia la testa, ma sicuramente non al solito posto.

Devo essere sicura che Maddie non gli presti dei soldi. Max ha detto che il tizio della tivù aveva dato dei capitali ad Alex. Non posso lasciare che Maddie faccia lo stesso errore, anche perché non naviga certo nell'oro. Lavorare per un'organizzazione benefica non ti riempie di soldi, poco ma sicuro.

Mi guardo intorno, alla ricerca di Alex, e lo vedo che parla con una donna. Sta flirtando, senza dubbio. Lo capisco dal modo in cui tiene la testa un po' piegata di lato, come se fosse molto preso dalla conversazione. E lei continua a spostarsi i capelli all'indietro, ride.

Mio Dio... Faceva esattamente così con Maddie al matrimonio a Edimburgo! Mi ricordo che a un certo punto le ha spostato i capelli dalla fronte. Almeno questa volta non lo sta... Ma poi, ecco, Alex sposta i capelli dalla fronte della sconosciuta.

Esatto!

Sto per marciare verso di lui per chiedergli cosa prova davvero per la mia amica quando sento una mano sulla spalla. Mi giro e mi ritrovo faccia a faccia con Portia, l'assistente personale di Gabi.

Ci voleva proprio questa. E adesso che casino dovrò affrontare?

«Lo conosci?», mi chiede Portia, facendo un gesto con la testa verso Alex, che si sta spostando sempre più vicino alla donna. «Alex, voglio dire. Ho visto che parlavate, prima. E ho visto l'occhiataccia che gli hai lanciato poco fa».

Di solito Portia non mi dice più di tre parole in fila. Finora pensavo facesse fatica a completare una frase intera.

«Sì, lo conosco», rispondo cauta.

«In modo intimo?», mi chiede Portia.

«Dio, no!», esclamo. Poi, a voce più bassa: «Dovrebbe essere il mio testimone di nozze».

Portia sembra un po' sorpresa e un po' irritata.

«Cavolo! Allora vi lascio stare. Divertitevi». E poi fa per andarsene.

«Aspetta!», le dico, curiosa di sapere quello che stava per dirmi. Forse anche lei era una delle sue conquiste? «Che c'è?».

Portia mi guarda. Si sta chiedendo se parlarmi o meno.

«Sarà pure il testimone del mio fidanzato, ma mi sta sulle scatole», le rivelo, sperando di sbloccare la situazione. «Parecchio, anche».

Portia socchiude gli occhi. Poi annuisce, ha preso una decisione.

«Vieni con me», dice. «È meglio se parliamo un attimo».

Portia mi fa attraversare il salone, verso la camera di Gabi. Incontriamo parecchie persone che conosco.

Oscar è ancora a festeggiare con Kylie e la sua gang, a giudicare dai movimenti del corpo sembra che stia cercando ci coinvolgerla in un'interpretazione di *The Loco-Motion*. Max – a quanto pare è stato distratto a metà della spedizione per prendere i drink – sta parlando con Lewis, la guardia del corpo di Gabi, una delle poche persone che sa della loro storia. Per poco non smetto di seguire Portia per deviare verso il buffet quando vedo Michael Bublé mangiare degli stuzzichini. E se non mi sbaglio, quella che esce in balcone con un bicchiere di champagne in mano è Jennifer Lopez.

Ma la mia missione al momento non è quella di scovare i VIP, per quanto sia allettante, ma scoprire cosa vuole dirmi Portia su Alex. Quindi ignoro il desiderio di andare a parlare con Michael Bublé – magari per convincerlo a canticchiare un motivetto – e la curiosità di vedere da vicino J-Lo (sarà davvero così perfetta?). Invece continuo a seguire Portia fino alla camera di Gabi. Appena entriamo, chiude le porte alle nostre spalle.

«Mi assicuri che ti sta sulle scatole?», mi ripete, quando siamo al sicuro, lontane da tutti.

«Sì», confermo. «Non lo sopporto e non mi fido di lui».

Portia annuisce. «Bene, allora quello che sto per dirti non ti sorprenderà più di tanto».

Trovarmi qui, in camera di Gabi, con le sue bambole di quando era piccola sistemate sul letto, e i trucchi ancora sparsi qua e là sotto allo specchio, mi fa sentire come se fossimo due liceali che spettegolano a un pigiama party.

«Da un po' di tempo ho il sospetto che Alex stia prendendo di nascosto dei soldi dall'organizzazione benefica di Gabi», dice Portia, arrivando subito al punto. Prima di continuare aspetta una mia reazione.

Ma quell'informazione non mi sconvolge più di tanto: dopotutto Max mi ha appena parlato di traffici loschi.

«È molto probabile», mormoro, come se scambiarsi segreti in un ambiente simile fosse la cosa più normale del mondo per me. Mi sento un po' come una spia, ma cerco di non lasciarmi sopraffare dalla mia tendenza a romanticizzare tutto. Questa è roba seria.

Portia sembra sorpresa. «Pensavo che questa notizia ti avrebbe sconvolta».

«No, un'altra persona mi ha appena detto qualcosa di simile, pochi minuti fa». Penso a Max. Impazzirebbe se scoprisse che Alex sta facendo giochetti strani con i soldi di Gabi.

«Ah, davvero?», replica Portia. «Non ti chiederò chi».

«No, meglio di no», rispondo, pensando che dovrò tenere questa cosa per me. «È tutto?», chiedo, e poi aggiungo subito: «Non che non sia abbastanza».

«Magari fosse tutto», precisa Portia. «Noi pensiamo ci sia dell'altro».

«Altro? Tipo cosa?»

«Altre organizzazioni benefiche in cui è entrato e ha preso soldi».

«Come fai a saperlo?», chiedo. «E *noi* chi?».

Portia si guarda intorno come se potesse esserci qualcuno nascosto sotto al letto o nell'armadio. «Altri assistenti personali di VIP», mi sussurra. «Non ti posso fare i nomi, ma ci conosciamo tutti. È come un club, quello degli assistenti personali delle star. E mentre loro sono in giro a presenziare ai grandi eventi, noi siamo lì dietro, con le orecchie aperte. In questo ambiente, il gossip viaggia in fretta».

«Posso immaginarlo. Ma come fai a sapere che non sia solo un po' di *tittle-tattle*?».

Portia spalanca gli occhi. «*Tittle-tattle*? Cosa vuol dire?»

«È un'espressione inglese per indicare il gossip», provo a spiegarle. «Una specie di slang».

«La adoro!», sorride. «*Tittle-tattle*. La userò la prossima volta che spettegolo! Voi inglesi sì che sapete usare le parole».

«Questo è sicuro… ma torniamo a noi. Dico sul serio, Portia, quest'informazione che mi hai dato, come fai a sapere se è fondata?»

«È quello il problema», risponde, tornando seria. «È difficile provarlo. Alex è un tipo scaltro. A vederlo sembra il più fico del mondo. Ma chi lo conosce bene, la pensa in modo opposto. Usa i suoi contatti per avvicinarsi a un VIP, poi una volta entrato nel suo circolo privato mette le mani sull'organizzazione benefica, e soprattutto sui soldi che ci sono dentro».

«Perché mi stai dicendo queste cose, Portia?», le chiedo. Non so proprio come reagire.

«Per due motivi», mi spiega. «Ascoltami, Scarlett, non ti voglio prendere in giro. Appena sei entrata nella vita di Gabi, non ci piaceva quello che stavi facendo con lei. Tutti noi eravamo completamente contrari».

«Ma non mi dire», rispondo con sarcasmo.

«Sì, e mi dispiace. So che abbiamo cercato di complicarti la vita. Ma Gabi, oltre che essere un'amica, è il mio datore di lavoro. Se lei cola a picco, noi andiamo giù con lei».

Annuisco. «Capisco. Ma non sta colando a picco, vero? È felice di fare cose normali, come una persona qualsiasi».

«Sì, adesso lo abbiamo capito. Lo vediamo anche noi quanto è contenta in questo periodo. Io, Madrid, Lewis e anche Marcus... tutti dobbiamo ammettere che l'hai aiutata tanto».

Dio, è difficile immaginarsi lo staff al completo che si alza in piedi per tributarmi una standing ovation.

«E questo è l'altro punto», continua. «Gabi si fida di te. Se c'è qualcuno che può farle vedere che merda d'uomo è Alex, quella sei tu. È così scaltro che non riusciremmo a provare niente. Sono solo voci, ma voci ben fondate».

Sorrido per quella descrizione di Alex. Proprio vero, è una merda d'uomo. Ho scoperto così tante cose su di lui stasera... È come un mucchio di letame che mi appesta la vita. Ma come faccio a liberarmene?

«Forse potrei riuscirci, ma come?»

«L'altro giorno l'ho sentito parlare al telefono», mi confida Portia, «era qui per parlare di una raccolta di fondi per l'organizzazione di Gabi. Lei era in bagno, Alex era al cellulare, parlava con un certo Peter di possibili investimenti in qualche fondo. E poi ho sentito il tuo nome e ho capito che stavano parlando della Fondazione Libellula. Capisci, Scarlett? La prossima sei tu. Alex vuole rovinare la tua associazione, e probabilmente anche te».

Capitolo 30

Il resto della festa scorre via in una specie di nebbia. Dopo che Portia mi ha confidato i suoi sospetti su Alex, non ho fatto altro che pensare a quale sarà la mia prossima mossa.

Ho qualche vago ricordo di Michael Bublé che canta *Happy Birthday* a Gabi, mentre le altre donne nella stanza la guardano con invidia. Poi Kylie e Michael fanno un duetto e in qualche modo Oscar riesce a inserirsi con dei coretti.

Ma è tutto. Chiacchiero, bevo quello che mi mettono in mano, ma per tutto il tempo non penso che ad Alex, e al fatto che ha la possibilità di radere al suolo la mia vita e quella dei miei cari.

Quando è ora di andarcene, io e Oscar salutiamo, e Oscar scambia il numero di telefono con Kylie, Michael e J-Lo. Chissà che ha combinato con lei: ero troppo persa nei miei pensieri tetri per accorgermi di qualcosa. In ogni caso, qualunque cosa abbia fatto, Oscar sembra aver suscitato un certo scalpore alla festa, ma del resto è sempre così.

Per mia fortuna, mentre usciamo da casa di Gabi e aspettiamo che Sylvester, il portiere, ci chiami un taxi, arriva Luke e mi dà una mano con Oscar, che ha bevuto un po' troppo champagne rosé.

«Stai bene, tesoro?», mi chiede Oscar, barcollando nel corridoio d'ingresso mentre aspettiamo. «Sei stata zitta tutto il tempo. La festa è stata… sconvolgente! No?»

«Sì, puoi dirlo forte», rispondo senza espormi. *Sconvolgente è la parola giusta, davvero.*

«Scarlett?», chiede piano Luke mentre Oscar fa dei passi di walzer sul pavimento di marmo dell'ingresso con un partner immaginario. «Stai bene sul serio?».

Annuisco. «Sì, grazie, Luke. Ho solo un sacco di cose a cui pensare. Niente che non possa risolvere».

«Okay, be', sai dove trovarmi se vuoi parlare un po', quando vuoi».

«Grazie», rispondo, stringendogli la mano. «Grazie davvero, Luke».

«Nessun problema. Ah, ottimo...», dice guardando oltre le porte di vetro, «...a quanto pare è arrivato il taxi, era ora».

Ci infiliamo in macchina tutti e tre, e torniamo ognuno a casa propria. Appena entro mi spoglio in fretta e mi preparo per andare a letto, tirando fuori un paio di pantaloni del pigiama e una felpa di un tour di Robbie Williams.

L'aria condizionata in casa è al massimo, così l'abbasso. Di colpo non sento più così caldo. Per quanto fuori ci sia ancora molta umidità e le temperature siano alte, sento come uno spiffero gelido mentre mi sistemo a letto. Per la prima volta da settimane sento il bisogno di avvolgermi nel piumone.

Ma la sensazione di freddo non è causata dalla temperatura del mio appartamento, né da un qualche virus. So esattamente qual è la causa dei miei brividi.

Alex.

Mi sveglio tardi, la sensazione di freddo è diminuita, e mi ritrovo tutta sudata, perché fa caldo e ho addosso la felpa.

Esco dal letto, alzo l'aria condizionata a manetta e mi butto sotto la doccia. L'acqua fredda si porta via non solo il sudore, ma anche la sensazione d'ansia causata da Alex.

Per prima cosa decido che non gli lascerò fare alla Fondazione Libellula quello che, a detta di Portia, ha già fatto ad altre organizzazioni benefiche. Poi, mi convinco che la cosa migliore sia avvertire Gabi, ma senza alzare un polverone. Non mi lascio intimidire da Alex, ma non voglio neanche provocare una scossa di terremoto, non voglio problemi per me e per i miei amici. Alex aveva ragione su un punto: le nostre vite sono connesse in molti modi. È vero che non mi piace affatto, ma rimane il migliore amico di Sean. Ed è l'amante di Maddie, anche se questo pensiero mi disgusta persino di più, adesso che so che razza di uomo è.

Dopo la colazione chiamo Peter al cellulare. È domenica, quindi non sarà in ufficio, ma devo parlargli oggi stesso.

«Scarlett?», mi fa Peter, rispondendo subito. «Non pensavo di sentirti in questi giorni. È venuto a trovarti Oscar, no?»

«È qui, sì», rispondo arrivando subito al punto, «ma sono successe delle cose, Peter, e devo parlarti».

«Nessun problema», mi rassicura quando si accorge della tensione nella mia voce. «Però adesso sto andando al Sunnyside. Vuoi venire anche tu?».

La prospettiva di vedere tutti i miei amici al centro per l'infanzia è allettante, però per come mi sento adesso rischio di commuovermi troppo. Non voglio neppure pensare all'idea che qualcuno possa farli soffrire.

«No, meglio di no. Ci possiamo vedere dopo? Al Brooklyn Bridge Park, alle panchine davanti al fiume. Che ne dici?»

«Certo, va benissimo. Stai bene, Scarlett? C'è qualcosa che non va, lo sento».

«Sì, ma ti racconto dopo. Facciamo per le undici?»

«Okay, vada per le undici», risponde, senza farmi ulteriori domande. «Ci vediamo dopo».

C'erano tre motivi per cui dovevo parlare con Peter. Il primo, ovviamente, è che, considerando il suo ruolo nella Fondazione Libellula, è meglio che venga messo subito al corrente di ogni possibile minaccia. Il secondo è che Alex aveva accennato a un affare con lui, e so che se Peter ha dei dubbi su un partner lascia immediatamente cadere la proposta. La fiducia è il valore che rispetta di più. Se non si fida di qualcuno, non ci entra in affari, è automatico. Il terzo motivo è che avevo davvero bisogno di parlare con una persona fidata, e Peter è l'uomo giusto.

Peter è capace di ascoltare e darmi consigli. Lo ha sempre fatto, e so che lo farà di nuovo.

Prendo la metro verso il centro, e poi verso Brooklyn. Oggi non ho né il tempo né la voglia di godermi il meraviglioso panorama che si può ammirare camminando sul ponte di Brooklyn. Appena esco dalla metro vado verso una delle panchine sul fiume, con vista su Manhattan.

Peter arriva dopo qualche minuto e si siede accanto a me.

«Allora, che succede?», chiede, arrivando subito al dunque. «Dev'essere una cosa seria se non sei voluta venire a trovare i bambini».

Di colpo le lacrime iniziano a rigarmi il viso. Non so se è solo per la situazione con Alex o se è un insieme di cose: il matrimonio, Gabi, Maddie... l'elenco continua. La mia esistenza al momento trabocca di problemi da risolvere e persone per cui preoccuparsi.

Peter tira fuori dalla tasca un fazzoletto bianco e me lo porge, poi mi mette un braccio sulle spalle. Mentre la gente ci passa accanto a piedi, e sul fiume sfrecciano barche e moto d'acqua – tutti si godono la domenica di sole – noi stiamo qui senza parlare, e Peter mi lascia piangere in silenzio.

Dopo un po' smetto di piangere e per un'ultima volta mi asciugo gli occhi e il naso.

«Immagino tu non lo rivoglia indietro», dico, alzando il fazzoletto umido, sporco di lacrime e mascara.

Peter fa un cenno noncurante. «Lo puoi tenere se mi dici cosa è successo».

Gli racconto tutto, di Alex e di Maddie, e di quello che è successo alla festa di Gabi. E proprio come pensavo, resta ad ascoltarmi fino a che non arrivo alla fine di questa triste storia.

«Capisco», dice poi.

«Quindi, cos'hai intenzione di fare?», chiedo.

Peter mi guarda. «Niente».

Non mi aspettavo questa risposta. «Niente?»

«Esatto. Non farò niente. Sarai tu a fare qualcosa».

«Ma come? Non posso affrontare Alex da sola. E la nostra Fondazione? Non possiamo permettere che si prenda dei soldi. Come faremo poi con i bambini? E poi...».

«Calmati, Scarlett», mi rassicura Peter, alzando la mano. «La prima cosa da fare è restare calmi».

«Ma...».

«Ah-ah!», protesta, sventolandomi un dito davanti alla faccia. «Allora», continua quando chiudo la bocca. «Non sto dicendo che dovrai risolvere la cosa da sola. Ovviamente ti aiuterò. Ma se quello che dici è vero, allora l'unica persona che *può* fare qualcosa di fronte alla catena di misfatti di Alex sei tu. Sei il perno dell'intera faccenda».

Sospiro. Speravo che in qualche modo Peter potesse eliminare tutti i miei problemi con un tocco della sua bacchetta magica immaginaria. Di solito ci riesce, ma sembra proprio che oggi la sua bacchetta sia in sciopero.

«Quindi, cosa suggerisci?», chiedo a voce bassa.

«Per prima cosa, mi ritirerò immediatamente da ogni accordo che avevo prospettato con Alex. A essere onesto, Scarlett, neanche a me è mai andato a genio. Ma dato che era tuo amico credevo che il mio radar avesse perso qualche colpo...».

«Alex non è mai stato un mio amico», sottolineo. «Era un amico di Sean».

«Era o è?», chiede Peter. «Questo è uno dei motivi per cui devi procedere con i piedi di piombo. Non è solo Maddie che potrebbe rimanere ferita, ma anche Sean».

«Lo so. Pensano tutti che Alex Woolfe sia una persona così splendida. Perché sono l'unica a vederlo per com'è?»

«Ma non sei l'unica. Che dici di Max? E Portia? Hanno riconosciuto il lupo travestito da agnello».

«Oh!», esclamo, «è esattamente così: un lupo travestito da agnellino. È una descrizione perfetta, Peter!».

Sorride.

«Quindi, qual è la prossima mossa?», chiedo ansiosa.

«Per quanto riguarda gli affari, hai ragione. Alex mi ha parlato di un suo possibile coinvolgimento nella Fondazione Libellula. Ma...», aggiunge prima che io possa di nuovo ricominciare a strepitare, «non l'ho né incoraggiato né respinto. Gli ho detto che ne avrei dovuto parlare con te, prima».

«Bene», sospiro sollevata. «Almeno c'è una cosa della mia vita in cui non è riuscito a mettere le mani».

«Però, Scarlett, possiamo fare un'altra scelta. Potremmo coinvolgere Alex e coglierlo in flagrante...».

«No», lo interrompo, scuotendo la testa con veemenza. «Assolutamente no. Lo voglio il più lontano possibile dalla Fondazione Libellula e dal Sunnyside».

«Va bene. Allora faremo in modo che non si avvicini a nessuno dei due. Del resto, se nutre già dei sospetti su di te, forse potrebbe addirittura restarsene buono anche se lo lasciassimo entrare nella stanza dei bottoni».

«Oh, perfetto. Allora lo blocchiamo e basta. Così lui e i suoi viscidi trucchetti non ci sfioreranno affatto». Incrocio le braccia, con decisione. «E con Gabi cosa faccio? Si è già infilato nella sua associazione».

«Allora è dura. Se quello che ti ha detto Portia è vero, non possono provare nulla. Rimangono solo voci, finché non si trovano delle prove».

«Ma non posso starmene con le mani in mano. Gabi è una mia amica».

«Forse invece sarai costretta, Scarlett. Ma tieni sotto stretto controllo la situazione. Rimani in contatto con Portia e lo staff di Gabi, e assicurati che Gabi non gli permetta di avere più ampio accesso ai fondi dell'associazione. Se lo vuoi beccare, l'ultima cosa che devi fare è metterlo in allarme».

Ci penso, quest'idea non mi piace. Ma Peter ha ragione. Non posso fargli una scenata e accusarlo senza prove. E poi sono decisa a rendere innocuo Alex una volta per tutte. Ha già messo in pericolo troppe cose che mi stanno a cuore.

«Dovresti essere fiera di te, Scarlett», dice Peter, sicuro di sé. «Gli uomini come Alex hanno paura solo di avversari che valgono quanto loro. Se non avesse paura di te non ti avrebbe minacciata».

«Dici? Eppure io non...».

«Fidati di me. Ne ho visti parecchi di tipi come lui».

«Forse hai ragione». Alzo le spalle. Non sono molto convinta. «Però non so ancora che fare con Maddie e Sean».

«Per questo non posso aiutarti», replica Peter, appoggiando la mano sulla mia. «Ma credo che il tempo sia dalla tua parte. Qualcosa succederà, basta aspettare. Alla fine i buoni vincono sempre».

Sospiro e appoggio l'altra mano su quella di Peter. «Lo spero, Peter, lo spero davvero. Chiamatemi Cappuccetto Rosso, riuscirò a sconfiggere il lupo cattivo!».

Capitolo 31

Arriva settembre e sono di nuovo a Londra per il matrimonio di Oscar e Luke. Prima però c'è l'addio al celibato di Oscar, e sicuramente sarà una festa gigantesca. Oscar e Luke hanno deciso che non vogliono fare addii al celibato separati, anzi Oscar ha già precisato che vuole un addio al nubilato. E quindi ci sarà una doppia festa, di celibato e nubilato, a casa loro a Notting Hill.

E anche se Oscar, avendo scelto il tema del matrimonio, ha detto che avrebbe organizzato una cosa "sobria" per il bene di Luke, la sua idea di sobrietà è un pigiama party in cui gli ospiti principali sono vestiti come gli attori di *Grease* nella scena della festa notturna. Ci dobbiamo mettere dei baby-doll, che ci dà Oscar, e i bigodini in testa: Oscar ha chiamato un'estetista che ci farà maschere facciali, manicure e pedicure.

Alla fine ci divertiamo un sacco, e alcuni ospiti arrivano vestiti da notte, alcuni con dei costumi, e addirittura Sean, che odia mascherarsi, si presenta con delle pantofole da vecchietto e un pigiama tradizionale a righe blu e grigie: anche se io so che in realtà, di solito, dorme nudo.

«Ciao, sexy», gli dico, quando mi porta il secondo bicchiere di un drink fatto in casa da Oscar. Gli sfioro il pigiama. «Mi piaci, sai, conciato così?»

«Ah, davvero?», replica Sean tirandomi verso di sé. «Be', tu mi piaci parecchio con quel baby-doll che Oscar ti ha fatto mettere. Forse dovremmo rimanere così quando torniamo a casa. Magari togliti i bigodini, se riesci», e mi fa l'occhiolino, guardandomi i capelli arricciati.

Per quanto sia un'ottima idea, sono sicura che con tutti i cocktail che ci stiamo bevendo, una volta tornati a casa riusciremo solo a dormire. *Se* riusciamo a tornarci, naturalmente. Inizio già a sentirmi piuttosto incerta sulle gambe.

«Ehi, voi due, smettetela!», strilla Maddie da un divano. Anche lei ha addosso il suo baby-doll. "Direttamente dal Victoria's Secret di New York", come ci ha detto quando Oscar le ha offerto uno dei suoi (cioè, non è che sono suoi nel senso che li indossa lui: è uno di quelli che ha comprato apposta per stasera!).

E per quanto sia contenta di vedere Maddie ancora felice come quando è venuta a New York, adesso che me la trovo davanti non riesco a non pensare che forse ha indossato questo stesso baby-doll con Alex. In realtà, sono *sicura* che l'abbia fatto, e la cosa mi fa venire la nausea.

Nelle ultime settimane, da quando ho parlato al Brooklyn Bridge Park con Peter, non è successo molto con Alex. Peter si è tirato fuori da ogni affare con lui – per fortuna non aveva ancora firmato niente – e gli ha spiegato che la Fondazione Libellula stava guadagnando bene di questi tempi, soprattutto con l'aiuto di Gabi, e quindi, per quanto fossimo felici della sua offerta, il suo aiuto non era necessario.

Per quanto ne so io, Alex l'ha presa abbastanza bene. Peter mi ha detto che non è stato costretto ad affrontare nessun atteggiamento ostile, per quanto si fosse preparato all'occorrenza. Quindi secondo lui non devo preoccuparmi: la Fondazione Libellula è al sicuro.

Con l'aiuto di Portia, Marcus e Madrid ho tenuto sotto controllo i traffici di Alex con Gabi. Non sembra che stia cercando di avvicinarsi di più a lei, e non tenta di infilarsi ulteriormente all'interno dell'organizzazione benefica. Quindi per adesso non possiamo far altro che aspettare, come un pescatore, sperando che la lenza tiri. E non stiamo aspettando un pesciolino, ma uno squalo feroce.

E quindi devo solo decidere come regolarmi con Sean e Maddie, e per ora ho deciso di non fare niente. Cosa potrei dirle? «Ehi Maddie, il tuo amante sposato è uno stronzo, lo sai? Io e qualche amico lo odiamo». Non è certo un motivo sufficiente per causare la fine di una storia, no? Se dovessi dire qualcosa a Maddie in questo momento creerei solamente dell'attrito, e non voglio che ci siano problemi prima del matrimonio di Oscar. No, devo aspettare di avere delle prove, non solo voci e gossip.

Stessa cosa per Sean. Né io né Max sopportiamo Alex, e allora? Non devono mica piacerti per forza tutti gli amici del tuo futuro marito. Preferirei che Alex non fosse il nostro testimone... ma è anche vero che ci ha trovato il luogo perfetto per il matrimonio, e questo non posso dimenticarlo. Forse sto esagerando, forse non è così cattivo come penso. Certo, mi ha minacciata alla festa di Gabi, ma forse l'ha fatto solo perché è davvero innamorato di Maddie e non vuole che qualcuno si metta in mezzo.

Nah, non credo neanche a questo, in realtà. Ma è l'unica cosa a cui posso aggrapparmi in questo momento fino a che non avrò altre informazioni.

Il party procede a meraviglia, e tutti sembrano divertirsi. Devo ammetterlo: Oscar sa davvero come organizzare un addio al nubilato e al celibato!

Adesso stiamo facendo il gioco della bottiglia, "obbligo o verità". Oscar ha già dovuto correre su e giù per la strada con addosso solo il baby-doll, e l'ha fatto senza lamentarsi, piroettando e saltellando. Luke ha dovuto dire la verità su quello che sa del famigerato *casting couch*: succede spesso che qualche attore ottenga una parte in cambio di "lavoretti" particolari. Siamo rimasti a bocca aperta quando ci ha rivelato quante celebrità hanno ottenuto il ruolo che li ha resi famosi in tivù in quel modo. Anch'io ho scelto "verità", e mi hanno chiesto cos'è successo esattamente la prima volta in cui ho incontrato Bradley Cooper, e per quanto molti degli ospiti conoscessero già la storia tutti la vogliono sempre sentire, e continuano a chiedermi altri dettagli.

Luke ha appena rigirato la bottiglia verso Ursula, la sorella di Sean. Mi suona il cellulare in borsa. *Che strano*, penso, ignorandolo. *Chi può mai essere a quest'ora?*, guardo l'orologio sul caminetto, sono già le undici. Be', guarderò dopo, quando vado in bagno. Ma poi suona di nuovo.

«Non è il tuo?», dice Sean, accorgendosi che guardo preoccupata la borsa sul divano vuoto. «Chi è?»

«Meglio che controlli», dico alzandomi. «Torno subito».

Quando esco Luke sta pensando a un "obbligo" per Ursula – tanto, conoscendoli, sarà una cosa piuttosto monotona – e prendo la borsa, ma non faccio in tempo a rispondere. Guardo il numero, è internazionale, un prefisso statunitense. E poi arriva un messaggio.

Faccio un gesto a Sean, poi esco per ascoltare il messaggio sulla segreteria. Attraverso il corridoio, apro la porta d'ingresso e resto sui gradini della casa di Oscar. Schiaccio il pulsante e avvicino il telefono all'orecchio.

«Buonasera, signorina O'Brien», dice una voce secca, dall'inflessione americana, «sono Raoul, la chiamo dal Plaza Hotel. Mi dispiace terribilmente di essere costretto a darle una brutta notizia in questa piacevole serata newyorkese, ma c'è stato un problema con la vostra prenotazione per dicembre. Sembra che il vostro referente, Geraldo, abbia sovrapposto due prenotazioni nello stesso giorno: è stato uno spiacevole errore, e le assicuro che Geraldo non lavorerà più qui al Plaza. Sfortunatamente però non siamo più in grado di ospitare il vostro matrimonio qui all'hotel. So bene che è una bella seccatura, e se posso aiutarvi a organizzare la cosa da un'altra parte non esitate a contattarmi. Il vostro deposito verrà immediatamente rimborsato. Vi mandiamo le nostre più profonde scuse, signorina O'Brien, e speriamo che per qualsiasi evento futuro sceglierete il Plaza Hotel». Fine del messaggio.

Rimango lì sugli scalini, completamente immobile. Se non indossassi un baby-doll e le pantofole i passanti mi potrebbero scambiare per una statua. E in questo momento mi sento proprio fredda e dura come una statua, mentre provo a digerire il messaggio appena ascoltato.

No, non è possibile, mi dico. *Non dopo che abbiamo passato così tanto tempo a cercare il luogo perfetto. E adesso cosa faremo? Il ma-*

trimonio è tra pochi mesi, ho già mandato gli inviti, proprio come avevo letto su quella rivista di matrimoni. Ho già organizzato i fiori e il menu... ah, e la lista continua. Non posso iniziare tutto da capo.

Mi rendo conto che ho ancora il telefono alzato vicino all'orecchio, così abbasso il braccio e guardo il cielo della notte. *Perché?*, chiedo in silenzio, *perché mi sta succedendo questo?*

Se tutto succede per un motivo, perché tutto questo?

Dopo qualche respiro profondo torno dentro.

«Cara!». Oscar mi chiama mentre torna in sala con una caraffa di un cocktail dall'aria pericolosa. «Che ci facevi fuori vestita così?»

«Ero al telefono», rispondo, sollevando il cellulare.

«Roba importante?», chiede Oscar, venendo verso di me e mettendomi un braccio sulle spalle. «Non è il party migliore del mondo, eh? Sono così felice stasera, potrei morire. Dio solo sa come mi sentirò al matrimonio sabato, se sono già così adesso!».

Mi giro verso Oscar. Sprizza gioia da tutti i pori. È come se lui e Luke avessero delle grucce in bocca, tanto sono immensi i loro sorrisi. «No, niente di importante. Niente che non possa aspettare», gli spiego.

«Bene, bene», fa Oscar, dandomi un bacio sulla guancia. «La mia damigella d'onore non può essere stressata stasera, no?».

Scuoto la testa e faccio un respiro profondo, mentre torniamo insieme in salotto.

No, lo stress dovrà aspettare domani mattina. Questa è la serata di Oscar, e niente e nessuno la rovinerà.

Capitolo 32

Il giorno dopo mi sveglio presto, ma Sean, come avevo sospettato, dorme fino a tardi.

Siamo andati a letto nelle prime ore della mattina, sbronzi duri, e Sean è crollato subito.

Meglio così. Avevo già passato gran parte della serata a fingere di essere felice dopo aver ascoltato il messaggio e non volevo continuare a fingere.

Non ho ancora detto a nessuno del messaggio del Plaza, neanche a Sean. So che se lo avessi fatto sarei scoppiata a piangere, e volevo evitare di rovinare la festa di Oscar e Luke.

Ma adesso, mentre mi siedo in cucina con un tazzone di caffè, non vedo l'ora che Sean si svegli per condividere questa terribile notizia. Com'è che si dice? "Mal comune mezzo gaudio?" Non credo sarà questo il caso. Condividere questo problema ci farà stressare entrambi.

«C'è un po' di caffè per me?», chiede Sean, in piedi con la testa appoggiata allo stipite della porta. «Me ne servirà almeno un litro per farmi passare il dopo sbornia».

«Così impari a bere così tanto», dico alzandomi per prenderne una tazza, mentre lui scivola su una sedia e si prende la testa tra le mani.

«Anche tu hai bevuto», mi fa notare. «Come mai non ti senti male? E che diavolo ci mette Oscar nel suo punch?»

«Meglio se non lo sai», rispondo, versandogli una tazza di caffè nero. «Staresti solo peggio».

Sean ne beve un sorso e si appoggia allo schienale. «Allora perché tu non sei nelle mie stesse condizioni? Sembri piuttosto sveglia stamattina».

Mi metto sulla sedia davanti a lui. «Ho ricevuto delle brutte notizie ieri sera. Ricordi che mi è suonato il cellulare?»

«Cosa? Sì, ma mi hai detto che era solo roba di lavoro». Sean si siede dritto, gli occhi sembrano di colpo più svegli. «Quali brutte notizie?»

«Il nostro matrimonio al Plaza è stato cancellato», gli dico senza tanti giri di parole, «sembra che abbiano preso due prenotazioni per lo stesso giorno».

«Cosa?», ripete Sean. «Cosa? Voglio dire, ho capito cos'è successo, ma com'è possibile che il Plaza commetta un errore del genere? È uno dei migliori alberghi del mondo, come fanno a fare una doppia prenotazione? Magari per una cena, okay, ma non per un cavolo di matrimonio!».

La voce di Sean si alza fino a diventare un ruggito. Poi fa una smorfia, affaticato dal postsbornia.

«Non è certo la notizia che vorresti ricevere appena sveglio, lo so. Ma cosa possiamo farci?»

«Te lo dico io cosa facciamo. Li chiamiamo subito, non possono trattarci così. Devono organizzarsi meglio. Dov'è il tuo telefono? Dammi il numero».

«Sean, calmati. Non serve a niente».

«Serve, serve. Risolvo la cosa subito».

«No, non hai capito quello che voglio dire. Non puoi per via del fuso orario...», gli ricordo. «Laggiù è ancora molto presto».

Sean annuisce. «Vero. Ma appena possibile li chiamo. Con chi dobbiamo parlare?»

«Il nostro matrimonio era stato organizzato da Geraldo, ma mi hanno detto che è stato licenziato per questa cosa. Il messaggio di ieri sera era di Raoul».

«Bene!», annuisce Sean. «Raoul sia. Andrò in fondo alla questione, Scarlett. Nessuno rovinerà il nostro matrimonio, nessuno».

Più tardi Sean si sfianca per qualche minuto a ragionare e discutere con Raoul: eppure, neanche lui riesce a risolvere il problema.

«Mi dispiace, Rossa», mormora, scuotendo la testa mentre riaggancia e si avvicina. «Non hanno ceduto». Mi mette un braccio sulle spalle e mi stringe. «Ho anche minacciato cause legali, ma dicono che non cambia niente. A quanto pare c'era una clausola nel contratto che hai firmato, ti ricordi?».

Guardo Sean intristita. «Non lo so», dico, e la mia voce è sul punto di spezzarsi. «Ero così contenta di aver trovato un posto per sposarci che ho semplicemente firmato. Pensavo fosse tutto okay».

«E lo sarà, Rossa», dice Sean con dolcezza, vedendo quanto sono sconvolta. «Forse non riusciremo a sposarci in un albergo di lusso, ma avremo comunque il nostro grande giorno».

«Ma se non abbiamo neanche un posto? Non possiamo sposarci in un campo, no?». Mi libero dell'abbraccio di Sean e inizio a camminare per la cucina, mentre la mia rabbia diventa frustrazione. «Oddio, e che diremo a tutti quelli che abbiamo invitato? Cosa faremo? Che ho mandato tutto all'aria un'altra volta?»

«Scarlett, ascoltami», dice Sean, poi mi prende per le braccia e mi tiene ferma: sono costretta a guardarlo negli occhi. «Non è colpa tua. Andrà tutto bene. Ci penserò io, te lo prometto».

«E come?», inizio a piangere. «Abbiamo organizzato tutto in base al Plaza, non possiamo stravolgere completamente ogni cosa adesso».

«E chi lo dice?»

«Non c'è tempo. Io di sicuro non posso organizzare un matrimonio da zero. Devo pensare agli affari, e alla Fondazione Libellula, e al mio progetto con Gabi. E poi c'è...», e sto per dire a Sean dei problemi che mi sta causando Alex, ma mi fermo appena in tempo.

«C'è cosa?», chiede.

«Niente, non è niente».

«Qualcosa dovrà pur esserci se sei così stressata».

Vorrei, ma non posso dirgli di Alex. Non ancora. Non finché non ho le prove.

Penso a qualcosa al volo.

«C'è dell'altro», improvviso. «Ma non posso parlartene».

Sean corruga la fronte. «Perché? Non ci sono mai segreti tra noi».

Faccio un respiro profondo. «Non sto aiutando Gabi solo come pensi tu».

Sean aspetta che continui.

«Mi ha chiesto anche di cercare un suo parente», gli rivelo. Non è una bugia. Lo sto facendo davvero. Semplicemente non è la mia *principale* fonte di stress al momento.

«E quindi?», chiede Sean.

«È una cosa complessa. Non vuole che venga coinvolta la stampa. Questa storia deve restare segreta».

«E tu pensi che andrò a spiattellarlo ai giornalisti?», chiede Sean, allontanandosi.

«No, certo che no. Mi ha chiesto di non dirlo a nessuno, questo è tutto. E così ho fatto. Ma mi sta portando via un sacco di tempo, Sean. È impossibile trovare la sua prozia. Per quanto sia contenta di occuparmi di questa cosa per Gabi, è un altro impegno che sto cercando di incastrare nella mia esistenza già frenetica». Lo guardo. «Mi spiace non avertelo detto prima... ci sono stata malissimo, se ti può consolare».

«Nah, hai fatto la cosa giusta», mi rassicura Sean, rilassandosi un po'. «Se ti ha chiesto di non dirlo a nessuno, stavi solo mantenendo una promessa». Mi prende di nuovo tra le braccia. «Capisco perché sei così stressata, ma adesso mi hai raccontato tutto. Però niente più segreti da adesso in poi, okay?»

«Certo», rispondo, cercando di sembrare convincente.

Sean guarda nel vuoto, gli occhi appena socchiusi, persi.

«Cosa c'è? A cosa stai pensando?», chiedo preoccupata.

«Cancella quello che ho appena detto», annuncia, e un sorriso si allarga piano sul suo volto.

«Quale parte?»

«Quella sul non avere segreti. Perché ho intenzione di averne uno piuttosto grande, almeno per i prossimi mesi, Scarlett. So che prima non volevi, ma questa è la soluzione ideale».

«Cosa stai dicendo?»

«Eliminerò tutto il tuo stress», mi rassicura, con gli occhi lucidi per l'eccitazione. «Be', almeno una *parte* del tuo stress, perché organizzerò *io* il nostro matrimonio. Solo io, nessun altro. E tu, la mia bellissima sposa, dovrai solo presentarti quel giorno, splendida, senza pensare a niente». Mi guarda in attesa di una mia reazione. «Che ne dici, Rossa? Ti fidi di me?».

Penso a tutto quello che è successo, e a tutto quello che sta succedendo. Le cose che devo fare, e le cose che *dovrei* fare per organizzare da capo un nuovo matrimonio.

«Allora, Rossa?», mi incoraggia Sean. «Pensi che sia in grado di organizzare il matrimonio da solo? Ci stai?».

Il suo entusiasmo è contagioso. «Sì, ci sto», gli rispondo con un sorriso. «Certo che ci sto!».

Capitolo 33

Mi guardo nel lungo specchio in camera di Oscar e devo ammettere che non sto poi così male.

Quando Oscar mi ha rivelato che il tema del suo matrimonio era *Sogno di una notte di mezza estate* mi sono allarmata. Ma conosco Oscar, e so di cosa è capace nel campo dello stile. Quando sono andata alle prime prove non sono riuscita a farmi un'idea di cosa avremmo indossato, perché i costumi che abbiamo provato – ed erano veri e propri costumi, non vestiti – erano solo dei pezzi di stoffa cuciti insieme, un po' come i modelli che i sarti realizzano prima dell'abito finale. Ma adesso, mentre sono qui in piedi ad ammirare il mio costume, devo ammettere che il risultato è davvero strepitoso.

Tutte le donne saranno vestite da fatine, ma non le fatine degli alberi di Natale, e nemmeno quelle tipo bambole coloratissime con cui giocano le bambine. No, ricordiamo decisamente i folletti, le ninfe e gli spiritelli mistici che Shakespeare ha creato per una delle sue opere più amate.

Il mio abito, basato sulla figura di Titania, la regina delle fate, è fatto soprattutto di seta verde scuro. C'è un corsetto legato dietro, e davanti ricami di foglie e fiori dorati. La gonna è larga, lunga fin sopra le caviglie; le maniche gonfie sono fatte di leggerissima e delicata stoffa verde. Lunghe spirali di edera verde mi risalgono intorno al corpo come un serpente. Ho delle ali da fatina, ma sono così leggere e trasparenti che mi dimentico di averle addosso. Nei miei lunghi capelli neri – sciolti dietro e tirati su di lato – sono intrecciati altri fili di edera, con delicate rose bianche: un'acconciatura vecchio stile.

«Stai molto bene, Scarlett», dice una voce dietro di me. «Chi l'avrebbe mai detto che potevamo vestirci da fatine alla nostra età!».

Mi giro e vedo Ursula, con un vestito simile al mio, ma di un rosso rubino, così come le sue rose sono di un rosso intenso, invece che bianche.

«Eh sì, devo ammettere che avevo un po' paura quando Oscar mi ha spiegato quello che aveva in mente, ma quel tizio, Jonnie, ha fatto un ottimo lavoro».

Jonnie è un amico di Luke, fa il costumista per il teatro. Oscar e Luke gli hanno chiesto di realizzare un po' di vestiti per il matrimonio, come favore personale. E non ha fatto solo i nostri, ma anche quelli degli sposi.

«Davvero», dice Ursula, girando su se stessa per far svolazzare la gonna leggera. «Mi sento proprio una principessa delle fate».

«Anch'io», concordo guardandomi di nuovo nello specchio. «Sono davvero bellissimi».

Anche Beth, la nipote di Luke, farà parte del gruppo. Al momento sua madre la sta vestendo in salotto, Beth ha solo quattro anni. Il suo vestito è simile al mio e a quello di Ursula, ma tutto dorato.

«Eccole, le mie damigelle d'onore!», ci saluta Oscar dalla porta. «Come procede? Wow!», esclama quando ci giriamo. «Voi due mi ruberete la scena!».

«Non penso proprio!», rispondo, guardando il vestito di Oscar. «Sei meraviglioso!».

Sembra che l'autunno sia appena esploso sul suo corpo. I pantaloni sono coperti di piume bordeaux, verdi e dorate, così visto dalla vita in giù ricorda un esotico uccello del paradiso. Ha una fascia di piume coordinata che risale dai pantaloni fino all'aderente giacca dello smoking, di velluto nero, con ricami verdi, rossi e d'oro per richiamare i nostri tre vestiti. In testa, ha una semplice ghirlanda d'edera, senza fiori, ma con qualche piuma, e se si guarda attentamente si vedono due cornetti che spuntano tra i capelli.

«Lo pensi davvero?», chiede Oscar, facendo la sua solita giravolta. «Non è un po'… troppo?».

Guardo Ursula.

«Ma certo che sì, sciocco!», risponde lei, cercando di abbracciarlo senza ingrovigliarsi tra l'edera e le piume. «Ma altrimenti non saresti tu!».

«Scarlett?», chiede Oscar, alla ricerca di approvazione.

«È perfetto per questa giornata», rispondo. «Luke ti adorerà!».

«Oh, lo spero proprio!», mormora Oscar, guardandosi preoccupato allo specchio. «Il suo abito è un pochino più tradizionale del mio. Spero non pensi che abbia esagerato. Io dovrei essere Puck, e lui il mio Oberon, vedete?»

«Ah, adesso capisco le corna. Me lo stavo giusto chiedendo», dice Ursula esaminando i capelli di Oscar.

«Oddio, oddio, cosa ho fatto?», urla di colpo. «Tutti mi prenderanno in giro».

«Oscar», cerco di rassicurarlo, «non riderà nessuno. Sono venuti tutti perché vogliono bene a te e a Luke. Sanno benissimo come sei. Ed è proprio per questo che ti vogliono bene».

Oscar adesso sorride. «Sì, lo so, e hai ragione… sono solo molto, molto nervoso».

«Ti comporti come qualsiasi altra sposa il giorno del matrimonio, tutto qui», gli faccio l'occhiolino. «Me lo hai detto tu che un giorno saresti stato una sposa, ti ricordi?»

«Certo! Solo non pensavo di sposarmi prima di te, tesoro».

Mi prende un colpo al cuore, mi vengono in mente tutte le difficoltà con il mio matrimonio. Ma sono decisa a non lasciare che i miei problemi gettino un'ombra su questa giornata. Questo è il giorno speciale di Oscar e Luke, e niente e nessuno potrà rovinarlo.

Il nostro mezzo di trasporto verso il Globe Theatre non è poi così shakespeariano: è un furgone Volkswagen decorato con edera e fiori bianchi, in tema con il matrimonio. La vettura color crema che arriva a prenderci a Notting Hill a casa di Oscar per portarci al matrimonio è completamente immacolata, e le rifiniture cromate brillano al sole intenso di settembre mentre attraversiamo Londra.

Siamo tutti seduti nel retro del furgone. Non ho mai visto Oscar così nervoso. In realtà non riesco proprio a ricordarmi di averlo *mai* visto nervoso.

«Andrà tutto bene», lo rassicuro, «andrà tutto a meraviglia».

Oscar si limita ad annuire e stringe il bouquet con ancora più forza. I bouquet, il suo come i nostri, consistono di pochi steli degli stessi fiori bianchi e rossi che io e Ursula abbiamo in testa, tenuti insieme da qualche semplice filo d'edera verde e oro.

«Stai benissimo, zio Oscar», dice la piccola Beth seduta accanto a me. «Lo zio Luke ti vuole un sacco di bene».

Oscar le sorride e i suoi nervi paralizzati si distendono di colpo: tutto merito di poche parole di una bambina.

«Grazie, Beth», dice allungandosi per stringerle la mano. «Sono molto contento che lo pensi».

Quando arriviamo, troviamo Luke già sul posto ad aspettarci. Il suo testimone l'ha accompagnato al Globe con la sua Aston Martin.

Anche se è un matrimonio omosessuale di rito civile, Luke e Oscar stanno interpretando i ruoli tradizionali, scelta che mi piace molto. Oscar fa la parte della sposa, e noi siamo le sue damigelle, mentre Luke arriva separatamente, con i suoi testimoni maschi.

E per quanto Luke sia vestito in modo più tradizionale di Oscar, rispetta comunque il tema della giornata. Ha un paio di pantaloni di velluto nero con una giacca con le code orlata di rosso, verde e oro, come quella di Oscar: sono i colori che tornano in tutti i vestiti. Scarpe nere, lucide, una camicia bianca da smoking e una sottile cintura di edera e piume, che riprende il vestito più appariscente di Oscar. La fodera interna della sua giacca, lo noto mentre cammina, ha un motivo scozzese rosso e verde.

È molto bello ed elegante mentre ci viene incontro per salutarci.

«Sei stupendo, Luke», gli dico. «Il tuo amico Jonnie ha fatto un lavoro fantastico con i vestiti».

«Visto?», fa Luke, ma i suoi occhi si posano sul vestito di Oscar che sta scendendo dal furgone.

Poi Luke va verso di lui e gli sussurra all'orecchio.

Non so cosa gli abbia detto, ma dev'essere qualcosa di bello perché Oscar diventa tutto rosso, e la sua smorfia nervosa si trasforma in uno dei sorrisi più grandi e allegri che abbia mai visto.

«Dài! Andiamo!», dice a tutti noi. «È arrivato il momento di sposarci!».

La parte del Globe in cui si celebra il matrimonio si chiama Underglobe perché – chi l'avrebbe mai detto – è situata sotto il teatro. C'ero già stata una volta per lavoro, con un contatto di Sean che era un grande fan di Shakespeare. Avevamo fatto un bel tour del teatro e ci eravamo seduti sugli sgabelli di legno, immaginando come doveva essere assistere a uno spettacolo di Shakespeare centinaia d'anni fa. Poi avevamo visitato la mostra del Globe: di solito l'Underglobe è utilizzato proprio per ospitarla. Quindi penso di sapere già cosa mi aspetta mentre entriamo dalle porte d'ingresso per raggiungere gli altri ospiti.

Ma mi sbaglio! L'Underglobe è stato trasformato in un fantastico Paese delle Meraviglie pieno di paillettes e magia. È come se fossi entrata in un altro mondo. Un mondo dove i sogni diventano realtà, e le fiabe sono vere.

Ci sono giganteschi tendaggi di tulle e stoffe a rete appese ai soffitti, che creano un effetto luccicante. Appena si alza lo sguardo si ha l'impressione di ammirare tante nuvole brillanti. Delle lucine scintillanti sono attorcigliate alle gambe dei tavoli e i pilastri sono decorati con dell'edera. Gli alti alberi in vaso, decorati anche loro con le lucine, e le eleganti statue di marmo disposte qua e là nella stanza donano un senso di calma e serenità. La stanza è piena di tavoli, coperti di bellissime tovaglie bordeaux e verde scuro. Ci sono nastri di stoffa scozzese, come quella che fodera la giacca di Luke, legati agli schienali delle sedie dorate, che richiamano le posate anch'esse dorate. In mezzo a ogni tavolo c'è una lunga candela color oro dentro un vaso di vetro, con delicati gigli che sembrano crescere dall'interno.

Gli ospiti sono seduti davanti al palco e aspettano pazientemente su sedie dorate: l'edera e i fiori bianchi legano ogni fila di sedie alla successiva, creando una navata che gli sposi percorreranno tra poco. Alla fine della navata, sopra il palco, ci sono altri fiori e candele accese di varie misure, su due alte colonne coperte di tulle bianco e seta color oro. L'effetto è a dir poco sconvolgente.

«Che ne pensi?», mi sussurra Oscar. «Ho dato una mano anch'io per l'allestimento».

«È semplicemente stupendo, Oscar», dico con un sussulto. «Non posso crederci, è tutto così bello».

Oscar annuisce. «Già, è venuto proprio bene».

«Sei pronto, Oscar?», chiede Luke, prendendogli il braccio.

«Certo», replica Oscar. «Fai strada, Macduff! È l'opera sbagliata, lo so», ci fa l'occhiolino mentre ci sistemiamo davanti a loro per iniziare la marcia verso la navata.

«In realtà anche la citazione è sbagliata», dice Luke. «*Quel* personaggio di cui non farò il nome in realtà dice "In guardia, Macduff", non "Fai strada". Si sbagliano tutti».

«Vedi, è per questo che ti sto sposando», dice Oscar, sorridendogli adorante. «Sei così intelligente, riesci addirittura a citare bene il *Mac…*».

«No!», esclama Luke mettendogli una mano sulla bocca. «Questo è un teatro. Non possiamo nominare quell'opera prima di salire sul palco, e neppure fare una citazione completa! Cosa che come avrai notato non ho fatto», dichiara orgoglioso.

«Oops, scusa tesoro!», mormora Oscar. «Niente deve portarci sfortuna oggi, niente di niente».

«Andrà tutto bene», gli promette. «Oggi sarà tutto perfetto, Oscar. Su questo non ho alcun dubbio».

Capitolo 34

Ovviamente la cerimonia va a meraviglia.

Oscar ha chiamato un'arpista che suona il *Duo des Fleurs* di Delibes mentre percorriamo la navata circondata dai fiori.

La prima è Beth, che distribuisce petali di rose da un cestino tra le esclamazioni commosse degli ospiti. Poi Ursula, accompagnata da Paul, uno dei testimoni di Luke. Poi tocca a me, al braccio di Zachary, il primo testimone di Luke.

Faccio fatica a trattenere le lacrime, mentre arrivo in fondo alla navata, salgo sul palco con Zachary e poi vedo Oscar e Luke che ci seguono. Sembrano entrambi felicissimi.

Ho già sentito le promesse che Oscar ha scritto per il matrimonio – me le ha fatte vedere velocemente la sera dell'addio al nubilato – ma inizio comunque a piangere quando le legge a Luke, che poi recita le sue con tenerezza. Zachary deve togliersi il fazzoletto verde dal taschino per tamponarmi gli occhi: il mio è un vero e proprio fiume di lacrime.

Durante una pausa della cerimonia, mentre Oscar e Luke firmano il registro, l'arpista intona un altro motivo, e poi un quartetto suona musica elisabettiana con strumenti tradizionali dei tempi di Shakespeare: un liuto, un flauto, un clavicembalo e delle cornamuse. Eh sì, sono riusciti anche a dare un tocco scozzese alla musica.

Poi è il momento di ripercorrere la navata con *Trumpet Voluntary*. Mi sento piuttosto acculturata perché conosco questi brani di musica classica: un po' perché avevo fatto qualche ricerca su internet per le musiche del mio matrimonio, ma soprattutto perché Oscar mi ha mandato un'e-mail con i link di YouTube per farmi ascoltare la sua selezione. In effetti in questo matrimonio si vede così tanto la mano di Oscar che inizio a chiedermi fino a che punto Luke sia stato coinvolto. *Anche il mio matrimonio sarà così?*, mi chiedo, mentre ripercorro la navata dietro la coppia felice. Intravedo Sean e mi fa l'occhiolino, soddisfatto.

E anche se fosse? Sarebbe una cosa così terribile? È vero, Sean di solito è uno pratico e concreto, ma devo ammettere che è stato molto creativo quando mi ha portata sul London Eye, e poi quando mi ha chiesto di sposarlo sul ponte di Brooklyn. Quindi non farà un casino per il nostro matrimonio, no? Inizio a credere che forse se la caverà anche meglio di me.

Dopo la cerimonia stiamo lì tutti a chiacchierare, con i bicchieri di champagne in mano, mentre gli sposi fanno le foto. Poi riusciamo a salire sul palcoscenico del Globe vero e proprio, mentre il fotografo fa qualche scatto d'atmosfera alla coppia e agli ospiti. Dopo, torniamo tutti all'Underglobe per la festa.

«Scarlett! Sei divina!», esclama Gabi mentre mi prendo il secondo bicchiere di champagne. «Sono così contenta di esser venuta da New York, non mi sarei persa il matrimonio per niente al mondo». Come sempre Gabi è bellissima. Sui capelli ha una coroncina di fiori viola e rosa e indossa un lungo vestito viola scuro in stile medievale. È venuta qui in segreto con Max da New York qualche giorno fa, ma nessuno a parte me sa che sono arrivati insieme.

Da quella festa a New York Oscar e Gabi sono diventati molto amici. La ricerca per il mio vestito da sposa – che tra l'altro devo ancora vedere – li ha uniti, poi la missione comune si è trasformata in amicizia, con tanto di messaggi e chiamate su Skype. E quindi non sono rimasta sorpresa quando Oscar mi ha detto che l'avrebbe invitata.

«Ah, grazie», e faccio una piccola piroetta. «Pensi che mi stiano bene le ali?».

Ma mentre mi rigiro per ascoltare la sua risposta, qualcuno le si avvicina e le porge un bicchiere di champagne. Ed è un uomo che non ho per niente piacere di vedere.

«Ti donano molto», mi risponde una profonda voce scozzese. «Sei molto bella, Scarlett».

«*Tu* che ci fai qui?», chiedo, confusa, perché davanti a me c'è quel viscido di Alex. «Non sei stato invitato».

«Scarlett!», mi riprende Gabi, un po' sorpresa dal mio scatto d'ira. «Alex è venuto con me, oggi. Abbiamo degli affari da portare a termine mentre sono in città, e dato che Alex conosce Oscar da molto tempo non mi sembrava così inappropriato portarlo come mio ospite». Mi lancia uno sguardo come a dire che non poteva certo farsi accompagnare da Max.

Non sembrava che conoscesse Oscar poi così bene a Edimburgo, penso. *Che cos'ha in mente Alex questa volta? Oppure vuole solo vedere Maddie?*

«Sì, certo, scusate», rispondo, cercando di schiarirmi le idee. «Sono sicuro che sei il benvenuto, Alex».

Lo guardo negli occhi, ma non riesco a fingere un sorriso.

«Finora mi sono divertito», dice Alex. «E mi piace che ci siano così tanti richiami alla Scozia. Anch'io ho fatto la mia parte», e scosta lo smoking nero per mostrarci un gilet di tartan scozzese.

Come faccio ad amare così tanto uno scozzese e allo stesso tempo odiarne un altro con la stessa intensità?, mi chiedo. Luke è un uomo così adorabile e gentile, non farebbe del male a una mosca. E Alex... be', Alex Woolfe mi fa accapponare la pelle.

«Sì», rispondo, cercando di portare avanti una conversazione gentile, anche se mi scoppia la testa solo a vederlo. «Oscar ha cercato di evidenziare il più possibile le origini di Luke. Allora, che genere di affari vi portano qui?», chiedo di colpo. Sono preoccupata per i soldi di Gabi: se quello che io, Portia e Peter sospettiamo fosse vero, la mia amica sarebbe nei guai. Le organizzazioni benefiche di Gabi hanno tutte base negli Stati Uniti, quindi deve trattarsi di qualcos'altro.

«Oh, niente di cui dovremmo parlare adesso», risponde Gabi, «siamo a un matrimonio, è di cattivo gusto discutere di affari».

Questa risposta non mi lascia soddisfatta, e con ogni probabilità si vede, perché poi aggiunge: «Alex stava finalizzando un investimento con un partner che l'ha mollato all'ultimo, e quindi cercava un nuovo socio, tutto qui».

Alex mi lancia un'occhiata quasi d'intesa.

L'accordo annullato da Peter, ma certo!

«Ciao bellissima». Sento due braccia che cercano di stringermi da dietro, ma si ingrovigliano nelle ali, così Sean sbuca di lato. «Come sta la mia Campanellino?».

Lo guardo con ferocia: «Come ben sai, non sono Campanellino. Dovrei essere Titania, la regina delle fate».

«Sì, certo, amore mio», replica Sean facendo l'occhiolino a Gabi e Alex. «Amico, tu come stai?». Sean e Alex si scambiano un abbraccio virile.

«Bene, Seany, bene. La giostra dei matrimoni è partita, vedo. Il tuo è il prossimo, no?»

«Già, sembra sia così», risponde Sean. «Anche se abbiamo avuto qualche problema con il posto... non ci sposiamo più al Plaza».

«Cosa?», chiede Gabi. «E perché no?»

«C'è stato qualche problema con le prenotazioni», spiego. «Ma va tutto bene, troveremo una soluzione, vero, Sean?».

Sean mi sorride: «Certo!».

«Se avete bisogno di aiuto», interviene Gabi, preoccupata, «dovete solo chiedermelo, lo sapete. Ho qualche contatto». Mi fa l'occhiolino.

«In altre situazioni non permetterei a una ragazza di prendersi certe confidenze con il mio fidanzato, ma l'occhiolino devi farlo a Sean, Gabi, è lui che organizzerà il matrimonio. Io non farò nulla. Per me sarà solo una bella sorpresa».

Mah, speriamo sia bella...

«Davvero?», esclama Gabi. «Che bella notizia!».

«Sì», concorda Alex, «fa molto *uomo moderno*, Sean».

«È perché lo sono», risponde con orgoglio. «E farò sì che sia il miglior matrimonio da quando esistono i matrimoni».

Gli stringo la mano e mi sorride di nuovo.

«Bene», dice Alex, «buona fortuna allora. Non posso credere

che il Plaza vi abbia trattati così, di solito non lo fanno. Mi dispiace… spero non sia colpa mia».

«No, amico, certo che no», lo rassicura Sean dandogli una pacca sulla spalla. «Anzi, grazie per averci aiutati».

«Figurati», risponde Alex. «Dio, è *terribile* quello che succede quando qualcuno fa lo sciatto, no?».

Mi giro verso Alex. Mi sta fissando intensamente.

«Come dice sempre Scarlett, tutto accade per un motivo, quindi sono sicuro che si risolverà ogni cosa», osserva Sean con aria allegra. «Chiunque sia il responsabile della cancellazione, alla lunga ci avrà fatto un favore».

Un uomo con gorgiera, farsetto e brache ci invita a sederci per la cena con una voce dalla forte impostazione shakespeariana, e così andiamo a controllare i posti che ci sono stati assegnati. I nomi sono scritti con un'elaborata calligrafia nera. Io e Sean siamo al tavolo tondo con Oscar e Luke, Ursula e Paul e Zachary e il suo partner.

Mentre aspetto che arrivino gli antipasti, controllo con più attenzione gli altri tavoli. Molti degli amici degli sposi hanno rispettato con grande impegno il tema di *Sogno di una notte di mezza estate*: sono vestiti da fate o in rigoroso completo elisabettiano, con tanto di gorgiera, farsetto e brache, come il maestro di cerimonie, che durante la cena scopro essere un attore amico di Luke.

Poi ci sono gli ospiti più anziani, che immagino siano soprattutto parenti. Sono vestiti in modo tradizionale, gli uomini con completi scuri, i parenti di Luke con il kilt, mentre le donne hanno il classico abbigliamento da matrimonio: un misto di vestiti interi e gonne, ogni tanto un cappello.

Ammiro molto una donna che è venuta vestita come il personaggio Bottom, quello che si trasforma in asino. Ha una criniera nera di peli d'asino, grosse orecchie a punta e una lunga faccia da… Ah, no! Vedo ora che quella è la sua *vera* faccia, e anche i capelli sono veri! Ha solo aggiunto le orecchie da asino!

E adesso che la figura del somaro l'ho fatta io, torno verso la mia sedia. Se non altro non l'ho indicata a nessuno.

Sono contenta che Oscar e Luke ci abbiano messo al tavolo con loro. Non che mi voglia sentire più importante degli altri invitati, ma so che la famiglia di Oscar è molto meno numerosa di quella di Luke, e se i genitori di Luke si fossero seduti al tavolo principale, la solitudine di Oscar sarebbe stata ancora più evidente. Ma sono contenta di scoprire che la nonna di Oscar è riuscita a venire. L'ho incontrata qualche volta, quando è venuta a Notting Hill. È una donna meravigliosa, piena di senso dell'umorismo e allegria, e in effetti mi ricorda molto Oscar.

La cena, come il resto del matrimonio, è assolutamente perfetta, e in poco tempo arriva il momento dei discorsi.

Luke inizia parlando di Oscar, e poi ci ringrazia tutti: si comporta da attore, molto professionale. Ma quando ha finito nessuno può mettere in dubbio l'onestà del suo amore per Oscar.

Poi si alza Oscar. «Miei cari», esordisce, «non potrò mai ringraziarvi abbastanza per essere qui oggi, nel nostro giorno più speciale. La prima volta che ho incontrato quest'uomo», e si gira verso Luke, «mai avrei creduto che saremmo arrivati a questo». E con la mano fa un gesto a indicare tutta la sala. «All'inizio io e Luke avevamo opinioni molto diverse, su quasi ogni cosa! Diciamo che non eravamo proprio sulla stessa *altezza* d'onda». Oscar solleva la mano e aspetta mentre gli ospiti ridono alla sua battuta. Luke, alto quasi un metro e novanta, svetta su Oscar, che arriva appena a un metro e sessantacinque. «Era freddo, calmo, controllato, e io... be', sapete come sono». E poi fa la sua solita piroetta e tutti ridono di nuovo. «Quindi, siamo due caratteri opposti. Ma date le giuste circostanze, gli opposti si attraggono. E sono molto contento di dire che con noi è successo... a un livello addirittura magnetico!». Luke si alza e gli prende la mano. «E adesso nulla può separarci... Be', a parte i suoi scoccianti impegni da attore!». C'è qualche risatina educata. «Ma anche in quelle occasioni sono sempre con te, con lo spirito». Oscar guarda Luke. «Lo sai, vero?», dice, quasi sussurrando.

Luke annuisce.

«Quindi, vorrei che tutti voi alzaste i vostri calici per il solo e unico uomo della mia vita. Molti di voi non avrebbero mai pensato che un giorno avrei detto una frase del genere!». Fa l'occhiolino agli ospiti. «Il mio caro, bellissimo, stupendo nuovo marito, Luke!».

Alziamo tutti i bicchieri verso Luke, che, modesto come al solito, sembra un po' imbarazzato.

«Ora credo che Zachary, il testimone di Luke, dirà qualcosa». Oscar si siede e aspettiamo che Zachary si alzi.

«Che bel discorso», dico a Sean. «Oscar è maturato davvero tanto da quando ha conosciuto Luke».

«Direi proprio di sì», risponde. «In questo matrimonio è tutto così elegante e misurato. Sono colpito, non è per niente nel classico stile di Oscar».

Sorrido e mi giro verso Zachary: dovrebbe essere già in piedi, pronto per fare il suo discorso, ma non sta parlando, sta cercando qualcosa nelle tasche e sembra molto preoccupato, mentre Luke gli dice qualcosa.

«Che succede?», chiedo a Oscar, seduto accanto a me, sfiorandogli la spalla.

Oscar si gira. «Zachary ha *solo* perso il suo dannato discorso! Lo sapevo, Luke doveva chiedere a una persona più affidabile. Zachary è un pazzoide, nel migliore dei casi».

Informo Sean: «Zachary ha perso il discorso».

«Uh, oh», mugugna Sean con una smorfia. «È un bel problema, non può improvvisare?».

«Non può improvvisare?», chiedo a mia volta a Oscar, che sembra pronto a saltare al collo di Zachary e svuotargli le tasche.

«Dice di no. Sta avendo un attacco di panico. L'avevo detto a Luke che sarebbe andata così».

Mi guardo intorno, gli ospiti stanno iniziando ad agitarsi. Oddio, così non va bene, era tutto perfetto finora.

«Non puoi dire qualcosa tu?», chiedo a Sean.

«Io?», dice Sean. «Perché io?»

«Perché sei bravo a fare i discorsi e cose del genere, no? Lo fai sempre al lavoro».

«Quelli non sono discorsi di matrimonio, sono presentazioni. È diverso, per quelle mi preparo. Mi dispiace un sacco per il povero Zachary, guardalo».

«Ti prego, Sean, aiutali!».

Sean fa una smorfia. «Va bene, va bene!».

Si alza e si schiarisce la voce. «Signore e signori, posso avere la vostra attenzione per un momento? Mi dispiace ma abbiamo un piccolo problema tecnico, non troviamo il discorso del testimone».

La sala ride, poi sentiamo il rumore di una sedia che si sposta e Zachary che scappa dalla stanza, rosso come un peperone.

«E sembrerebbe che adesso manchi anche il testimone dello sposo», continua Sean. «Quindi, direi che c'è un cambio di programma».

Mi guardo intorno, tutti sorridono e sussurrano al proprio vicino, e poi il mio sguardo si sposta su Alex. Ci guarda, fissa tutti gli invitati al tavolo principale, ma non sta sorridendo sereno: sembra proprio un ghigno cattivo.

«Sciatto», dice a me, muovendo le labbra senza emettere alcun suono. «Molto sciatto». Tiro Sean per un braccio. «Annunciami», lo imploro.

«Cosa?», sussurra.

«Di' a tutti che adesso parlo io».

«Sei sicura?»

«Sì, vai».

«Signore e signori», dice Sean, colpendo con il cucchiaino un bicchiere per richiamare l'attenzione, «la signorina Scarlett O'Brien terrà il prossimo discorso».

Mi alzo nel silenzio generale. Sento il peso delle occhiate curiose, alcune inquisitorie, e sento che inizio a tremare. Ma poi arrivano delle urla d'incitamento e un applauso e vedo Max, seduto in fondo alla sala. È riuscito a infilarsi vicino a Gabi, probabilmente scambiando i segnaposto, penso, e gli sorrido con gratitudine. Anche Gabi inizia ad applaudire e fa un bel fischio acuto, e poi Maddie la segue, e poi Ursula: alla fine tutti quelli che mi conoscono mi incoraggiano.

Alzo un attimo la mano per pensare, e quando la abbasso tornano tutti di nuovo al silenzio.

«Molti di voi non sanno chi sono», inizio, a voce bassa, «ma mi chiamo Scarlett, e sono un'amica di Oscar».

Non posso fare a meno di guardare Alex. Sta sbadigliando in modo molto plateale. «Quando sono arrivata a Londra», continuo con una voce più alta e sicura, «non conoscevo nessuno. Ero un'anima sperduta. Ma poi ho incontrato Oscar e siamo diventati amici. Mi ha presa e mi ha portata a casa sua, anche se ero una completa sconosciuta, mi ha fatto sentire la benvenuta. Mi ha fatto conoscere i suoi amici, molti dei quali sono in questa sala oggi, e anche loro mi hanno fatto sentire parte della loro stupenda, unica famiglia».

Lucien, Patrick, Brooke e Vanessa, che avevano partecipato a quella cena quando ero appena arrivata a Notting Hill, salutano e applaudono insieme a Ursula.

«Ma Oscar ha fatto molto di più che farmi sentire come se questa fosse casa mia, mi ha aiutato a trovare l'amore della mia vita. E sono contenta di dirlo, è l'uomo seduto accanto a me in questo momento».

Guardo Sean, mi fa l'occhiolino e un cenno di incoraggiamento.

«Quindi ho sempre desiderato che Oscar trovasse un amore come il mio».

Qualche sospiro commosso dalla sala.

«Diciamo che Oscar, prima di scegliere Luke, ha voluto saggiare le varie possibilità con molta attenzione...».

Con mia grande sorpresa, devo aspettare che gli ospiti smettano di ridere prima di proseguire.

«Ma quando è arrivato Luke, il gay radar di Oscar è andato in pensione».

Altre risate. Inizia a piacermi questa cosa. Non era mia intenzione essere divertente. In realtà non volevo dire niente di particolare, volevo solamente spiegare a tutti quello che provo davvero.

«Credo di aver capito che Luke fosse quello giusto, ancora prima di Oscar».

Mi giro e guardo Luke: sta sorridendo.
«Luke, tu sei tutto quello che Oscar non è. Sei calmo, controllato, eloquente e anche bello».
Altre risate. *Oh, anche questa era una battuta?*
«Ma il mio Oscar, be', è vivace, chiassoso e pieno di vita. E ha anche il miglior gusto in fatto di vestiti sgargianti!».
Urla e applausi.
«Ma riesce a usare tutte queste caratteristiche con profitto e grande eleganza. Ed è proprio questo che è così meraviglioso di voi due: sono le vostre differenze a rendervi una coppia perfetta, oltre al vostro amore eterno, di cui abbiamo visto la dimostrazione qui oggi».
Altri applausi.
«Quindi, adesso, invece di un solo amico favoloso, ho due persone meravigliose nella mia vita, ed è una vera fortuna potermi definire una vostra amica. Quindi, signore e signori, vi chiedo di alzare i bicchieri e brindare alla coppia perfetta. A Oscar e Luke!».
«A Oscar e Luke!», ripetono tutti in coro mentre si alzano, e adesso guardo Oscar per la prima volta. Non ho avuto il coraggio di farlo mentre parlavo, per paura di emozionarmi troppo. Ma adesso fisso il mio amico e scopro che il suo volto è rigato di lacrime. E allora inizio a piangere anch'io.
«Ti voglio bene, Scarlett», mi dice, mentre la sua voce viene coperta da applausi e urla di gioia. Adesso che il brindisi è finito, capisco che tutto questo entusiasmo è stato provocato dal mio discorso.
«Anch'io ti voglio bene, Oscar», riesco a dirgli, prima di lasciarmi cadere sulla sedia, sollevata.

Capitolo 35

Più tardi i tavoli vengono liberati e l'atmosfera è molto più rilassata.

La sala è stata trasformata in una discoteca e siamo pronti a ballare e continuare a bere, in un angolo è stato persino allestito un bar di tutto rispetto.

«Signore e signori», annuncia il nostro maestro di cerimonie shakespeariano, «unitevi alla prima danza dei nostri felici sposini!».

Formiamo un cerchio intorno alla pista da ballo e aspettiamo che Luke e Oscar facciano il loro ingresso.

«Allora, secondo te la loro prima danza sarà elegante e di classe come il resto della funzione?», mi chiede Sean mentre aspettiamo.

«Non so niente di questa parte del matrimonio, Oscar ha tenuto la bocca cucita. È tutto molto segreto».

Le luci si abbassano e un riflettore illumina il centro della pista: di colpo avanza Oscar con un paio di pantaloni attillati e un'aderente camicia nera. Non sta semplicemente per aprire le danze, ma molto di più. Si mette in posa come John Travolta in *Staying Alive*, poi sentiamo le prime note di *Vogue* di Madonna e vediamo Oscar eseguire alla perfezione tutti i movimenti in una danza entusiasta. Poi la musica cambia armoniosamente, adesso c'è *Always* di Bon Jovi e lui canta il primo verso con grande passione, facendo la parte dell'uomo perso, dal cuore spezzato. Arriva fino al ritornello, quando di colpo dall'altro lato della pista appare Luke, come un principe azzurro, e insieme iniziano a ballare un lento valzer colmo d'affetto.

Gli ospiti adorano lo spettacolo. Applaudono e urlano mentre Oscar e Luke ballano per loro. Poi la musica cambia di nuovo e arrivano le prime note di *(I've Had) The Time of My Life* dal film *Dirty Dancing.* I due hanno aggiunto dei complessi passi di rumba alla canzone (sì, ho visto abbastanza puntate di *Ballando con le stelle* e so riconoscere i diversi balli!), e Luke alla fine solleva Oscar, proprio come fa Johnny con Baby alla fine del film. Il pubblico si entusiasma, gli applausi sono scroscianti.

Alla fine della canzone, i due provetti ballerini si inchinano: Oscar si gode fino in fondo il suo trionfo e Luke fa semplicemente un piccolo gesto di ringraziamento con la testa.

Poi gli sposini ci invitano a raggiungerli in pista, e io e Sean balliamo abbracciati *She's the One* di Robbie Williams.

«Sono piuttosto sicuro che il buon vecchio William Shakespeare non abbia mai visto nessuno ballare così al Globe», mi sussurra Sean all'orecchio. «Ma hanno fatto proprio un bel lavoro, penso».

Guardo Sean. «Faremo anche noi qualcosa del genere per il nostro primo ballo?», chiedo sbattendo le ciglia con finta innocenza.

Sean sembra preoccupato, poi si accorge che sto solo civettando. «Ehm... non penso, no. Lasciamo l'avanspettacolo a Oscar, è decisamente più adatto!».

Rido. «Hai ragione. Ma sono contenta che abbia organizzato tutto questo. Stavo iniziando a pensare che questo matrimonio fosse troppo sproporzionato».

«Cioè?»

«Non nego che sia stato un matrimonio splendido, e so che Oscar si è occupato quasi di tutto, ma mi è sembrato troppo teatrale. Troppo... come Luke, hai presente? Il ballo ha portato un po' del vero Oscar nella cerimonia. L'Oscar che conosco e amo».

Sean annuisce. «Hai paura che succeda la stessa cosa con il nostro matrimonio, adesso che ci sono io in cabina di regia? Dici che potrebbe essere troppo... sproporzionato?»

«Forse un pochino».

«Scarlett, non preoccuparti», mi rassicura Sean, abbracciandomi mentre balliamo. «Farò in modo che il nostro giorno rispecchi *te* quanto me, te lo prometto».

Stiamo per baciarci quando sento una mano sulla spalla.

«Vi dispiace se vi interrompo?», chiede Alex. «Mi piacerebbe ballare con la futura sposa, se non è un problema».

«Ma certo», dice Sean, mentre io urlo «No!».

Sean mi guarda perplesso.

«Voglio dire...», alzo la mano, «...la canzone è appena finita».

Ma poi ne inizia subito un'altra.

«Ottimo!», esclama Alex. «Te la riporto sana e salva, Sean, non temere».

E prima che possa dire altro Alex mi trascina in mezzo alla pista, lontano da Sean.

Stargli così vicina mi fa venire la nausea, e quando alzo lo sguardo – più per necessità che per scelta – vedo che sta sorridendo.

Mi ricordo la prima volta che ho visto quel sorriso: mi è subito venuto in mente uno squalo. E per quanto i suoi denti bianchi siano splendenti come un vecchio tavolo di mogano, il suo sorriso non è affatto sincero.

«Allora, ti sei divertita oggi, Scarlett?», mi chiede mentre balliamo al ritmo di *Jar of Hearts* di Christina Perri.

«Sì, è stato un matrimonio meraviglioso. Molto vicino alla perfezione». Decido di essere educata. Dopotutto Sean ci sta guardando, anche se adesso chiacchiera con Maddie.

«Certo. E neanche il piccolo incidente del discorso del testimone è riuscito a rovinarlo. Sicuramente speri che anche il tuo sarà così meraviglioso, no?»

«Lo sarà». Lo guardo dritto negli occhi. «Adesso che Sean ha deciso di organizzarlo, niente potrà andare storto».

«Ha-ha», ride. «Non si sa mai, Scarlett... meglio non scherzare con il destino. Dopotutto, guarda cos'è successo con il Plaza. Conosco da anni gente che ci lavora e non ho mai visto accadere una cosa simile. È buffo, no? Ma quando ci sei di mezzo tu... le cose vanno storte».

«Cosa vorresti dire?», chiedo, fermandomi in mezzo alla pista. Poi vedo che Sean ci guarda e continuo a ballare.

«Voglio dire, è strano ma a volte le persone iniziano a comportarsi in modo incurante e improvvisamente crolla tutto. Di solito sei una che porta guai, Scarlett?».

Cosa diavolo sta dicendo? Mi sforzo di riflettere mentre la stanza inizia a girare, in parte per il ballo e in parte per tutto lo champagne che ho bevuto.

«Non capisco bene. Se stai cercando di dirmi che è stata colpa mia, be', allora ti sbagli».

«Ah, ma è stata colpa tua, Scarlett», mi sussurra Alex.

«E... com'è possibile?», chiedo, sforzandomi di allontanare il mio volto dal suo mentre mi stringe forte le braccia.

«Perché hai messo il becco nei miei affari, Scarlett», mi sibila con una voce ancora più cattiva. «Ti sei immischiata nel mio accordo con Peter, o sbaglio? E hai messo in giro delle brutte voci su di me e sulle mie cose».

«Non è vero! Ho solo cercato di proteggere la Fondazione Libellula da te e dai tuoi modi loschi. Ma non vedo come...». Faccio una pausa e poi capisco cosa vuole dire Alex. «Tu!», esclamo, «sei stato tu!».

«Abbassa la voce», mi intima con voce gelida. Ma nessuno può sentirci, la musica copre le nostre voci. Siamo vicino alle casse, quasi fuori dalla pista da ballo che adesso trabocca di gente. Di colpo Alex mi trascina verso un'uscita di emergenza. Ci troviamo in un corridoio vicino alle cucine, un cameriere ci fissa con interesse, poi corre via con un vassoio vuoto. Alex si guarda intorno, mi fa salire delle scale, attraversiamo un'altra porta e ci ritroviamo fuori, illuminati solo dalla luce dell'uscita d'emergenza.

L'aria fresca mi fa vedere le cose in modo più chiaro.

«Perché stai cercando di rovinare il nostro matrimonio?», sbraito. «Sean dovrebbe essere uno dei tuoi migliori amici, Cristo santo! Cos'hai fatto, hai dato una mazzetta a qualcuno?».

Alex fa un sorrisetto. «Non sono affari tuoi. Ti avevo avvisata, Scarlett, alla festa di Gabi: ti avevo detto che se ti fossi immischiata le cose si sarebbero complicate per te. Ma pensavo che avresti provato a rovinare il mio rapporto idilliaco con Maddie. Non i miei affari. Quello non lo permetto a nessuno».

«Ma non puoi andare in giro a distruggere la vita delle persone». Mi passo una mano tra i capelli, esasperata. «Non... non riuscirai a cavartela, la pagherai».

«E perché?», chiede Alex, con aria innocente.

«Perché... perché racconterò a Sean e Maddie quello che stai facendo, ecco perché!», sbotto di colpo. «Maddie non vorrà mai più vederti, e non so cosa farà Sean. Ma è meglio per te che tu sia molto, molto lontano, quando lo scoprirà».

«Oh, no, non lo farai, Scarlett», replica Alex. Non sembra minimamente preoccupato.

«Oh, sì, invece». Alzo il mento, sicura, cercando di trovare la forza dentro di me. «Non mi conosci per niente se pensi che ti permetterò di trattarmi in questo modo».

«So molte più cose di te di quanto credi», dice sorridendo in quel suo modo orribile, come un predatore che gioca con la sua vittima prima di finirla. Mi prende il braccio con forza e mi stringe verso di lui. «Tu, mia cara Scarlett, non dirai niente a nessuno. Perché se lo farai rivelerò un altro dei tuoi segreti».

«Quali, quali segreti?». Inizio a tremare. Mi sta spaventando. Sento il suo respiro su di me e i suoi profondi occhi blu – una volta pensavo fossero molto belli – mi colpiscono come una lama affilata.

«Il piccolo segreto della tua amichetta Gabi... lei e quella specie di David Bailey che si porta appresso».

«Vuoi dire Max?»

«Sì, quello stronzetto. Si sarebbe dovuto tenere lontano da Gabi, non è per niente alla sua altezza».

«Ma si amano».

«Figurati! Se mi parli di lussuria... ah, quella va bene. Quella la conosco». Mi sorride. «La provo ogni volta che vedo Maddie. E lei è così brava a saziare le mie voglie».

Mi giro. Se prima avevo la nausea, adesso penso che potrei vomitare. E poi qualcosa in me si ridesta. Mi è rimasto un po' di spirito guerriero.

«Lo sai per chi mi dispiace più di tutti in questa storia così sporca?». Mi giro di nuovo verso di lui e libero il braccio dalla sua presa. «Per tua moglie!».

Alex sbatte gli occhi. *Ho toccato un nervo scoperto, eh?* Allora vado avanti.

«Sì, tua moglie. Le fai le corna, e immagino sia successo svariate volte. So bene che Maddie non è la sola donna che hai usato».

Alex per una volta resta zitto mentre ascolta le mie accuse.

«Tua moglie, poverina, che ti aspetta mentre rimani fuori per settimane, a volte mesi, lontano da casa, a inventarti i tuoi sporchi affari. Fottendo la gente, e ancora peggio, le organizzazioni benefiche. Oh, sì, ho tutte le informazioni, e provengono da una fonte interessante».

Alex apre la bocca per contraddirmi, ma non mi importa. Non ho ancora finito, mi sto appena scaldando.

«E penso alla tua povera moglie quando dici che l'amore non esiste». Scuoto la testa. «Quanto è triste questa cosa? Non provo che tristezza per lei, e pena per te!».

Il volto di Alex sta diventando rosso. «Lascia mia moglie fuori da questa storia», sibila con voce seria, troppo ferma. «Lei non c'entra niente».

«Oh, al contrario. Quella povera donna sta vivendo in un mondo di bugie e inganni. Ed è una sorte che non dovrebbe capitare a nessuno. Starà vivendo la sua vita in Scozia, pensando al suo maritino, un coraggioso giornalista che è diventato un uomo d'affari. Ma io e te sappiamo la verità, o sbaglio, Alex? Tu non sei altro che un subdolo bastardo, un bugiardo che tradisce la moglie!».

Mi sento svuotata alla fine del mio discorsetto, ma è difficile capire quello che sta pensando Alex. Il suo volto rimane impassibile.

Aspetto che dica qualcosa, ma si gira e prende un pacchetto di sigarette dalla tasca della giacca. Se ne accende una, e poi mi guarda mentre aspira una lunga boccata.

«Pensi di sapere tutto, no?», dice, espirando il fumo puzzolente nell'aria già tossica. «Vivi nel tuo mondo di VIP, il tuo piccolo mondo perfetto, con il tuo perfetto Sean e la tua perfetta Fondazione Libellula. Voli in aiuto dei bisognosi, sei una supereroina dei tempi moderni, giusto? Guarda...», e sposta la sigaretta alle mie spalle, «...hai già le ali!». Poi scuote la testa. «Le persone come te non sanno un bel niente del mondo vero».

«So molto più di quanto tu creda! So quali sono le priorità nella vita. So cosa sono l'onestà e la verità, e so cos'è la *vera* amicizia. Tutte cose di cui *tu* non saprai mai niente». Gli lancio uno sguardo di sfida, le braccia incrociate sul petto.

Alex si limita a guardarmi mentre fuma.

«Ma sopra ogni cosa», dico, abbassando le braccia, «so cosa vuol dire amare, amare incondizionatamente, e avere la fortuna di ricevere altrettanto amore. Una cosa che purtroppo tu non conoscerai mai».

Alex mi sbuffa il fumo direttamente in faccia. Mi fa tossire.

«Sei proprio brava a fare i discorsi oggi, eh, Scarlett? Hai finito?». Butta la sigaretta a terra e la schiaccia con il tacco. «Ascoltami, te lo dirò nel modo più semplice possibile. Persino tu dovresti riuscire a capirlo stavolta». Avvicina la sua faccia alla mia. «Tieni il tuo nasino lontano dai miei affari. Sta' lontana dalla mia storia con Maddie. Sta' lontana dai miei affari con Gabi. E sta' lontana dai miei accordi finanziari. Oppure la prossima volta la pagherai, Scarlett».

«Non ho paura di te», lo sfido, coraggiosamente. «Tanto la storia tra Max e Gabi verrà fuori, prima o poi».

«Non sto parlando di quello. So qualcosa di molto più succoso, qualcosa che piacerà molto alla stampa». Fa una pausa a effetto. «La ricerca di una prozia perduta di Gabriella Romero ti dice niente?».

Aspetta una mia reazione, e la ottiene: mi blocco, incredula.

«Come... come fai a saperlo?»

«Ho le mie fonti. E so anche che un certo Vincenzo Romero non vuole far sapere in giro che la sua fortuna l'ha ereditata dalla moglie anni fa, e che non è mai stato un uomo che si è fatto da solo, come ha lasciato credere a tutti. Ha un cuore piuttosto debole, se non ricordo male. Sono sicuro che l'umiliazione non farebbe bene ai suoi problemi cardiaci».

Non posso far altro che starmene immobile, sorpresa. Come si può essere così crudeli?

«E cosa succederebbe al tuo rapporto con Gabi se la stampa dovesse scoprire qualcosa della tua ricerca, eh? La tua amica non sarebbe contenta se tu mettessi a repentaglio la salute di suo padre, e quella della nonna è già abbastanza in crisi, mi dicono. E cosa succederebbe alla reputazione della Fondazione Libellula se venisse fuori che non riesci a tenere segreta l'identità dei tuoi clienti? La stampa ci andrebbe a nozze. So già che erano piuttosto interessati alla storia del gioco d'azzardo».

Lo fisso negli occhi. «Sei stato tu!», esclamo incredula. «Hai organizzato tutto tu? Solo per passare il pomeriggio con Maddie?».

Annuisce. «Vedi, Scarlett, ogni volta che trovo un ostacolo sul mio percorso, lo schiaccio. Con ogni mezzo necessario. Ed è per questo che tu terrai questa boccuccia...», mi mette un dito sulle labbra, «...bella chiusa questa volta. Hai capito?».

Non posso fare a meno di annuire. Non riesco a crederci. Quest'uomo – e faccio fatica a chiamarlo "uomo" – sembra deciso a mettere a repentaglio tutto ciò che ho di caro solo per i suoi sporchi affari.

«Non ti sento, Scarlett».

Sposto via il suo dito. «Sì, sì, ho capito».

«Cosa hai capito?», chiede una voce.

Sean!

Gli corro incontro nell'oscurità, eccolo che si copre gli occhi per ripararsi dalla luce. Mi abbraccia appena mi vede.

«Che succede, Rossa? Stai tremando».

«È bello freschino qui», risponde Alex per me. E fa finta di strofinarsi le braccia per scaldarsi.

«E cosa ci fate voi due qui fuori?», domanda Sean, portandomi di nuovo sotto la luce d'emergenza, anche se io vorrei andare nella direzione opposta. «Un attimo prima stavate ballando, e poi di colpo siete qui fuori. Vi ho cercati ovunque».

«Stavamo parlando del tuo addio al celibato, ovviamente!», si giustifica Alex. A quanto pare ha sempre la risposta pronta. «Volevo solo controllare un paio di cosette con Scarlett. Non vogliamo che la sposa si arrabbi prima del matrimonio, no, Scarlett?».

Scuoto la testa e mi stringo ancora di più a Sean.

«Allora, Scarlett, ricordati tutto quello che ti ho detto», dice Alex piano, come se volesse sottolineare delle istruzioni per l'addio al celibato. «E tutto andrà benissimo, okay?».

Annuisco docilmente.

«Mio Dio, Alex, sei riuscito a zittire Scarlett», scherza Sean. «Io penso di non avercela mai fatta, da quando la conosco. Come hai fatto?»

«Diciamo solo che sono piuttosto bravo con i discorsi, eh, Scarlett?».

E per adesso non posso far altro che essere d'accordo con lui.

Capitolo 36

Il viaggio fino a Glasgow mi sembra particolarmente lungo, anche se sono su un treno superveloce che non fa quasi nessuna fermata, mentre schizziamo da Londra verso la campagna.

Sean è l'unico a sapere il motivo per cui sto andando lì. Ora sa che sto facendo ricerche per trovare la prozia di Gabi. Almeno ho potuto condividere questo segreto con lui. Si trova a Chicago adesso, per lavoro, ed è per questo che non ha potuto accompagnarmi. Ma per una volta sono stata contenta: ho parecchie cose a cui pensare in questo momento. Specialmente dopo il confronto con Alex al matrimonio di Oscar e Luke.

Quando siamo rientrati e ci siamo uniti agli altri invitati, Alex si è comportato come se nulla fosse per tutto il resto della serata. Lo guardavo mentre rideva e ballava, e passava fin troppo tempo a flirtare con Maddie. Niente di troppo evidente, ovvio. Di Alex si possono dire molte cose, ma di sicuro non è uno stupido. Al matrimonio erano in molti a sapere che è sposato, ma solo una persona sapeva di lui e Maddie.

Io.

Mi sono chiesta dove fosse sua moglie quella sera. Sapevo che Gabi l'aveva invitato solo per cercare di nascondere la sua relazione con Max, ma considerando che si trovava in Inghilterra, era strano che non passasse del tempo con lei.

Scuoto la testa, sto ragionando su Alex come se fosse una persona normale, con un normale livello di decenza e lealtà, quando ho invece scoperto a mie spese che è molto, molto lontano da tutto ciò.

Mi ha davvero sconvolta quella sera, e quando Sean e io siamo rientrati al matrimonio quasi non ho lasciato che si allontanasse da me neanche per un attimo. Anche quando è andato nella "stanza dei maschietti" sono rimasta accanto a lui fino all'ultimo momento.

«Che diavolo hai, Scarlett?», mi ha preso in giro lui. «È fantastico averti sempre accanto e vederti così devota, ma qui sconfiniamo nello stalking».

Ho liquidato il commento con una battuta, come se non fossi nemmeno libera di poter dimostrare tutto il mio smisurato affetto al mio fidanzato. Poi ho cercato di comportarmi normalmente per il resto della serata. Ma in realtà, ero terrorizzata. Terrorizzata da Alex, e da quello che avrebbe potuto fare a me e alle persone a me care.

Per fortuna, a eccezione del commento di Sean, nessun altro sembrava aver notato che ci fosse qualcosa di strano. Erano tutti troppo impegnati a divertirsi. Ed era esattamente quello che desideravo. Alex non avrebbe rovinato il giorno più speciale della vita di Oscar e Luke. Non glielo avrei permesso.

A parte la mia discussione con Alex, il resto del matrimonio è stato perfetto. Oscar e Luke si sono divertiti un sacco con i loro ospiti per tutta la serata: hanno ballato, cantato e si sono dimostrati la coppia di sposini più felice che avessi mai visto.

Quando gli ho presentato il mio regalo per poco Oscar non è svenuto. Ho detto "presentato", ma a dire il vero il suo regalo è apparso all'improvviso sul palco di fronte a noi. Indossava un minuscolo ma elegante abitino dorato, teneva in mano un microfono e ha iniziato a cantare *Spinning Around* seguito da *Can't Get You out of My Head.*

Kylie è stata un tesoro quando l'ho contattata tramite Gabi per il matrimonio di Oscar e Luke. Non immaginavo che avrebbe acconsentito a farlo gratis, né che si ricordasse di lui, ma avrei dovuto sapere che nessuno si dimentica facilmente di Oscar! Così, in uno di quei momenti della serie "se non lo chiedi non potrai mai saperlo", Kylie ha controllato i suoi impegni e ha visto che quel giorno sarebbe stata a Londra e così mi ha detto che le sarebbe piaciuto molto cantare al matrimonio di Oscar in cambio di una piccola donazione alla sua associazione benefica preferita.

Dopo i primi due pezzi ha cantato *The Loco-Motion*, e ci siamo uniti anche noi tutti, e abbiamo perfino fatto i passi del balletto. E infine, una splendida versione di *Especially for You*, dove la voce di Jason Donovan è stata sostituita con grande entusiasmo da Oscar con un secondo microfono.

Era al settimo cielo, e io ero felicissima per lui. In quel momento sono riuscita persino a dimenticarmi di Alex e delle sue minacce. Ma quando Kylie ha terminato la sua performance con *On a Night Like This*, che ha dedicato a Oscar e Luke, sono ripiombata nell'angoscia e nella paura.

Ora, seduta in treno, cerco di chiarirmi le idee e allontanare il pensiero di Alex. Devo concentrarmi sull'immediato, sulla vera ragione per cui sto andando in Scozia, e cioè scoprire se per qualche strano caso della vita Evie è la sorella perduta della nonna di Gabi. So che è improbabile, ma nella vita mi sono successe talmente tante cose strane. A dire il vero ne stanno succedendo ancora, ma a quelle non voglio pensare. Non adesso.

Arrivo alla stazione centrale di Glasgow e mi torna subito in mente, mentre mi trascino dietro il trolley, quella volta in cui Sean e io siamo venuti qui per il matrimonio di sua cugina, quando ancora non stavamo insieme. Anzi, eravamo praticamente degli estranei.

Come sembra tutto lontano, oggi. Sono successe così tante cose da allora che mi sembra quasi di non essere la stessa persona, e probabilmente non lo sono.

La vecchia Scarlett sarebbe entrata nel panico se uno come Alex l'avesse minacciata in quel modo. Si sarebbe immediatamente chiusa in se stessa come un topolino spaventato. *Ma io non sono più la stessa Scarlett di un tempo*, penso fermando un taxi. Certo, sono preoccupata per Alex e per quello che è capace di fare, ma non permetterò a uno come lui di farmi sprofondare nel panico. Nella maniera più assoluta.

Il taxi mi lascia davanti all'albergo, e non mi preoccupo neanche di disfare la valigia quando entro in camera. Mi do una veloce rinfrescata ed esco di nuovo. Ho un appuntamento, e una strana sensazione alla bocca dello stomaco mi dice che sarà un incontro importante.

Un'altra breve corsa in taxi e mi ritrovo davanti a un'elegante villetta in una zona di Glasgow chiamata Thorntonhall.

Evie e Hector mi hanno chiesto di incontrarci qui. A quanto pare sono ospiti della nipote per una breve vacanza.

«Salve, cara!», mi saluta Hector in tono gioviale. «Che bello rivederti», dice aprendomi la porta.

«Per me è lo stesso. Grazie per aver accettato di incontrarmi». Mi accoglie un ampio ingresso con pavimento di legno chiaro e pareti bianche decorate da dipinti astratti.

«Scarlett», esclama Evie arrivando da un'altra stanza. «Spero che il viaggio sia andato bene. Non ho davvero idea del perché tu abbia voluto fare tutta questa strada da Londra per parlare con noi. Ci hai incuriosito parecchio, per telefono».

Sorrido, nervosa. «Il viaggio è andato bene, grazie. E a dire il vero, il motivo è molto semplice, niente di così eccitante».

Be', invece potrebbe esserlo. Solo i prossimi minuti ce lo potranno dire.

Dopo che Evie ci ha preparato il tè, l'ha portato in salotto, ne ha versato per tutti e ha insistito affinché prendessi un biscotto, posso iniziare a occuparmi della questione

Il salotto ha uno stile simile all'ingresso. Linee semplici e pulite, interrotte qua e là da qualche pennellata di colore su un cuscino o su un quadro appeso al muro. Ci sono un paio di coppe su una mensola, ma per il resto la stanza è sobria ed elegante.

Sono seduta di fronte a Evie e Hector, e occupiamo due bei divani di pelle chiara. Sul tavolino di fronte di noi ci sono alcune riviste di arredamento e una copia di «Vogue».

«Sono di mia nipote», spiega orgogliosa Evie vedendomi guardare i trofei. «È una arredatrice, ed è molto brava».

«Anche la mia amica Ursula fa l'arredatrice», dico io. «E la sua casa è immacolata, proprio come questa».

«Davvero difficile abitarci!», esclama Hector sorridendo: rivela così una fila di perfetti denti bianchi.

«Proprio così! Io non oso quasi toccare nulla quando sono lì dalla mia amica, per paura di rovinare le linee perfette del suo feng shui».

«Anche per noi è la stessa cosa quando veniamo qui, purtroppo non così spesso come vorremmo», mormora Evie.

Si scambia un'occhiata con Hector, che le dà un buffetto sulla mano.

Vorrei chiedere come mai, ma non sono affari miei. Preferisco andare dritta al sodo e affrontare la vera ragione per cui mi trovo qui.

«Apprezzo molto la vostra disponibilità immediata a incontrarmi», comincio. «E mi rendo conto che per telefono sono stata un po' evasiva sulla ragione della mia visita».

Mi guardano entrambi con curiosità mentre bevo un sorso di tè dalla mia tazza di Orla Kiely per guadagnare un altro minuto di tempo.

«Andrò dritta al punto», annuncio infine. «Evie, ricordi quando hai detto a Oscar e me di essere andata via di casa, quando eri molto giovane?»

«Sì», risponde confusa.

«E di esserti sposata a Gretna Green perché la tua famiglia non approvava Hector?»

«Sì», risponde con un po' più di esitazione.

«Il tuo vero nome è Evita?», le chiedo infine. «E la tua famiglia era per caso di origine italiana?». Ecco fatto, l'ho detto.

Evie sembra un po' sconcertata. «No, tesoro, la mia famiglia è originaria del Suffolk a dire il vero, e il mio nome per esteso è Evelyn Jane».

Ho un tuffo al cuore: lo sapevo che era improbabile.

«Certo che sono domande strane da farsi», osserva Hector posando la sua tazza sul tavolino. Evie la prende al volo e si premura di posarla su una tovaglietta. «Ti dispiace spiegarci qualcosa di più?».

Faccio un bel respiro profondo: all'improvviso sento che sono sul punto di piangere e tento di soffocare le lacrime. «Davvero, non è importante», rispondo e mi sforzo di sorridere. «Ma vi ringrazio per il tempo e per la disponibilità».

«Ehi, non sperare di cavartela così», fa Hector. «Ci meritiamo una spiegazione più esaustiva, e inoltre se hai fatto tutta questa strada per venire fin qui, per te dev'essere una questione davvero importante».

Ha ragione, non posso chiuderla così. Non sarebbe giusto nei loro confronti.

Spiego a Evie e Hector il motivo per cui mi trovo lì e, senza fare nomi, chi sto cercando e perché.

«E come mai hai pensato a me? Oltre alla vaga traccia offerta dal mio diminutivo e dal fatto che ci siamo sposati a Gretna, le possibilità erano molto scarse, non trovi?»

«Perché hai detto di essere stata allontanata dalla tua famiglia, proprio come è successo alla Evita che sto cercando, e la fascia d'età era quella giusta. C'erano troppe coincidenze perché potessi ignorarle. Faccio questo lavoro da tempo e ho imparato che tante coincidenze, in genere, portano sempre a qualcosa».

«Purtroppo non questa volta», mi fa notare Hector riprendendo il tè e un altro biscotto.

«Già», rispondo triste.

«Deve essere una tale delusione per te, quanto mi dispiace», interviene Evie. «Vorrei essere lei, il pezzo mancante del tuo puzzle. Arrivata alla mia età, vorrei aver provato a rintracciare la mia famiglia quand'ero più giovane».

«Non è mai troppo tardi», le dico. «Il mio numero ce l'hai, se mai dovessi aver bisogno di aiuto».

«No, no», mi liquida lei. «Abbiamo già abbastanza problemi con la nostra di famiglia, ci mancano solo nuovi parenti!».

«Spero non sia niente di troppo grave», rispondo cercando di non sembrare invadente.

Evie lancia un'occhiata a Hector. «Abbastanza grave, direi».

Hector cerca di rassicurarla con un sorriso. «Le famiglie non sono mai facili», mi spiega. «Prendi per esempio nostra nipote, possiamo venirla a trovare solo quando il marito non c'è».

«E perché?», chiedo, e provo pena per entrambi. Non conosco bene Evie e Hector, ma sono brave persone e mi piacciono molto.

«È molto dispotico», risponde mentre Evie cerca di dissimulare il disagio. «Non lo diresti mai vedendo lei. Lottie è una donna sicura di sé e una professionista di successo. Ma quando c'è di mezzo quell'uomo...». Fa una smorfia. «Le va in pappa il cervello. È lo stesso con tutta la sua famiglia, detesta che lei la frequenti. Quindi per vederci deve inventarsi delle storie, o farci venire di nascosto quando lui non c'è: per fortuna, accade abbastanza spesso».

«Non so cosa succederà quando arriverà il bambino», aggiunge Evie, senza rivolgersi a qualcuno in particolare. «Avrà bisogno della sua famiglia a quel punto...».

«Oh, è incinta? Quando partorirà?». Non so neanche perché lo chiedo, ma mi sembra in qualche modo rilevante.

«Sì, tesoro. E nascerà presto. Siamo qui proprio per questo, perché non sappiamo quando riusciremo a vederla di nuovo dopo la nascita del bambino». Si guardano di nuovo con angoscia, questa faccenda è chiaramente motivo di grande preoccupazione per entrambi.

«Dipende tutto da quanto tempo quel bastardo potrà sottrarre alla sua frenetica tabella di marcia», sbotta Hector. «In fondo si tratta solo del suo primogenito».

«Hector!», lo rimprovera Evie. «È il nostro primo pronipote, per questo significa così tanto per noi».

Non so proprio che dire. *Uomini*, e mi trovo di nuovo a pensare ad Alex. *Possono essere così stronzi con le donne, e le donne possono essere così cretine certe volte*. Dal poco che ho capito ascoltando Evie e Hector, la nipote dev'essere una con la testa ben piantata sulle spalle per riuscire ad avere successo nel lavoro. Com'è possibile che poi permetta a un uomo di comandarla così? Come fa a non accorgersene? Non ha davvero senso.

«Le relazioni possono essere davvero complicate, a volte», osservo. «Forse quando arriverà il bambino, le cose cambieranno».

«Ne dubito», dice Hector. «Se il marito riesce nel suo intento, non vedremo il piccolo finché non sarà grande abbastanza da andare a scuola, o all'università».

Evie alla fine crolla e inizia a singhiozzare. «Oh, Scarlett scusa», piagnucola e si asciuga gli occhi con un fazzoletto. «Queste cose non ti riguardano e non dovremmo angosciarti con i nostri problemi».

«No, va benissimo, non c'è alcun problema. Posso preparare un altro po' di tè?», mi offro.

«Un altro po' di tè è proprio quel che ci vuole. Ci penso io», replica Evie e si alza, ma sbanda e si mette una mano tra i capelli. «Oh, mi gira un poco la testa...».

«Stai giù, sarà di nuovo la pressione», le sussurra Hector aiutandola a risedersi sul divano.

«Prendo io un po' d'acqua, d'accordo? E poi preparo dell'altro tè», insisto e mi alzo. «È il minimo che possa fare».

Mi sento molto in colpa per essere venuta qui a casa della nipote di Evie e Hector e aver fatto sentire Evie così triste, e ora sta anche male fisicamente. Mi allontano in fretta verso la cucina per prenderle dell'acqua.

La cucina è come il resto della casa, semplice ed elegante. Riempio velocemente il bollitore di alluminio immacolato e lo metto sul fuoco. Poi cerco nei pensili un bicchiere. Ne trovo uno verde e sto proprio per riempirlo dal lavandino, quando noto che hanno lo stesso frigo che abbiamo in casa io e Sean. È uno di quelli tipici americani a doppia porta, con il distributore del ghiaccio e dell'acqua filtrata. Quindi vado lì per riempire il bicchiere con l'acqua fresca.

Noto che il frigorifero è uno dei pochi pezzi disordinati della casa. Ci sono tanti magneti colorati che tengono biglietti e appunti vari, tipo "comprare latte" e "comprare seitan".

Una vegetariana quindi, penso distratta. Mentre riempio il bicchiere guardo anche gli altri bigliettini, ci sono promemoria per appuntamenti medici – forse per i controlli in gravidanza – e un buono del supermercato. Ed è allora che noto qualcosa di familiare. Mentre continuo a fissare quella calligrafia sperando di essermi sbagliata sento l'acqua che inizia a colare dai lati del bicchiere, che non smetto di riempire perché la mia mente è di colpo incapace di pensare a qualsiasi altra cosa se non a quella cartolina color crema.

La cartolina è un invito.

Un invito per un matrimonio che si terrà a New York a dicembre.

E la coppia che l'ha spedito siamo io e Sean.

E gli invitati sono… Charlotte e Alex Woolfe.

Capitolo 37

Il giorno dopo, quasi non mi accorgo della campagna che scorre fuori dal finestrino del treno. Non posso fare a meno di smettere di pensare a quel che ho fatto, e a quel che sto per fare.

Vedere il nostro invito sul frigorifero di Charlotte e Alex è stato uno shock, e quando alla fine Hector – notando che non ero tornata di là con il tè e con l'acqua – è venuto in cucina, mi ha trovata ferma immobile con una pozza di acqua ai piedi e il bicchiere verde stretto in mano, ma con poca convinzione.

Senza perdere le staffe, mi ha accompagnato dolcemente in salotto, mi ha fatto sedere con un bicchiere di acqua fresca che mi ha imposto di bere, ed è andato a fare dell'altro tè per tutti, mentre Evie è rimasta insieme a me. Immagino che abbiano pensato a una specie di crisi, dal modo in cui mi comportavo e dal mio sguardo perso.

«Ti senti un po' meglio adesso, cara?», mi ha chiesto Evie con tono gentile mentre Hector ci versava dell'altro tè e aggiungeva abbondanti e numerosi cucchiaini di zucchero nella mia tazza.

«Sì, sì, va meglio ora, grazie». Stavo tornando in me, e una tazza di tè era proprio quel che ci voleva.

«Ti sei sentita poco bene poco fa, in cucina?», mi ha chiesto Evie. «Tranquilla, tesoro, non devi vergognartene. Ne soffre anche la mia amica Maureen, *petit mals* li chiamano, non è così? Come leggeri attacchi epilettici. È per questo che sei venuta in treno? Perché non puoi guidare?»

«No… no. Non soffro di crisi epilettiche». Oddio, come potevo spiegarglielo? «Hector, Evie…», li ho guardati entrambi e ho fatto un bel respiro. «Devo dirvi una cosa».

Il treno giunge infine alla stazione di Euston e fermo subito un taxi. Non chiedo al tassista di portarmi a casa mia, a Notting Hill, ma a casa di Maddie, a Putney.

Devo farlo alla svelta, prima di cambiare idea.

Quando mi sono messa in viaggio per la Scozia, me lo sentivo che sarebbe stato importante, ma non avrei mai immaginato che sarebbe stato importante in questo senso.

Alex è un farabutto, lo sapevo, ma non credevo che potesse spingersi così in basso, nemmeno uno come lui. Ha avuto una storia con Maddie mentre la moglie era incinta. Roba da non credere. Le ha raccontato che lui e Charlotte non andavano più d'accordo: la classica storia trita e ritrita, ed è piombato sulla mia Maddie con i suoi modi affascinanti e le smancerie proprio quando lei era più vulnerabile, a pezzi per via della grossa crisi con Felix.

Stringo il pugno per la rabbia, mentre mi accomodo sul sedile posteriore del taxi. Ma so che devo restare calma, per ora: devo farlo per Maddie.

Cerco di non pensare alle conseguenze delle mie azioni.

Quando arrivo da Maddie, non so neanche se la troverò. Spero che ci sia. Spesso lavora da casa quando deve organizzare le sue attività di beneficenza. Non è certo un argomento da affrontare per telefono, e Maddie si sarebbe subito insospettita se le avessi annunciato che sarei passata da lei di pomeriggio, in mezzo alla settimana.

Pago il tassista e gli chiedo di aspettarmi un momento, giusto il tempo di accertarmi se la mia amica sia in casa. Poi salgo il basso gradino di fronte all'ingresso, suono il campanello e aspetto.

Niente.

Alzo gli occhi al cielo. *Ti prego, Maddie*, penso. *Ho bisogno di fare questa cosa adesso, non voglio che passi troppo tempo, potrei cambiare idea*.

Ma so che non cambierò idea. Alex ha davvero passato il segno stavolta.

Suono di nuovo il campanello e sorrido imbarazzata al tassista, che intanto ha già aperto il giornale ed è felicemente immerso nel mondo raccontato dal «Daily Mirror».

Sto per rinunciare quando vedo muoversi una tendina al piano di sopra. Faccio un passo indietro e vedo la testa di Maddie fare capolino da dietro le tende. Mi vede, mi saluta e mi fa cenno che arriva.

«Grazie!», grido al tassista. «È in casa», spiego indicando la porta. «Può andare».

Il tassista mi fa il pollice in su, ripiega il giornale a metà e riprende la marcia, proprio mentre Maddie compare sulla porta.

«Scarlett, che ci fai qui?», mi chiede mentre la oltrepasso ed entro in casa.

Maddie indossa una specie di sottoveste leggerissima, che si aggiusta addosso richiudendosi la porta alle mie spalle.

«Ti stavi per fare una doccia?», chiedo.

«No. Perché? Ah, per via di questo... No, veramente, stavo per mettermi a riposare».

«Capisco. Scusa se ti ho disturbato, ma ho bisogno di parlarti di una cosa».

«Potrà sembrarti maleducato da parte mia, Scarlett, ma... possiamo farlo in un altro momento?».

Non mi aspettavo una simile reazione.

«No, assolutamente no. Devo dirtelo ora».

Maddie annuisce. «Okay, allora. Accomodati pure».

Entriamo nella cucina, dove mi sono seduta con lei così tante volte da quando si è trasferita a Londra, a bere caffè e spesso vino, a fare chiacchiere tra ragazze e a risolvere i problemi del mondo.

«Metto su un tè?», mi chiede.

Sospetto che avrà voglia di qualcosa di più forte tra qualche momento, ma annuisco.

«Allora...», dice Maddie dopo essersi occupata del tè. «Che succede?». Scivola sullo sgabello di fonte al mio, e ci guardiamo attraverso lo stretto ripiano per la colazione.

«Mmm», esito. «Non so davvero da dove iniziare».

«Dal principio, in genere è un'ottima scelta». Maddie sorride.

«Scarlett, dài, che succede? Hai l'aria di una a cui abbiano appena messo in mano il destino del Paese, come se fossi sul punto di premere il pulsante rosso!».

Virtualmente è così. Ma si tratta del pulsante rosso della sua vita.

Faccio un bel respiro e racconto a Maddie del mio viaggio, e della vera ragione per cui ero andata in Scozia. Non faccio il nome di Gabi, e neanche quello di Charlotte per il momento, ma le rivelo cosa è successo quando sono entrata in cucina.

«Eri in casa della moglie di Alex!», sussurra lei, con gli occhi spalancati.

Mi domando perché stia di colpo sussurrando.

«Sì», continuo io con voce normale. «Ma non finisce qui...».

«E invece penso proprio che finisca qui, Scarlett».

Mi giro al suono di quella voce inaspettata che arriva dalla porta, e con orrore vedo Alex, lì in piedi. Indossa un paio di jeans e una camicia azzurra sbottonata: chiaramente, se l'è appena rimessa. È scalzo e spettinato.

Di colpo mi è tutto chiaro e capisco anche perché Maddie indossa quella sottoveste.

«Oddio, non dirmi che lo stavate facendo, quando sono arrivata?», chiedo a Maddie.

«Diciamo di sì», risponde lei con un sorriso seducente rivolto ad Alex.

Chiudo gli occhi un attimo per cercare di riprendermi. «E quindi immagino che tu abbia sentito tutto», chiedo ad Alex.

«Ho sentito abbastanza da capire che stai di nuovo ficcando il naso nei fatti miei».

«No, Scarlett non aveva idea che fosse casa tua quando è arrivata lì, non è vero?», cerca di difendermi Maddie.

Alex e io ci guardiamo, come duellanti all'alba, in attesa di vedere chi dei due premerà per primo il grilletto.

«No, Maddie», le sorrido. «Hai ragione, non ne avevo idea. Ma è stata comunque una visita molto *interessante*», dico rivolgendomi a lui con un tono diverso. «*Molto* interessante».

«Perché?», domanda Maddie che comincia a sembrare allarmata. «Che sta succedendo? E perché voi due vi state guardando in quel modo?»

«Alex, vuoi dirglielo tu?», chiedo inarcando le sopracciglia.

«Non farlo, Scarlett», mi mette in guardia. «Te l'ho già detto».

Maddie continua a guardarci. «Alex, perché le stai parlando in questo modo? Qualcuno vuole dirmi cosa sta succedendo?».

«Come pensavo, non hai le palle per farlo», sibilo, poi guardo in basso, verso i suoi jeans. «Non saranno troppo... deboli?».

Alex si fa scuro e minaccioso in volto. «Non farlo», ripete.

«Alex, per caso, ti ha detto che sua moglie è incinta?», chiedo a Maddie con voce un po' troppo stridula.

Dallo sguardo di Maddie capisco che ne è all'oscuro.

«E non solo un po' incinta, ma molto incinta. A quanto dicono i bisnonni del piccolo, dovrebbe nascere presto». Ora è il mio turno di guardare Alex con occhi torvi. «E io mi fido di Evie e Hector. Credo a tutto quello che mi hanno detto di te».

Alex ha l'aria di volermi strangolare lì in cucina.

«Quindi, se ancora non l'hai capito Maddie, significa che Charlotte era già incinta sin dall'inizio di questa sordida relazione tra te e Alex. Ti ha usata per tutto il tempo, per sfogarsi un po' mentre la moglie... come posso metterla senza sembrare maleducata? Mentre la moglie non era disponibile?».

Guardo Maddie, e di colpo mi sento orribile. Mi sono spinta davvero un po' troppo oltre. Ma solo perché sono arrabbiata: arrabbiata per Maddie, per Hector ed Evie; e per me stessa, e per il modo in cui Alex mi ha fatta sentire e, di conseguenza, agire.

Maddie ha l'aria di una a cui sia improvvisamente imploso il mondo dentro, travolgendola con le macerie.

E sono stata io ad averle fatto questo.

«Non volevo dirtelo così, Maddie. Scusa. Ma non avevo idea che ci sarebbe stato anche lui».

Maddie, pallida, allunga le mani verso di me attraverso il ripiano e io le afferro, ma lei le stringe brevemente e poi si alza in piedi.

«È la verità, Alex?», chiede piano.

Il volto di Alex, così cupo e severo fino a poco prima, si addolcisce, con mia sorpresa. Si avvicina a Maddie, ma lei si allontana e scuote la testa.

Alex annuisce. «Sì, Maddie. Non ne vado fiero, ma è la verità».

«Ma perché?», chiede lei con voce tremante. «Perché mi hai fatto questo? Perché l'hai fatto a tua moglie? Mi hai detto che stavate praticamente per lasciarvi, che quasi non vi parlavate più, figuriamoci fare altro. Hai detto di amarmi, Alex».

Alex si irrigidisce. «Non credo di aver detto esattamente *questo*».

«Ma è come se l'avessi fatto!», sbotta lei. «E invece, non hai mai davvero pensato che saremmo rimasti insieme. Perché allora volevi stare con me? La tua povera moglie non era abbastanza brava a letto, perché era incinta? O forse il suo corpo non ti piaceva più, eh? Il suo meraviglioso, naturale corpo di donna incinta? O, ancora peggio, hai continuato a farti anche lei, mentre stavi con me!».

Maddie gli si avvicina e inizia a colpirlo sul petto nudo con forza. Alex la allontana tenendola a distanza con un braccio.

«Basta! Ti stai rendendo ridicola. Non c'è mai stato un *noi*. Tu, Maddie, sei una donna molto attraente: sei semplicemente arrivata nella mia vita quando avevo bisogno di un po' di compagnia *in più*, tutto qui. Non ho mai pensato che ci sarebbe stato qualcosa di più. E se ci pensi bene, sono sicuro che ricorderai che non ti ho mai promesso niente». Alex mi lancia un'occhiata. «E adesso, levamela di torno», dice. Per una volta, gli ubbidisco. Tiro via delicatamente Maddie da Alex e la tengo tra le braccia, mentre lei inizia a singhiozzare.

«Vado di sopra a prendere le mie cose», annuncia con voce gelida. «Non mi fermo a salutare prima di andarmene. Ma sappi, Scarlett, che per quanto io abbia finito con la tua amica, non ho assolutamente finito con te!».

Sentiamo Alex prendere le sue cose e tornare di sotto, e poi la porta d'ingresso si apre e si chiude.

Maddie e io restiamo in cucina, in silenzio. Continuo a tenerla tra le braccia, protettiva.

«Oh, Scarlett», singhiozza contro il mio petto. «Come posso essere stata così stupida?», si soffia il naso con un fazzoletto che tira fuori da una tasca della sottoveste. «Mi avevi messo in guardia. Hai cercato di dirmelo che mi avrebbe ferita. E avevi ragione. Come sempre».

«Non sempre», mormoro. «A volte faccio le cose in modo troppo impulsivo, e poi devo affrontare le conseguenze».

«Per esempio?». Maddie solleva la faccia per guardarmi. Le accarezzo i capelli, scostandoli dal volto rigato di lacrime.

«Come per esempio dire a Hector ed Evie che razza di uomo ha sposato la nipote».

«Ma hai raccontato *tutta* la verità?», fa Maddie spalancando gli occhi rossi e gonfi.

«Tutta quanta», dico io sorridendo.

«E pensi che le diranno di me?».

Stringo le spalle. «Non lo so. Potrebbero, magari dopo la nascita del bambino. Comunque, neanche prima delle mie rivelazioni, erano grandi fan di Alex, ma questa potrebbe essere l'occasione di riavvicinare definitivamente la nipote alla famiglia».

«Sei troppo oltre», dice. «Non posso credere che tu l'abbia fatto».

«Neppure io. Spero solo che sia stata la cosa giusta».

«Di sicuro», insiste lei. Poi si alza e mi guarda dritta negli occhi. «Tu hai sempre fatto la cosa giusta, Scarlett». Si sforza di sorridere. «Siamo noi che facciamo casino. Oh...», mormora passandosi le mani tra i capelli scompigliati. «Grazie a Dio non dovrò vederlo più. Grazie a Dio è finita». E poi mi abbraccia.

Ma mentre le restituisco l'abbraccio, so che per me non è affatto finita.

È appena cominciata.

Capitolo 38

Trascorro i giorni successivi con Maddie a Putney.

Non avevo programmato di fermarmi qui il giorno in cui sono arrivata da Glasgow, ma dopo tutto quello che è successo con Alex, e soprattutto per come è successo, mi sentivo un po' in colpa, e Maddie non era in condizioni tali da poter essere lasciata da sola.

Le sue emozioni spaziavano dal singhiozzo selvaggio – sul divano, sulla mia spalla, o in qualsiasi altro posto venisse colta dal dolore e dalla sofferenza – alla rabbia, quando invece gridava e batteva forte i pugni su un cuscino immaginando che fosse la testa di Alex, o a volte i suoi testicoli.

Ho avuto la tentazione di unirmi a lei, un paio di volte. Potevo solo immaginare cosa mi avrebbe combinato Alex di lì a poco, e il pensiero di infossargli la faccia in un buco nero era piuttosto allettante.

Sono passati tre giorni dal nostro dramma con Alex. Io sarei dovuta ripartire per New York due giorni fa, ma ho annullato il volo. In parte per poter restare con Maddie, e in parte per paura di quel che troverò una volta arrivata lì. Ho già trovato tre chiamate perse di Gabi sul cellulare, con tanto di messaggio in segreteria, più due chiamate di Max e una di Peter.

Sta già succedendo.

Guardo il telefono nella cucina di Maddie, mentre aspetto che l'acqua nel bollitore sia pronta. Devo essere realistica: quanto a lungo posso ancora ignorarli? Abbastanza a lungo, mi dico, e regolo il telefono su silenzioso, poi lo rimetto nella tasca dei jeans.

«Ho trovato *Il diario di Bridget Jones*, così ce lo possiamo vedere», annuncia Maddie da sotto la coperta in cui è nascosta quasi sempre, ormai da giorni. Le passo una tazza di tè. «Un po' di Colin Firth ci tirerà su. Non delude mai».

Mette play sul lettore dvd e siamo subito catapultate nel meraviglioso mondo dei single in cui vive Bridget, con i maglioni di Natale e, naturalmente, Mark Darcy. In altre circostanze, gli ultimi giorni passati insieme sarebbero stati anche divertenti. Maddie e io facevamo spesso cose del genere quando abitavamo a Stratford-upon-Avon. Prima che lei conoscesse Felix, e molto prima che io sapessi dell'esistenza di Sean su questa Terra. Se una delle due aveva un problema, che di solito dipendeva dall'ultimo uomo arrivato nelle nostre vite, ci concedevamo sempre una giornata sotto le coperte: guardavamo film e ci sfondavamo di gelato e panini ai bastoncini di pesce che solo Maddie riesce a fare così buoni. Negli ultimi giorni, in effetti, abbiamo mangiato molti bastoncini di pesce e alla fine sono dovuta andare a comprare diversi Magnum bianchi dopo che le vaschette di Haagen-Dazs sono finite. Ora siamo più grandi, e abbiamo esteso il menu del cuore infranto anche al vino, e nelle ultime serate ci siamo un po' – diciamo *molto* – intossicate.

Ma oggi va tutto bene nel mondo di Bridget Jones, anche senza spuntini carichi di calorie a tenerci compagnia. Abbiamo superato la parte in cui Bridget canta *All by Myself* con appena due lacrimucce, ma quando arriviamo alla parte in cui Bridget è vestita da coniglietta di «Playboy» e Daniel la molla, sento che Maddie ricomincia a singhiozzare accanto a me sul divano.

«Oh, Maddie», sospiro e le passo un fazzoletto: dev'essere la centesima volta quel giorno. «Lo so che sei triste, ma non ne vale davvero la pena, lo sai?».

Maddie annuisce e si asciuga gli occhi perennemente arrossati. «Lo so», concorda. «L'ho capito, adesso. Ma non è tanto per lui che sto piangendo, quanto per il fatto di avergli permesso di prendermi per il culo». Sbatte le palpebre. «Oh, pessima metafora...».

«Sono sicura che non sei la prima persona a cui l'ha messo in quel posto». Alzo gli occhi al cielo. «Oddio, anche la mia metafora non era il massimo...».

Sorridiamo entrambe per i nostri involontari doppi sensi.

«Già, ma io ho sempre pensato di non essere così stupida, che non sarei mai cascata tra le braccia di un uomo in questo modo. Santo cielo, Felix non mi avrebbe mai trattata così. Ma cosa mi è successo?». Il suo volto si contrae nuovamente in una smorfia di dolore.

«Non è colpa tua, Mad. Alex è subdolo. Ti fa credere di essere Mister Meraviglia per attirarti nella sua tana. E un attimo dopo, ecco che ti fotte a destra, a sinistra e pure davanti. E non è un gioco di parole!», la avverto prima che possa replicare. «Anche Peter l'ha detto che era il tipico lupo travestito da pecora».

Maddie tira su col naso e accenna un altro sorriso. «Mi piace questa analogia. Peter è molto saggio. E ha ragione, è esattamente così che stanno le cose. Ma come mai Peter ha detto una cosa del genere? Lo conosce bene?».

Maledizione. Non volevo che Maddie sapesse anche il resto, non ancora. Avrebbe solo peggiorato le cose.

«Credo che si siano conosciuti per questioni di lavoro».

«Scarlett, cosa stai evitando di dirmi?», chiede Maddie. «Lo so che mi stai nascondendo qualcosa, te lo leggo in faccia».

«Niente!», rispondo innocente. «Niente di cui tu debba preoccuparti ora, comunque», aggiungo quando mi accorgo che Maddie ha messo in pausa il film, proprio mentre Bridget sta dicendo a Daniel Cleaver dove può ficcarsi il lavoro.

«Che significa che non devo preoccuparmene *ora*?». Maddie è seduta dritta, e mi sembra più lucida e sveglia di quanto sia mai stata negli ultimi giorni. Forse *è* il momento giusto.

Le racconto tutto, dai miei sospetti iniziali su Alex alle sue minacce durante la festa di Gabi. Le dico del Plaza, e dell'intimidazione finale al matrimonio di Oscar.

«E conosci come finisce la storia», concludo, «con me che vado a Glasgow a trovare Hector ed Evie. Ed eccoci qui, adesso».

Maddie, che è rimasta seduta perfettamente immobile e con un'espressione impassibile negli occhi mentre le raccontavo tutto questo, non dice niente; si trascina più vicina a me sul divano e mi abbraccia. «Scarlett, sei l'amica migliore che si possa desiderare, lo sai questo?»

«Insomma...». Mi libero dall'abbraccio. «Mi sento in colpa per te, per non averti detto niente di Alex prima, e per Gabi, per aver permesso che qualcuno spifferasse i fatti suoi alla stampa. E mi sento in colpa anche nei confronti dei bambini del Sunnyside perché forse, a causa mia, non riceveranno più fondi. Nessuno vorrà più avere niente a che fare con la Fondazione Libellula dopo tutta questa storia».

Adesso è il mio turno di singhiozzare: tutta la pressione e lo stress accumulati nelle ultime settimane arriva dirompente, insieme alle mie lacrime.

Maddie tira via un po' di salviette di carta dalla scatola e me le porge. Mi lascia piangere sulla sua spalla per un paio di minuti prima di tentare di dire qualcosa.

«Ti senti un po' meglio, ora?», mi chiede, quando le lacrime iniziano a diminuire.

«No».

Maddie si allontana. «Adesso ascoltami, signorina. Proprio come mi hai ripetuto tu in questi giorni, non hai nessuna colpa. Nessuna. Mi hai sentito bene?».

Annuisco, ma solo per farla contenta.

«È evidente che Alex è un cavallo pazzo. A quanto pare, nessuno di noi sapeva chi fosse davvero fino a questo momento. Ma tu l'hai smascherato, Scarlett. Non capisci? Adesso tutti sapranno chi è».

«E invece no. È troppo intelligente per permettere una cosa del genere».

«Però le persone che più contano stanno iniziando a capirlo, grazie a te».

Ci penso su.

«L'hai già detto a Sean?», mi chiede.

Scuoto la testa.

«Be', dovresti. Lui deve sapere».

«In questo momento è fuori città, è a Chicago».

«Allora glielo dirai non appena torna». Maddie si alza e inizia a camminare per la stanza. È più viva che mai. «E Gabi e Max? Anche loro dovrebbero sapere, essere almeno avvisati».

«Penso che sia già troppo tardi». Tiro fuori il telefono di tasca. Altre chiamate perse: un'altra di Gabi con un secondo messaggio in segreteria, e una chiamata persa con messaggio da parte di Sean. «Guarda quante chiamate perse».

«Scarlett, non puoi continuare a nasconderti in eterno », mi fa notare Maddie guardando il mio cellulare. «Se Alex ha già parlato con la stampa, devi affrontare la cosa. Gabi capirà, è tua amica, e anche Max».

«E Sean?»

«Non hai nemmeno bisogno di chiedermelo! Sean ti ama. Resterà al tuo fianco in qualsiasi circostanza. E non vorrei essere nei panni di Alex quando scoprirà tutto».

Ha ragione, ovviamente. Devo tornare a New York e affrontare la situazione.

Ma devo farlo proprio adesso?

Capitolo 39

Sbarco dal mio volo al JFK e riporto la mia solita valigia gialla in città.

Quando vedo le abitazioni che, sulla strada verso Manhattan, diventano pian piano grattacieli, so di essere a casa.

Casa. Davvero l'ho appena chiamata così? È questo che penso di Manhattan, in fondo al mio cuore? Be', in ogni caso in questo momento non mi appare come il luogo più ospitale della Terra. Piove così forte che non riesco neanche a vedere fuori dal finestrino del taxi.

Appoggio la schiena sul sedile e mi lascio cullare dai pensieri per il resto del viaggio. Anche dopo che Maddie mi ha convinta a tornare a New York, ho evitato di rispondere alle telefonate. A parte quelle di Sean.

Nel messaggio mi chiedeva di chiamarlo per fargli sapere se stavo bene. A quanto pare, non riuscendo a mettersi in contatto con me, Peter e Gabi l'avevano chiamato per sincerarsi che non fosse successo qualcosa.

Ho detto a Sean che avevo deciso di restare a Londra un po' per prendermi cura di Maddie che stava poco bene, e stranamente il segnale a Putney era debole, perciò non riuscivo a ricevere chiamate. Grazie al cielo Sean mi ha creduto.

Non volevo raccontargli di Alex per telefono. Volevo che fossimo faccia a faccia.

Arrivo davanti al mio palazzo e sto per aprire il portone con la chiave quando mi accorgo da una finestra che in casa mia c'è una luce accesa.

Strano, penso. *Sono sicura di non averla lasciata così prima di partire per il matrimonio di Oscar*. Sono andata a Londra tre settimane fa, eppure mi sembra una vita perché nel frattempo sono successe così tante cose.

Arrivata in cima alle scale, infilo la chiave nella porta d'ingresso dell'appartamento e la apro piano. Quando mi sono trasferita qui, l'amministratore del palazzo mi ha detto con un certo orgoglio che negli ultimi quindici anni non si erano mai verificati furti nel palazzo, ma siamo a New York e la prudenza non è mai troppa.

Grazie al cielo, in casa trovo un piacevole benvenuto.

«Scarlett, finalmente sei tornata», annuncia Sean comparendo all'ingresso per prendermi i bagagli. Mi abbraccia, e io vorrei non staccarmi più dalla sua stretta. Quando Sean è con me, tutto mi sembra più bello.

«Ma tu che ci fai qui?», chiedo sorpresa di vederlo.

«Non ti ricordi? Ti ho detto che sarei venuto a trovarti di ritorno da Chicago».

«Ma sì, certo, e insomma ce l'hai fatta». Me n'ero completamente scordata, con tutto quello che è successo.

«Come sta Maddie?», chiede. «Un po' meglio? Sei stata evasiva per telefono. Cose di donne?», si informa con discrezione.

«Ehm… in un certo senso».

Sean prepara la cena per entrambi, e poi gli racconto tutto quello che è successo, senza interruzioni. Ignoro completamente ogni sua smorfia o esclamazione durante la mia tirata: vado avanti fino alla fine della triste storia.

«Hai finito?», chiede poi. «È tutto?».

Annuisco.

«Lo uccido!». Salta in piedi e si batte un pugno sul palmo della mano. «Lo faccio fuori cazzo. È a New York adesso?», domanda. «Ci vado subito».

«Sean», mi alzo e cerco di calmarlo, «non ho idea di dove sia Alex in questo momento. Ma una cosa la so: piombare lì da lui con i guantoni da boxe non risolverà le cose».

Sean non sembra affatto convinto. Cammina per la stanza ed è così arrabbiato che temo possa sferrare un gancio alla parete, da un momento all'altro.

«Perché non mi hai detto niente di quello che stava succedendo?», chiede rivolgendo a me la sua rabbia.

«Non potevo».

«Perché no? Sono il tuo fidanzato, santo cielo! Dovevo essere al tuo fianco, proteggerti». Si passa le mani nei capelli, quasi se li strappa per la frustrazione. «Dio, quella sera fuori dal matrimonio di Oscar... ero lì. Ero lì, Scarlett, e ho lasciato che accadesse».

«No, no, non è stata colpa tua». Mi avvicino e gli prendo il viso tra le mani, con decisione. «Sean, guardami», gli ordino cercando di incrociare i suoi occhi, ma lui non me lo permette. «Sean!».

Sean mi guarda appena.

«Non è colpa di nessuno, mi hai capito? Né mia, né di Maddie e soprattutto non è colpa tua. Mi capisci?».

C'è ancora rabbia nei suoi occhi, ma annuisce riluttante. Il suo corpo, così teso e pronto a esplodere, si rilassa contro il mio. Poi ci baciamo, e per alcuni secondi mi lascio andare al momento. Mi abbandono alla sicurezza che, per quanto possano andar male le cose, nessuno potrà mai mettersi tra noi due. Siamo troppo forti insieme.

«Però non posso fargliela passare liscia», mi fa notare Sean poco dopo con calma determinazione e gli occhi puntati dritti nei miei. «E tu lo sai, non è vero?».

Annuisco. «Non preoccuparti, Sean. Anche io non ho alcuna intenzione di lasciare perdere».

«Brava la mia ragazza», sorride Sean. «Eccola, la mia Scarlett». Poi mi avvolge con le sue forti braccia e rinforziamo il nostro indistruttibile legame, ancora di più.

Capitolo 40

La mattina dopo mi sveglio presto, considerato il jet lag, e inizio a fare le tanto temute telefonate.

Prima Gabi. «Scarlett!», grida. «Dov'eri finita? Sono giorni e giorni che provo a raggiungerti. Stai bene? Sean mi ha detto che sei rimasta da Maddie a Londra per qualche giorno».

«Sì, Gabi. Sto bene adesso, grazie, e sono tornata a New York ieri sera».

«Che bella notizia», dice suonando più gioiosa di quanto mi aspettassi. «Possiamo vederci da qualche parte e mangiare qualcosa insieme? Ho un sacco di cose da raccontarti. Non hai idea di cosa sia successo mentre eri via».

«Ehm… certo, va bene». Non è quello che mi aspettavo. Pensavo che Gabi volesse ammazzarmi.

«Al solito posto? Diciamo… per le undici?», chiede. «Devo scappare, Max e io andiamo a correre nel parco tra pochissimo e non mi sono ancora vestita!».

«Max che va a correre?». Questa sì che è una sorpresa. Max non corre mai da nessuna parte, a meno che non si tratti di riprendere una banconota da venti dollari volata via per strada. Ma… loro due insieme?

«Oggi è la sua prima uscita ufficiale. Gli ho comprato le scarpe da jogging e tutto il resto. Oh, ecco il campanello. Scappo. A dopo!». E attacca.

Mmm, penso guardando il telefono che ho ancora in mano, è andata molto meglio di quanto pensassi. *Forse Alex non è andato avanti con le sue minacce, alla fine. Ma perché allora mi chiamavano tutti? Ora chiamo Peter. Lui saprà.*

Trovo la segreteria telefonica, allora chiamo in ufficio, ma mi dicono che è già in riunione.

Sospiro. Devo restare ottimista. Le cose non sono messe così male come credevo quando ho aperto gli occhi stamattina. Ma ancora non mi è chiaro cosa stia succedendo.

Più tardi mi ritrovo nel piccolo bar che Gabi e io frequentiamo spesso ultimamente, e un cappuccino è già sul tavolino davanti a me. Siamo quasi a fine settembre. Già il mese prossimo tutti i locali come questo saranno pieni di zucche e altre decorazioni per Halloween, pronti per la notte tanto amata dagli americani. *Ma dove è volato quest'ultimo anno?*, mi chiedo mentre bevo il mio caffè. È iniziato bene, direi, con tutti noi a festeggiare il grande poeta scozzese Robert Burns con Luke e Oscar una sera, in quel ristorante a Londra, e poi è stato come un giro sulle montagne russe per me, pieno di alti e bassi emotivi. E una quantità di ansia, paura e rabbia di gran lunga maggiore di quella che vorrei sperimentare per il resto della vita, soprattutto se concentrata in soli nove mesi. E il pilota di quel mio giro sulle montagne russe è stato quasi esclusivamente Alex.

Ieri sera mi sono preoccupata quando ho visto la reazione di Sean ma, date le circostanze, era prevedibile che si arrabbiasse. È un istinto primordiale negli uomini, per quanto in apparenza miti e calmi: il loro impulso naturale è quello di proteggere la propria donna e la propria famiglia. E in un certo senso è stato anche bello sapere che Sean provasse questa forte emozione. Quale donna, per quanto tosta e indipendente, non desidera accanto a sé un uomo pronto a difendere il suo onore? In altri tempi immagino si sarebbero sfidati a duello all'alba. Ma siamo nel ventunesimo secolo e non nel diciottesimo, io non indosso un abito lungo e non sventolo un fazzoletto bianco e, fortunatamente per Alex, Sean non possiede una pistola.

Ma, ruota del tempo a parte, sono sicura che se non mi viene in mente un piano che convinca Sean del fatto che Alex l'abbia davvero pagata come merita, sentirà il bisogno di agire da solo.

Gabi e Max arrivano appiccicati e ancora arrossati, quindi immagino che abbiano finito di correre da poco. Max va dritto al bancone, mentre Gabi mi raggiunge e mi abbraccia, come fa sempre quando ci incontriamo.

«Mi sembrano secoli che non ti vedo», dice trafelata mentre si lascia cadere sulla sedia di fronte alla mia. «Ma in realtà è solo dal matrimonio di Oscar».

«Sì», sorrido vaga. Non saprei dire di preciso che cosa, ma qualcosa non torna.

«Oh, Scarlett, ho così tante cose da raccontarti», annuncia prendendomi la mano. «E tanto di cui ringraziarti».

«Davvero?».

«Da dove inizio?», comincia mentre Max scivola sulla sedia accanto a lei.

«Bello qui, eh?», fa lui guardando il bancone. «Mi ha detto che ce li portava lui i caffè al tavolo, da Starbucks non ti servono mica. Ne ho ordinato uno anche per te, Scarlett. Spero vada bene». Mi guarda. «Anche se forse qualcosa di più sostanzioso non ti farebbe male. Sei dimagrita? Hai l'aria un po' sciupata».

«Max!», lo rimprovera Gabi. «Cosa ti ho detto a proposito del fatto che bisogna essere educati? Soprattutto con le signore...».

«Ma è Scarlett», risponde lui sorridendomi.

«Non ti permettere», gli dico io puntandogli un dito contro. «Ho capito benissimo dove volevi arrivare, Maximilian!».

«Solo mia madre può chiamarmi così! *Touché*, amica mia».

Quindi non mi odiano.

«Dunque, stavo dicendo», ricomincia Gabi. «È successo tutto mentre non c'eri».

Ci siamo, teniamoci forte.

«La stampa è venuta a sapere della tua ricerca della mia prozia», dice. «Era su tutti i giornali scandalistici. Mmm, che giorno era Max...?»

«Ehm». Max ci pensa su. «Mercoledì? Sì doveva essere mercoledì perché ero giù al Village per alcune riprese quando ho visto la notizia affissa all'edicola».

In effetti, le cose quadrano. Ho incontrato Hector ed Evie di lunedì e poi Maddie e Alex martedì pomeriggio. Grazie alla differenza di fuso orario, Alex avrebbe avuto tutto il tempo di riferire la storia alla stampa tramite i suoi contatti, e loro avrebbero avuto modo di far uscire la notizia l'indomani in America.

«Mi spiace davvero», mormoro. «Se avessi potuto evitarlo, l'avrei fatto».

Gabi mi ferma subito con un cenno della mano. «No, non devi dispiacerti. Cioè, all'inizio ero furiosa con te, non fraintendermi. Era proprio quello che ti avevo chiesto di evitare. E quel primo messaggio che ti ho lasciato in segreteria era piuttosto incazzato. Quindi, sono io quella che dovrebbe sentirsi dispiaciuta».

Ho evitato deliberatamente di ascoltare quei messaggi, e ora ne sono felice.

La cameriera ci porta i tre caffè e una grossa fetta di torta per Max.

«Max!», esclama Gabi attonita. «Mi era sembrato di capire che eri in fase salutista!».

«Certo», risponde lui con la forchetta già infilzata nella torta. «Ma mi hai fatto correre in mezzo a Central Park oggi, la fatica, l'imbarazzo...», si giustifica facendomi l'occhiolino, «mi hanno messo un grande appetito. E poi è mela, no? Cioè, è una cosa sana!».

Gabi scuote la testa e prende il suo caffè. «Inutile», commenta. Poi gli sorride con amore. «Ma io le adoro le tue maniglie dell'amore». Lo bacia sulla guancia dandogli un pizzicotto sulla pancia.

Io mi guardo intorno per assicurarmi che nessuno ci stia guardando.

«Ma che succede?», chiedo, quando mi rendo conto che c'è qualcosa di strano, ovvero loro due che si scambiano effusioni in pubblico. «Com'è possibile che di punto in bianco inizi a baciare Max in un locale pubblico?»

«Ci stavo arrivando», mi spiega Gabi. «Quando è saltata fuori la storia della mia bisnonna, ho avuto tutti i riflettori puntati addosso». Alza gli occhi al cielo. «A quanto pare faccio vendere i giornali. Così, non solo stavano cercando di gettare fango su mio padre e sulla mia famiglia, ma i media hanno anche deciso di spifferare la mia storia con Max».

«Oddio, mi dispiace, scusatemi!».

«Smettila di scusarti, Scarlett. Non è stata colpa tua, no?».

Sto per alzare la mano e confessare quando Gabi riprende: «Chiunque abbia scoperto la nostra relazione e abbia spifferato tutto alla stampa, ci ha fatto un gran favore».

«Ah, sì?»

«Ma certo. Adesso Max e io possiamo dichiararci in pubblico il nostro amore. Non è così, Max?»

Max si limita ad annuire, ha la bocca troppo piena di quella torta che è praticamente quasi sparita.

«Possiamo andare a mangiare fuori, correre a Central Park, fare qualsiasi cosa senza aver paura che qualcuno scopra il nostro segreto. È bellissimo, non è vero, Max?».

«Mi andrebbe bene anche senza dover correre per Central Park», puntualizza Max posando la forchetta sul piatto vuoto.

Gabi si limita a sbuffare.

«E che mi dici del resto?», chiedo. «Tuo padre, la tua famiglia? Come hanno reagito alla notizia?». Non riesco a credere che stia accadendo davvero. Sembra tutto a posto. I miei amici non mi odiano, e la stampa e Alex non ci hanno rovinato la vita.

«Male, all'inizio», replica Gabi facendosi seria. «In particolare mio padre, che ha fatto un salto fino al soffitto quando ha saputo di Max».

Max le stringe una mano.

«Però è stato un bene, in un certo senso», prosegue. «Era così impegnato a preoccuparsi della mia vita amorosa da non dare troppo peso al fatto che la stampa stesse cercando di infangare la sua reputazione. E ora ha anche incontrato Max, ed è più tranquillo. Max lo fa ridere e credimi, con mio padre non è per niente facile».

Si guardano adoranti, continuando a tenersi per mano.

«E tua nonna? Lei come sta?», chiedo.

«Come al solito», risponde lei seria. «Alla sua età le cose non cambiano. Ma...», dice illuminandosi, «non ti ho ancora raccontato la parte migliore!».

«La parte migliore?». Rispetto a quanto avevo immaginato è già tutto troppo bello per poterlo esprimere a parole.

«Sì!», esulta Gabi sprizzando gioia da tutti i pori. «Dopo che la storia è uscita su tutti i giornali, ed era mercoledì, il giovedì ho ricevuto una telefonata. Non immaginerai mai da parte di chi».

Dal modo in cui si erano messe le cose, per me poteva benissimo trattarsi di Barack Obama.

Scuoto la testa. «Non ne ho idea».

«La mia prozia Evita!».

A quel punto, mi casca la mascella.

«Lo so!», fa lei. «È stata più o meno anche la mia reazione quando mi ha chiamata. Ha detto di aver visto la storia sui giornali, e che le avrebbe fatto piacere venire a trovare la nonna. Prima che sia troppo tardi», aggiunge con tristezza. «Arriva in aereo da Boston la prossima settimana. Riesci a crederci?».

Gli occhi di Gabi sono scintillanti di gioia e il suo viso è il ritratto della felicità.

«Ecco perché ti ho cercato tanto quando eri da Maddie».

Scuoto la testa. Questo è davvero troppo. Ero terrorizzata all'idea di tornare a New York per paura che Alex avesse fatto una strage, e invece di tenebre e disperazione ho trovato solo luce e amore attorno alle persone a me care.

Lacrime inaspettate iniziarono a bagnarmi il viso.

«Che c'è?», chiede Gabi prendendomi la mano.

«Scarlett?», domanda Max preoccupato. «Che c'è?»

«Niente. Niente, davvero. Sono solo così felice che sia andato tutto bene. Pensavo di tornare a New York e trovarvi infuriati e pieni d'odio per me a causa di tutto quello che è successo».

«E perché mai dovremmo odiarti?», chiede Gabi a disagio. «Noi ti vogliamo bene, Scarlett. E tu non hai mica colpa di niente».

«E invece sì», ammetto. «A prescindere dai risultati finali, è stata solo colpa mia se si sono venute a sapere le cose».

Max alza una mano per chiamare la cameriera. «Altri tre caffè per piacere», riesce a dire una volta catturata la sua attenzione. «E altre tre fette di quella deliziosa torta, se ce n'è. Penso che ne avremo bisogno».

Quando ho finito di raccontare la verità su Alex e quello che è successo negli ultimi mesi, come sempre mi sento svuotata d'energie, esausta. Tutte le volte che devo raccontare questa triste storia a qualcuno è come se rivivessi quell'orribile esperienza.

Guardo i miei due amici, mentre affondo la forchetta nella torta. All'improvviso, mi è venuta una fame tremenda. Gabi sembra sotto shock, come se non riuscisse a credere che sia successo tutto davvero e che, per giunta, riguarda qualcuno che lei conosce,. L'espressione di Max è un po' diversa, invece. Consapevole. Come se non fosse neanche un po' sorpreso che Alex abbia fatto tutto questo. Eppure sotto l'apparente freddezza, vedo ribollire la rabbia.

«Ne hai parlato con Sean?», chiede infatti.

«Sì, certo, ma ha saputo tutto solo ieri sera, quando sono tornata a Manhattan».

«E che dice?»

«Ci è mancato poco che andasse a pescare Alex per gonfiarlo di botte».

«Ci credo», mormora Max scuro in volto.

«Io non ci posso credere…», interviene Gabi. «Cioè, Alex… lui sembra così…».

«Viscido?», suggerisce Max. «Untuoso, nauseante, pomposo, arrogante… Vedi un po' tu».

Sorrido a Max.

«Sono proprio felice di non aver portato avanti quell'affare in cui voleva coinvolgermi», dice Gabi grata. «C'è mancato davvero poco, ma Portia era così contraria che alla fine ho desistito».

Brava, Portia, penso. *Sempre così attenta a Gabi.*

«Allora», continua Max. «Abbiamo scoperto quello che io sospettavo da tempo: Alex è uno stronzetto parassita di cui il mondo può fare a meno».

La terminologia di Max mi sorprende.

«E ho anche un'idea su come fare...». E affonda con violenza la forchetta nell'ultimo pezzo di torta rimasto nel piatto.

Gabi e io spalanchiamo gli occhi.

«Nah...», dice vedendo la nostra faccia. «Non siamo mica nella serie *I Soprano*. Intendevo dire che ho un'idea su come rispedire il nostro Mr Woolfe da dove è venuto, nelle fogne. E...», aggiunge vedendo il mio interesse, «tuo fratello potrebbe essere proprio la persona che fa al caso nostro».

«Jamie?», faccio io sorpresa.

Max annuisce. «Sì. Il buon vecchio Jamie».

Capitolo 41

Attendo nervosa tra il pubblico che il nostro ospite per la serata, Ted Dawson, famoso conduttore di dibattiti televisivi in fascia giornaliera qui negli Stati Uniti, chiami la mia categoria.

Aggiusto il mio abito da sera per quella che sarà la decima volta negli ultimi pochi minuti, bevo un altro generoso sorso di vino bianco e mi guardo di nuovo attorno. Al momento sono circondata dal fior fiore della stampa americana: ci sono giornalisti televisivi, produttori, registi e tecnici che lavorano nei telegiornali. Poi ci sono quelli della carta stampata: giornalisti, editor e tutti gli altri che lavorano con loro.

Gli United States Media Awards sono tra gli appuntamenti annuali più importanti per la stampa, e la serata è trasmessa in diretta dal Waldorf Astoria Hotel di New York. Ci hanno offerto una sontuosa cena a quattro portate, e ora dovremmo rilassarci mentre i fortunati vincitori vengono annunciati uno dopo l'altro e raggiungono il palco tra gli applausi del pubblico per ritirare il trofeo.

Grazie a Dio ho passato la serata in compagnia di Peter e di altre persone carine che lavorano con lui nella casa di produzione TVS, quindi non mi sono sentita un pesce fuor d'acqua tra questi pezzi grossi. Ma ora che il mio momento si avvicina passo dal sentire molto molto caldo ad avere i brividi di freddo, tutto nel giro di pochi istanti.

«Andrà tutto bene, Scarlett», mi incoraggia Peter chinandosi dalla sedia accanto. «So che puoi farcela».

«E se non vince?», gli chiedo. «Sarà stato tutto inutile».

«Vincerà», dichiara Peter con sicurezza. «Basterebbe già la sua indagine su quel giro di sfruttamento minorile in India, ma in più ci sono tutte le altre storie che ha filmato durante l'anno».

«Una parte di me spera davvero che Jamie vinca», confido a Peter. «Se lo merita. Ma per la mia salute mentale, preferirei restarmene seduta qui tranquilla quando sarà annunciato il vincitore».

Jamie, con nostra grande gioia, è stato nominato nella categoria "Miglior corrispondente estero televisivo", ma siccome si trova in Pakistan per lavoro non è riuscito a tornare a New York per la cerimonia.

Ed ecco perché mi trovo qui.

Jamie aveva già parlato di questa nomination al suo vecchio amico Max prima che fosse annunciata pubblicamente: temeva però di non riuscire a tornare per la premiazione. Aveva chiesto a Max se avesse potuto partecipare lui alla serata al posto suo, ed eventualmente ritirare il premio.

Ma Max ha pensato bene di chiedere a Jamie se invece non potessi farlo io. Quando gli ha spiegato perché, illustrandogli il suo piano, Jamie – dopo una serie di feroci insulti indirizzati ad Alex – ha acconsentito molto volentieri alla sostituzione.

E quindi eccomi qui, in attesa di vedere se tra qualche istante riuscirò a salire sul palco con le mie gambe tremanti e fare il grande discorso della mia vita, in diretta televisiva in tutti gli Stati Uniti.

«Vado un attimo in bagno», dico a Peter. «Ho bisogno di capire se le mie gambe funzionano ancora».

Peter sorride. «Va bene, ma non metterci troppo. Il premio di Jamie arriverà tra pochissimo».

Riesco a camminare fino alla toilette, e quando arrivo mi lavo le mani sotto l'acqua fredda e mi bagno un po' il viso nel tentativo di riprendere lucidità.

Cerco di infondere coraggio alle mie ossa tremanti spazzolandomi i capelli e ripassandomi il trucco, e penso ai bambini del Sunnyside, e ad alcune delle famiglie che si sono ritrovate e riunite in passato, grazie alla Fondazione Libellula. Alex ha messo a repentaglio tutto quello per cui abbiamo lavorato negli ultimi anni.

Si è rivolto alla stampa, sapendo di poter rovinare la reputazione della mia associazione di beneficenza, solo per vendicarsi di me.

Mi guardo allo specchio, indifferente alle altre donne che entrano ed escono e si avvicinano ai lavandini accanto a me. A quel punto, sorrido nello specchio.

Alla fine, in un meraviglioso rovescio della fortuna, e a dimostrazione del fatto che non esiste la cattiva pubblicità, il piano di Alex ha avuto l'effetto contrario, e da quando è saltata fuori la storia di Gabriella Romero alla ricerca della prozia scomparsa, il numero di richieste alla Fondazione Libellula si è triplicato. La prossima settimana dobbiamo assumere quattro nuove persone per gestire al meglio tutte le richieste di aiuto che arrivano nei nostri uffici.

Quindi, per quanto ci abbia provato, Alex non è riuscito a fare del male né a me, né al mio lavoro, né ai miei amici. Be', a parte Maddie.

È passato poco più di un mese da quando Maddie ha saputo della moglie di Alex e del loro bambino in arrivo, e ci sta ancora male. Parlo con lei quasi ogni giorno. A quanto pare Maddie teneva ad Alex molto più di quanto lui tenesse a lei, e ora ne sta pagando le conseguenze: soffre la dolorosa umiliazione di aver scoperto che qualcuno di cui si fidava tanto abbia potuto essere così crudele, non solo nei suoi confronti ma anche nei confronti degli altri.

Faccio un bel respiro. «Lo devo fare, e lo devo fare bene». Sussurro a me stessa allo specchio: «Per Maddie, per me, e per tutte le altre associazioni benefiche e le persone che sono state danneggiate dalla viltà di Alex».

Da quando sono tornata a New York dopo il mio fatale viaggio a Glasgow, ho scoperto che Alex ha derubato tante associazioni benefiche o, per dirla come Peter, si è indebitamente appropriato dei loro fondi.

Peter è stato fantastico. Dopo aver saputo la storia di Alex e cosa avesse in mente di fare, si è rivolto a tutti i suoi contatti e ha così scoperto quante volte Alex era stato sospettato di mala gestione con le associazioni benefiche. Ma nessuno era mai stato in grado di provare niente, anche perché Alex era sempre riuscito a tenere tutti buoni in un modo o nell'altro.

«Ma non me, Alex Woolfe», sussurro a un volto nello specchio che riconosco appena. È un volto che appare sicuro di sé, determinato, come se niente al mondo lo potesse scalfire. Sono davvero io? Possibile?

Eppure, mentre torno verso la mia sedia in sala, mi sento avvolta in una nuvola di fiducia e sicurezza che non ho mai provato prima. Magari l'ho acquisita insieme all'abito che ho preso in prestito per la serata. Forse quando restituirò questo vestito firmato, anche la mia sicurezza precipiterà ai soliti livelli.

Ma se mi resta addosso per i prossimi minuti, mi accontento comunque.

Ted Dawson annuncia infine al pubblico in sala e a casa che la prossima categoria premiata sarà il "Miglior corrispondente estero televisivo".

Trattengo il fiato. *Ci siamo.*

«E a consegnare il premio», annuncia, «un corrispondente dall'estero già vincitore di numerosi premi. Ricordiamo tutti i suoi spettacolari, eppure crudi, reportage dall'Iraq durante la guerra del Golfo. Ma ultimamente è più facile trovarlo impegnato nella raccolta fondi per le associazioni benefiche sparse in tutti gli Stati Uniti d'America... Ecco a voi il signor Alex *Riiiinghio* Woolfe!».

Un forte applauso riempie la sala mentre Alex sale sul palco, sicuro di sé. Solleva una mano per ringraziare il pubblico.

Cerco di deglutire e realizzo di avere la gola improvvisamente molto secca.

Alex, con grande aplomb, elenca tutti i candidati in lizza e per ciascuno viene mandato in onda un breve video che sintetizza il loro lavoro. Poi lo schermo alle spalle di Alex mostra immagini in diretta dei candidati presenti in sala, tutti eccetto Jamie: nella sua parte di schermo compare una fotografia. È molto bello, e sembra che sorrida al pubblico.

Fratello mio, penso con orgoglio. *Lo sto facendo anche per te.*

«E il vincitore è...», annuncia Alex per aumentare la suspense. Apre la busta e vedo la sua espressione cambiare.

Lo so ancora prima che lo dica.

Lo so, mentre inizia l'applauso e gli ospiti presenti in sala si guardano attorno per vedere dov'è Jamie.

Lo so, mentre Ted gli bisbiglia qualcosa all'orecchio e il volto di Alex si oscura.

Ora so che posso farcela.

Alex solleva una mano per invitare il pubblico a fare silenzio.

«A quanto pare, Jamie non è qui per ritirare il premio», osserva con un sorriso più finto di tutte le quarte misure di reggiseno che girano qui stasera. «Immagino che si trovi da qualche parte nel mondo a occuparsi di cose più speciali di noi». Ridacchia, ma non sono in molti a seguirlo. «Quindi ritirerà il premio, mi dicono, sua sorella Scarlett».

Peter mi dà una leggera spinta mentre il pubblico riprende l'applauso, quindi mi alzo e inizio a farmi strada verso il palco.

Non guardo Alex finché non lo raggiungo sul podio. Poi, mentre ricevo il premio dalle sue mani, mi concedo di incrociare il suo sguardo.

«Grazie di cuore per questa opportunità», dico sorridendogli ma evitando di parlare al microfono. «Penso che mi divertirò».

Alex mi guarda confuso, senza capire.

«Grazie!», esclamo al microfono mentre tutti fanno silenzio per ascoltarmi. «Come sapete, il mio meraviglioso fratello Jamie non può essere qui stasera perché sta filmando in Pakistan. Mi ha chiesto però di ringraziarvi di cuore per questo importante riconoscimento». E sollevo il premio mentre il pubblico applaude, pensando che il mio discorso sia finito. Con la coda dell'occhio vedo che Alex sta indietreggiando un poco.

«Ci sono tanti altri giornalisti che lavorano nello stesso campo», continuo. «Coraggiosi, spavaldi, intrepidi, uomini e donne i cui sforzi per cercare la verità e la giustizia nel mondo entrano nelle nostre case attraverso la televisione. Persone come te, Alex», faccio, voltandomi verso di lui.

Anche lui è costretto a girarsi, proprio adesso che era quasi riuscito a svignarsela dietro le quinte. Sorride imbarazzato mentre un riflettore lo illumina.

«Tutti noi ricordiamo i fantastici reportage di Alex Woolfe», continuo rivolgendomi di nuovo al pubblico e alle telecamere. «Hai anche vinto dei premi per alcuni dei tuoi lavori, non è vero?».

Alex annuisce, arrossendo.

«Avvicinati in modo che il pubblico possa vederti bene, Alex».

Alex scuote la testa, e il rossore sul suo volto si trasforma pian piano in rabbia. Qualcuno grida: «Coraggio, Alex!», e mi pare tanto la voce di Peter, poi anche altri si uniscono al coro, sicuramente incoraggiati dalla generosa quantità di alcol offerto durante la serata più che da un autentico desiderio di vedere Alex avvicinarsi al podio.

Mentre Alex torna verso di me, vedo la responsabile di studio che fa cenno di tagliare, ma poi riabbassa la mano e si preme freneticamente il dito sull'orecchio, come se stesse cercando di sentire quello che qualcuno le sta dicendo negli auricolari. E pare sconvolta.

Alex è accanto a me ora, ed è scuro in volto. Credo che abbia capito dove voglio arrivare.

«Quindi, Alex», dico sorridendo felice, «quali pensi che siano le qualità più importanti per un corrispondente? Intendo, le qualità che le persone vorrebbero vedere in qualcuno che tutti i giorni, bene o male, entra nelle loro case».

«Che cos'è? Un'intervista?», chiede Alex cercando di suonare tranquillo. «Questa è una cerimonia, Scarlett», fa una faccia buffa rivolto al pubblico. «Credo che i trenta secondi sotto i riflettori le abbiano dato alla testa».

Qualcuno ride con garbo.

«Forse una potrebbe essere l'onestà?», domando ignorandolo. «Dài, Alex sono sicura che le persone a casa lo vogliono sapere».

Alex comprende che la faccenda non si chiuderà qui: le telecamere stanno ancora filmando, e la gente lo sta ancora guardando, perciò non ha scelta se non andare avanti.

«Sì, certo», risponde con un gran sorriso rivolto al pubblico.

«Ottimo, buono a sapersi. L'onestà è una qualità fondamentale». Faccio finta di pensare. «E poi cos'altro? Affidabilità, forse?

Credo di sì, la gente si aspetta di vedere in televisione gente onesta e affidabile».

Alex si limita ad annuire in fretta; poi si guarda disperato intorno per cercare di capire come mai nessuno sta fermando il mio delirio. Ma la troupe ci guarda intrigata come il resto del pubblico, e le luci rosse rimangono accese.

«E tu, Alex, possiedi entrambe queste qualità? Sei onesto e affidabile?», chiedo ora.

Alex deglutisce. «Certo».

«Davvero?», chiedo sorpresa. «Allora, come mai ho sentito dire da fonti autorevoli che molti dei tuoi servizi sono stati confezionati a tavolino e che tratti piuttosto male la tua squadra? Infatti, in certi ambienti ti chiamano "Mezza Sega" Woolfe invece di "Ringhio" Woolfe, il tuo soprannome preferito. Mi sbaglio, Alex?».

Il pubblico lo trova esilarante.

Alex mi guarda con disprezzo. È abbastanza spaventoso vedere tanto odio negli occhi di qualcuno.

«Non so da dove ti siano arrivate queste voci», sbotta lui. «Cos'è, una specie di scherzo?». Sta disperatamente cercando una via d'uscita. Ma l'ho inchiodato, e purtroppo per lui non c'è via di scampo, e io non ho pietà.

«Quindi, il fatto di essere tanto onesto e affidabile ti torna comodo quando si tratta di lavorare con le associazioni di beneficenza, giusto?».

Alex annuisce vago.

«E allora come mai negli ultimi anni tante associazioni ti hanno fatto fuori perché ti sei appropriato in modo indebito dei loro fondi?».

Se uno sguardo potesse uccidere, a quest'ora sarei a terra in un mucchietto inanimato. Ma purtroppo per Alex, non è possibile e io sono ancora lì sul palco di fronte a lui con il microfono in mano.

Il pubblico è ammutolito.

«Dici che posso continuare?», chiedo. «Perché sappiamo entrambi che ci sono ancora tante cose che il pubblico dovrebbe sapere su questo lupo travestito da pecora!».

Alex perde il controllo. Solleva una mano per colpirmi, ma faccio in tempo a spostarmi e finisce per dare una botta al podio. Così, mentre il trofeo di Jamie finisce a terra e Alex si contorce dal dolore, due uomini della sicurezza salgono sul palco per scortarlo fuori.

«Me la pagherai, Scarlett», grida in stile gran criminale mentre lo trascinano fuori.

«Alex, mi stai *di nuovo* minacciando?», chiedo mentre scompare dietro le quinte.

Mi rivolgo nuovamente al pubblico per l'ultima volta e vedo la responsabile di studio sotto di me che gesticola per farmi cenno di tagliare.

«Grazie per la vostra attenzione, signore e signori», dico abbassandomi a raccogliere il premio di Jamie che miracolosamente è ancora intatto. «Mi spiace che abbiate dovuto assistere a questa scena. Sì, sì, lo so», dico alla responsabile di studio ormai nervosissima. «Solo un'ultima cosa». Guardo il pubblico. «Martin Luther King una volta ha detto: "L'oscurità non scaccia l'oscurità. Solo la luce può farlo"». Sollevo il premio di Jamie un'ultima volta, e vengo riaccompagnata al mio posto con un coro di grida, fischi e applausi. Perfetto, perché a quanto pare le mie gambe hanno deciso di smettere di funzionare da sole.

Capitolo 42

La gente comincia ad affollarsi intorno al nostro tavolo appena mi torno a sedere. In fondo siamo a un evento di premiazione per giornalisti, e tutti vogliono lo scoop su quanto è appena successo. Ma, prontamente, Peter mi porta via dalla sala in una stanza privata dell'albergo. Mi mette a sedere su un divano di velluto e mi mette un drink tra le mani tremanti.

«Sono andata bene?», gli chiedo dopo aver bevuto qualche goccio di whisky.

«Se sei andata bene? Scarlett sei stata una diva là sopra», esclama.

«Davvero?», chiedo e lo guardo stupita. «Non mi ricordo neanche cosa ho detto, è tutto sfocato».

«Be', lascia che te lo dica io, allora: quel discorso che ti sei preparata era assolutamente perfetto».

Ripenso al discorso che ho scritto qualche giorno fa. È ancora nascosto nella mia borsetta, quindi affondo la mano per prenderlo e lo passo a Peter.

Peter lo apre e legge.

«Ma questo non è quel che hai detto lì sul palco». Pare confuso. «La citazione di Martin Luther King, per esempio, è stata geniale. Ma qui non ce n'è traccia».

«Ho citato Martin Luther King?».

Peter annuisce e mi ripassa il foglio. «A quanto pare hai improvvisato, signorina. Ed è andata alla grande!».

Max irrompe nella stanza.

«Scarlett sei stata dannatamente fantastica!», esclama precipitandosi ad abbracciarmi, cosa che non è assolutamente da lui. «L'hai fatto morire quel verme!».

«Davvero?»

«Scarlett non si ricorda cosa ha detto», gli spiega Peter. «Credo sia sotto shock».

«Falla finita», taglia corto Max. «Là fuori non si parla d'altro, e "Mezza Sega" Woolfe è sulla bocca di tutti!».

Guardo Max: «Che cosa?»

«È così che l'hai chiamato», ghigna Max. «Geniale. Pensavo di essere l'unico a chiamarlo così».

Faccio una smorfia. «Probabilmente è vero. Non so neanche da dove mi sia uscita. Oddio», mi seppellisco il viso tra le mani. «Davvero l'ho detto?»

«Sì!», rispondono in coro sorridendomi.

La porta si spalanca di nuovo. Ma stavolta la persona che entra non è altrettanto allegra. È Alex.

«Alex», dice Peter e gli si para davanti. «Pensavo che ti avessero sbattuto fuori».

«Infatti». Alex cerca il mio sguardo da sopra la spalla di Peter. «Ma è incredibile quello che può succedere solo sventolando qualche dollaro sotto il naso della persona giusta».

Poggio il mio bicchiere su un tavolino e mi alzo in piedi. «Peter, tranquillo, posso cavarmela da sola».

Peter si gira a darmi un'occhiata, e poi si fa da parte.

Alex resta a fissarmi qualche momento.

«Ti piace giocare duro, Scarlett», ringhia. «Sporco. In altre circostanze è una qualità che potrei apprezzare in una donna». Mi squadra dalla testa ai piedi, e io provo brividi di repulsione.

«E a te invece piace barare», rispondo. «Giochi con la vita e con le emozioni della gente nei modi più orribili».

Alex sorride mesto. «Tu hai fatto esattamente lo stesso», risponde. «Hai distrutto la mia vita, con lo spettacolo che hai dato stasera. La mia reputazione è rovinata per sempre».

Sento la finta risata di Max alle mie spalle.

«Ma non pensare che finisca qui», continua lui. «Io cado sempre in piedi, Peter», annuncia rivolgendosi a Peter che nel frattempo sta cercando di controllare la sua rabbia e ha le mani strette a pugno lungo i fianchi. «Non so chi dei tuoi abbia dato il permesso per questa caccia alle streghe di stasera, ma denuncerò la tua compagnia televisiva per diffamazione».

«Ah, davvero?», replica Peter calmo.

Alex annuisce. «Sì. Non potete pensare di mandare in onda quelle menzogne e uscirne incolumi».

«No», conviene Peter. «Infatti. Anche se tutto quello che ha detto Scarlett era vero, non potevo mandarlo in onda. E non l'ho fatto».

«Che cosa?», chiediamo io e Alex in coro. Guardiamo Peter e Max in attesa di una risposta.

«Sì, tesoro», conferma Max alzandosi in piedi. «Niente di tutto ciò è stato mandato in onda in diretta televisiva. Tutto quello che Scarlett ha detto dopo aver accettato il premio è stato coperto da una pausa pubblicitaria. Solo i tuoi colleghi hanno sentito che serpente bugiardo e impostore sei in realtà».

Questa mi giunge nuova. Pensavo di essere andata in diretta in tutta America, e sapere che non è successo è un grande sollievo.

Alex, assorbita questa nuova informazione, sorride.

«*Touché*, *amigos*. Ve la siete giocata proprio bene. Avete rovinato la mia reputazione con i colleghi, ma almeno la mia famiglia pensa ancora che io sia un bravo ragazzo! Persino tu, Scarlett, non riusciresti ad arrivare a tanto, non è vero?»

«Oh, Alex. Vorrei poterti dire che è così». Incrocio le braccia sul petto per un effetto migliore. «Vedi, io non sono un animale a sangue freddo come te. Sarebbe stato scorretto far sapere alla tua povera moglie con che razza di uomo sia sposata date le sue condizioni».

«Esatto», dice lui soddisfatto.

«E quindi l'ho detto ai suoi nonni». Sorrido dolcemente. «Ho dato loro la possibilità di scegliere se parlarne con Charlotte dopo la nascita del bambino o tenere tutto a tacere. Hanno loro il coltello dalla parte del manico adesso, non tu. Quindi ti conviene fare ben attenzione a come ti comporterai con la famiglia di Charlotte d'ora in poi...».

Per una volta Alex è senza parole.

«E», si aggrega Max, «non pensare che siccome la tua piccola performance di stasera non è andata in onda ti sia cavato fuori dai guai. Forse i cameramen non ti hanno ripreso, ma io sì», e solleva la telecamera. «Io adoro YouTube, tu no? Ho sentito che su internet si fanno dei numeri che in televisione te li scordi».

Alex scuote la testa, beffardo. «Pensate tutti di essere tanto bravi?»

«Be', sì, abbastanza», rispondo io sorridendo. «Siamo una grande squadra. Hai lavorato in questo settore abbastanza a lungo da sapere quanto piaccia alla gente il lieto fine... e questo è un bellissimo lieto fine!».

Alex ruota sui tacchi delle sue scarpe perfettamente lucidate e sta per uscire quando la porta si apre di nuovo.

«Sean», fa Alex tornando immediatamente sui suoi passi.

«Alex», lo saluta Sean con gentilezza. «Ho una cosa per te, qualcosa che ti sei davvero meritato».

Alex sembra confuso. «C-cosa?»

«Questo», risponde Sean mentre gli sferra un pugno dritto in faccia e Alex crolla a terra.

Corro da Sean, che mi abbraccia forte. «*Adesso* sì che è finita», sussurra con un bacio sulla fronte. «Non ci può essere un lieto fine se il tuo eroe non arriva a salvarti!».

Lo bacio. «Tu sarai sempre il mio eroe, Sean. Ma su una cosa non sono d'accordo».

«E cioè?»

«Penso che questo sia solo l'inizio...».

Capitolo 43

«È assolutamente perfetto, Oscar», mormoro guardandomi allo specchio.

«Ne dubitavi?», risponde lui, mentre ammiriamo entrambi la mia immagine riflessa allo specchio, con il favoloso abito da sposa che indosso.

Alla fine è arrivato il giorno in cui sposerò Sean, e non so niente di quello che sta per accadere.

Fedele alla parola, Sean ha mantenuto un riserbo assoluto su questa giornata da quando ha acconsentito a occuparsene in prima persona. All'inizio andava anche bene: con tutto quello che era successo negli ultimi mesi, non avevo proprio il tempo di preoccuparmi di quello che stava facendo. Ma, dopo la serata di premiazione e il mio ormai famoso discorso (per lo meno in certi ambienti), ho iniziato a interessarmi a cosa avesse programmato. Ma per quanto ci abbia provato, e credetemi se vi dico che ci ho provato in tutti i modi anche i più subdoli, non sono riuscita a scoprire niente.

Avevo l'impressione che sarebbe stata una di quelle classiche situazioni in cui tutti sanno cosa succede, tranne me. Sapevo che Sean aveva assoldato Oscar e Gabi per farsi aiutare, perché spesso mi era capitato di trovarli immersi in una conversazione e pronti a cambiare subito argomento non appena arrivavo io. In effetti, mi era successo con talmente tante persone che, se non avessi saputo che Sean stava organizzando il matrimonio, forse mi sarebbero persino venute delle manie di persecuzione.

«Io non ci posso credere che questo è il mio abito da sposa», ripeto a Oscar. Non riesco a staccare gli occhi dall'immagine riflessa nello specchio. «Come facevi a sapere che era proprio questo, quando io stessa non avevo idea di cosa volessi indossare?».

L'abito da sposa che Oscar ha disegnato per me è ispirato ai pannelli di gesso di Charles Rennie Mackintosh che abbiamo visto insieme alla House for an Art Lover di Glasgow. Si è ricordato che mi ero fermata ad ammirare quelle lunghe linee fluide e il tratto ispirato al mondo naturale, e quelle donne con indosso lunghi abiti in stile preraffaellita che abbracciano lo sguardo, e così ha creato un abito per me che rispecchia interamente quello stile Art Nouveau.

Il vestito è in seta, color avorio. Ha delle maniche bellissime, delicate, lunghe e leggermente gonfie con piccoli polsini in seta che mi fanno venire voglia di volteggiare le braccia come una ballerina. Il resto dell'abito è molto aderente: ricorda un po' lo stile delle *flapper* anni Venti, ma arriva fino alla punta dei piedi. Quel che rende tutto così speciale è il ricamo di seta color avorio, punteggiato qui e là da piccole perline iridescenti lungo tutto l'abito.

Il ricamo è identico a quello che abbiamo visto a Glasgow: le linee formali in stile Macintosh si allungano su tutto il vestito, cucite per sottolineare la mia figura nei punti giusti. Boccioli di rosa stilizzati con lunghi steli sinuosi si allungano sull'abito a partire dalla base, mentre le foglie si intrecciano con le linee più formali donando all'insieme un effetto più morbido. C'è persino una piccola libellula posata su uno degli steli, un dettaglio che quasi mi commuove quando lo scopro.

È perfetto.

«Ma non finisce qui», annuncia Oscar tirando fuori una nuova custodia. «C'è una certa persona abbastanza matta da volersi sposare a New York a dicembre! E non possiamo lasciarla morire di freddo, prima ancora che possa diventare la signora Bond». A quel punto apre con attenzione la zip e tira fuori il mantello più bello che io abbia mai visto. La stoffa è esattamente la stessa dell'abito con gli stessi fiori stilizzati che crescono ovunque a partire dalla base e intorno all'orlo del cappuccio, solo che qui le foglie sono verde edera e i fiori di una meravigliosa gradazione di rosso.

Oscar me lo mette dolcemente sulle spalle e lo aggancia con delicatezza attorno al collo, mi sistema il cappuccio e poi si allontana per vedere l'effetto.

«Oh, Oscar», mormoro, cercando disperatamente di non piangere. «Non ci sono parole per descrivere quanto io adori tutto ciò. E...», aggiungo voltandomi a guardarlo, «per descrivere quanto ti adori».

Mentre Oscar e io ci abbracciamo, bussano alla porta: entra Gabi seguita da Maddie. Ci stiamo preparando tutte a casa di Gabi da stamattina presto. Per la verità, abbiamo dormito tutte e tre qui ieri, e abbiamo avuto il nostro pigiama party personale, durante il quale abbiamo bevuto molti milkshake, molte cioccolate calde e ordinato una marea di pizze che abbiamo mangiato con grande gusto.

In tipico stile Gabi, stamattina sono arrivati a casa esperti di bellezza, capelli e unghie, mentre noi ci aggiravamo ancora con gli occhi mezzi chiusi, per prepararci tutte al mio grande giorno: ed è proprio quello che hanno fatto. Con manicure, pedicure, maschere sul viso, trattamenti per capelli e massaggi dedicati.

Il parrucchiere ingaggiato da Gabi ha fatto uno splendido lavoro. I miei lunghi capelli scuri sono sciolti in onde bohémien da un lato del viso, mentre sull'altro lato sono raccolti in un morbido chignon con qualche striscia di perline che si intonano a quelle dell'abito. Lo chignon è completato da tre boccioli di rose rosse appuntati al centro.

E ora, mentre siamo tutti radunati qui nello spogliatoio di Gabi con gli specchi a tutta figura lungo la parete, sembriamo usciti da un set fotografico di una rivista super patinata per spose, o da una serie tivù di ambientazione storica.

Dopo essermi consultata con Maddie e con Oscar, ho chiesto a Gabi di essere la mia terza damigella (considerando Oscar una di noi!). Maddie e Gabi indossano abiti intonati al mio, in stile Art Nouveau della stessa tonalità di rosso delle roselline che sono sul mio mantello. I loro abiti hanno ricami simili al mio, sebbene meno dettagliati, e anche loro indossano mantelli in tinta con i vestiti e portano una singola rosa tra i capelli.

Oscar è elegantissimo: indossa un paio di pantaloni alla zuava rossi, una camicia color avorio con lo sbuffo, un panciotto attillato con ricamo di rose e una giacca da smoking di pregiato velluto nero. Ai suoi piedi scintillano lucidissimi stivaletti alla caviglia in pelle nera.

«Direi che ci siamo dati una bella ripassata no?», ci fa notare Oscar e scoppiamo tutti a ridere: è un bene, considerato che siamo tutti abbastanza emotivi e con la lacrima facile. «Nessuno, dopo aver visto in che stato eravamo la sera dell'addio al nubilato, avrebbe mai detto che potessimo trasformarci così!».

Non ho tutta questa voglia di rievocare il mio addio al nubilato.

Io e Sean abbiamo deciso di fare le nostre celebrazioni a Londra, per rimediare al fatto che ci saremmo sposati a New York.

La serata di Sean, ho poi scoperto, è stata abbastanza piatta: una cena tranquilla in un ristorante molto caro, e qualche drink in un locale esclusivo a Soho. La cosa peggiore che gli hanno fatto gli amici è stata fargli pagare il conto a fine serata.

La mia serata, invece, è stata esplosiva dall'inizio alla fine. Oscar e Maddie hanno fatto le cose in grande, con tanto di magliette rosse con la scritta "Addio al nubilato di Scarlett" sul davanti e "Coloriamo di rosso la città" sul di dietro. In più, a peggiorare il mio imbarazzo, mi hanno costretta a indossare un velo tutta la sera in modo che nessuno potesse nutrire dubbi su chi fosse la futura sposa.

Le cose sono iniziate in sordina, una cenetta tranquilla in un ristorante a Covent Garden e poi in taxi verso un club a Mayfair frequentato, a quanto pare, da molte celebrità. Gabi aveva parlato con la direzione e fatto in modo che fossimo accolte come ospiti d'onore quella sera.

«Via le magliette!», ha ordinato Oscar mentre uscivamo in fila dal taxi. «Altrimenti non ci fanno neanche entrare».

Quindi ci siamo tolte le magliette da addio al nubilato per scoprire la nostra tenuta da party, e Oscar le ha stipate tutte in un trolley.

Il locale era famoso per i cocktail, così dicono, ed è stato proprio quando ho iniziato ad assaggiarne alcuni che è iniziato il mio problema, e da quel momento in poi il mio ricordo della serata si fa piuttosto sfocato.

Ricordo vagamente di aver dichiarato a un attore che aveva recitato in *EastEnders* quanto lo amassi, e che tragedia era stata quando avevano deciso di far morire il suo personaggio in quello strano incidente con la lavatrice in una lavanderia. Poi, così mi hanno raccontato, ho incontrato uno dei ballerini di *Ballando con le stelle* e ho cercato di convincerlo a ballare il tango con me in pista. Ma il mio più grande imbarazzo, come mi ha ricordato Oscar con molta soddisfazione la mattina dopo, è che mi sono aperta un varco tra la folla che attorniava la star di *X Factor* Simon Cowell. A quel punto, ho cercato di persuaderlo a farmi fare un provino. La mia versione di *I Will Always Love You* non mi è valsa la candidatura per diventare la nuova Whitney Houston. Ma ho fatto molto divertire Simon quando gli ho detto che potevo fare un provino anche per *Britain's Got Talent* con la mia danza del ventre: mi sono legata la maglietta rossa in vita e ho iniziato a volteggiare davanti a lui, sempre con il velo in testa.

«Meno parliamo di quella serata e meglio è», borbotto mentre ammiro il riflesso, decisamente più elegante, di noi tutti allo specchio. «Quel che accade a Mayfair, resta a Mayfair, no?».

Ridono.

«E adesso?», chiede Maddie. «Non manca molto all'inizio della festa!».

«Non lo so», mi lagno guardando l'orologio alla parete. «Nessuno mi dice niente qui».

Sorridono tutti, complici.

«Ma è la cosa migliore!», mi fa notare Gabi, poi batte le mani. «Oh, Scarlett, avrai una tale sorpresa oggi. E sarà un vero spasso!».

Capitolo 44

Sono tutti usciti per andare al matrimonio, e io sono qui da sola in casa di Gabi che aspetto.

Non so dove siano andati, né come ci stiano andando: so soltanto che sono scomparsi dieci minuti fa, e io devo aspettare che mi chiamino di sotto.

Sospiro. Di solito mi piace stare da sola, mi dà modo di pensare, ma in questo momento sarei molto più felice se fossi circondata dalle persone che amo. È il giorno del mio matrimonio: sono abbastanza nervosa, e perciò non sapere cosa mi aspetta comincia a spaventarmi.

Qualcuno suona al campanello, e io raccolgo il bouquet: è un piccolo mazzolino di roselline intonato al mio abito; e così vado ad aprire.

È Henry, uno dei portieri di Gabi che preferisco.

«Signorina Scarlett», mi saluta con un breve inchino. «Credo che la sua carrozza la stia aspettando di sotto».

Henry mi scorta giù in ascensore e fino all'ingresso principale. Usciamo attraversando le porte a vetri.

Ma invece di vedere una lunga limousine o una carrozza a cavallo con mio padre che mi aspetta, vedo solo una motocicletta nera, e un motociclista vestito in pelle nera dalla testa ai piedi.

Mi guardo intorno, cercando di capire cosa stia succedendo.

Il motociclista si allontana dalla moto e percorre il marciapiede per venire verso di me. Ora mi è così vicino che mi mette un po' a disagio.

Poi si toglie il casco.

«Bradley!», esclamo felice vedendo un sorridente Bradley Cooper di fronte a me. «Cosa ci fai qui?»

«Non potevo mica perdermi il tuo gran giorno, ti pare?», replica e mi dà un bacio sulla guancia. «Ho fatto parte della proposta e volevo esserci anche al matrimonio».

«Ma...».

«Non c'è tempo per le spiegazioni», mi incita. «Vieni».

Guardo la moto. In una situazione normale avrei fatto i salti di gioia al pensiero di poter salire dietro a qualcuno in moto, allacciandomi alla vita di Bradley Cooper fasciato di pelle nera mentre sfrecciamo per le strade di Manhattan. Ma è il giorno del mio matrimonio, e non ho nessuna intenzione di mettermi un casco su questi capelli meravigliosamente pettinati né di tirarmi su il vestito per salire in sella a quell'affare.

«Non temere», mi rassicura Bradley aprendo la zip della sua tuta e rivelando il completo nero con camicia bianca. «Non useremo quella. Useremo questa!», e si incammina verso una Jaguar sportiva bianca e splendente, poi ripone i suoi vestiti di pelle sul sedile posteriore e mi apre la portiera.

«Grazie al cielo», sorrido e mi accomodo sul sedile del passeggero. «Mi hai fatto preoccupare. Anche se...», dico lanciando un ultimo sguardo alla moto, «un giro mi avrebbe ricordato di quella volta in cui io e Sean siamo andati in moto a un matrimonio».

«Sì. Lo so», dice Bradley prendendo posto alla guida. «Sean me l'ha detto che l'avresti pensato. Ecco perché sono venuto in moto».

Guardo malinconica la moto mentre Bradley accende il motore e ci immettiamo nel traffico di Manhattan.

«Dove stiamo andando?», chiedo. «Sei consapevole che io non so niente riguardo alla giornata di oggi?»

«Ma certo!», risponde Bradley inforcando un paio di occhiali di sole. È metà dicembre, ma grazie al cielo è una bella giornata. «Ecco perché ho giurato solennemente di mantenere il segreto come tutti gli altri».

In genere detesto girare in macchina quando sono a New York – il traffico è tremendo e ci vogliono secoli per raggiungere qualsiasi destinazione – ma oggi è tutta un'altra storia. Sto attraversando Manhattan con Bradley Cooper in una decapottabile sportiva! A volte, i sogni diventano realtà.

Ma Bradley è solo la prima delle tante sorprese di oggi.

Dopo un lento e piacevole tragitto in macchina attraverso la città, Bradley si ferma davanti a uno dei moli che si affacciano sul fiume Hudson, sulla West Side di Manhattan.

«E adesso?», gli chiedo mentre salta fuori dalla macchina per venire ad aprirmi la portiera.

«Per favore, lascia che ti accompagni », dice Bradley porgendomi il braccio, «verso la prossima tappa del tuo viaggio».

Camminiamo fino in fondo al molo dove ci aspetta un motoscafo coperto di nastri rossi. Lì sopra ci sono Oscar che ci saluta, Maddie e mio padre, che è fantastico nel suo smoking nero, camicia bianca e papillon nero.

«Papà!», esclamo felice e infine lo abbraccio, dopo che mi ha aiutato a salire a bordo. «Sei riuscito a tornare! Sei bellissimo, e sei persino abbronzato!».

Si stacca da me per ammirarmi. «Oh, Scarlett», commenta orgoglioso con la voce rotta dall'emozione. «Sei assolutamente favolosa».

«Certo che sì», interviene Oscar. «Ed è tutto merito mio!».

Mi volto a sorridergli. «Tu sapevi tutto?», chiedo. «Lui...», indico Bradley che sta salendo a bordo, «per poco non mi faceva salire in moto stamattina. Mi si sarebbero rovinati tutti i capelli».

Oscar finge di sventolarsi. «Una delle mie fantasie, tesoro! Ciao, Bradley!». Lo saluta precipitandosi da lui, più in fretta che può.

Maddie mi sorride. «Goditela, e basta», si limita a dirmi. «Segui il flusso, perché le cose si faranno sempre più belle».

Di lì a poco il motoscafo parte lungo il fiume Hudson, supera tutti i moli che fiancheggiano Manhattan, e io devo tirare su il cappuccio del mantello per proteggere la mia favolosa acconciatura. Ma dopo poco ci fermiamo di nuovo.

«E ora che succede?», domando, ma come al solito nessuno mi risponde.

Il motoscafo si ferma accanto a una barca molto più grande. Tante volte, ho visto questo vascello navigare nella baia quando sono stata a passeggiare da queste parti. È uno scuna con tre enormi vele bianche. Non appena sollevo lo sguardo vedo Ursula, la sorella di Sean, suo padre Alfie e la matrigna Diana, che mi salutano.

Da qualche parte tra una barca e l'altra compare una scala, e io salgo a bordo. Chissà se quando Sean ha progettato tutto questo, sapeva che avrei indossato un abito lungo. Per fortuna, non c'è di mezzo anche un treno! Ma conoscendo Sean, sono certa che prima si sia consultato con Oscar riguardo al mio abito.

«Ehi, carissimi!», esclama Alfie andando incontro ai nuovi arrivati. «Benvenuti a bordo!».

Saluto Alfie, Diana e Ursula e poi, di colpo, capisco.

«Vi aggiungete a questo tour da pifferaio magico secondo l'ordine in cui vi ho conosciuti?», chiedo. «È così?».

Ursula annuisce. «L'hai capito. Tutti eccetto Bradley, che secondo noi era comunque la persona perfetta per venirti a prendere in macchina».

Bradley mi fa l'occhiolino.

Ci penso. «Quindi la prossima è mia madre?»

«Sono già qui, tesoro», annuncia uscendo da una delle cabine. Ha un aspetto fantastico nel suo abito in seta viola e rosso scarlatto, con cappello abbinato.

«Mamma!», grido correndole incontro. «Mi chiedevo come mai non fossi con noi stamattina».

«Avrei voluto, ma Sean ci teneva così tanto alla sua sorpresa che volevo essere sicura che fosse tutto perfetto».

«E lo è, lo è!», dico eccitata guardandomi intorno. Qualcuno mi mette in mano una coppa di champagne. «E allora, verso dove navighiamo adesso?».

Lo scuna si allontana da Manhattan e va verso Ellis Island, girando intorno alla Statua della Libertà in questo giorno d'inverno così sereno e luminoso.

Navighiamo verso la punta più meridionale di Manhattan e verso Battery Park. A quel punto scendiamo sulla terraferma, e io mi guardo intorno in attesa di capire cos'altro succederà.

«Da questa parte», mi indica Bradley mentre tutti si mettono in fila dietro di lui. «Forza Scarlett. Non vuoi vedere cos'altro ha preparato Sean per te?».

Capitolo 45

Certo, non mi sarei mai aspettata di fare questo il giorno del mio matrimonio, ma è proprio quello che sto facendo: aspettare la metropolitana in una sudicia stazione di New York.

Ed è quello che stiamo facendo tutti e nove, in questo momento.

Maddie mi sorride rassicurante. «Non preoccuparti», mi rincuora. «So che può sembrarti strano, ma questo è Sean. Andrà tutto bene».

All'improvviso, trasmettono un annuncio dagli altoparlanti. «Il prossimo treno in arrivo sul binario uno è l'espresso numero quattro per lo Yankee Stadium. Il primo vagone è riservato agli ospiti del matrimonio O'Brien-Bond. Ripeto, il primo vagone è riservato agli ospiti del matrimonio. Buona giornata, Scarlett!».

Alzo gli occhi verso l'altoparlante e rido. Non riesco a credere che Sean abbia noleggiato un vagone della metropolitana!

E invece l'ha fatto, e mentre il treno rallenta presso la stazione di Bowling Green, il primo vagone sembra molto più sfavillante degli altri. È stato decorato all'interno con palloncini e festoni e tutti i possibili gadget da matrimonio. E al centro della carrozza, ovviamente, ci sono Jamie e Max.

«Jamie!», esclamo quando si aprono le porte e saliamo a bordo. «Sei venuto!».

«Ma certo!», risponde lui con un abbraccio. «Non avrai pensato che potessi perdermi il matrimonio di mia sorella!».

«Max», lo saluto e abbraccio anche lui. «È tutto così folle!».

«È il tuo futuro marito a essere completamente folle», replica lui. «Non potevamo arrivare tutti in macchina, come le persone normali? Sono ore che facciamo su e giù con questo treno». Mi dà un bacio sulla guancia. «Ma ne valeva la pena, sei bellissima», sussurra. «Non dire a nessuno che te l'ho detto!».

La metro ci riporta verso nord. *Ma non staremo andando davvero allo Yankee Stadium?*, mi domando mentre il treno procede e tutti chiacchierano tranquilli.

Ma quando il treno giunge alla Grand Central a quanto pare dobbiamo scendere di nuovo.

Mi chiedo che effetto facciamo visti da fuori mentre camminiamo tutti insieme per attraversare la stazione. Del resto, questa è New York e nessuno batte ciglio vedendoci marciare verso la Quarantaduesima.

«Non ci credo!», esclamo un'ennesima volta vedendo uno di quegli autobus turistici scoperti pieno zeppo di palloncini: è fermo ad aspettarci fuori. In cima, ci sono Peter e la madre di Jamie, Eleanor, che ci salutano con la mano.

Attraversiamo Manhattan come una squadra di calcio che torna vittoriosa, o un gruppo di atleti olimpionici premiati con la medaglia d'oro, e salutiamo i passanti sotto di noi. Proprio come se fossimo su un vero bus turistico, passiamo da Park Avenue e poi dalla Trentaquattresima: superiamo gruppi di persone impegnate nello shopping natalizio che entrano ed escono da Macy's, e i turisti diretti all'Empire State Building, poi risaliamo per la Quinta Avenue, superando la Public Library, il Rockefeller Center, con il suo gigantesco albero di Natale, la cattedrale di St Patrick e infine Tiffany.

«Siamo passati in tutti i posti che sono speciali per me, qui a New York», spiego a Jamie, che ora è accanto a me sul bus.

«Credo fosse questa l'idea di Sean», risponde Jamie salutando qualche turista giapponese. «Voleva che fosse speciale per te, che ti riportasse qualche bel ricordo. È proprio un bravo ragazzo, il tuo Sean».

«Lo so. Sono così fortunata a sposarlo».

Ci fermiamo all'angolo sud-orientale di Central Park, quasi vicino a dove era iniziato il mio viaggio quella famosa mattina verso casa di Gabi, e mi annunciano che devo scendere dal bus assieme a tutti gli altri.

Luke e Gabi ci raggiungono di corsa.

«Deve essere stato fantastico, non è vero?», mi domanda Gabi eccitata. «Mi dispiace da morire essermelo perso, ma io sono una delle ultime persone speciali che hai incontrato da quando hai conosciuto Sean».

«Forse sei l'ultima, ma di sicuro non la meno importante», dico abbracciandola. «So che hai dato una grande mano a organizzare tutto questo, e ti ringrazio, Gabi».

«Ah, ma io ho solo dato una mano. È stata tutta un'idea di Sean».

«Scarlett», mi saluta Luke abbracciandomi. «Sei favolosa con questo vestito».

«Devo ringraziare tuo marito per questo, come sai bene!».

«Sei molto speciale per lui, Scarlett, e ora lo sei anche per me».

«E dài, Luke, non farmi piangere, sto facendo uno sforzo incredibile per non scoppiare in lacrime. Non vorrei rovinarmi il trucco».

Luke mi fa l'occhiolino. «Non dirò altro».

«E quindi ora che succede?», chiedo mentre una delle carrozze di Central Park si ferma accanto a noi.

«Questo!», fa Gabi indicando una lunga fila di carrozze a cavallo decorate. «Ce n'è una per tutti».

Mio padre mi aiuta a salire sulla prima: è una carrozza color crema tutta decorata, poi si siede accanto a me. La prima delle altre tre è occupata da Maddie, Oscar, Gabi e mia madre; Jamie, Max, Ursula, Alfie e Diana prendono la successiva; e infine Peter, Luke, Eleanor e Bradley l'ultima. Una volta che ognuno è sano e salvo sulla sua carrozza, iniziamo a farci strada lentamente, in fila attraverso il parco.

Facciamo un lungo e piacevole giro di Central Park, salutiamo turisti e newyorkesi che, vedendo che siamo pronti per una festa di matrimonio, insolitamente si fermano e fanno un cenno con la mano, a volte applaudono persino. Sorrido, non solo perché sono felice, ma anche perché mi ricordo di un'altra volta in cui, dopo il mio incontro con Jamie, Oscar è andato in giro per il parco su una di queste carrozze per cercarmi, cantando e gridando il mio nome.

Sean mi ha riportato alla mente tanti bei ricordi oggi, di luoghi che abbiamo visitato insieme e di persone che ora mi stanno accompagnando per Central Park. E questo tour da pifferaio magico mi ricorda anche di quando Sean mi ha portato a una caccia al tesoro per le strade di New York facendomi poi la proposta sul ponte di Brooklyn. E ora che ci penso, il ponte è uno dei pochi luoghi che non abbiamo ancora visitato oggi.

Ma anche se mi sono goduta questo lungo, magico viaggio verso il mio matrimonio, comincio a essere impaziente: voglio vedere Sean e diventare la signora Bond al più presto.

Abbiamo parlato della questione dei cognomi: ovviamente Sean vuole che io prenda il suo, ma a me piace essere una O'Brien. In famiglia non siamo tanti, e non voglio che la discendenza del nostro cognome si fermi a mio padre. Così, alla fine abbiamo deciso che ciascuno dei due manterrà il proprio cognome in ambito professionale, ma diventeremo gli O'Brien-Bond per tutti gli altri: secondo me, suona proprio bene!

Continuiamo in carrozza lungo la Terrace Drive, oltre la Bethesda Foundation, con l'Angelo delle Acque che come sempre guarda serafico ciò che accade sotto di lui, e stiamo proprio per andare verso gli Strawberry Fields quando i cavalli all'improvviso si fermano.

Mio padre salta giù e mi aiuta a scendere.

Guardo indietro verso gli altri. «E voi non venite?», domando, quando mi accorgo che restano tutti in carrozza.

Ma loro mi fanno solo un cenno mentre ci girano intorno e continuano verso la West Drive.

«Da questa parte», dice mio padre prendendomi la mano e portandomi lungo il sentiero fino a un cartello su cui c'è scritto "Wagner Cove". Scendiamo alcuni gradini nascosti e mi ritrovo davanti a uno dei laghi più grandi del parco.

C'è una piccola barca a remi che ci aspetta accanto alla riva e, ad attendermi su quella barca, finalmente, c'è Sean.

Capitolo 46

Quando Sean si alza in piedi per salutarmi, barcolla.

«Attento!», grido. «Non voglio che tu cada in acqua proprio ora! Ci ho messo già abbastanza ad arrivare».

Sean scende dalla barca e arriva sul prato. Indossa un completo nero bellissimo, una camicia bianca e, come mio padre, un papillon nero. «Sei meravigliosa», mormora baciandomi dolcemente una guancia.

«E tu non sei niente male», rispondo, troppo felice di vederlo, finalmente.

Sean non riesce a staccarmi gli occhi di dosso. «Non posso credere che tra pochi minuti diventerai davvero mia moglie. Sei proprio mozzafiato».

«Sean, ti prego, non aggiungere altro», riesco a dire dopo aver fatto un bel respiro. «Sono riuscita a non piangere finora, e non voglio cominciare adesso».

«Bene, ci siamo allora», annuncia mio padre prendendomi la mano e voltandosi verso Sean. «Scarlett, ti ho amata sin da quando eri piccola», dice solenne. «Anzi, ti ho amata sin da prima che nascessi, quando eri ancora solo una promessa nella pancia di tua mamma. Ti ho vista crescere e diventare una ragazzina incantevole e impertinente». Mi fa l'occhiolino. «E posso dirti di non essere mai stato tanto fiero di te come in questo momento».

«Datemi un fazzoletto», singhiozzo mentre le lacrime iniziano a rigarmi le guance.

Mio padre tira fuori un fazzolettino bianco, e io mi tampono con attenzione sotto gli occhi.

«Abbi cura di lei», dice quando porge la mia mano a Sean. «È molto preziosa per me».

Sean mi afferra con una mano, e poi porge l'altra a mio padre: se la stringono formalmente.

Poi Sean mi lascia andare per abbracciare mio padre. «Sai che avrò cura di lei, Tom», lo rassicura dandogli qualche pacca sulla spalla. «È molto preziosa anche per me».

Mio padre annuisce, poi si volta e si avvia verso i gradini.

«Dove va?», chiedo.

«A raggiungere gli altri», mi spiega Sean salendo in barca. «E anche noi lo faremo a breve. Dài, sali». Mi tende la mano e mi aiuta a salire a bordo. Poi prende i remi e con una spinta ci allontana dalla riva: iniziamo così ad attraversare il lago.

È molto romantico, dopo tutta la confusione delle ultime due ore adesso siamo io e lui da soli, che navighiamo in queste calme acque.

«Te la cavi piuttosto bene», osservo mentre lo guardo remare con foga. «Mi ci potrei abituare».

Sean inarca le sopracciglia. «Questa è la prima e l'ultima volta», e mi fa l'occhiolino. «Ma lo faccio per un'occasione speciale e una donna speciale». Si guarda alle spalle e per la prima volta vedo dove siamo diretti.

Il Ladies Pavilion si trova su un minuscolo affioramento sul lago. È un piccolo padiglione decorato con un tetto di ardesia e particolari in ferro: offre una bella vista sul lago e su tutta la città. Mi è capitato di fermarmi qui un paio di volte dopo una passeggiata nel parco, e ho apprezzato la pace di questo luogo che mi offriva riparo dal sole o dalla pioggia, a seconda delle stagioni.

«Ci sposeremo lì!», esclamo riconoscendo gli altri ospiti man mano che ci avviciniamo.

«Sei contenta?», chiede Sean governando alla perfezione la barca verso il padiglione.

«Non posso crederci! Sì... sì, certo che sono contenta. È bellissimo Sean. Solo che non mi aspettavo un matrimonio all'aperto a dicembre!».

«Sono pieno di sorprese», replica Sean: è chiaramente felicissimo di vedermi così contenta. «Ho organizzato persino il meteo», sorride, rivolgendo un'occhiata al cielo azzurro sopra di noi.

«Sei riuscito a tenermi sulle spine per tutta la mattina, questo è sicuro».

«E non finisce qui», mi avverte, mentre ci avviciniamo alla riva. Lancia una corda a Peter che ci stava aspettando, e ci aiuta a sbarcare sani e salvi.

«Molto meglio del Plaza», mi sussurra Peter all'orecchio. «Sai come si dice, no, tutto accade per una ragione!».

Abbraccio in fretta Peter. «Cento volte meglio», concordo con un sorriso.

Oscar mi gira intorno: mi liscia l'abito e il mantello e mi sistema i capelli.

«Come io abbia potuto acconsentire che ti portassero in giro per la città su ogni mezzo possibile e immaginabile, ancora non lo so», sibila lanciando un'occhiataccia a Sean che sta scendendo dalla barca dietro di noi. «Ma in ogni caso, tesoro, sei riuscita a farlo con grazia e a restare bellissima. Ho fatto una buona scelta», mi dice sorridendo.

Peter torna verso gli altri ospiti mentre Oscar, Maddie e Gabi si mettono in fila di fronte a noi in una sorta di piccolo corteo matrimoniale e così saliamo verso il padiglione.

All'interno, oltre agli ospiti che ho già incontrato nei vari punti di New York, c'è una funzionaria che attende di officiare il nostro matrimonio, e mentre lei dà il benvenuto a tutti, lascio vagare lo sguardo sulla mia famiglia e i miei amici. Questa mattina ho radunato, su ogni mezzo di trasporto possibile, le persone che sono più importanti nella mia vita e in quella di Sean. Ai più intimi, si sono aggiunti altri ospiti e c'è un bel po' di gente dentro e fuori dal padiglione e sul prato di Central Park, e tutto ciò che riesco a pensare mentre la nostra cerimonia va avanti è quanto sia tutto perfetto. E in questo momento, non vorrei essere in nessun altro luogo al mondo se non qui, in uno dei miei posti preferiti, pronta a sposare il mio bellissimo e meraviglioso Sean.

Alla fine della cerimonia, quando ci siamo già scambiati gli anelli e tutti si sono già asciugati le lacrime – Oscar, ovviamente, è quello che ha pianto più di tutti dall'inizio alla fine – ci sono da fare le immancabili fotografie.

Completati tutti gli scatti di famiglia e amici, mi accorgo che pian piano i nostri ospiti scompaiono.

«Ma dove se ne vanno tutti?», chiedo a Sean, mentre siamo faccia a faccia per un altro primo piano.

«Da qualche parte», risponde misterioso. «Lo vedrai presto».

Alla fine, quando il fotografo sembra soddisfatto di averci scattato foto da ogni possibile inquadratura, ci lascia andare.

Sean mi riporta a piedi proprio dove mi aveva lasciato la carrozza prima della cerimonia, poi camminiamo ancora un po' e superiamo i cancelli di Central Park, dove troviamo la Jaguar ad attenderci: è sempre la stessa vettura, ma stavolta senza il mio autista star del cinema.

Sean mi apre la portiera, e io lo guardo con aria interrogativa mentre salgo. Poi salta sul sedile del guidatore e ce ne andiamo giù in centro. Costeggiamo il fiume fino alla Trentesima Ovest: a quel punto, Sean gira a destra e si ferma di fronte all'eliporto.

«Mi prendi in giro?», chiedo alzando lo sguardo. «Dimmi che non è vero!».

E invece sì.

Nel giro di pochi minuti, Sean e io stiamo svolazzando per i cieli sopra Manhattan a bordo di un piccolo elicottero blu!

«È pazzesco!», gli grido cercando di superare il rumore delle pale sopra la nostra testa. «Tu sei pazzesco! Questa giornata è pazzesca! Ti amo!».

Sean afferra solo "ti amo" e mi risponde: «Ti amo anch'io».

Il giro in elicottero finisce troppo presto. Voliamo sopra ogni luogo importante della città, incluso il ponte di Brooklyn, e Sean allunga una mano verso di me quando passiamo di lì.

Alla fine atterriamo, in un eliporto diverso da quello da cui eravamo partiti. Le pale si fermano, ed entrambi scendiamo e ringraziamo il pilota. Poi Sean mi fa attraversare la pista per raggiungere quella che sarà la nostra ultima tappa, così mi assicura: qui troviamo un uomo ad attenderci, su un risciò nero a due posti.

«Okay, e con questa bicicletta direi che abbiamo chiuso il cerchio!», esclamo quando partiamo. «Abbiamo utilizzato ogni mezzo di trasporto possibile. Sono andata in barca, in macchina, in carrozza e in treno; ho persino volato!».

«Sì, abbiamo decisamente finito», replica Sean prendendomi la mano. «Ma la domanda è: ti è piaciuto?»

«Ma certo. Ho cercato di dirtelo mentre eravamo in elicottero: è stato fantastico. Tu sei fantastico, Sean». Mi avvicino per baciarlo. «Ma di tutte le cose eccitanti e favolose che ho fatto, la mia preferita è stata scambiarmi con te le promesse a Central Park. Il posto era così semplice, eppure così perfetto».

«Lo era», concorda. «Sapevo che ti sarebbe piaciuto. Ed è esattamente per questa ragione che sono sicuro ti piacerà quello che succederà adesso».

Stiamo attraversando il ponte di Brooklyn. Mi sento un po' dispiaciuta per Dan, il nostro omino del risciò, che sta pedalando mentre Sean e io siamo qui seduti vicini e comodi sotto una copertina dietro di lui. Ma sembra piuttosto contento mentre raggiungiamo il posto preciso in cui Sean mi ha chiesto di sposarlo.

«Pensavi che avrei tralasciato questa parte importante nel nostro viaggio di oggi?», chiede stringendomi la mano sotto la coperta, mentre il risciò rallenta.

«Certo che no. Me ne ricordo come se fosse ieri».

Ma non ci fermiamo dopo aver raggiunto questa parte del ponte così speciale per noi, e proseguiamo verso Brooklyn.

«Perché stiamo andando a Brooklyn?», chiedo. La mia mente sta vagliando tutte le opzioni. Possibile che Sean abbia prenotato al River Café per il ricevimento?

Ma dopo aver svoltato in alcune stradine familiari, capisco tutto!

«Sunnyside?», domando speranzosa.

Sean annuisce. «Sunnyside».

Capitolo 47

Stiamo andando dai bambini del Sunnyside il giorno del mio matrimonio! Non riesco a credere che Sean abbia pensato anche a loro.

Il risciò si ferma davanti alla casa famiglia e Sean mi aiuta a scendere. Lungo il sentiero che attraversa il giardino, insolitamente curato, raggiungiamo l'ingresso, che oggi è adornato da un nastro rosso.

«Coraggio», mi incita. «Bussa».

Busso forte con il battiporta, e aspetto.

Dopo qualche secondo ci aprono: è Bethany, raggiante per l'eccitazione, ed è chiaro che si sta sforzando di mantenere la calma. Ci raggiunge sull'uscio accostandosi la porta alle spalle.

«Congratulazioni Scarlett e Sean», sussurra. «Ecco», fa allungandomi un biglietto fatto a mano. Sul davanti un bambino ha disegnato una sposa e uno sposo. La sposa con indosso un abito molto classico di pizzo bianco e tanti fiori nei suoi lunghi capelli neri, e lo sposo con un cappello nero altissimo e lo smoking. Lo apro e ci trovo le firme e i messaggi di tutti i bambini.

«Grazie, Bethany», dico dandole un bacio sulla guancia. «È bellissimo. Pensi che potremmo entrare un attimo a ringraziare di persona tutti quanti?».

Bethany socchiude la porta e sbircia dentro. Poi si ritira e la spalanca.

«Sì, ora puoi!», dichiara.

Entriamo e noto che l'ingresso, che in genere è sempre pieno di cappotti e scarpe, oggi è ordinatissimo, proprio come il giardino. C'è un grande albero di Natale piantato in un bel vaso rosso in un angolo con le lucine accese, e bandierine fatte a mano appese alle pareti, alle scale e alle luci. Al centro dell'ingresso, proprio dove iniziano le scale, c'è uno striscione gigante con su scritto CONGRATULAZIONI SCARLETT E SEAN! Chi l'ha scritto non deve aver calcolato bene lo spazio e le lettere dell'ultima parola curvano un po' verso il basso.

Prima che abbia il tempo di dire quanto mi piace, vedo scendere due bambini nei loro abiti più eleganti, si fermano sull'ultimo gradino e iniziano a cantare le prime strofe di una canzone che riconosco all'istante. Poi emerge un altro gruppo di quattro bambini e si unisce a loro per la strofa successiva.

I bambini si fanno avanti a gruppi, strofa dopo strofa, da ogni angolo del Sunnyside, finché non sono tutti sulle scale a cantare la famosissima canzone degli Wet Wet Wet *Love Is All Around*, dal film *Quattro matrimoni e un funerale*.

«Anche questa è stata una tua idea?», sussurro nell'orecchio di Sean mentre i bambini cantano.

Sean scuote la testa. «No, tutta farina del loro sacco», e vedo che ha gli occhi lucidi.

Quando i bambini finiscono, sto per applaudire, ma Jack mi ferma sollevando una mano.

«Ti vogliamo bene, Scarlett!», urlano in coro i bambini. «E ora vogliamo bene anche a Sean! Congratulazioni!».

Aspetto per vedere se hanno finito e poi allargo le braccia e loro arrivano di corsa e ci circondano saltellando felici. A quel punto, come per magia, cominciano a spuntare tutti i nostri ospiti, con Kim e il resto dello staff del Sunnyside.

«Spero non ti dispiaccia tenere qui il tuo ricevimento», mi spiega Kim quasi scusandosi. «Sarà un po' alla buona!».

«Mi prendete in giro!», esclamo mentre un altro bambino vuole abbracciarmi. «È il giorno del mio matrimonio, dove altro pensate che possa trovare tutto questo amore sotto uno stesso tetto?».

La festa al Sunnyside è, come speravo, piena d'amore e allegria. Sean ha organizzato un catering anche se mi ha detto di aver discusso molto con Kim, che voleva cucinare tutto da sola. Ma il cibo che sto ingurgitando, e realizzo di colpo quanto tempo è passato dall'ultima volta che ho messo qualcosa sotto i denti, non è il classico cibo banale che ci si aspetta di trovare a un ricevimento di nozze: al contrario è divertente e delizioso; ci sono cupcake, ciambelle glassate, piccole mousse di cioccolato e zuppa inglese farcita con ottima crema pasticciera. Ci sono anche dei mini sandwich con ogni possibile ripieno: da quelli con solo formaggio a quelli con il salmone affumicato. Poi ci sono tanti, tantissimi brezel, patate fritte, o "patatine" come mi correggono i bambini.

I bambini e gli ospiti si mescolano e formiamo davvero un bel gruppo felice, lì nella grande stanza dei giochi, che è stata trasformata per l'occasione: luci scintillanti, palloncini a elio, bandierine e mazzolini di fiori invernali sparsi ovunque.

Quando ho un momento per guardarmi intorno e vedo quanto tutti si stiano divertendo, sospiro. È perfetto.

Quante altre volte ho ripetuto questa parola, oggi?

Sean ha reso il nostro matrimonio assolutamente perfetto. Ha pensato a ogni singolo particolare, e a tutti quelli che sono speciali per me, assicurandosi che prendessero parte al nostro grande giorno, proprio come aveva promesso. Mi sento un po' in colpa, è come se questo giorno fosse più per me che per lui. Dovrò farmi perdonare in luna di miele.

Se solo avessimo prenotato una luna di miele.

Sto proprio per chiederlo a Sean, quando Peter cerca di attirare l'attenzione di tutti parlando a un microfono, e mi accorgo che nel frattempo nella stanza si è materializzato un impianto stereo di tutto rispetto.

«Signore e signori, ragazzi e ragazze», annuncia. «Per favore, sistematevi in due file parallele in fondo alla stanza e se avete un accompagnatore, o qualcuno che ammirate particolarmente, per favore mettetevi di fronte a lui o lei!».

Io resto a guardare, mentre tutti vanno a sistemarsi ai loro posti e qualcuno sposta i tavoli e mette al sicuro le bibite per i bambini e le bevande alcoliche per gli adulti.

«E ora che succede?», chiedo a Sean mentre mi porta in capo a una delle file e si mette di fronte a me.

«Non hai ancora capito che oggi non si fanno domande, ma ci si lascia andare a quel che accade?», risponde lui sorridendomi.

Sospiro e accetto di prendere posto in cima alla fila.

«Come sicuramente avete notato», dice Peter mentre ci guardiamo, «ciascuno di voi sta di fronte all'uomo o alla donna dei suoi sogni solo grazie al fatto che nella vostra vita avete incrociato la nostra meravigliosa sposa, Scarlett!».

Guardo la fila. Peter ha ragione. Ci sono mio padre ed Eleanor, Max e Gabi, Oscar e Luke, una coppia di amici di Sean che si sono conosciuti tramite me; persino mia madre sta flirtando con un preoccupatissimo Bradley. Maddie è rimasta un po' indietro sulla parete in fondo: purtroppo le cose con Felix non sono finite bene, ma Jamie, vedendola in imbarazzo, le prende galantemente la mano e si mettono anche loro in fila.

«La nostra piccola maga delle coppie», dice Peter. «Un po' come il personaggio di Hitch in uno dei suoi film preferiti! Ma chi sono io per decidere se questo paragone sia opportuno o meno? Lasciamo che sia la star di quel film a deciderlo...».

Guardo Peter. Non può essere...

E invece sì. Da non so dove, nella stanza sbuca Will Smith e i bambini strillano di gioia. In realtà credo di aver urlato anch'io. Corrono incontro a Will, che li spettina e distribuisce il cinque a tutti.

«Tornate ai vostri posti, bambini!», dice Will prendendo il microfono di Peter. «Abbiamo del lavoro da fare!».

Con mia grande sorpresa, i bambini ubbidiscono e tornano in fila, mentre io sono ancora a bocca aperta.

«Farai meglio a chiudere la tua bella bocca, Scarlett», dice Will facendomi l'occhiolino. «Sei una gran bella donna, ma non vorrai metterti a caccia di mosche proprio adesso!».

Tutti ridono, e io chiudo subito la bocca. È che non ci posso credere; Will Smith è qui. Ora. Al nostro matrimonio!

«Non ho registrato io il pezzo che adesso canterò per voi», annuncia Will al microfono. «Anche se è nella colonna sonora di uno dei miei film. Ma siccome è uno dei film preferiti di Scarlett... lo canterò per voi. Vai Peter!».

Peter gli fa il pollice in su da dietro una specie di postazione di mixaggio e parte la canzone finale di *Hitch – Lui sì che capisce le donne*, *Now That We Found Love*. A quel punto Will si unisce con la voce e tutti iniziano a battere le mani.

«Dài, Scarlett», mi incita Will. «Sai cosa devi fare!».

Sotto shock, prendo la mano di Sean e iniziamo a ballare tra le due file, proprio come Will e Eva Mendes alla fine del film. Poi i nostri ospiti ci seguono a coppie e si lanciano a turno in balli scatenati al centro di questo corridoio di persone. Verso la fine della canzone ci raggiunge anche Will e si mette a ballare con me, mentre tutti applaudono.

«Oddio», rido alla fine. «Grazie di cuore per essere venuto qui oggi e aver fatto tutto questo per noi. Io adoro quel film!». Per un pelo non aggiungo: «E adoro te», e riesco persino a mantenere una certa calma.

«Hai amici nelle alte sfere», dice Will facendo un cenno a Gabi. «Ma quello che mi ha davvero convinto a venire oggi è stato sapere dove avreste tenuto il vostro ricevimento di nozze. I bambini si stanno divertendo tantissimo, ed è chiaro che ti adorano». Poi si avvicina e mi sussurra: «Ero qui prima quando hanno cantato per te». Poi si batte un pugno sul cuore. «Mi è arrivato dritto qui. E tu, signora Scarlett O'Brien-Bond, sei una donna molto amata!».

Mi dà un bacio sulla guancia. Sono ancora cosciente e lo sento parlare al microfono e dire: «Bene, ragazzi, non posso lasciarvi senza un piccolo pezzo rap, dico bene?».

I bambini, e alcuni adulti, saltano di gioia quando sentono partire dagli altoparlanti le prime note della colonna sonora del mitico *Willy, il principe di Bel-Air*, e tutti ci avviciniamo a lui.

«Ma come vedrete, questa versione è stata leggermente modificata. Scarlett», mi saluta, «questa è per te!».

Ehi, questa è la maxi storia di come la sua vita è cambiata,
capovolta, sottosopra sia finita.
Seduto su due piedi qui con voi
vi parlerò di Scarlett, una regina per noi.

Non ci posso credere – Will Smith sta cantando il suo rap, ma invece del testo originale ha scritto delle parole apposta per me.

Giocando a Stratford-upon-Avon è cresciuta,
dentro al cinema voleva passare ogni minuto!
Le sue toste giornate filavano così,
tra un Notting Hill *qui e un* Love Actually *lì.*

Non posso fare a meno di ridere. È perfetto, anche questo.

Poi si è trasferita a Notting Hill per un po'
e lì ha incontrato Sean e Oscar, niente male però!
Dopo qualche settimana Sean si è dichiarato
«Non lasciarmi, stai con me, di te mi sono innamorato».

Un coro di «Oooh», riempie la stanza, e Sean mi prende la mano.

Prima classe, ma che figata!
E nel giro di poco a New York sei atterrata.
Davanti a Tiffany hai incontrato tuo fratello,
e bussare a questa porta è stato ancor più bello!

I bambini gridano felici di sentir nominare il Sunnyside.

Sopra il ponte di Brooklyn lui ti ha fatto la proposta
e dopo due anni eccola qui la risposta!
Siete voi qui a New York la coppia reale
avanti a tutta forza, il sogno sta per cominciare!

Siamo così felici alla fine della canzone che mi domando seriamente se il tetto del Sunnyside possa finire per staccarsi e volare nel cielo di Brooklyn.

«È stato fantastico», mormoro a Sean mentre i bambini prendono d'assalto Will, ancora una volta. «Questa giornata non può davvero essere migliore di così. L'hai resa il giorno più bello di tutta la mia vita!».

Sean mi bacia, e per un momento ci dimentichiamo di Will Smith, del Sunnyside, dei nostri amici e delle nostre famiglie, e ci siamo solo lui e io. Come è sempre stato negli ultimi anni, e come sarà per sempre, da oggi in poi.

Ci afferriamo l'un l'altra circondandoci con un braccio e ci voltiamo a guardare gli altri che si divertono.

«I bimbi adorano Will, eh?», osservo, guardando i bambini del Sunnyside ancora attorno a lui.

«Diciamo che ci sa fare con i piccoli, un po' come te. Ma tu te la cavi bene anche con gli adulti».

«Be', grazie. È un bel complimento». Lo bacio di nuovo.

«Ti piacerebbe averne uno un giorno?», chiede Sean guardando verso Will.

«Un Will Smith?», lo prendo in giro. «No, mi accontento di un solo uomo, grazie».

Sean fa una smorfia. «Intendevo un bambino, ti piacerebbe se avessimo un bambino?».

Mi giro a guardarlo: sembra che stia parlando sul serio.

«Da Notting Hill... ai pannolini?», chiedo sorridendo.

«Da Notting Hill, da New York... chissà dove saremo quando verrà il momento».

Ci penso.

«Sì, penso che potrei, un giorno. Ma per ora pensiamo a essere felici io e te. Una mini Scarlett o un mini Sean potrebbero far parte del nostro prossimo capitolo insieme...».

Ringraziamenti

In ogni nuovo libro la lista dei ringraziamenti si fa più lunga, perciò cercherò di essere il più breve possibile!

Un milione di grazie:

a Rebecca e tutti i redattori di Sphere e di Little, Brown and Company che mi aiutano a trasformare il farfugliare confuso delle mie storie in libri meravigliosi;

a Hannah, il mio agente, donna geniale e super equilibrata, in grado di mantenere la calma anche quando tutt'intorno si scatena il caos!

A tutti i miei brillanti lettori! Lo dico ogni volta, ma i vostri splendidi commenti sono davvero importanti per me;

alla mia meravigliosa, paziente, stupenda famiglia: spesso gode dei vizi offerti dal mio lavoro, ma è anche costretta a sobbarcarsi i malumori, i capricci e i pasti serviti in ritardo che fanno parte della vita di una scrittrice… non immaginate nemmeno quanto bene vi voglia!

Un ringraziamento speciale a mio figlio Tom, bravissimo, che ha scritto lo stupendo rap di Scarlett.

E a Pamela Dean, la vincitrice della gara di Natale: come premio, ha ottenuto di apparire in un cammeo in questo libro. L'avete riconosciuta?

Alla prossima!

Non smettete mai di sorridere :)

Ali x

Indice

Anagramma

Ultimi volumi pubblicati

Jessica Sorensen, *Tienimi con te*
Rebecca Chance, *Amori, bugie e tacchi alti*
Leah Fleming, *La mappa segreta dell'amore*
Rebecca Chance, *Amori bugie e tacchi alti*
AliMcNamara, *Innamorarsi a Notting Hill*
Sara Shepard, *Giovani, carine e bugiarde. Incredibili*
Helen Warner, *È tutto nei tuoi sogni*
Elisa Amoruso, *Buongiorno amore*
Karen Swan, *Shopping da Prada e appuntamento da Tiffany*
Barbara Delinsky, *Mai più noi due*
Clare Dowling, *Amore a tempo perso*
Amy Bratley, *L'amore della mia vita*
Daniela Farnese, *I love Chanel*
Kathleen Tessaro, *La collezionista di profumi segreti*
Carolina Garcia-Aguilera, *Magnolia*
Nick Spalding, *Le due facce dell'amore*
Carmen Reid, *Shopping con le amiche*
Dina Silver, *Linea rosa*
Juliette Sobanet, *Una notte a Parigi per innamorarsi*
Sue Watson, *Coincidenze che fanno innamorare*
Portia Da Costa, *La promessa. L'incontro*
Portia Da Costa, *La promessa. L'insegnamento*
Anna Premoli, *Come inciampare nel principe azzurro*
Anna-Lou Weatherley, *Mogli infedeli*
Nicola Doherty, *Innamorarsi a Central Park*
Milly Johnson, *Un indimenticabile Natale d'amore*
Lauren Myracle, *Il nostro infinito momento*

Sara Tessa, *L'uragano di un batter d'ali*
Stella Knightley, *La ragazza dietro il ventaglio*
Stella Knightley, *La ragazza dietro la maschera*
Stella Knightley, *La ragazza dietro la finestra*
Cynthia Ellingsen, *Maledetto il giorno che ti ho amato*
Evie Hunter, *Piacere proibito*
Daniela Sacerdoti, *Ho bisogno di te*
Vanessa Valentinuzzi, *Volevo essere Audrey Hepburn*
Jane Corry, *Il segreto degli orecchini di smeraldo*
Anisha Rai, *La devozione*
Emma Chase, *Non cercarmi mai più*
Rebecca Donovan, *Una ragione per restare*
Rebecca Donovan, *Una ragione per amare*
Rebecca Donovan, *Una ragione per vivere*
Jessica Sorensen, *Con te sarà diverso*
Jodi Ellen Malpas, *La confessione. This Man Trilogy*
Jodi Ellen Malpas, *La punizione. This Man Trilogy*
Jodi Ellen Malpas, *Il perdono. This Man Trilogy*
Laura Schiavini, *A qualcuno piace dolce*
Niamh Greene, *Tutte pazze per Chanel*
Susan Lewis, *Abbracciami ancora*
C.L. Parker, *La trasgressione*
Kate Forster, *Il nostro nido d'amore*
Sam Binnie, *Il diario del mio matrimonio*
Beth Gutcheon, *Gossip*
Lindsey Kelk, *I love Hollywood*
Veronica Q, *Confessioni di una baby prostituta*
Laura Wiess, *Io che non vivo senza te*
Amy Harmon, *I cento colori del blu*
Monica Murphy, *Non dirmi un'altra bugia*
Monica Murphy, *Dammi un'altra possibilità*
Monica Murphy, *Promettimi che mi amerai*
Alexandra Brown, *Amiche, segreti e bollicine*
Anna Premoli, *Finché amore non ci separi*
June Gray, *La conquista*
Emma Chase, *Cercami ancora*
Jessica Sorensen, *Non cambiare mai*
Gail McHugh, *Stringimi più che puoi*

Cassandra Rocca, *Una notte d'amore a New York*
Maxwell Megan, *Chiedimi quello che vuoi*
Rebecca Chance, *Le cattive ragazze portano i tacchi alti*
Jessica Sorensen, *Non cambiare mai*
Jessica Sorensen, *Per sempre insieme*
Ali McNamara, *Da New York a Notting Hill per innamorarsi ancora*
Gail McHugh, *Stringimi più che puoi*
Cassandra Rocca, *Una notte d'amore a New York*
Megan Maxwell, *Chiedimi quello che vuoi*
Rebecca Chance, *Le cattive ragazze portano i tacchi alti*
Sara Tessa, *Il silenzio di un batter d'ali*
Anna Premoli, Cassandra Rocca, Laura Schiavini, Angelica B., Vanessa Valentinuzzi, *Baci d'estate*
Elisa Amoruso, *Vorrei che fosse amore*
Roisin Meaney, *Un'estate così*
Megan Maxwell, *Ora e per sempre*
M. Leighton, *Ti stavo aspettando*
AA.VV., *Vacanze al mare*
Valeria Luzi, *Ti odio con tutto il cuore*
Penelope Douglas, *Mai per amore*
Valeria Luzi, *Ti odio con tutto il cuore*
Emma Chase, *Io ti cercherò*
Anna Premoli, *Tutti i difetti che amo di te*
Jessica Sorensen, *Con te sarà per sempre*
Cassandra Rocca, *Mi sposo a New York*
Kim Karr, *Avvicinati*
Angelica B., *L'educazone di Angelica*
Carole Matthews, *Appuntamento sotto l'albero*
Penelope Douglas, *Mai per amore*
Milly Johnson, *Un indimenticabile matrimonio quasi perfetto*
Miranda Dickinson, *Favola d'amore a New York*
Megan Maxwell, *Lasciami andare via*
Michelle Gable, *Un favoloso appartamento a Parigi*
Melissa Foster, *Un bacio sotto la neve*
Jen McLaughlin, *Fuori controllo*
Karen Swan, *Natale a Londra con amore*
Daniela Farnese, *A noi donne piace il rosso*
Daniela Volonté, *Buonanotte amore mio*

Jessica Sorensen, *Infinito amore*
M. Leighton, *Tutto o niente*
K.A. Tucker, *Una piccola bugia*
Rosa Ventrella, *Innamorarsi a Parigi*
Lorelei James, *Legami*
Jay Crownover, *Oltre le regole*
Penelope Douglas, *Da quando ci sei tu*
Cecile Bertod, *Non mi piaci ma ti amo*
Kristen Ashley, *Non dirmi di no*
Rebecca Donovan, *Mai senza te*
Kirsty Moseley, *Il ragazzo che entrò dalla finestra e si infilò nel mio letto*
Sarah Dessen, *Ascolta il tuo cuore*
Sara Tessa, *Se fossi qui con me questa sera*
June Gray, *L'abbandono*
Lia Riley, *Ho imparato ad amare*
Jessica Sorensen, *L'amore verrà*
Alice Oseman, *Senza nuvole*
Barbara Delinsky, *Così dolce così amaro*
Elisa Gentile, *Non meriti un minuto in più del mio amore*
Jessica Sorensen, *L'amore verrà*
Jodi Ellen Malpas, *Per una sola volta*
Barbara Delinsky, *Così dolce così amaro*
Rachel McIntyre, *Non chiedermi se ti amo*
Lia Riley, *Ho imparato ad amare*
June Gray, *L'abbandono*
Laurie Halse Anderson, *Nessuno è come te*
Kylie Scott, *Tutto in una sola notte*
Molly McAdams, *Ti lascio ma restiamo amici*
Megan Maxwell, *Chiedimi chi sono*
Monica Murphy, *Non posso fare a meno di te*
K.A. Tucker, *Quattro secondi per perderti*
Melissa Foster, *Ogni maledetto bacio che avrei voluto darti*
Sierra Cartwright, *Non lasciarmi sola in una notte di pioggia*
Vanessa Greene, *La casa di fronte al mare*
Abigail Barnette, *The Boss*
Anna Premoli, *Un giorno perfetto per innamorarsi*
Jill Ciment, *Ruth & Alex. L'amore cerca casa*
Karen Swan, *Quell'estate da Tiffany*